飛狐外傳

金庸

THE YOUNG FLYING FOX

1

毒手藥王

陳豫鍾「最愛熱腸人」
陳豫鍾（1762-1806），浙江杭州人，浙派篆刻名家，「西泠八家」之一。
他是乾隆年間人，與本書中胡斐等人同時。

居廉「山茶水仙圖」：居廉，廣東番禺隔山鄉人，清末廣東最重要的畫家之一，是嶺南畫派的先聲。山茶艷麗，水仙清雅，收錄這幅畫，用意是以這兩種花卉象徵本書的女主角袁紫衣與程靈素。

徐琳「笛聲」（套色木刻）：徐琳，當代廣東木刻家。圖中描繪珠江三角洲夜晚水上的景色。

陳樹人「嶺南春色」：陳樹人（1883-1948），廣東番禺人，「嶺南畫派」的中堅份子之一。本圖彩色燦爛，充分表現嶺南的鮮麗氣氛。

「廣州府疆域圖」：錄自「古今圖書集成」。其中紅色＊印處為佛山，胡斐大鬧之處。★印處是香港，圖中尚無香港的名稱，但有馬鞍山、大帽山、杯渡山、大澳等名，急水門即鯉魚門。

廣州府疆域圖

湖廣界
韶州府界
廣西界
肇慶府界
陽春縣界
順頭嶺塘
鳳頭嶺塘
連州
連山縣
陽山縣
清遠縣
三水縣
新會縣
新寧縣
廣海衛
上川山
下川山

右頁上圖／佛山剪紙「紙鵲」：剪紙是佛山的一種著名藝術，圖中有喜鵲、有金魚，是「喜慶有餘」的意思。喜鵲與金魚的構圖極具匠心。

右頁下圖／佛山銅襯剪紙「唐明皇遊月宮」。

下圖／郎世寧繪乾隆名駒之一：郎世寧（1688-1768），意大利耶穌會教士，歷康熙、雍正、乾隆三朝為清廷畫工。圖中白馬為大宛名駒，駱冰送給胡斐的白馬或與此相似。

左圖／梁竹亭「廣東農婦」（木彫）：梁竹亭，當代廣東彫刻家。

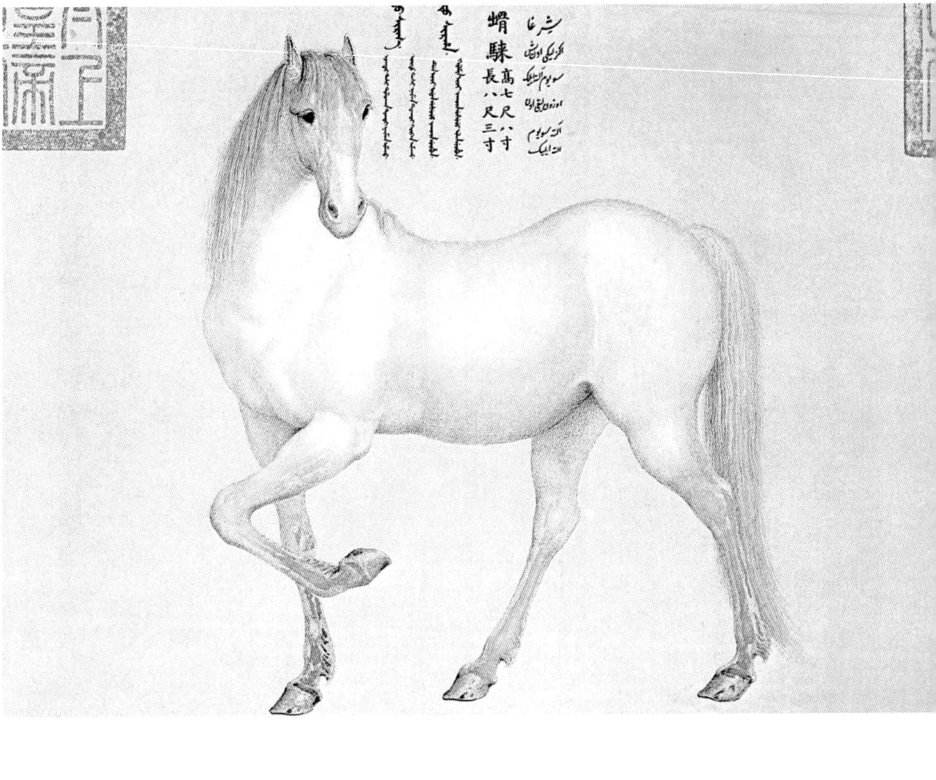

田世光「僧鞋菊」：田世光，當代畫家。花朵藍色，形狀甚怪，所以名稱也怪，學名叫作「阿科尼同」。有毒，醫藥上用處很大，可醫瘰癧、腫癀、腳氣等症，又可利尿、殺蟲，有麻醉作用。程靈素所培植的藍花或許是其變種。

伍學藻「荔枝圖」：伍學藻是十九世紀末廣東著名畫家，善畫荔枝。他是順德人，袁紫衣的同鄉。

三彩瓷船：康熙年間的素胎三彩瓷船。色彩和製作有重大藝術價值。袁紫衣和易吉在帆船的桅桿上鬥鞭，那艘帆船當和圖中瓷船相似。

飛狐外傳

1

毒手藥王

金庸 著

「金庸作品集」臺灣版序

小說是寫給人看的。小說的內容是人。

小說寫一個人、幾個人、一羣人、或成千成萬人的性格和感情。他們的性格和感情從橫面的環境中反映出來，從縱面的遭遇中反映出來，從人與人之間的交往與關係中反映出來。長篇小說中似乎只有「魯濱遜飄流記」，才只寫一個人，寫他與自然之間的關係，但寫到後來，終於也出現了一個僕人「星期五」。只寫一個人的短篇小說多些，寫一個人在與環境的接觸中表現他外在的世界，內心的世界，尤其是內心世界。

西洋傳統的小說理論分別從環境、人物、情節三個方面去分析一篇作品。由於小說作者不同的個性與才能，往往有不同的偏重。

基本上，武俠小說與別的小說一樣，也是寫人，只不過環境是古代的，人物是有武功的，情節偏重於激烈的鬭爭。任何小說都有它所特別側重的一面。愛情小說寫男女之間與性有關的感情，寫實小說描繪一個特定時代的環境，「三國演義」與「水滸」一類小說敘述大羣人物的鬭爭經歷，現代小說的重點往往放在人物的心理過程上。

小說是藝術的一種，藝術的基本內容是人的感情，主要形式是美，廣義的、美學上的美。在小說，那是語言文筆之美、安排結構之美，關鍵在於怎樣將人物的內心世界通過某種形式而表現出來。甚麼形式都可以，或者是作者主觀的剖析，或者是客觀的敘述故事，從人物的行動和言語中客觀的表達。

讀者閱讀一部小說，是將小說的內容與自己的心理狀態結合起來。同樣一部小說，有的人感到強烈的震動，有的人卻覺得無聊厭倦。讀者的個性與感情，與小說中所表現的個性與感情相接觸，產生了「化學反應」。

武俠小說只是表現人情的一種特定形式。好像作曲家要表現一種情緒，用鋼琴、小提琴、交響樂、或歌唱的形式都可以，畫家可以選擇油畫、水彩、水墨、或漫畫的形式。問題不在採取甚麼形式，而是表現的手法好不好，能不能和讀者、聽者、觀賞者的心靈相溝通，能不能使他的心產生共鳴。小說是藝術形式之一，有好的藝術，也有不好的藝術。

好或者不好，在藝術上是屬於美的範疇，不屬於真或善的範疇。判斷美的標準是美，是感情，不是科學上的真或不真，道德上的善或不善，也不是經濟上的值錢不值錢，政治上對統治者的有利或有害。當然，任何藝術作品都會發生社會影響，自也可以用社會影響的價值去估量，不過那是另一種評價。

在中世紀的歐洲，基督教的勢力及於一切，所以我們到歐美的博物院去參觀，見到所有中世紀的繪畫都以「聖經」為題材，表現女性的人體之美，也必須通過聖母的形象。直到文藝復興之後，凡人的形象才在繪畫和文學中表現出來，所謂文藝復興，是在文藝上復興希臘、羅馬時代對「人」的描寫，而不再集中於描寫神與聖人。

中國人的文藝觀，長期來是「文以載道」，那和中世紀歐洲黑暗時代的文藝思想是一致的，用「善或不善」的標準來衡量文藝。「詩經」中的情歌，要牽強附會地解釋為諷刺君主或歌頌后妃。陶淵明的「閒情賦」，司馬光、歐陽修、晏殊的相思愛戀之詞，或者惋惜地評之為白璧之玷，或者好意地解釋為另有所指。他們不相信文藝所表現的是感情，認為文字的唯一功能只是為政治或社會價值服務。

我寫武俠小說，只是塑造一些人物，描寫他們在特定的武俠環境（古代的、沒有法治的、以武力來解決爭端的社會）中的遭遇。當時的社會和現代社會已大不相同，人的性格和感情卻沒有多大變化。古代人的悲歡離合、喜怒哀樂，仍能在現代讀者的心靈中引起相應的情緒。讀者們當然可以覺得表現的手法拙劣，技巧不夠成熟，描寫殊不深刻，以美學觀點來看是低級的藝術作品。無論如何，我不想載甚麼道。我在寫武俠小說的同時，也寫政治評論，也寫與哲學、宗教有關的文字。涉及思想的文字，是訴諸讀者理智的，對這些文字，才有是非、真假的判斷，讀者或許同意，或許只部份同意，或許完全反對。

對於小說，我希望讀者們只說喜歡或不喜歡，只說受到感動或覺得厭煩。我最高興的是讀者喜愛或憎恨我小說中的某些人物，如果有了那種感情，表示我小說中的人物已和讀者的心靈發生聯繫了。小說作者最大的企求，莫過於創造一些人物，使得他們在讀者心中變成活生生的、有血有肉的人。藝術是創造，音樂創造美的聲音，繪畫創造美的視覺形象，小說是想創造人物。假使只求如實反映外在世界，那麼有了錄音機、照相機，何必再要音樂、繪畫？有了報紙、歷史書、記錄電視片、社會調查統計、醫生的病歷紀錄、黨部與警察局的人事檔案，何必再要小說？

一九八六・二・六　於香港

目錄

第一章

大雨商家堡

那高瘦大漢拉住了大車，騾子再也不能向前半尺。車中美婦先行下車，走進廳去。田歸農失魂落魄一般也跟了進去。

「胡一刀，曲池，天樞！」

「苗人鳳，地倉，合谷！」

一個嘶啞的嗓子低沉地叫著。叫聲中充滿著怨毒和憤怒，語聲從牙齒縫中迸出來，似是千年萬年、永恆的咒詛，每一個字音上塗著血和仇恨。

突突突突四聲響，四道金光閃動，四枝金鏢連珠發出，射向兩塊木牌。

每塊木牌的正面反面都繪著一個全身人形，一塊上繪的是個濃髯粗豪的大漢，旁註「胡一刀」三字；另一塊上繪的是個瘦長漢子，旁註「苗人鳳」三字，人形上書明人體周身穴道。木牌下面接有一柄，兩個身手矯捷的壯漢各持一牌，在練武廳中滿廳遊走。

大廳東北角一張椅子中坐著一個五十來歲的白髮婆婆，口中喊著胡一刀或苗人鳳穴道的名稱。一個二十來歲的英俊少年勁裝結束，鏢囊中帶著十幾枝金鏢，聽得那婆婆喊出穴道名稱，右手一揚，就是一道金光射出，釘向木牌。兩個持牌壯漢頭戴鋼絲罩子，上身穿了厚棉襖再罩牛皮背心，唯恐少年失了準頭，金鏢招呼到他們身上。兩人竄高伏低，搖擺木牌，要讓他不易打中。

大廳外的窗口，伏著一個少女、一個青年漢子。兩人在窗紙上挖破了兩個小孔，各用右眼湊著向裏偷窺。兩人見那少年身手不凡，發鏢甚準，不由得互相對望了一眼，臉上都露出訝異的神色。

天空黑沉沉的堆滿了烏雲。大雨傾盆而下，夾著一陣陣的電閃雷轟，勢道嚇人。黃豆大的雨點打在地下，直濺到窗外兩個少年男女的身上。

他們都身披油布雨衣，對廳上的事很感好奇，又再湊眼到窗洞上去看時，只聽得那婆婆說道：「準頭還可將就，就是沒勁兒，今日就練到這裏。」說著慢慢站起身來。

少女拉了那漢子一把，急忙轉身，向外院走去。那漢子低聲道：「這是甚麼玩意兒？」那少女道：「甚麼玩意兒？自然是練鏢了。這人的準頭算是很不錯的了。」那漢子道：「難道練鏢我也不懂？可是木牌上幹麼寫了甚麼胡一刀、苗人鳳？」那少女道：「這就有點邪門。你不懂，我怎麼就懂了？咱們問爹爹去。」

這少女十八九歲年紀，一張圓圓的鵝蛋臉，眼珠子黑漆漆的，兩頰暈紅，周身透著一股青春活潑的氣息。那漢子濃眉大眼，比那少女大著六七歲，神情粗豪，臉上生滿紫色小瘡，相貌雖然有點醜陋，但步履輕健，精神飽滿，卻也英氣勃勃。

兩人穿過院子，雨越下越大，潑得兩人臉上都是水珠。少女取出手帕抹去臉上水滴，紅紅白白的臉經水一洗，更是顯得嬌嫩。那漢子呆呆的望著她，不由得獃了。少女側過頭來，故意歪了雨笠，讓竹笠上的雨水都流入了他衣領。那漢子看得出了神，竟自不覺。那少女噗哧一笑，輕輕叫了聲：「傻瓜！」走進花廳。

廳中東首生了好大一堆火，二十多個人團團圍著，在火旁烘烤給雨淋濕了的衣物。這羣人身穿玄色或藍色短衣，有的身上帶著兵刃，是一羣鏢客、趟子手和腳夫。廳上站著三個武官打扮的漢子。這三人剛進來避雨，正在解去濕衣，斗然見到這明艷照人的少女，不由得眼睛都是一亮。

那少女走到烤火的人羣中間，把一個精乾瘦削的老人拉在一旁，將適才在後廳見到的事悄聲說了。那老人約莫五十來歲，精神健旺，頭上微見花白，身高不過五尺，但目光炯炯，凜然有威。他聽了那少女的話，眉頭一皺，低聲呵責道：「又去惹事生非！若是讓人家知覺了，豈不是自討沒趣？」那少女伸伸舌頭，笑道：「爹，這趟陪你老人家出來走鏢，這可是第十八回挨罵啦。」那老人道：「我教你練功夫時，旁人來偷瞧，那怎麼啦？」

那少女本來嘻皮笑臉，聽父親說了這句話，不禁心頭一沉。她想起去年有人悄悄在場外偷瞧她父親演武，父親明明知道，卻不說破，在試發袖箭之時，突然一箭，將那人打瞎了一隻眼睛。總算他手下容情，勁道沒使足，否則袖箭穿腦而過，那裏還有命在？父親後來說，偷師竊藝，乃是武林中的大忌，比偷竊財物更為人痛恨百倍。

那少女一想，倒有些後悔，適才不該偷看旁人練武，但姑娘的脾氣要強好勝，嘴上不肯服輸，說道：「爹，那人的鏢法也平常得緊，保管沒人偷學了。」老者臉一沉，斥道：「你這丫頭，怎麼開口就說旁人的玩意兒不成？」那少女一笑，道：「誰教我是百勝神拳馬老鏢頭的女兒呢？」

三個武官烤火，不時斜眼瞟向那美貌少女，只是他父女倆話聲很低，聽不到說些甚麼。那少女最後一句話說得大聲了，一個武官聽到「百勝神拳馬老鏢頭的女兒」幾個字，瞧瞧這短小瘦削、骨頭沒幾兩重的乾癟老頭，又橫著眼一掃插在廳口那枝黃底黑絲線繡著一匹插翅飛馬的鏢旗，鼻中哼了一聲，心想：「百勝神拳？吹得好大的氣兒！」

原來這老者姓馬，名行空，江湖上外號叫作「百勝神拳」。那少女是他的獨生愛女馬春花。這名字透著有些兒俗氣，可是江湖上的武人，也只能給姑娘取個甚麼春啊花啊的名字。

跟她一起偷看人家練鏢的漢子姓徐，單名一個錚字，是馬行空的徒弟。

徐錚蹲在火堆旁烤火，見那武官不住用眼瞟著師妹，不由得心頭有氣，向他怒目瞪了一眼。那武官剛好回過頭來，與他目光登時就對上了，心想你這小子橫眉怒目幹麼，也是惡狠狠的瞪了他一眼。徐錚本就是霹靂火爆的脾氣，眼見對方無禮，當下虎起了臉，目不轉睛的瞪著那武官。

那武官約莫三十來歲，身高膀寬，一臉精悍之色。他哈哈一笑，向左邊的同伴道：「你瞧這小子鬥雞兒似的，是你偷了他婆娘還是怎地？」那兩個武官對著徐錚哈哈大笑。

徐錚大怒，霍地站起來，喝道：「你說甚麼？」那武官笑吟吟的道：「我說，小子唉，我說錯啦，我跟你陪不是。」徐錚性子直，聽到人家陪不是，也就算了，正要坐下，那人笑道：「我知道人家不是偷了你婆娘，準是偷了你妹子。」

徐錚一躍而起，便要撲上去動手，馬行空喝道：「錚兒，坐下。」徐錚一愕，臉孔脹得通紅，道：「師父，你……你沒聽見？」馬行空淡淡的道：「人家官老爺們，愛說幾句笑話兒，又干你甚麼事了？」徐錚對師父的話向來半句不敢違拗，狠狠瞪著那個武官，卻慢慢坐了下來。那三個武官又是一陣大笑，更是肆無忌憚的瞧著馬春花，目光中儘是淫邪之意。

馬春花見這三人無禮，要待發作，卻知爹爹素來不肯得罪官府，尋思怎生想個法兒，跟這三個臭官兒打一場架。突然電光一閃，照得滿廳光亮，接著一個焦雷，震得各人耳朵嗡嗡發響，這霹靂便像是打在這廳上一般。天上就似開了個缺口，雨水大片大片的潑將下來。

雨聲中只聽得門口一人說道：「這雨實在大得狠了，只得借光在寶莊避一避。」莊上一名男僕說道：「廳上有火，大爺請進吧。」

廳門推開，進來了一男一女，男的長身玉立，氣宇軒昂，背上負著一個包裹，三十七八歲年紀。女的約莫廿二三歲，膚光勝雪，眉目如畫，竟是一個絕色麗人。馬春花本來算得是個美女，但這麗人一到，立時就比了下去。兩人沒穿雨衣，那少婦身上披著男子的外衣，已然全身盡濕。那男子攜著少婦的手，兩人神態親密，似是一對新婚夫婦。那男子找了一綑麥稈，在地下鋪平了，扶著少婦坐下，顯得十分的溫柔體貼。這二人衣飾都很華貴，少婦頭上插著一枝鑲珠的黃金鳳頭釵，看那珍珠幾有小指頭大小，光滑渾圓，甚是珍貴。馬行空心中暗暗納罕：「這一帶道上甚不太平，強徒出沒，這一對夫婦非富即貴，為何不帶一名侍從，兩個兒孤孤單單的趕道？」饒是他在江湖上混了一世，卻也猜不透這二人的來路。

馬春花見那少婦神情委頓，雙目紅腫，自是途中遇上大雨，十分辛苦，這般穿了濕衣烤火，濕氣逼到體內，非生一場大病不可，當下打開衣箱，取出一套自己的衣服，走近去低聲說道：「娘子，我這套粗布衣服，你換一換，待你烘乾衣衫，再換回吧。」那少婦好生感激，向她一笑，站起身來，目光中似乎在向丈夫詢問。那男子點點頭，也向馬春花一笑示謝。那少婦拉了馬春花的手，兩個女子到後廳去借房換衣。

三個武官互相一望，臉上現出特異神色，心中都在想像那少婦換衣之時，定然美不可言。適才和徐錚鬥口的那個武官最是大膽，低聲道：「我瞧瞧去。」另一個笑道：「老何，別胡鬧。」那姓何的武官眏眏眼睛，站起身來，跨出幾步，一轉念，從地下拾起腰刀，掛在身上。

徐錚受了他的羞辱，心中一直氣憤，見他走向後院，轉頭向師父望了一眼，只見馬行空閉著眼睛在養神，又見戚楊兩位鏢頭、五個趟子手和十多名腳夫守在鏢車之旁，嚴行戒備，決不致出了亂子，於是跟隨在那武官身後。

那武官聽到背後腳步響，轉過頭來，見是徐錚，咧嘴一笑道：「小子，你好！」徐錚道：「臭官兒，你好。」那武官笑道：「想挨揍，是不是？」徐錚道：「是啊。我師父不許打你。咱們悄悄的打一架，好不好？」那武官自恃武藝了得，沒將這楞小子瞧在眼裏，只是見他鏢行人多，己方只有三人，若是羣毆，定要吃虧，這楞小子要悄悄打架，那是再好也沒有，便笑著點頭道：「好啊，咱們走得遠些。若給你師父聽見了，這架就打不成。」

兩人穿過天井，要尋個沒人的所在動手，忽見迴廊上轉出一個人來。那人身穿綢袍，眉清目秀，正是適才練鏢的少年。徐錚心中一動：「借他的武廳打架最好不過。」於是上前一抱拳，說道：「兄長請了。」那少年還了一揖，說道：「達官有何吩咐？」徐錚指著武官道：「在下跟這個總爺有點小過節，想借兄長的練武廳一用。」那少年好生奇怪，心道：「你怎知我家有練武廳？」但學武之人，聽到旁人要比武打架，可比甚麼都歡喜，當即答道：「好極，好極！」當下領了二人走進練武廳。

這時老婆婆和莊丁等都已散去，練武廳上更無旁人。那武官見四壁軍器架上刀槍劍戟一應俱全，此外沙包、箭靶、石鎖、石鼓放得滿地，西首地下還安著七十二根梅花樁，暗暗點頭，心想：「原來這一家人會武，只怕功夫還不錯。」於是向那少年一抱拳，說道：「在下來貴莊避雨，還沒請教主人高姓大名。」那少年忙即還禮，說道：「小人姓商，名寶震。兩位高姓大名？」徐錚搶著道：「我叫徐錚，我師父是飛馬鏢局總鏢頭，百勝神拳馬行空。」說著向武官瞪了一眼，心道：「你聽了我師父的名頭，可知道厲害了嗎？」

商寶震拱手道：「久仰，久仰。請教這一位。」那武官道：「在下是御前侍衛何思豪。」商寶震道：「原來是一位侍衛大人。小人素聞京師有大內十八高手，想來何大人都是知交。」何思豪道：「那大半也相熟的。」其實皇帝身邊的侍衛共分四等，侍衛班領，什長，一、二、三等及藍翎侍衛，都由正黃、鑲黃、正白內三旗的宗室親貴子弟充任。漢侍衛屬於第四等，這何思豪在侍衛處中只是最末等的藍翎漢侍衛，所謂大內十八高手，那是他識得人家，人家就不識得他了。

徐錚大聲道：「商公子，你就給做個公證。我跟這姓何的公公平平打一架，不管是誰輸誰贏，都不許向旁人說起。」他是生怕師父知道了責罵。何思豪哈哈笑道：「勝了你這楞小子不足為武，還值得向旁人吹大氣的麼？楞小子，上啊。」一捋長袍，拉起袍角，在腰帶中塞好。徐錚脫下長袍，將辮子盤在頭頂，擺個「對拳」，雙足併攏，雙手握拳相對，倒是神定氣閒。

何思豪見他這姿式是「查拳」門人和人動手的起手式，已放下了一大半心，心道：「甚麼百勝神拳！這查拳三歲小孩兒也會，有甚麼希罕？」原來「潭、查、花、洪」，向稱北拳四大家，指潭腿、查拳、花拳、洪門四派拳術而言，在北方流傳極廣，任何練拳之人都略知一二，算得是拳術中的入門功夫。何思豪見對手拳法平常，向商寶震一笑，說道：「獻醜！」一招「上步野馬分鬃」，向徐錚打了過去，他使的是太極拳。其時太極門的武功聲勢甚盛，人人均知是極厲害的內家拳法。

徐錚不敢怠慢，左腳向後踏出，上身轉成坐盤式，右手按、左手撩，一招「後叉步撩掌」出手極是快捷。何思豪見來招勁道不弱，忙使一招「轉身抱虎歸山」，避開了這一撩。徐錚使一招「弓步架打」，右拳呼的一聲擊出，直撲對方面門。何思豪不及避讓，使一招「如封似閉」，雙掌一封。二人拳掌相交，何思豪只感手腕隱隱生疼，心道：「這小子蠻力倒大。」

霎時之間，二人各展拳法，拆了十餘招。商寶震站著旁觀，見徐錚腳步沉穩，出拳有力，何思豪卻是身形飄忽，顯然輕功頗有根基。

鬥到酣處，何思豪哈哈一笑，一掌擊中徐錚肩頭。徐錚飛腳踢去，何思豪側身閃避，一招「玉女穿梭」，拍的一聲，又擊中徐錚手臂。徐錚更不理會，掄拳急攻，突然直出一拳，一招「弓步劈打」，砰的一響，打中對方胸口。這一拳著力極沉，何思豪腳步踉蹌，向後退了幾步，終於一交坐倒。只聽旁邊一個女子聲音嬌聲叫道：「好！」

商寶震回過頭去，只見兩個女子站在廳口，一是少婦，另一個卻是個閨女。他先前凝神觀鬥，不知身後有人。原來馬春花和那少婦換了衣服經過此處，聽到呼叱比武之聲，在廳口一望，竟是師兄和那武官打架，這時見師兄得勝，不由得出聲喝采。

何思豪給這一拳打得好不疼痛，在女子面前丟臉出醜，更是老羞成怒，當即一躍而起，乘著跳躍之勢，已抽腰刀在手，上步直劈。徐錚毫不畏懼，仍以「查拳」空手和他相鬥，只是忌憚對方兵器鋒利，已是閃避多，進攻少了。馬春花見這武官臉上神情狠惡，並非尋常打架，已是拚命一般，不由得有些躭心。那少婦扯扯她的衣袖，道：「咱們走吧！我最恨人動刀子出拳頭。」

當此情勢，馬春花那裏肯走，只道：「再看一會兒。」那少婦眉頭一皺，竟自走了。

商寶震凝神看著那武官的刀勢，又留心徐錚閃避和上步搶攻之法，手上暗扣一枚金鏢，若那武官用刀傷人，他就要伸手相救。但見徐錚雙目緊緊盯住刀鋒，刀鋒向東，他眼睛跟到東，刀鋒削向西，眼睛也跟到西，眼見一刀迎面砍來，他身子略閃，飛腳向敵人手腕上踢去。何思豪迴刀削足，徐錚長臂急伸，砰的一響，一拳正中他鼻樑。何思豪大痛，手腳略緩，徐錚左手揮出，抓住他右腕一拿一扭，將腰刀奪了下來。

何思豪怕他順勢揮刀削來，忙向後躍，舉手往臉上一抹，滿手是血。徐錚將腰刀往地下一摔，說道：「你還敢瞎著眼睛罵人？」何思豪滿臉羞慚，不敢作聲。

商寶震伸手一拉徐錚後襟，使個眼色。徐錚尚未會意，商寶震已大聲說道：「雙方不分勝敗。好啦，大家武功一般高明，小弟佩服得緊……」徐錚急道：「怎……怎是不分勝敗？」商寶震道：「兩位武功各有獨到之處。徐兄的查拳純熟。何大人的太極拳和太極刀更是厲害之極。徐兄，你一時僥倖，其實講真功夫，還得算何大人。」一面說，一面取出手帕，幫何思豪抹去鼻血。徐錚還要再爭，馬春花道：「師哥，別理他。咱們出去。」

徐錚打了何思豪兩拳，一口惡氣已經出了，但商寶震說話含糊，明明袒護對方，倒似自己輸了，越想越怒，狠狠望了他一眼，隨著師妹出去。走到天井，天空轟隆隆一片雷聲過去，雷聲中夾著商寶震、何思豪的大笑之聲，顯然這二人在背後笑他。

他雖打架獲勝，但越想越是不忿，氣鼓鼓的坐在火旁。只見師父雙目似開似閉，睡意甚濃。過了一會，何思豪走了出來，不知跟那兩個武官說些甚麼猥褻言語，三人一齊哈哈大笑，不時斜目瞟那美貌少婦。

馬行空慢慢站起，伸了個懶腰，走到鏢車旁邊檢視，忽然叫道：「錚兒，過來，你瞧這兒怎麼啦？」徐錚聽師父叫他，趕忙起身過去。馬行空側過身子，面向牆壁，伸手整理鏢車，低聲道：「不長進的東西，你那招『塾步踹腿』怎麼踹偏了？否則那用跟他纏鬥這麼久？」徐錚嚇了一跳，顫聲道：「你……你老人家都瞧見啦？」馬行空道：「哼，你莫想在師父面前搗鬼。他使那招『提步高探馬』時，你幹麼不使『弓步雙推掌』？迎面直擊，早就勝了。你就是膽小怕死。」徐錚回想適才相鬥之時，初時不知敵人虛實，果然有些害怕，有幾招使得太過穩重了些。看來師父裝作不知，其實是躲在窗外觀看。

馬行空又道：「快進去謝謝那姓商的吧。人家年紀比你輕，可有多精明能幹。」徐錚大為詫異，道：「師父，謝甚麼？這姓商的偏心，不是好人。」馬行空冷笑道：「是啊，他是偏心呢。可是他偏心維護你徐大爺哪。」徐錚滿心胡塗，怔怔的望著師父。馬行空低聲道：「你打的是甚麼人？他是御前侍衛。咱們呢，那是憑人家賞口飯吃的走鏢的。官老爺當真跟你為起難來，咱們還不是吃不了兜著走麼？那少年護住了他面子，叫你這楞小子少了一樁後患。」

徐錚恍然大悟，連稱：「是，是！」奔到後院練武廳中，只見商寶震抬手踢腿，正在練一招「查拳」中的「弓步劈打」，正是徐錚適才用以擊中何思豪那一手。他見徐錚進來，臉上一紅，急忙收拳。

徐錚抱拳道：「商公子，我師父叫我跟你道謝來啦。我起初不明白你是好意，心裏還怪你呢。」商寶震道：「徐大哥，你武功勝過那個侍衛何止十倍？小弟佩服得緊。」徐錚聽他稱讚自己，甚是高興，當即跟他談了起來，問道：「你練的是那一門功夫？」商寶震道：「小弟初學，甚麼也沒學會，談不上是那一門那一派。適才見徐大哥用這一招打他，是不是這樣？」說著右足踏出，右拳劈打，左手心向上托住右臂。

徐錚剛才以此招取勝，見他比劃自己的得意之作，自然興高采烈，說道：「這一招有兩句口訣，叫作『陸海迎門三不顧，劈拳挑打不容寬。』」這兩句順口說出，忽然想起，這是師門所傳心法，怎能胡亂說與外人知曉，忙轉口道：「你比得很對，就是這招。」

商寶震道：「甚麼叫作『陸海迎門三不顧』呢？」徐錚道：「這個……我可也忘了。」他不善撒謊，這一句話出口，臉也紅了。商寶震知他不肯說，也就不再多問，只是著意結納，將他捧得全身輕飄飄的如在雲霧。

徐錚道：「商老弟，咱們也別鬧虛文。你使一套拳腳給我瞧瞧，若是有甚麼不到的地方，我跟你說說，也不枉了今日結交一場。」商寶震大喜，道：「那再好也沒有了。」當下拉開架子，在場中打起拳來，但見他「頭趟繩掛一條鞭，二趟十字繞三尖」，使的是十二路潭腿。

這路拳腳使得倒是純熟，但出拳不正，腳步浮虛，雖然袍袖生風，姿式華麗，若是與人動手，卻半點管不得事。只把徐錚看得暗暗搖頭，等他打完「十二趟犀牛望月轉回還」，忍不住嘆了口氣，說道：「兄弟，莫怪我直言，教你武藝的師父是躭誤了你啦。」正要往下解釋，忽見馬春花在廳口一探頭，叫道：「師哥，爹叫你。」

徐錚忙向商寶震告辭，回到廳上。只見火堆旁又多了兩個避雨之人。一個是沒了右臂的獨臂人，一條極長的刀疤從右眉起斜過鼻子，一直延伸到左邊嘴角，在火光照耀下顯得面目極是可怖；另一個是個十三四歲的男孩，黃黃瘦瘦。兩人衣衫都很襤褸。

徐錚向兩人望了一眼，也不在意，走到馬行空面前，叫了聲：「師父！」馬行空臉一沉，低聲道：「去了這麼久，又在賣弄武藝了，是不是？」徐錚道：「弟子不敢。這裏姓商的主人鏢法不錯，那知拳腳一點兒也不成。」馬行空道：「傻小子，你給人家冤啦。憑你這點功夫，兩個也不是人家的對手。」徐錚一笑，道：「那怕不見得。他師父教的十二路潭腿，儘是好看不管用。」馬行空道：「你知他師父是誰？」

徐錚心中暗奇：「我師父沒跟那姓商的見過面，又沒見他練過拳腳，怎麼連他師父是誰也知道了？」當下答道：「弟子不知，想來是個不中用的混混。」馬行空冷笑一聲，低沉著聲音，說道：「不中用的混混！哼，十五年前，你師父給人砍過一刀，劈過一拳，養了三年傷方得康復。那人是誰？」徐錚一驚，說道：「八卦刀商劍鳴。」馬行空低聲道：「半點兒也不錯。那商劍鳴是山東武定縣人，這裏可正是武定縣，主人家姓商。咱們胡亂進來避雨，初時並沒留心，你瞧，正樑上繪著甚麼？」

徐錚抬起頭來，只見正樑上金漆漆著一個八卦圖形，不由得大吃一驚，忙道：「師父，快抄傢伙，咱們撞到仇家窩裏來啦。」馬行空淡淡的道：「倒不用忙。商劍鳴早給人殺啦！」徐錚曾聽師父說過當年大敗在一人手裏，那就是山東大豪八卦刀商劍鳴，只因這是師門的奇恥大辱，師父後來不提，也就從此不敢多問一句，卻不知商劍鳴原來已死，低聲道：「是你老人家後來報了仇？」馬行空哼了一聲，道：「商劍鳴的武功，我再練一輩子也趕不上，憑我這點玩藝兒，那殺得了他？」徐錚大奇，問道：「那麼是誰殺了他？」馬行空道：「那少年用金鏢打木牌上的人形，商劍鳴就是給這兩個人殺的。」

徐錚睜大了眼睛，道：「胡一刀和苗人鳳？」

馬行空點了點頭，臉上神色陰鬱，便如屋外的天空那般黑沉沉地。

徐錚平素對師父佩服得五體投地，以為當世之間，說到武功，極少有人能強得過百勝神拳馬老鏢頭了，豈知這時聽到師父言道，非但八卦刀商劍鳴武功遠勝於他，胡一刀與苗人鳳的功夫又在商劍鳴之上，不由得大為驚詫，低聲問道：「那胡一刀與苗人鳳是何等樣的人物？」馬行空道：「胡一刀的武功強我十倍，只可惜在十多年前死了。」徐錚舒了一口氣，道：「想是病死的了？」馬行空道：「給人殺死的。」徐錚睜大了眼睛，道：「胡一刀這麼厲害，有誰殺得了他？」馬行空道：「打遍天下無敵手金面佛苗人鳳。」

這「打遍天下無敵手金面佛苗人鳳」十三個字一口氣說將出來，聲音雖低，卻是大具威嚴。徐錚胸口一沉，正待說話，猛聽得門外隱隱馬蹄聲響，大雨中十餘匹馬急奔而來。

那面目英俊的青年與那美貌少婦聽到馬蹄聲音，互望一眼，似在強自鎮定，但臉上終究露出了驚惶之色。那青年拉著少婦的手，挪動坐位，似是怕火堆炙熱，移遠了些。

十多匹馬奔到莊前，戛然而止。但聽得數聲呼哨，七八匹馬繞到了莊後。

馬行空一聽哨聲，臉上變色，低聲道：「定著點兒。」徐錚極是興奮，聲音發顫，問道：「那話兒來了？」馬行空不再回答，大聲喝道：「大夥兒抄傢伙，護鏢！」這句話一喝，鏢行人眾登時大亂，知道有劫鏢的黑道強人到來，當即躍起。戚楊兩名鏢頭和五名趟子手指揮車夫，將十餘輛鏢車圍成一堆。馬春花反而臉有喜色，拔出柳葉刀，道：「爹，是那一路的？」馬行空皺眉道：「還不知道。」接著自言自語：「這一路朋友好怪，道上也不踩盤子，就這麼說到便到。」

一言方罷，只聽得圍牆上托托托接連聲響，八名大漢一色黑衣打扮，手執兵刃，一字排開的站在牆頭。馬春花揚起右臂，就想一枝袖箭射出。馬行空臉色凝重，低聲喝道：「別胡來！瞧我眼色行事。」八名黑衣大漢望著廳上眾人，一言不發。

砰的一聲，大門推開，進來一個漢子，身穿寶藍色緞袍，衣服甚是華麗，但面貌委瑣，縮頭縮腦，與一身衣服極不相稱。這人抬頭望了望天，但見大雨傾盆而下，嘿的一聲笑，足尖一點，倏地穿過了院子，站在廳口。這一下飛躍身形快極，大雨雖密，卻只在他肩頭打濕了數點。徐錚與馬春花對此人本來不以為意，突然見他露了這手輕功，這才生忌憚之心，向馬行空望了一眼。

馬行空右手握著煙袋，拱手說道：「請恕老漢眼拙，沒曾拜會。朋友尊姓大名，寶寨歇馬何處？」

商家堡少主人商寶震聽到馬蹄聲響，當即暗藏金鏢，腰懸利刀，來到廳前。只見那盜魁手戴碧玉戒指，長袍上閃耀著幾粒黃金扣子，左手拿著一個翡翠鼻煙壺，不帶兵器，神情打扮，就如是個暴發戶富商。只聽他說道：「在下姓閻名基，老英雄自是百勝神拳馬行空了？」

馬行空抱拳道：「不敢，這外號是江湖朋友給在下臉上貼金。浪得虛名，不足掛齒。」心中暗忖：「閻基？那是甚麼人？沒聽過江湖上有這號人物。」

閻基哈哈一笑，指著站在牆頭的一列黑衣漢子，說道：「弟兄們餓了幾天肚子，想請馬老英雄賞口飯吃。」馬行空道：「閻寨主言重了。錚兒，取五十兩銀子，請閻寨主賞賜弟兄。」他這是按著江湖規矩行事，但瞧對方的神情聲勢，決非五十兩銀子所能打發。

果然閻基仰天哈哈大笑，說道：「馬老英雄保鏢，一保就是三十萬兩。姓閻的眼界雖小，區區五十兩，倒還不在眼內。」馬行空心中嘀咕：「此人信息倒靈，怎麼打聽得清清楚楚，知道我保了三十萬兩鏢銀？」眉頭一皺，仍按江湖規矩說道：「想馬某有甚麼本事，全憑道上朋友給臉罷了。閻寨主今日雖是初見，咱們東邊不會西邊會，馬某有幸，今日又交一位朋友。不知閻寨主有甚麼吩咐？」

閻基道：「吩咐是不敢當的，只是在下生來見財開眼，三十萬鏢銀打從鼻子下過，不取有傷陰德。但馬老鏢頭既然開口朋友，閉口朋友，這樣吧，在下只取一半，二一添作五，就借十五萬兩銀子花差花差好了。」也不待馬行空答話，左手一揮，牆頭八名大漢一一躍下，奔到廳口。有人問道：「一齊取了？」閻基道：「不，拿一半，留一半！有屎大家拉，有飯大家吃！」眾大漢轟然答應，就往鏢車走去。

馬行空勃然大怒，見那些大漢從牆頭躍下時身手呆滯，並無一個高手在內，已無擔憂之心，淡淡說道：「閻寨主是不肯留一點餘地了？」閻基愕然道：「怎麼不留餘地？我不是說取一半，留一半？哥兒倆有商有量，公平交易。」

徐錚再也忍耐不住，搶上兩步，伸手指著閻基，大聲說道：「虧你在黑道上行走，沒聽過飛馬鏢局的威名麼？」

閻基道：「我的小養媳婦兒聽見過，他媽的，老子可是第一次聽見。」身形一晃，忽地欺到廳右，拔下插在車架上的飛馬鏢旗，將旗桿一折兩段，擲在地下，隨即伸腳在旗上一踏。

這件事當真是犯了江湖大忌，劫鏢的事情常有，卻極少有如此做到絕的，如非雙方有解不開的死仇，那是決心以性命相拚了。鏢行人眾一見之下，登時大嘩。

徐錚更不打話，衝上去一招「踏步擊掌」，左掌向他胸口猛擊過去。閻基側身閃避，說道：「小子，講打麼？」左掌一沉，急抓他的手腕。徐錚變「後插步擺掌」，左手向後勾掛，右掌一揮，向上擺舉，逕擊敵人下顎。閻基頭一偏，右拳直擊下來。這一拳來路極怪，徐錚急忙擺頭讓開，砰的一聲，肩頭已中了一拳，但覺拳力沉重，只震得胸背隱隱作痛。徐錚腳步搖晃，險些摔倒，幸他身強力壯，下盤馬步紮得極穩，忙變「仆腿穿掌」，身子一矮，右腿屈膝蹲下，左掌穿出，那是卸力反攻，「查拳」的高明招數。

閻基並不理會，微微一笑，左腿反鉤，向後倒踢。這一腿來得更是古怪。徐錚大駭，急忙竄上躍避。閻基右拳直擊，喝道：「恭喜發財！」砰的一響，正中徐錚胸口。這一拳好生厲害，徐錚仰天一交跌倒，在地下連打了幾個滾，哇的一聲吐出一口鮮血，極硬朗的一個小夥子，竟給這一拳打得站不起身。羣盜轟然喝采，叫道：「這一拳夠這小子挨的。」

鏢行中人見閻基出手如此狠辣，均是又驚又怒。馬春花伸手去扶師哥，急得要哭，連問：「怎麼啦？」馬行空一生走江湖，不知見過多少大風大浪，但這盜魁使的是甚麼拳腳，卻半點也認不出來。三個侍衛也在低聲議論：「點子是那一派的？」「瞧不出來，有點像五行拳。」「不，五行拳沒那樣邪門。」

馬行空走上兩步，抱拳道：「閻寨主果然好武藝，多謝教訓了小徒，也好讓他知道江湖上儘多能人。」閻基笑道：「我這幾下三腳貓算甚麼玩意兒，給你馬英雄提鞋皮、倒便壺也還挨不上邊兒。光棍別的不會，就會這個。這就請教你馬老英雄的百勝神拳。」馬行空見他滿臉油光，說話貧嘴滑舌，不折不扣是個潑皮無賴，怎地又練就了這樣一身怪異武功，實是奇怪，心中打定了主意，暫且只守不攻，待認清他的拳路再說，當下凝神斜立，雙手虛握。

三名侍衛、商寶震、鏢行眾人一齊凝神觀鬥，都知這一場爭鬥不但關係著三十萬鏢銀的安危，也是馬行空身家性命、一生威望之所繫。大廳中人人肅靜，只聽得火堆中柴炭爆裂，發出輕輕的必卜之聲。院子中大雨如注，竟無半分停息之意。那華服相公自和少婦並肩低聲說話，對馬閻的爭鬥毫沒留心。

閻基從懷中取出一個金光燦爛的黃金鼻煙壺，吸了一口鼻煙，他也知馬行空是個勁敵，將辮子在頭頂盤了個圈，叫道：「光棍祖上不積德，吃飯就得靠拚命！他奶奶的這就拚啊！」忽地猱身直上，左拳猛出，向馬行空擊去。馬行空待他拳頭離胸半尺，一個「白鶴亮翅」，身子已向左轉成弓箭步，兩臂向後成鉤手，呼的一聲輕響，倒揮出來，平舉反擊，使的仍是少林派中極為尋常的「查拳」，但架式凝穩，出手抬腿之際，甚是老練狠辣。

那相公對鏢客與強人的爭鬥本來並不在意，偶然斜眼一瞥之下，正見到閻基一足反踢，招式頗為奇特，不由得留神觀看。那美婦叫道：「歸農，歸農。」那相公隨口漫應，目光卻貫注在二人的拚鬥之上。那美婦伸手搖了搖他肩膀，說道：「一個糟老兒，一個潑皮混混打架，當真就這麼好看。」那相公聽她話中大有不悅之意，忙轉頭笑道：「這潑皮的拳腳很是古怪。」那美婦嘆道：「唉，你們男人，天下最要緊的事兒就是殺人打架。」那相公笑道：「你不許我看，我就不看。那你向著我，讓我把你美麗的臉蛋兒瞧個飽。」那美婦低低一笑，極是嬌媚，果真抬起了頭望他。兩人四目交投，臉上都充滿了柔情密意。

這時馬行空與那盜魁卻已鬥得如火如荼，甚是激烈。馬行空的一路查拳堪堪打完，仍是佔不到半點上風，那閻基的拳腳來來去去只有十幾招，或伸拳直擊，或鉤腿反踢，或沉肘擒拿，或劈掌夾腿。三名武官看了一陣，早察覺他招數有限，但馬行空居然戰他不下，都覺好笑。

眼見馬行空使一招「馬檔推拳」，跨腿成騎馬勢，右手抽回，左手向前猛推。何思豪叫道：「沉肘擒拿。」果然不出所料。閻基手肘一沉，就施擒拿手抓他手腕。馬行空急忙變招，手臂縮回，微微轉身。何思豪笑道：「鉤腿反踢！」閻基果然鉤起右腿，向後反踢。馬行空的武功高出何思豪不知多少，何思豪既已事先瞧出，他豈有料不到之理？但說也奇怪，明知對手要鉤腿反踢，竟然無法以伏著破解。

馬行空號稱「百勝神拳」，少林派各路拳術，全部爛熟於胸，眼見查拳奈何不得對方，招數一變，突然快打快踢，拳勢如風，旁觀者登時目為之眩，他使的是一路「燕青拳」。

那燕青是宋朝梁山泊上好漢，當年相撲之技，天下無對。這一路拳法傳將下來，講究縱躍起伏，盤拗挑打，全是進手招數。馬行空年紀雖老，身手仍是矯捷異常，竄高伏低，宛如狸貓相似。閻基眼見敵人變招，竟是毫不理會，仍舊是那十幾招又笨拙又難看的拳腳翻來覆去的使用。

商寶震、徐錚、馬春花，以及戚鏢頭、楊鏢頭見這盜魁的武功如此古怪，都是詫異萬分。每個人到這時都已料到他下一招是伸拳直擊，還是劈掌夾腿，不禁隨著何思豪叫了出來，但馬行空竟然始終奈何他不得。只見馬老鏢頭「上步進肘攔身拳」，「迎面搶快打三拳」，「左右跨打」，「反身裁錘」，「踢腿撩陰十字拳」，一招接一招，拳腳之快，猶如門外的狂風暴雨一般。但閻基只是一招毛手毛腳的伸臂直擊，就將他所有巧妙的招式盡數破解了。

那獨臂人和黃瘦小孩一直縮在屋角之中，瞧著馬行空和閻基比武。獨臂人低聲道：「小爺，你仔細瞧那個盜魁，要瞧得仔細，千萬別忘了他的相貌。」小孩道：「幹麼啊？幹麼要瞧他？」獨臂人道：「你記著這人，永遠別忘記了。」小孩道：「他是個大壞人麼？」獨臂人咬牙切齒的道：「陰差陽錯，教咱們在這裏撞見了他。你瞧清楚了，可別讓他知覺。」

過了一會，獨臂人又道：「你總說功夫練得不對，你仔細瞧著他，許就練對了。」小孩道：「幹麼呀？」獨臂人眼中微有淚光，低聲道：「現在還不能說，等你年紀大了，武藝練好了，我原原本本的說給你聽。」小孩看閻基拳打腳踢，姿式極其難看，但隱隱似有所悟，忽地大叫一聲：「四叔！」獨臂人忙道：「別大聲嚷嚷。」小孩嗯了一聲答應，低聲道：「這個人的拳腳我有些懂啦。」獨臂人道：「不錯，你好好瞧著。你那本拳經刀譜，前面缺了兩頁，所以你總是說瞧不懂。那缺了的兩頁，就在這閻基身上。」

小孩吃了一驚，黃黃瘦瘦的小臉蛋兒上現出一些紅暈，目不轉瞬的望著閻基，又問：「怎麼會在他身上？」獨臂人道：「將來自會跟你說。這傢伙本來不會甚麼武功，但得了兩頁拳經，學會了十幾招殘缺不全的拳法，居然能跟第一流的拳師打成平手。你想想，那拳經刀譜共有三百多頁，等你將來學會了，學全了，能有多大的本事。」那小孩聽了甚是激動，眼睛中閃耀著興奮的光芒。

場中雖是兩人比武，但可看的卻只有一人。閻基來來去去這十幾招，大家實在都看得膩了。馬行空的拳招卻是變幻百出。

一套「燕青拳」奈何不了對方，忽然拳法又變，使出一套「魯智深醉跌」，但見他如瘋如顛，似醉似狂，忽而臥倒，忽而躍起，「羅漢斜臥」，「仙人渴盹」，這路拳法似乎是亂打亂踢一般，其實是精彩之極。這時閻基那十幾招笨拳卻漸漸不管事了，對方拳腳來路也看不明白，不由得心下著慌。猛聽得馬行空喝一聲：「著！」一腳「鯉魚翻身攪絲腿」，正好踢在他的腰間。閻基痛得彎下了腰。

馬行空知道對方功夫了得，這一腳雖中要害，只怕仍然難以使他身帶重傷。若是平常比武較量，勝了這一腿自然可以收手，但這番爭鬥關連三十萬兩鏢銀，怎容得敵人喘息片刻？若是爭端重起，也未必定能再勝，當下得理不讓人，縱身上前，一腿「拐子腳」，又往他後心踢去。

羣盜齊聲大嘩。閻基忽地一腳鉤腿反踢，來勢變幻無方，馬行空雖然閱歷豐富，一時竟見不及此，被他這一腿踢在小腹之上，仰天一交直摔出去。馬春花與徐錚雙雙搶上扶起。但見他面如白紙，連聲咳嗽，只說：「拚死護鏢！」

徐錚與馬春花各持單刀，護在馬行空兩旁。閻基腰裏也痛得厲害，右手揮了幾下，兩名黑衣大漢走了上來。閻基叫道：「取鏢吧！還等甚麼？」羣盜各出兵刃，齊向鏢客殺去。馬春花、徐錚、戚鏢頭、楊鏢頭大呼迎敵。

羣盜人多，除閻基外雖無高手，但馬春花與徐錚要分心照料父親，給羣盜兩下裏一攻，情勢登見危急。商寶震拔出單刀，叫道：「三位侍衛大人，咱們動手吧！」何思豪道：「好，趕走強盜再說。」四個生力軍加入戰團。

商寶震見馬春花給兩名盜賊用兵器封住了，漸漸施展不開手腳，當即搶將上去，喝道：「男子漢欺侮姑娘，還是兩個鬥一個，不害臊麼？」刷的一刀，往那高個兒的盜賊頭上砍去。那人回鞭照架，幾個回合，商寶震刀中夾掌，左手一掌抹在他胸口，將他擊得直摜出去。馬春花喘息道：「行了，這一個讓我來料理。」商寶震一笑退開，逕去幫助徐錚，三刀兩掌，又打發了一名盜賊。徐錚感激之餘，甚是欽佩師父眼光，這少年的武功果在自己之上。

這麼一來，廳上情勢變換，羣盜紛紛敗退，搶著往門口奔出。猛聽得一人清聲長嘯，叫道：「大家住手，我有話說。」眾人鬥得甚緊，無人理會。商寶震突見人影一晃，一人伸掌在面前一搖，當即舉刀削去，那人右手一鉤一帶，已將他單刀奪下，往地下一摔。商寶震大驚，急忙躍後，瞧那人時，卻是那服飾華貴的相公。

那相公大踏步走入人叢，雙手鉤拿拍打，只聽叮叮噹噹，響聲不絕，兵刃落了一地，原來都被他施展小擒拿手法，奪過來拋下。羣盜與眾鏢客驚駭之下，各自躍開，呆呆的望著他。閻基一愣，忽然記起了十餘年前之事，叫道：「田相公!是你?」

那相公想不起他是誰，奇道：「你認得我?」閻基笑道：「十三年前在滄州府，小的曾服侍過你老。」那相公低頭一想，恍然記起，說道：「是了，你就是那個跌打醫生。怎麼學會了一身武功，做起寨主來啦?」閻基上前請了個安，說道：「全憑你老栽培。」原來這相公打扮之人，正是天龍門北宗掌門人田歸農。

鏢行人眾眼見已可驅退羣盜，那知這田相公不但武功強極，還與盜魁是舊交，這一下可糟糕已極。馬行空低聲囑咐，叫大夥兒護住鏢車，瞧他眼色行事。

田歸農雙目自左至右在眾人臉上橫掃一遍，然後又自右至左的橫掃過來，再向天井中傾盆而下的大雨望了一眼，眼光終於停在鏢車之上，說道：「閻兄，今日的買賣你可是賠定啦。」閻基陪笑道：「你老人家別見怪，也是弟兄們少口飯吃，走投無路，這才幹起這沒本錢買賣來。我們定當改過自新，不敢忘了田相公今日的恩德。」田歸農哈哈大笑，說道：「怎麼跟我鬧起虛文來啦?老閻，你拿五萬兩鏢銀，夠不夠使了?」閻基一怔，陪笑道：「你老人家開玩笑啦。」田歸農道：「開甚麼玩笑？這裏三十萬鏢銀，我取一半十五萬，餘下的你取五萬，還有十萬兩你說怎麼分？」

閻基喜出望外，忙道：「你老人家一併取去就是了，還分甚麼？」田歸農搖頭道：「那不成話，這那裏還有江湖義氣？適才我們進來避雨，我……我……我娘子衣服濕了……」那美婦聽他說「我娘子」三字，臉上一紅，神態微現忸怩，向田歸農微微一笑。田歸農報以一笑，繼續說道：「鏢行這位姑娘借衣服給她，這一番情分不能不報，咱們給馬姑娘留五萬兩。還有，這裏三位侍衛大人在此，常言道見者有份，每人分一萬兩。餘下二萬，就送給此間主人。你說我這樣分法公不公道？」閻基連連鼓掌，大叫：「公道之極，公道之極！我早說你田相公是天下第一等慷慨的大英雄。」

馬行空、徐錚、馬春花等聽田歸農侃侃而談，旁若無人，倒似這三十萬兩銀已是他囊中之物一般。馬行空身受重傷，這麼一氣，更是險欲暈去。徐錚眼望師父，只問：「怎麼辦？怎麼辦？」馬春花怒道：「甚麼怎麼辦？」彎腰拾起地下的單刀，叫道：「姓田的，你當我們是死人還是活人？」說著揚起單刀，逕往田歸農撲去。

田歸農笑道：「你別逼我動手，我娘子可要喝醋。」那美婦啐了一口，笑罵：「貧嘴！」但似對他的輕薄口吻甚為喜愛。馬春花聽他言語無禮，更是惱怒，上步一刀，攔腰橫砍。田歸農笑道：「唉喲，不好，我娘子可不許我跟女人打架。」手指在她刀背上一擊，馬春花拿揑不住，脫手撒刀。田歸農手法快極，右手搶過刀柄，左手已拿住她手腕，舉起刀來，作勢要往她頭頸中砍下，口中卻嘆道：「似這般如花如月貌，怎叫我不作惜玉憐香人！」

商寶震和徐錚見他戲弄馬春花，雙雙搶出。商寶震右手一揚，一枝金鏢取他左目。徐錚急了，來不及拾取地下兵刃，飛腳就踢他後心。田歸農倏地回身，撤刀擒拿，抓住他的足踝，往上一提。徐錚身子倒轉，只感腿上一陣劇痛，失聲大叫，原來那枝金鏢打進了他右腿。田歸農揮手一抖，徐錚的身子猶如一柄掃帚般橫掃出去，正撞在馬春花腿上，兩人跌在一起。眾人見他戲耍二人，如弄嬰兒，那裏還敢上前？

田歸農道：「閻兄，你把鏢銀就照適才我說的那麼分了，套一輛大車給我，我們兩口子身有急事，須得冒雨趕路。」閻基大喜，連聲答應。羣盜從鏢車中取出銀鞘，五萬兩的堆成一堆，三萬兩、二萬兩又各作一堆，分別堆在地下，向眾車夫喝道：「乖乖的趕路。」

北道上有個規矩，綠林豪客劫鏢搶銀，卻不傷害車夫，甚至腳力酒錢也依常例照給，但若車夫不聽囑咐，自然又作別論。眾車夫見了這等情勢，那敢不依，冒著大雨，將銀車一輛輛推出去。

馬行空見銀車出去一輛，心裏就發一陣疼，只見一輛騾車趕到庭前，田歸農扶著娘子便要上車。只要騾車一行，馬行空就是身敗名裂，一世辛苦付於流水了。他顫巍巍的站起身來，突然縱起，叫道：「我和你拚了！」雙手猶如鐵鉤，猛往田歸農臉上抓去。那美婦甚是害怕，嚇得叫了一聲。田歸農側身出掌，擊向他肩頭。馬行空若是未受重傷，這一掌自然打他不著，但此時全身筋骨不聽使喚，眼見掌到，竟然不能閃避，砰的一聲，身子飛起，向院子中跌了出去。

猛聽得一人嗓子低沉，嘿嘿嘿三下冷笑。

這三聲冷笑傳進廳來，田歸農和那美婦登時便如聽見了世上最可怕的聲音一般，二人面如白紙，身子發顫。田歸農用力一推，將那美婦推入車中，飛身而起，跨上了騾背，雙腿急夾，揮鞭催騾快走。那知他連連揮鞭，這騾子只跨出兩步，突然停住，再也不能向前半尺。

眾人站在廳口，從水簾一般的大雨中望將出去。只見一個又高又瘦的大漢，左手抱著一個包裹，右手拉住了大車的車轅。那騾子給田歸農催得急了，低頭弓腰，四蹄一齊發勁，但大漢拉著車轅，大車竟似釘牢在地下一般，動也不動。此人神力，實足驚人。

那大漢又冷笑了一聲。田歸農尚自遲疑，車中的美婦卻已跨出車來，向那大漢瞧也不瞧，昂然走進廳去。田歸農慢慢跨下騾背，也跟著進廳。他全身被雨淋得濕透，卻似絲毫不覺，目光呆滯，失魂落魄一般。那美婦招手叫他過去，坐在她的身旁。

那高瘦大漢大踏步進廳，坐在火堆之旁，向旁人一眼不瞧，打開包裹，原來裏面是個兩歲大的女孩。那大漢怕冷壞了孩子，抱著她在火邊烤火。那女孩正自沉沉睡熟，圓圓的眼旁卻掛著兩顆淚珠。

馬春花、徐錚和商寶震三人扶著馬行空起來，見田歸農對那高瘦大漢如此害怕，都是又驚又喜。馬春花道：「爹，你傷處還好麼？這……這人是誰？」馬行空道：「他……他是……打遍天下無敵手……金……金面佛苗人鳳……」一句話剛說完，已痛得暈了過去。

大廳之上，飛馬鏢局的鏢頭和趟子手集在東首，閻基與羣盜集在西首，三名侍衛與商寶震站在椅子之後，各人目光都瞧著苗人鳳、田歸農與美婦三人。

苗人鳳凝視懷中的幼女，臉上愛憐橫溢，充滿著慈愛和柔情，眾人若不是適才見到他一手抓住大車，連健騾也無法拉動的驚人神力，真難相信此人身負絕世武功。

那美婦神態自若，呆呆望著火堆，嘴角邊掛著一絲冷笑，只有極細心之人，才瞧得她嘴唇微微顫動，顯得心裏甚是不安。

田歸農臉如白紙，看著院子中的大雨。

三個人的目光瞧著三處，誰也不瞧誰一眼，各自安安靜靜的坐著，一言不發。但三人心中，卻如波濤洶湧，有大歡喜，有大哀愁，有大憤怒，也有大恐懼。

第二章

寶刀和柔情

南小姐眼見這場驚心動魄的惡戰，嚇得呆了，最後見苗人鳳倒下，忙走上相扶，但苗人鳳身軀高大，她嬌弱無力，那裏扶得起來。

苗人鳳望著懷裏幼女那甜美文秀的小臉，腦海中出現了三年之前的往事。這件事已過了三年，但就像是剛過了三天一般，一切全清清楚楚。眼前下著傾盆大雨，三年前的那一天，卻下的是雪，是漫天鵝毛一般紛紛撒著的大雪。

那是在河北滄州道上。時近歲晚，道上行人稀少，苗人鳳騎著一匹高頭長腿的黃馬，控轡北行。

十年前的臘月，他與遼東大俠胡一刀在滄州比武，以毒刀誤傷了胡一刀。胡夫人自刎殉夫。他與胡一刀武功相若，豪氣相侔，兩人化敵為友，相敬相重，豈知一招之失，竟爾傷了這位生平唯一的知己。他號稱「打遍天下無敵手」，縱橫海內，只有遇到了這位遼東大俠，二人比武五日，聯床夜話，這才是遇到了真正敵手，這才是真正的肝膽相照，傾心相許……苗人鳳為了此事，十年來始終耿耿於懷，鬱鬱寡歡。

胡一刀夫婦逝世十年之期將屆，苗人鳳千里迢迢的從浙南趕來，他是要到亡友墓前親祭。風雪殘年，馬上黃昏。苗人鳳愈近滄州，心頭愈是沉重。他縱馬緩行，心中在想：「當年若不是一招失手，今日與胡氏夫婦三騎漫遊天下，教貪官惡吏、土豪巨寇，無不心驚膽落，那是何等的快事？」

正自出神，忽聽身後車輪壓雪，一個車夫捲著舌頭「得兒——」一聲響，催趕騾子，擊鞭劈啪作聲，一輛大車從白茫茫的雪原上疾行而來。拉車的健騾口噴白氣，衝風冒雪，放蹄急奔。

大車從苗人鳳身旁掠過，忽聽車中一個嬌柔的女子聲音送了出來：「爹，到了京裏，你就陪我去買宮花兒戴……」下面的話兒卻聽不見了。這是江南姑娘極柔極清的語聲，在這北方莽莽平原的風雪之中，卻是極不相襯。

突然之間，騾子左足踏進了一個空洞，登時向前一蹶。那車夫身子前傾，隨手一提，騾子借力提足，繼續前奔。

苗人鳳暗暗詫異：「那車夫這一傾一提，好俊的身手，好強的膂力，看來是位風塵奇士，怎麼去做了趕大車的？」

思念未定，只聽得腳步聲響，後面一個腳夫挑了一擔行李，邁開大步趕了上來。這擔行李壓得一根棗木扁擔直彎下去，顯得頗為沉重，但那腳夫行若無事，在雪地裏快步而行，落腳甚輕。

苗人鳳更是奇怪：「這腳夫非但力大，而且輕功更是了得。」他知道其中必有蹺蹊：「這腳夫似在追蹤那車夫，看來有甚麼兇殺尋仇之事。」當下提著馬鞭，不疾不徐的遙遙的跟在大車之後，要待看個究竟。

行出數里，見那腳夫雖然肩上壓著沉重行李，仍是奔跑如飛，忽聽身後銅片兒叮叮噹噹響亮，一條漢子挑著一副補鍋的擔兒，虛飄飄的趕來。這人在雪中行走，落步更輕，雖然說不上踏雪無痕，但輕功之佳，武林中甚是罕見。苗人鳳尋思：「又多了一個。這人是那一派的？」但見他斗笠和簑衣上罩滿了白雪，在風中一晃一飄，走得歪歪斜斜，登時省起：「這身奈何功是鄂北鬼見愁鍾家的功夫。」

行了七八里路，天色黑將下來，來到一個小小市集。苗人鳳見大車停在一家客店前面，於是進店借宿。客店甚小，集上就此一家。眾客商都擠在廳上烤火喝白乾，車夫、腳夫、補鍋匠都在其內。

苗人鳳雖然名滿天下，但近十年來隱居浙南，武林中識得他的人不多。那腳夫、車夫和補鍋匠他都不相識，當下默然坐在一張小桌之旁，要了酒飯，見那三人分別喝酒用飯，瞧來並非一路。

忽聽內院一個人大聲說道：「南大人、小姐，小地方委屈點兒，只好在外邊廳上用飯。」棉簾掀開，店伴引著一位官員、一位小姐來到廳上。本來坐著的眾客商見到官員，紛紛起立。苗人鳳並不理會，自管喝酒。只見那官員穿著醬色緞面狐皮袍子，白白胖胖，一副福相。那小姐相貌嬌美，膚色白膩，別說北地罕有如此佳麗，即令江南也極為少有。她身穿一件蔥綠織錦的皮襖，顏色甚是鮮艷，但在她容光映照之下，再燦爛的錦緞也已顯得黯然無色。

眾人眼前一亮，不由得都有自慚形穢之感，有的訕訕的竟自退到了廊下，廳上登時空出一大片地方來。

那店伴一疊連聲的「大人、小姐」，送飯送酒，極是殷勤。苗人鳳聽他叫喊酒菜之時，中氣充沛，不覺留神，一瞧他身形步法，卻不是會家子是甚麼？又見他兩邊太陽穴微微凸出，竟然內功有頗深造詣，不由得更是奇怪，心道：「這批人必有重大圖謀，左右閒著，就瞧瞧熱鬧，且看他們幹的是好事還是歹事。不知跟這官兒有干係沒有？」

這一留神，不免向那官兒與小姐多看了幾眼。那官兒忽地一拍桌子，發作起來，指著苗人鳳罵道：「你是甚麼東西？見了官府不迴避也就罷了，賊眼還骨溜溜的瞧個不休。我看你粗手大腳，生成一副賊相，再瞧一眼，拿片子送到縣裏去打你個皮開肉綻。」苗人鳳低頭喝酒，並不理會。那官兒更加怒了，叫道：「你請安陪禮也不會麼？這麼大剌剌的坐著。」

那小姐柔聲勸道：「爹，你犯得著生這麼大氣？鄉下人不懂規矩，也是有的。何必跟這些粗人一般見識？哪，喝了這杯吧。」說著將一杯酒遞到他的嘴邊。那官兒骨嘟一口喝乾，似乎將怒氣和酒吞服了，橫了苗人鳳一眼，見他低頭不語，想是怕了，於是自斟自飲的跟女兒說笑起來。話中說的都是到了北京之後，補上了官便怎樣怎樣，瞧神情是一名赴京謀幹差使的候補官兒。

說話之間，大門推開，飄進一片風雪，跟著走進一位官員來。這人黃皮精瘦，遠沒先前那官兒的氣派十足。他大聲笑道：「人生何處不相逢，又與仁通兄在這裏撞見，真是巧之極矣！」說著搶上來與那姓南的官兒南仁通行禮廝見。

南氏父女一齊站起，南仁通拱手道：「調侯兄，幸會幸會！一起坐罷。」那「調侯兄」謝了，坐在桌邊。店伴添上杯筷，傳酒呼菜。

苗人鳳心道：「連這個調侯兄，一共是五個高手了。這姓南的父女看不出有甚麼武功。會不會大智若愚，竟讓我走了眼呢？」想到此處，不禁暗自警戒，不敢向他們多瞧一眼。要知他那「打遍天下無敵手」的外號，實是犯了武林大忌，天下英雄好漢，那一個不想將這頭銜摘了下來。他一生所歷風險多過常人百倍，皆拜這外號之所賜。此刻心想：「這幾人說不定是衝著我而來。他們成羣結黨，一齊上來倒是難鬥。不知前面是否更有高手埋伏？」

只聽那「調侯兄」與南仁通高談闊論，說的都是些官場中升遷降謫的軼聞。廊下那腳夫和補鍋匠卻大聲吵嚷起來。兩人爭的是世上有沒有當真削鐵如泥的寶劍寶刀。那腳夫道：「你「甚麼削鐵如泥，都是吹大氣！那寶刀也不過鋒利點兒，當真就這麼神？」補鍋匠道：「你見過多少世面了？知道甚麼？寶刀就是寶刀，若不是怕嚇壞了你，我就拿一口讓你開開眼界。」腳夫嚷道：「你有寶刀？呸，別發你的清秋大夢吧！有寶刀也不補鍋兒啦！只怕磨不利的鈍柴刀、鏽菜刀，倒有這麼一把兩把！」眾人聽著都大笑起來。

補鍋匠氣鼓鼓的從擔兒裏取出一把刀來，綠皮鞘子金吞口，模樣甚是不凡。他刷地拔刀出鞘，寒光逼人，果然是好一口利刃。眾人都讚了一聲：「好刀！」補鍋匠拿起刀來，一刀作勢向腳夫砍去。腳夫抱頭大叫：「我的媽呀！」急忙避開，眾人又是一陣轟笑。

苗人鳳瞧了二人神情，心道：「這兩人果是一路。這麼串戲，卻不是演給我看的了。」

補鍋匠道：「有上好菜刀柴刀，請借一把。」那店伴應聲入廚，取了一把菜刀出來。補鍋匠道：「你拿穩了！」那店伴將菜刀高高舉起。補鍋匠橫刀揮去，噹的一聲，菜刀斷為兩截。

眾人齊聲喝采：「果是寶刀！」

補鍋匠得意洋洋，大聲吹噓，說他這柄刀如何厲害，如何名貴。廊下眾人臉現仰慕之色，津津有味的聽著。南仁通聽他說了一會，忍不住「哼」了一聲，臉現不屑之色。

那「調侯兄」道：「仁通兄，這柄刀確也稱得上個『寶』字了，想不到販夫走卒之徒，居然身懷這等利器。」南仁通道：「利則利矣，寶則未必。」「調侯兄」道：「我兄此言差矣！你瞧此刀削鐵如泥，世上那裏更有勝於此刀的呢？」南仁通道：「吾兄未免少見多怪，兄弟就……」還待再說下去，南小姐忽然插口道：「爹，你喝得多啦，快吃了飯去睡吧。」

南仁通笑道：「嘿，女孩兒就愛管你爹爹。」說著卻真的要飯吃，不再喝酒。那「調侯兄」又道：「兄弟今日總算開了眼界，這等寶刀，吾兄想來也是生平第一次見到。」南仁通冷笑道：「勝於此刀十倍的，兄弟也常常見到。」「調侯兄」哈哈大笑，道：「取笑取笑！吾兄是位文官，又見過甚麼寶刀來？」

補鍋匠聽到了二人對答，大聲道：「世上若有更勝得此刀的寶刀，我寧願把頭割下來送他。吹大氣又誰不會啦？嘿，我說我兒子也做個五品官呢，你們信不信啦？」眾人忙喝：「胡說，快閉嘴！」

南仁通氣得臉也白了，霍地站起，大踏步走向房中。南小姐連叫：「爹爹！」他那裏理會，片刻間捧了一柄三尺來長的彎刀出來。但見刀鞘烏沉沉的，也無異處。他大聲道：「喂，補鍋兒的，我這裏有把刀，跟你的比一下，你輸了可得割腦袋。」補鍋匠道：「若是老爺輸了呢？」南仁通氣道：「我也把腦袋割與你。」南小姐道：「爹，你喝多啦，跟他們有甚麼說的？回房去吧！」南仁通若有所悟，哼了一聲，捧著刀轉身回房。

補鍋匠見他意欲進房，又激一句：「若是老爺輸了，小人怎敢要老爺的腦袋？不如老爺招小人做女婿吧！」眾人有的譁笑，有的斥他胡說。南小姐氣得滿臉通紅，不再相勸，賭氣回房去了。

南仁通緩緩抽刀出鞘，刃口只露出半尺，已見冷森森一道青光激射而出，待那刀刃拔出鞘來，寒光閃爍不定，耀得眾人眼也花了。南仁通道：「我這口刀，有個名目，叫作『冷月寶刀』，你瞧清楚了。」

補鍋匠湊近一看，見刀柄上用金絲銀絲鑲著一鉤眉毛月之形，說道：「老爺的刀好，那不用比了。」

苗人鳳見眾人言語相激，南仁通取出寶刀，心下已自了然，原來這幾人均是為這口寶刀而來。學武之士把寶劍利刃看得有如性命一般，身懷利器，等於武功增強數倍。他有如此一柄寶刀，無怪眾人眼紅。不過他是文官，這刀卻從何處得來？這些人卻又如何知曉？苗人鳳初時提防這幾人陰謀對付自己，一直深自戒備，現下既知他們是想奪寶刀，心下坦然，登時從局中人變成了旁觀客。但見寶刀一出鞘，那「調侯兄」、店伴、腳夫、車夫、補鍋匠一齊湊攏。苗人鳳知道這五人均欲得刀，只是礙著旁人武功了得，這才不敢貿然動手，否則以南仁通手無縛雞之力，這把刀早已被人奪去，那裏等得到今日？

南仁通恨那補鍋匠口齒輕薄，本要比試，但見他那把刀鋒銳無比，也非常物，若是鬥個兩敗俱傷，豈非損傷了至寶？於是說道：「你知道了就好，下次可還敢胡說八道麼？」正要還刀入鞘，那「調侯兄」突然一伸手，將刀奪過，擦的一聲輕響，與補鍋匠手中利刃相交，補鍋匠的刀刃斷為兩截，接著又是噹的一響，刀頭落在地下。補鍋匠、腳夫、車夫、店伴四人將「調侯兄」四下圍住，立時就要動手。「調侯兄」雖然寶刀在手，卻是眾寡不敵，當即將刀還給了南仁通，翹拇指說道：「好刀，好刀！」南仁通臉上變色，責備道：「咳，你也太過魯莽了！」見寶刀無恙，這才喜孜孜的還刀入鞘，回房安睡。

苗人鳳知道適才五人激南仁通取刀相試，那是要驗明寶刀的正身，不出一日，五人就有一場流血爭鬥。他雖俠義為懷，但見那南仁通橫行霸道，不是好人，這把刀只怕也是巧取豪奪而得，心想我自去祭墓，不必理會他們如何黑吃黑的奪刀。

次日絕早起來，只見南仁通已然起行，補鍋匠等固然都已不在店內，連那店伴也已離去。一問之下，這人果然是昨天傍晚才到的惡客，給了十兩銀子，要喬裝店伴。苗人鳳暗暗嘆息：「常言道：慢藏誨盜，果然一點兒不錯。」結了店帳，上馬便行。

馳出二十餘里，忽聽西面山谷中一個女子聲音慘呼：「救命！救命！」正是南小姐的聲音。苗人鳳心想：「這些惡賊奪了刀還想殺人，這可不能不管。」一躍下馬，展開輕身功夫循聲趕去，轉過兩個彎，只見雪地裏殷紅一片，南仁通身首異處，死在當地。那「冷月寶刀」橫在他身畔，五個人誰也不敢伸手先拿。南小姐卻給補鍋匠抓住了雙手，掙扎不得。

苗人鳳隱身一塊大石之後，察看動靜。只聽「調侯兄」道：「寶刀只有一把，卻有五個人想要，怎麼辦？」那腳夫道：「憑功夫分上下，勝者得刀，公平交易。」「調侯兄」向南小姐瞧了一眼，說道：「寶刀美人，都是難得之物。」補鍋匠道：「我不爭寶刀，要了她就是啦。」店伴冷笑道：「也不見得有這麼便宜事兒。武功第一的得寶刀，第二的得美人。」腳夫、車夫齊聲道：「對，就是這麼著。」店伴向補鍋匠道：「老兄，勞駕放開手，說不定在下功夫第二，這是我的老婆！」「調侯兄」笑道：「正是！」轉頭厲聲向南小姐道：「你敢再嚷一聲，先斬你一刀再說！」補鍋匠放開了手。南小姐伏在父親屍身之上，抽抽噎噎的哭泣。

那車夫笑道：「小姐，別哭啦。待會兒就有你樂的啦！」伸手去摸她臉，神色極是輕薄。

苗人鳳瞧到此處，再也忍耐不住，大踏步從石後走了出來，低沉著嗓子喝道：「下流東西，都給我滾！」那五人吃了一驚，齊聲喝道：「你是誰？」苗人鳳生性不愛多話，揮了揮手，道：「一齊滾！」補鍋匠性子最是暴躁，縱身躍起，雙掌當胸擊去，喝道：「你給我滾！」苗人鳳左掌揮出，以硬力接他硬力，一推一揮，那補鍋匠騰空直飛出去，摔在丈許之外，半天爬不起來。

其餘四人見他如此神勇，無不駭然，過了半晌，不約而同的問道：「你是誰？」苗人鳳仍是揮了揮手，這次連「滾」字也不說了。

那車夫從腰間取出一根軟鞭，腳夫橫過扁擔，左右撲上。苗人鳳知道這五人都是勁敵，若是聯手攻來，一時之間不易取勝，當下一出手就是極厲害的狠招，側身避開軟鞭，右手疾伸，已抓住扁擔一端，運力一抖，喀喇一響，棗木扁擔斷成兩截，左腳突然飛出，將那車夫踢了一個觔斗，那腳夫欲待退開，苗人鳳長臂伸處，已抓住他的後領，大喝一聲，奮力擲出，那腳夫猶似風箏斷線，竟跌出數丈之外，騰的一響，結結實實的摔在雪地之中。

那「調侯兄」知道難敵，說道：「佩服，佩服，這寶刀該當閣下所有。」一面說一面俯身拾起寶刀，雙手遞了過來。苗人鳳道：「我不要，你還給原主！」那「調侯兄」一怔，心想：「世上那有這樣的好人？」一抬頭，只見他臉如金紙，神威凜凜，突然想起，說道：「原來閣下是金面佛苗大俠？」苗人鳳點了點頭。「調侯兄」道：「我們有眼不識泰山，栽在苗大俠手裏，還有甚麼話說？」當下又將寶刀遞上，說道：「小人蔣調侯，三生有幸，得逢當世大俠，這寶刀請苗大俠處置吧！」苗人鳳最不喜別人囉唆，心想拿過之後再交給南小姐便是，當下伸手握住了刀柄。

他正要提手，突聽嗤嗤兩聲輕響，腿上微微一疼。蔣調侯躍開丈餘，向前飛跑，叫道：「他中了我的絕門毒針，快纏住他。」苗人鳳聽到「絕門毒針」四字，口中「哦」了一聲，暗道：「雲南蔣氏毒針天下聞名，今番中了他的詭計。」心知這暗器劇毒無比，當下深吸一口氣，飛奔而前，頃刻時趕上蔣調侯，一把抓住，伸指在他脅下一截，已閉住了他的穴道，抛在地下。

腳夫、車夫等本已一敗塗地，忽聽得敵人中了毒針，無不喜出望外，遠遠圍著，均不逼近，要待他毒發自斃。苗人鳳一口氣不敢吞吐，展開輕功，疾向腳夫趕去。那腳夫嚇得魂飛魄散，捨命狂奔。苗人鳳趕到身後，右掌擊去，登時將他五臟震裂。此掌擊出後腳下片刻不停，瞬息間追到車夫身前。那車夫揮動軟鞭護身，只盼抵擋得十招八招，挨到他身上毒性發作。苗人鳳那裏與他拆甚麼招，蒲扇般的大手伸出，抓住軟鞭鞭梢，神力到處，一奪一揮，軟鞭倒轉過來，將他打得腦漿迸裂。

苗人鳳連斃二人，腳上已自發麻，此是生死關頭，不容有片刻喘息，但見店伴與補鍋匠都已在數十丈外，二人是一般的心思，盡力遠遠逃開，以待敵人不支。苗人鳳本來不欲傷人性命，但此時只要留下一個活口，自己毒發跌倒，那就是把自己性命交在他的手裏。當下咬緊牙關，手握軟鞭，追趕店伴。那店伴極是狡猾，儘揀泥溝陷坑中奔跑。但苗人鳳的輕功何等了得，一轉眼已自追上。那店伴眼見難逃，提著匕首撲將過來。苗人鳳立刻回頭轉身，向後一腳倒踹，瞧也不瞧，立即提氣追趕補鍋匠。這一腳果然正中店伴心窩，踢得他口中狂噴鮮血，仰天立斃。

那補鍋匠武功雖不甚強，但鄂北鬼見愁鍾家所傳輕功卻是武林中一絕。苗人鳳追奔逐北，毒氣發作得更快，腳步已自蹣跚，竟然追趕不上。補鍋匠見他一顛一躓，心中大喜，暗想：「老天保佑，教我垂手而得寶刀美人。」思念未定，突聽半空呼呼風響，一條黑黝黝的東西橫空而至，待欲閃躲，已自不及。原來苗人鳳知道追他不上，最後奮起神力，擲出軟鞭。這條鋼鑄軟鞭從面門直打到小腹，補鍋匠立時屍橫雪地。此時苗人鳳也已支持不住，一交摔倒。

南小姐伏在父親屍上，眼見這場驚心動魄的惡戰，嚇得呆了，最後見苗人鳳倒下，忙走近相扶，但苗人鳳身軀高大，她嬌弱無力，那裏扶得起來？苗人鳳神智尚清，下半身卻已麻木，指著蔣調侯道：「搜他身邊，取解藥給我服。」南小姐依言搜索，果然找到一個小小瓷瓶，問苗人鳳道：「是這個麼？」苗人鳳昏昏沉沉，已自難辨，道：「不管是不是，服……服了再說。」南小姐拔開瓶塞，將小半瓶黃色藥粉倒在左掌，送入苗人鳳口裏。

苗人鳳用力吞下，說道：「快將他殺了！」南小姐大吃一驚，道：「我……我不敢……殺人。」苗人鳳厲聲道：「他是你殺父仇人。」南小姐仍道：「我……我不敢……」苗人鳳道：「再過幾個時辰，他穴道自解。我受傷很重……那時咱兩人死無葬身之地。」

南小姐雙手提起寶刀，拔出刀鞘，眼見蔣調侯眼中露出哀求之色，她自小殺雞殺魚也是不敢，這殺人的一刀如何砍得下去？

苗人鳳大喝：「你不殺他，就是殺我！」南小姐吃了一驚，身子一顫，寶刀脫手掉下。這刀砍金斷玉，刃口正好對準蔣調侯的腦袋。只聽得南小姐與蔣調侯同聲大叫，一個昏倒，跌在苗人鳳身上，另一個的腦袋已被寶刀劈開。

苗人鳳想到此處，懷中幼女忽然嚶的一聲醒來，哭道：「爸爸，媽呢？我要媽。」苗人鳳還未回答，那女孩一轉頭，見到火堆旁的美婦，張開雙臂，大叫：「媽媽，媽媽，蘭蘭找你！」歡然喜躍，要那美婦來抱。

四周眾人聽那幼女先叫苗人鳳「爸爸」，又叫那美婦「媽媽」，都是大感驚異，心想這美婦明明是田歸農之妻，怎麼又會是苗人鳳之女的母親？那女孩這兩聲「媽媽」一叫，大廳中緊張的氣勢又自濃了幾分。幾十個大人個個神色嚴重，只有一個孩子卻歡躍不已。

那美婦站起身來，走到苗人鳳身旁抱過孩子。那女孩笑道：「媽媽，蘭蘭找你，你回家了。」那美婦緊緊摟著她，兩張美麗的臉龐偎倚在一起。女孩在夢中流的淚水還沒乾，這時臉頰上又添了母親的眼淚。

臉有刀疤的獨臂怪漢一直縮身廳角，靜觀各人。這時輕輕站起，走到盜魁閻基身前，在他耳邊悄悄說了幾句話。閻基神色大變，忽地站起。向苗人鳳望了一眼，臉上大有懼色，緩緩伸手入懷，取出一個油紙小包。獨臂人夾手奪過，打開一看，見裏面是兩張焦黃的紙片。

他點了點頭，包好了放入懷內，重行回到廳角坐下。

那美婦伸衣袖抹了抹眼淚，突然在女孩臉上深深一吻，眼圈一紅，又要流出淚來，終於強行忍住，霍地站起，把女孩交還給了苗人鳳。那女孩大叫：「媽媽，媽媽，抱抱蘭蘭。」那美婦背向著她，宛似僵了一般，始終不轉過身來。

苗人鳳耐著性子等待，等那美婦答應一聲，等她回過頭來再瞧女兒一眼……

在苗人鳳心中，他早已要將一個人拉過來踏在腳下，一掌打死，但他知道，一定會有人捨命阻止。他的武功是打遍天下無敵手，但他的心腸卻很脆弱，只因為他是極深的愛著眼前這個美婦。

他聽見女兒在哭叫：「媽媽，媽媽，抱抱蘭蘭！」女兒在他懷中掙扎著要到母親那裏。他耐著性子等待，等那美婦答應一聲，等她回過頭來再瞧女兒一眼……

那美婦是耳聾了？還是她的心像鐵一般剛硬？小女孩在連聲哀求：「媽媽，抱抱蘭蘭！」但媽媽一動也不動，背心沒一點兒顫抖，連衣衫也沒一點擺動。

苗人鳳全身的血在沸騰，他的心要給女兒叫得碎了。於是三年之前，滄州雪地裏的事又湧上了心頭：

雪地裏橫著六具屍身，苗人鳳腿上中了蔣調侯的兩枚絕門毒針，下半身麻痺，動彈不得。南小姐慢慢醒轉，見自己跌在苗人鳳懷裏，急忙站起，雙腳一軟，又坐倒在雪地裏。她驚惶已極，連哭也哭不出聲來。

苗人鳳道：「把那匹馬牽過來。」聲音很嚴厲，南小姐只有遵依的份兒。她將馬牽到苗人鳳身邊，伸出柔軟的手，握住了他蒲扇一般的手掌，想拉他起來。

苗人鳳道：「你走開！」心想：「你怎拉得起我？」這時他兩腿已難以行動，當下抬起上身，伸右手握住馬鐙，手臂微一運勁，身子倒翻上了馬背，說道：「拿了那柄刀！」南小姐失魂落魄般拾了寶刀。苗人鳳伸左手在她腰間輕輕一帶，將她提上了馬背。兩人並騎，慢慢回到小客店中。

苗人鳳運足功勁，才沒在馬上昏暈過去，但一到店前，再也支持不住，翻身落在雪地。兩名店小二奔出來扶了他進去。

苗人鳳捲起褲腳，將兩枚毒針拔了出來，他叫店小二替他吸出腿上毒血，雖然許以重酬，店小二仍是害怕躊躇。

南小姐將柔嫩的小口湊在他腿上，將毒血一口一口的吸出來。她很清楚的知道：兩人的肌膚這麼一接觸，自己就是他的人了。他是大盜也好，是劇賊也好，再也沒第二條路，她已決心跟著他。

苗人鳳也知道：這幾口毒血一吸，自己無牽無掛、縱橫江湖的日子是完結啦。他須得終身保護這女子。這個千金小姐的快樂和憂愁，從此就是自己的快樂與憂愁。

他及時服了蔣調侯的解藥，性命是可保的了，但絕門毒針非同小可，不調治十天半月，兩腿無法使喚。他取出銀子，命店小二去收殮了南小姐的父親，也收殮了那五個企圖搶奪寶刀的豪客。

南小姐與他同住在一間房裏，服侍他、陪伴他。經過了這場驚心動魄的變故，南小姐一閉眼就看到雪地裏那場慘劇，看到父親被賊人殺死，看到自己手中的寶刀掉下去，殺死了一個人。她常常在睡夢中哭醒。

苗人鳳不喜言辭，從來不說一句安慰的言語。但南小姐只要見到他沉靜鎮定的臉色、同情的眼光，就不再害怕了。

她跟他說，她父親南仁通在江南做官，捉到了一名江洋大盜，得到這柄「冷月寶刀」。不久南仁通調補京官，他要將寶刀獻給當道，滿心想飛黃騰達，不料卻因此枉自送了性命。

苗人鳳問起那江洋大盜的姓名，南小姐卻說不上來，她只知道這大盜是在獄中病死的。他想：不知是那一個好漢，不明不白的又給害死了。那五名奪刀的豪客，必定識得這個大盜，知道大盜有一柄寶刀，於是一路跟蹤下來。

第五天晚上，南小姐端了一碗藥給苗人鳳喝。他正要伸手去接，忽聽得窗外簌簌幾下響聲。他不動聲色，接過藥碗來慢慢喝了下去。他知窗外有人窺探，但震於自己的威名，不敢貿然動手。暗自盤算：「這多半是奪刀五人的後援，再過五六日，那就不足為懼，苦於這幾日兩腿兀自酸軟無力，若有強敵到來，倒是不易對付。」

只聽得拍的一聲，白光閃動，窗外擲進一柄匕首，釘在桌上，微微顫動。匕首上附著一張白紙。南小姐「啊」的一聲驚呼，奔到他身邊。

苗人鳳睡在炕上，伸手夠不著匕首。他冷笑一聲，左掌在桌子邊緣一拍。匕首本來插進桌面數寸，這一拍之下，登時跳起，彈起尺許。跌在他手旁。窗外有人讚道：「金面佛名不虛傳，果然了得！」腳步輕響，兩個人越牆出外。接著馬蹄響起，兩騎馬遠遠去了。

苗人鳳拿起白紙，見寫著一行字道：「鄂北鍾兆文、鍾兆英、鍾兆能頓首百拜。」

南小姐見他臉色木然，不知是憂是怒，問道：「是敵人找上來了嗎？」苗人鳳點點頭。

南小姐道：「你在桌上這麼一拍，他們就嚇走了，是不是？」苗人鳳搖頭道：「他們是來送信的。」

南小姐道：「你這麼大本事，他們一定害怕。」苗人鳳不語，心想：「鄂北鬼見愁鍾氏三兄弟，既然找上來了，就不害怕。」南小姐話是這麼說，心中也自擔憂，過了半晌，輕聲說道：「大哥，咱們現下騎馬走了吧，他們找不著的。」苗人鳳搖搖頭，默然不語。

打遍天下無敵手金面佛苗人鳳，怎能在敵人面前逃走？就算為了南小姐而暫且忍辱躲避，但鬼見愁鍾氏三兄弟又怎能讓人躲得開？這些事南小姐是不會懂的。他向來不愛多說話，況且，這些事又何必跟她多說。

這一晚南小姐翻來覆去的睡不安穩。她已在全心全意的關懷這個粗手大腳的鄉下人，但苗人鳳卻睡得很沉。

只不過他做了一個夢，夢見一頂花轎，一隊吹鼓手，又夢見一個頭上披著紅巾的新娘子。那是很久很久以前童年時瞧見過的，他早已忘了，這時卻忽然夢到了。醒來的時候，似乎還隱隱聽到夢中鼓樂的聲音。黯淡的搖曳的燭光，照在旁邊床上南小姐像芙蓉花那樣柔和、那樣嬌艷的臉上。這朵花卻不在笑。她睡著的時候，也是恐懼，也是在感到痛苦。她臉上有燭光，卻有更多的陰影。

次日清晨，苗人鳳命店小二做一大碗麵吃了，端張椅子，坐在廳中，冷月寶刀放在身旁。他生平不愛事先籌劃，因為預料的事兒多半作不了準，寧可隨機應變。南小姐見了他的神情，心中很是害怕，問了他幾句，苗人鳳並不回答，於是她就不敢再問。

辰牌時分，馬蹄聲響，三乘馬在客店前停住，進來了三個客人。客店中人見了這三人的打扮，都是嚇了一跳。原來三人都身穿白色粗麻布衣服，白帽白鞋，衣服邊上露著毛頭，竟是剛死了父母的孝子服色。但三身孝服已穿得半新不舊，若說服的熱孝，卻又不像。

苗人鳳知道鄂北鬼見愁鍾門雄霸荊襄，武功實有獨到的造詣，那補鍋匠是鍾氏門徒，武藝已自不弱，眼下鍾氏三兄弟親自到來，此事當真甚是棘手。只見三人一般的相貌，都是臉色慘白，鼻子又扁又大，鼻孔朝天，只是憑鬍子分別年紀，料來灰白小鬍子的是大哥鍾兆文，黑鬍子的是二哥鍾兆英，沒留鬍子的是三弟鍾兆能。三人進來時腳步輕飄飄的宛如足不點地，果然是勁敵到了。苗人鳳一生之中，敵人愈強，精神愈振，一見三人聲勢不同凡俗，不由得全身骨骼輕輕作響。

鍾氏三兄弟上前同時一揖到地，齊聲說道：「苗大俠請了。」苗人鳳拱手還禮，說道：「請了，恕在下腿上有傷，不能起立。」鍾兆文道：「苗大俠你家腿上不便，原本不該打擾，只是殺徒之仇，不能不報，請苗大俠你家恕罪。」他「你家，你家」，滿口湖北土腔，苗人鳳點點頭，不再答話。

鍾兆文道：「苗大俠威震天下，我們三兄弟單打獨鬥，非你家敵手。老二、老三，咱哥兒一齊上啊！」鍾兆英、鍾兆能怪聲答應，叫道：「老大，咱哥兒一齊上啊！」這三兄弟是武林中的成名人物，雖然怪聲怪氣，怪模怪樣，在江湖上卻是輩份甚高，行事持重，武功又強，因此上在兩湖一帶已闖下極大的基業。三人怪聲一作，嗆啷啷響聲不絕，各從身邊取出一對判官筆。

客店中夥伴客人見這三人到來，已知不妙，這時見取出兵刃，人人遠避，登時大廳上空蕩蕩的一片。

南小姐關心苗人鳳安危，卻留在廳角之中。苗人鳳見她一個嬌怯弱女，居然有此膽量，心中大是喜慰。只因南小姐在廳角這麼一站，苗人鳳自此對她生死以之，傾心相愛，當下向她微微一笑，抽出冷月寶刀。

鍾氏兄弟見那刀青光閃動，寒氣逼人，同聲讚道：「好刀！」

三兄弟齊聲怪叫。鍾兆文雙筆當胸直指，兆英攻左，兆能襲右。苗人鳳端坐椅中，橫刀不動，待六枝鑌鐵判官筆的筆尖堪堪點到身邊，突然寶刀一揮，呼呼風響，向三人各砍一刀。鍾氏三兄弟果然身負絕藝，見他刀勢來得奇特，各自身形飄動，讓了開去。他們只知苗家劍法獨步天下，不料他刀法竟也如此精奇。苗人鳳此時所用是胡一刀所授的胡家刀法，變化奧妙，靈動絕倫，就只吃虧在身子不能移動，一刀砍出，難以連續追擊。

四人一動上手，大廳中刀光筆影，登時鬥得兇險異常。鍾氏三兄弟輕功甚是了得，三人分進合擊，此來彼往，六枝判官筆宛如十二枝相似。苗人鳳使開刀法，攻拒削砍，絲毫不落下風。他想今日之鬥務須猛下殺手，重傷他兄弟三人，否則自己與南小姐性命難以周全。只是素知鍾氏三兄弟安份守己，並無歹行劣跡，江湖上聲名甚好，卻不必取他們性命。眼見三兄弟的招數愈來愈緊，每一招都點打他上身大穴，只要稍一疏神，不但一世英名付於流水，連這嬌艷溫柔的南小姐也得落入敵手受苦。想到此處，刀招加沉，猛力砍削。三兄弟怕他力大刀利，不敢讓兵刃給他寶刀碰到了，圍攻的圈子漸漸放遠。

鍾兆英眼見難以取勝，突然一聲怪叫，身子斜撲，著地滾去，竟到苗人鳳背後攻他下盤。這一著甚是險毒，想苗人鳳坐在椅上不能轉動，敵人攻他背後椅腳，如何護守得著？鍾兆英連攻數招，一筆橫砸，喀的一聲，將椅腳打斷了一根。椅子一側，苗人鳳身子跟著傾側。南小姐「啊」的一聲，驚呼出來。苗人鳳左手倏地探出，往鍾兆英臉上抓去。鍾兆英大驚，急忙滾開相避，只聽得噹噹兩響，他與鍾兆能手中的判官筆已各有一枝被寶刀削斷。鍾兆文肩頭劇痛，卻被刀刃劃了一道口子。苗人鳳一刀同時攻逼三敵，這一招叫做「雲龍三現」，乃是胡家刀法中的精妙招數。

鍾氏三兄弟各展輕功躍開，三人互相望了一眼，臉上都有驚駭之色。鍾兆英道：「老大，掛了彩啦？」鍾兆文道：「不礙事。」他見苗人鳳椅子斜傾，坐得搖搖欲墜，心想如此良機，日後再難相逢，只是忌憚他寶刀鋒利，刀法精奇，於是抱拳說道：「兵刃上我三兄弟不是敵手，我們再領教你家拳招掌法。」這話兒說得冠冕堂皇，卻是不懷好意，是要敵人自去其長。他三人此來乘人之危，乃是仇殺拚命，並非比武較藝，這番說話苗人鳳本來大可不必理會，但他藝高人膽大，一聲冷笑，寶刀歸鞘，點了點頭，說道：「好！」

三兄弟拋下判官筆，蹦跳竄躍，攻了上來。三人每一步都是跳躍，竟無一步踏行。苗人鳳的掌法何等威猛，一經施展，三兄弟欺不近八尺以內，也是鍾門武功卓然成家，否則單是給他掌力一震，已受重傷。鍾兆英人最機靈，見他椅腳斷了一隻，已難坐穩，心想依樣葫蘆，再打斷一隻椅腳，非教他摔倒不可，當下又使出地堂拳法，滾向苗人鳳椅後，猛地右腿橫掃，喀喇一響，果然又將椅腳踢斷了一隻。

那椅子本已傾側，此時急向後倒。苗人鳳伸手在椅背一按，人已躍起。他惱恨鍾兆英狡詐，從半空中如大鷹般向他撲擊下來。鍾兆英嚇得心驚膽戰，大叫：「老大，老三！」兆文、兆能雙雙從旁來救。苗人鳳雙掌發力，左掌打在鍾兆文肩頭，右掌拍在鍾兆能胸口。兩人經受不起，雙雙向外跌出。鍾兆英乘機幾個翻身逃出廳門，看苗人鳳時，也已摔倒在地。

三兄弟見他如此神勇，那敢進來再鬥？鍾兆英瞥見店門旁堆滿騾馬的草料，心念一動，取出火摺晃著了，就在草料上一點。那麥稈乾得透了，登時起火，順風燒向店堂。客店中店夥客商一見火頭，一陣大亂，紛紛奔出。三兄弟拿著判官筆在門口監視，叫道：「誰救那壞了腿的客人，老子打開他的腦袋瓜子！」眾人自逃性命不及，又有誰敢去救人？

苗人鳳見霎時之間風助火勢，濃煙火舌捲進廳來，自己雙腿不能行走，敵人又守在門口，暗道：「難道我一世英雄，今日竟活活燒死在這裏不成？」一轉眼見南小姐已隨眾人逃出，心下略寬，火光中只見屋角裏放著一綑粗索，暗叫：「天可憐見！」爬著過去抖開繩索，在手臂上繞了十來圈。

鍾氏兄弟眼見煙火圍門，這個當世無敵的苗人鳳勢必葬身火窟，三人心中大喜，相視而笑。

南小姐當危急時奪門而出，此時卻想起苗人鳳尚在店內，他為相救自己而受傷喪生，不禁大為難受，珠淚盈眶，正自難忍，猛聽得店堂內一聲大喝，一條繩索從火燄中竄將出來，一端已捲住門外那株大銀杏的樹幹。接著繩子一盪，苗人鳳又高又瘦的身軀已飛了出來。

眾人見他突似飛將軍自天而降，無不駭然。苗人鳳左手抓繩，身子自空向鍾氏三兄弟撲去。三鍾嚇得魂飛天外，已無鬥志，當即發足奔逃。他三人輕功雖高，終不及苗人鳳拉著繩子飛盪迅速，被他伸出蒲扇大的手掌，一擲一抓，一抓一擲，三兄弟都飛身而入火堆。總算三人武功均高，一入火堆，急忙逃出，但已燒得鬚眉盡焦，狼狽不堪。到此地步，三兄弟那敢逗留，馬匹也不要了，向南急奔而去，但聽苗人鳳豪邁爽朗的大笑聲，不絕從身後傳來。

苗人鳳想到當年力戰鬼見愁鍾氏三雄的情景，嘴角上不自禁出現了一絲笑意，然而這是愁苦中的一絲微笑，是傷心中一閃即逝的歡欣。於是他想到腿上傷愈之後，與南小姐結成夫婦，這個刻骨銘心、傾心相愛的妻子，就是眼前這個美婦人。她在身前不過五尺，五尺卻比五千里、五萬里的路程更加遙遠。

於是他想到兩人新婚後那段歡樂的日子，他帶著他的蘭（南小姐名字叫做南蘭）一同去拜祭胡一刀夫婦的墓，他把冷月寶刀封在墳土之中，心裏想：世上除了胡一刀外，再也無人配用這把寶刀。他既然不在世上了，寶刀就該陪著他。

於是在胡一刀的墓前，他把當年這場比武與誤傷的經過說給妻子聽。他從來不愛多說話，這一天卻是說得滔滔不絕。這件事在他心中鬱積了十年，直到這天，方在最親近的人面前發洩出來。他辦了許多酒菜來祭奠胡一刀，擺滿了一桌，就像當年胡夫人在他們比武時做了一桌菜那樣。

於是他喝了不少酒，好像這位生平唯一的知己復活了，與他一起歡談暢飲。他越是喝得多，越是說得多。說到對這位遼東大俠的欽佩與崇仰，說到造化小兒的弄人，人世的無常，說到胡夫人對丈夫的情愛，他說：「像這樣的女人，要是丈夫在火裏，她一定也在火裏，丈夫在水裏，她也在水裏……」

於是突然之間，看到自己的新娘臉色變了，掩著臉遠遠奔開。他追上去要想解釋，但他是醉了，他不會說話，何況，他心中確是記得客店中鍾氏三雄火攻的那一幕……他是在火裏，而她卻獨自先逃了出去……

他一生慷慨豪俠，素來不理會小節，然而這是他生死以之相愛的人……在他腦子裏，一直覺得南蘭應該逃出去，她是女人，不會半點武功，見到了濃煙烈火自然害怕，她那時又不是他的妻子，陪著他死了，又有甚麼好處？……但在心裏，他深深盼望在自己遇到危難之時，有心愛的人守在身旁，盼望心愛的人不要棄他而先逃……他一直羡慕胡一刀，心想他有一個真心相愛的夫人，自己可沒有。胡一刀雖然早死，這一生卻比自己過得快活。

於是在酒醉之後，在胡一刀的墓前，無意中說錯了一句話，也可說是無意中流露了真心。這句話造成了夫妻間永難彌補的裂痕。雖然，苗人鳳始終是極深厚極誠摰的愛著妻子。

他永遠不再提到這件事，甚至連胡一刀的名字也不提，南蘭自然也不會提。

後來女兒若蘭出世了，像母親一般的美麗，像母親一般的嬌嫩。夫妻間的感情加深了一層。然而，他是出身貧家的江湖豪傑，妻子卻是官家的千金小姐。他天性沉默寡言，整天板著臉，妻子卻需要溫柔體貼，低聲下氣的安慰。她要男人風雅斯文、懂得女人的小性兒，要男人會說笑，會調情……苗人鳳空具一身打遍天下無敵手的武功，妻子所要的一切卻全沒有。如果南小姐會武功，或許會佩服丈夫的本事，會懂得他為甚麼是當世一位頂天立地的奇男子。但她壓根兒瞧不起武功，甚至從心底裏厭憎武功。因為，她父親是給武人害死的，起因是在於一把刀；又因為，她嫁了一個不理會自己心事的男人，起因是在於這男人用武功救了自己。

她一生中曾有一段短短的時光，對武功感到了一點興趣，那是丈夫的一個朋友來作客的時候。那就是這個英俊瀟灑的田歸農。他沒一句話不在討人歡喜，沒一個眼色不是軟綿綿的教人想起了就會心跳。但奇怪得很，丈夫對這位田相公卻不大瞧得起，對他愛理不理的，於是招待客人的事兒就落在她身上。相見的第一天晚上，她睡在床上，睜大了眼睛望著黑暗的窗外，忍不住暗暗傷心：為甚麼當日救她的不是這位風流俊俏的田相公，偏生是這個木頭一般睡在身旁的丈夫？

過了幾天，田歸農跟她談論武功，發覺她一點兒也不會，於是教了她幾路拳腳。她學得很起勁，雖然她還是不喜歡武功，只因是他教的，於是就興致勃勃的學了。

終於有一天，她對他說：「你跟我丈夫的名字該當調一下才配。他最好是歸農種田，你才真正是人中的鳳凰。」也不知是他早有存心，還是因為受到了這句話的風喻，終於，在一個熱情的夜晚，賓客侮辱了主人，妻子侮辱了丈夫，母親侮辱了女兒。

那時苗人鳳在月下練劍，他們的女兒苗若蘭甜甜地睡著……

南蘭頭上的金鳳珠釵跌到了床前地上，田歸農給她拾了起來，溫柔地給她插在頭上，鳳釵的頭輕柔地微微顫動……

於是下了決心。丈夫、女兒、家園、名聲……一切全別了，她要溫柔的愛，要熱情。於是她跟著這位俊俏的相公從家裏逃了出來。於是丈夫抱著女兒從大風雨中追趕了來，女兒在哭，在求，在叫「媽媽」。但她已經下了決心，只要和歸農在一起，只過短短的幾天也是好的，只要和歸農在一起，給丈夫殺了也罷，剮了也罷。她很愛女兒，然而這是苗人鳳的女兒，不是田歸農和她生的女兒。

她聽到女兒的哭求，但在眼角中，她看到了田歸農動人心魄的微笑，因此她不回過頭來。

苗人鳳在想：只盼她跟著我回家去，這件事以後我一定一句不提，我只有加倍愛她，只要她回心轉意，我要她，女兒要她！

苗夫人在想：他會不會打死歸農？他很愛我，不會打我的，但會不會打死歸農？

苗若蘭小小的心靈中在想：媽媽為甚麼不理我？不肯抱我？我不乖嗎？

田歸農也在想他的心事。他的心事是深沉的。他想到闖王所留下的無窮無盡的財寶，苗夫人是打開這寶庫的鑰匙。當然，她很美麗，嬌媚無倫，但更重要的是闖王的寶庫，苗人鳳會不會打死我呢？

苗人鳳在等待，廳上的鏢客、羣盜、侍衛、商家堡的主人，獨臂人和小孩，大家都在等待。廳上有很多人，但誰也不說話，只聽到一個小女孩在哭叫：「媽媽！媽媽！抱抱蘭蘭！」

即使是最硬心腸的人，也盼望她回過身來抱一抱女兒。

自從走進商家堡大廳，苗人鳳始終沒說過一個字，一雙眼像鷹一般望著妻子。

外面在下著傾盆大雨，電光閃過，接著便是隆隆的雷聲。大雨絲毫沒停，雷聲也是不歇的響著。

終於，苗夫人的頭微微一側。苗人鳳的心猛地一跳，她看到妻子在微笑，眼光中露出溫柔的款款深情。她是在瞧著田歸農。這樣深情的眼色，她從來沒向自己瞧過一眼，即使在新婚中也從來沒有過。這是他生平第一次瞧見。

苗人鳳的心沉了下去，他不再盼望，緩緩站了起來，用油布細心地妥貼地裹好了女兒，放在自己胸前。他非常非常的小心，因為世界上再沒有這樣慈愛、這樣傷心的父親。

他大踏步走出廳去，始終沒說一句話，也不回頭再望一次，因為他已經見到了妻子那深情的眼色。

大雨落在他壯健的頭上，落在他粗大的肩上，雷聲在他的頭頂響著。

小女孩的哭聲還在隱隱傳來，但苗人鳳大踏步去了。他抱著女兒，在大風大雨中大踏步走著。

他們沒有回家去。這個家，以後誰也沒有回去……

第三章

英雄年少

——

那男孩大聲道：

「你女兒要你抱，幹麼你不睬她？你做媽媽的，怎麼一點良心也沒有？」

戟指怒斥，一個衣衫襤褸的孩童，霎時間竟是大有威勢。

苗人鳳抱著女兒，在大風雨中離開了商家堡。俠士雖去，餘威猶存。他進廳出廳，並無一言半語，但羣豪震懾，不論識與不識，無不凜然。眾人或驚或愧，或敬或懼，過了良久，仍是無人說話，各自凝思。

苗夫人緩緩站起，嘴角邊帶著強笑，但淚水在眼眶中滾了幾轉，終於從白玉一般的腮邊滾了下來。田歸農倏地起身，左手握住腰間長劍劍柄，拉出五寸，錚的一聲，重歸劍鞘，這一下手勢瀟灑利落已極，低聲道：「蘭妹，走吧。」雙眼望著大車中一鞘鞘的銀鞘。神態雖是不減俊雅風流，但語聲微抖，掩不了未曾盡去的恐懼之心。

馬行空見田歸農仍想劫鏢，強自撐起，叫道：「春兒，取兵刃來！」馬春花見父親受傷非輕，含淚道：「爹！」馬行空聲音威嚴，說道：「快取來。」馬春花從背囊中取出隨著父親走了數十年鏢的金絲軟鞭，正要遞過，突然後堂咳嗽一聲，走出一個老婦，身穿青布棉襖，下繫黑裙，脊梁微駝，兩鬢全白，頂心的頭髮卻是一片漆黑。商寶震雖被田歸農打倒，受傷不重，搶上去叫道：「媽，這裏的事你老人家別管，請回去休息吧。」原來這老婦正是商寶震的母親。

商老太點了點頭，不動聲色的道：「栽在人家手裏啦？」語聲嘶啞，甚是難聽。商寶震臉露慚色，垂首道：「兒子不中用，不是這姓田的對手。」說著向田歸農一指，不禁愧憤交集。

商老太雙眼半張半開，黯淡無光，木然向田歸農望了一下，又向苗夫人望了一下，喃喃道：「好個美人兒！」

突然間一個黃瘦男孩從人叢中鑽了出來，指著苗夫人叫道：「你女兒要你抱，幹麼你不睬她？你做媽媽的，怎麼一點良心也沒有？」

這幾句話人人心中都想到了，可是卻由一個乞兒模樣的黃瘦小兒說出口來，眾人心中都是一怔。只聽轟轟隆隆雷聲過去，那男孩大聲道：「你良心不好，雷公劈死你！」戟指怒斥，一個衣衫襤褸的孩童，霎時間竟是大有威勢。

田歸農一怔，刷的一聲，長劍出鞘，喝道：「小叫化，你胡說八道甚麼？」那盜魁閻基搶了上來，喝道：「快給田相公……夫……夫人磕頭。」那男孩不去理他，臉上正氣凜然，仍是指著苗夫人叫道：「你……你好沒良心！」

田歸農提起長劍，正要分心刺去。苗夫人突然「哇」的一聲，掩面而哭，在大雨中直奔了出去。田歸農顧不得殺那男孩，提劍追去。他一竄一躍，已追到苗夫人身旁，勸道：「蘭妹，這小叫化胡說八道，別理他。」苗夫人哽咽道：「我……我確是良心不好。」哭著說話，腳下絲毫不停。田歸農伸手挽她臂膀，苗夫人用力一掙。田歸農若是定要挽住，苗夫人再苦練十年武功也掙扎不脫，但他不敢用強，只得放開了手，軟語勸告。

但見二人在大雨中越行越遠，沿著大路轉了個彎，給一排大柳樹擋住後影。雨點濺地，水花四舞，二人再不轉回。

眾人吁了一口氣，轉眼望那孩童，心想這人小小年紀，好大的膽氣，這條命卻不是撿來的？

閻基冷笑一聲，喝道：「那當真再美不過，閻大爺獨飲肥湯，豈不妙哉！兄弟們，快搬銀鞘啊！」羣盜轟然答應，散開來就要動手。閻基左足飛起，將那男孩踢了個觔斗，順手揪住了獨臂漢子，喝道：「還給我！」

商老太太嘶啞著嗓子，問道：「閻老大，這兒是商家堡不是？」閻基道：「是啊，商家堡怎麼啦？」商老太道：「我是商家堡的主人不是？」閻基一隻手仍是揪住獨臂漢胸口，仰天大笑，說道：「商老婆子，你繞著彎兒跟我說甚麼啊？你商家堡牆高門寬，財物定是不少，可是想送點兒油水給兄弟們使使？」羣盜隨聲附和，叫嚷哄笑。商寶震氣得臉也白了，道：「媽，別跟他多說。兒子和他拚了。」從鏢行趟子手中搶過一柄單刀，指著閻基叫陣。

閻基將獨臂漢一推，狠狠說道：「小子別走，老子待會跟你算帳。」雙手一拍，向著商寶震斜眼而睨，臉上流氣十足，顯然壓根兒沒將他放在眼裏。

商老太道：「閻老大，你跟我來，我有話對你說。」閻基一怔，油嘴滑舌的道：「到那兒啊？女人的房裏姓閻的可不去。」商老太就似沒有聽見，仍道：「我有要緊話跟你說。」

閻基心想：「這老太婆倒有幾分古怪，不知她叫我去那裏？」正待說：「閻大爺沒空跟你囉唆。」商老太已轉身走向內堂，啞聲道：「你沒膽子，也就是了。」閻基仰天打個哈哈，笑道：「我沒膽子？」拔腳跟去。二寨主為人細心，將閻基的鬼頭刀遞過，閻基左手倒提了。商寶震不知母親叫他入內是何用意，跟隨在後。商老太雖不回頭，卻聽出了兒子的腳步聲，說道：「震兒留在這兒！閻老大，你叫弟兄們暫別動手。」說這幾句話時向兒子和閻基一眼也沒瞧，但語音中自有一股威嚴，似是發號施令一般。閻基道：「這話不錯，大夥兒別動，等我回來發落。」羣盜轟然答應，二寨主用黑話吆喝發令，分派人手監視鏢客，防他們有何異動。

本來商寶震和三個侍衛助著鏢行，羣盜已落下風，但商寶震和徐錚為田歸農所傷，馬行空挨了閻基一腳後，再給田歸農打了一掌，傷勢更重，形勢又自逆轉。羣盜既不劫鏢，鏢行人眾也就靜以待變。

閻基跟隨在商老太背後，只見她背脊弓起，腳步蹣跚，原先心中存著三分提防之意，此時盡數拋卻，笑問：「商老婆子，叫我進來可是獻寶麼？」商老太道：「不錯，是獻寶。」閻基心中一動，他一生最是貪財，瞧這商家堡一副大家氣派，底子甚是殷實，說不定那商老太一見強人降臨，嚇破了膽，自行獻上珠寶贖命，也是有的，不由得又驚又喜。只見她一直向後進走去，接連穿過三道院子，到了最後面的一間屋外，呀的一聲把門推開，自己先走了進去，說道：「請進來吧！」

閻基伸頭向房裏一探，見是一間兩丈見方的磚房，裏面空空蕩蕩，只見一張方桌，更無別物，微感蹺蹊，提步進去，大聲道：「有話快說，可別裝神弄鬼的。」商老太不答，伸手關上木門，又上了門閂。閻基大奇，四下打量，只見桌上放著一塊靈牌，上書「先夫商劍鳴之靈位」。閻基心想：「商劍鳴，商劍鳴，這名字好熟，那是誰啊？」一時卻想不起來。

商老太緩緩說道：「你竟敢上商家堡來放肆，可算得大膽。若是先夫在世，十個閻基也早砍了。今日商家堡雖只賸下孤兒寡婦，卻也容不得狗盜鼠竊之輩上門欺侮。」幾句話說完，突然腰板一挺，雙目炯炯放光，凜然逼視，一個蹣跚龍鍾的老婦，霎時間變得英氣勃勃。

閻基微微一驚，心想：「原來這婆娘是故意裝老。」但想到一個女流之輩，又有何懼，笑道：「上門也上了，欺人也欺了，你又咬我一口？」

商老太霍地走到桌旁，從靈牌後面捧出一個黃色包袱，那包袱灰塵堆積，放在靈牌之後毫不搶眼。她也不拍去灰塵，順手解了結子，打開包袱，只見紫光閃閃，冷氣森森，卻是一柄厚背薄刃紫金八卦刀。閻基驀地裏記起十餘年前的一件往事，倒退兩步，左手倒提著的鬼頭刀交與右手，叫道：「八卦刀商劍鳴！」

商老太臉色一沉，叫道：「豪傑雖逝鋼刀在！妾身就憑先夫這把八卦刀，要領教閻老大的高招。」忽地抓住刀柄，一招「童子拜佛」，向靈位行了一禮，回過身來，已成八卦刀法中的第一招「上勢左手抱刀」。但見她沉肩墜肘，氣斂神聚，那裏有半分衰邁老態？

閻基雖然微存戒心，但想以百勝神拳馬行空這等英雄，尚且敗在自己手裏，若是商劍鳴復生，或許要懼他幾分，這商老太本領再高也是有限，當下鬼頭刀在空中虛劈一招，笑道：「你要比試刀法，何不就在大廳之中？巴巴的到這兒來，難道定要丈夫的死人牌位給在一旁瞧著，才顯得出本事麼？」商老太凜然道：「不錯，先夫威靈，震懾鼠輩。」閻基不自禁的向那靈牌望了一眼，心中有些發毛，急欲了結此事，走出這間冷冰冰、黑沉沉的靈堂，說道：「商老太，你發招吧。」商老太道：「你是客人，閻寨主先請。」她聽他改了稱呼，口頭上客氣了些，於是也稱他一聲「寨主」。

閻基道：「在下跟商家堡無冤無仇，這次劫鏢，乃是衝著馬老頭兒而來。商老太既然定要出頭，咱們點到為止，不必真砍真殺。」商老太雙眉豎起，低沉著嗓子道：「沒那麼容易！商劍鳴一生英雄，他建下的商家堡豈容人說進便進，說出便出？」閻基也自惱了，道：「依你說便怎地？」商老太道：「你敗了我手中鋼刀，將我人頭割去，連我兒子也一併殺了……」閻基嚇了一跳，心想：「我跟你又無深冤大仇，只不過無意冒犯，何必這麼性命相拚？」只聽她又道：「若是妾身勝得一招半式，閻寨主頸上腦袋也得留下。」此言一出，跟著喝道：「進招！」

閻基氣往上衝，大聲說道：「我要你母子性命何用？只要你這座連田連宅的商家堡。」說著將刀一晃，欲待進招，商老太一招「朝陽刀」已劈了過來。這一刀又快又猛，閻基急忙側頭，只聽呼的一響，震得右耳中嗡嗡作聲，那刀從右腮邊直削下去，相距不過寸餘，只要閃避慢得一霎，這腦袋豈不是給她劈成兩半？

這一刀先聲奪人，閻基給她的猛砍惡殺嚇得為之一怔，知她第二招定是迴刀削腰，忙沉鬼頭刀一架，噹的一響，雙刀相交，火光四濺。閻基覺她膂力平平，遠遜於己，本已提起的心又放了下來，於是一招「推刀割喉」，推了過去。商老太「哼」了一聲，側身避過，道：「四門刀法，不足為奇。」閻基笑道：「平平無奇，卻要勝你。」語聲未畢，踏步上前，使出一招「進手連環刀」。商老太不架不讓，竟搶對攻，「削耳撩腮」，舉刀斜砍。

閻基大驚，心想：「怎麼拚命了？」本來武術中原有不救自身、反擊敵人的招數，但這種拚著兩敗俱傷的打法，總是帶著九分冒險，非至敵招難解、萬不得已之際決計不用。此時商老太只要舉刀一擋，就能架開敵招，那知她竟行險著，不顧性命的對攻。

她不顧性命，閻基卻不得不顧，危急中撲地一滾，反身一腿。這一腿去勢奇妙，商老太手腕險被踢中，八卦刀急忙翻過，閻基才收腿轉身。原來他練熟了十餘招怪異拳腳，近年來在江湖上戰無不勝，刀法卻是平平，但他另有奇著，將那十幾路奇拳怪腿夾在刀法之中，一路第三四流的四面刀登時化腐朽為神奇，居然也打敗了不少英雄好漢，此刻施將出來，每當刀法上一走下風，拳腳一動，立時扳轉劣勢。

頃刻之間一個老婦，一個盜魁，雙刀疾舞，在磚房中鬥得塵土飛揚。閻基見商老太刀法精妙，自己若非靠那十餘招拳腳救駕保命，早已喪生於八卦刀下，一個老婦居然有此武功，不由得暗暗稱奇，心道：「如此久戰下去，若是一個疏忽，給她削去半邊腦袋，那可不是玩的。」當下用長藏拙，不住的拳打足踢，偶然才砍上幾刀。這法兒果然生效，商老太難以抵擋，不斷退避。閻基洋洋得意，笑道：「嘿嘿，商劍鳴甚麼英雄了得，八卦刀法也不過如此。」

商老太對先夫敬若天神，此言犯了她的大忌，突然間目露兇光，刀法一變，四下遊走，白光閃閃，四面八方攻了上去。此刻她每一招都是拚命，每一招都是搶攻，早將自己生死置之度外。閻基大叫：「你瘋了麼？喂，商老太，你丈夫可不是我殺的，你跟我拚命幹麼？喂喂，你聽見我說話沒有？」一面叫嚷，一面逃竄。

他鬥志一失，商老太更是砍殺得如火如荼，出刀越來越快，此時閻基的怪異拳腳已來不及使用，只想拔開門閂，逃出屋去。面臨一隻瘋了的母大蟲，他那裏還想到甚麼勝負榮辱，唯一的念頭只是如何逃命。

他數次要去拔開門閂，總是給商老太逼得絕無餘暇。眼見她「夜叉探海」，「上步撩刀」，「仙人指路」，一刀猛似一刀，閻基把心一橫，反背一腿踢出，叫聲「失陪！」左足用勁，竄身從窗口躍了出去。豈知商老太拚著受他這一腿，如影隨形，跟著一刀砍了過去。只聽二人同聲「啊喲」，一齊跌在窗下。

商老太立即躍起，肩頭雖被踢中，未受重傷。閻基的大腿上卻給結結實實的一刀砍著，再也難以站立。

這一下他嚇得魂飛天外，只見商老太眼佈紅絲，鋼刀跟著劈下，忙伸雙手握住了她小腿，大叫：「饒命！」

商老太幼時陪伴父親、婚後跟隨丈夫闖蕩江湖，畢生會過無數武林豪傑，如眼前這般沒出息的混蛋，卻是從未見過，心中一怔，這一刀就砍不下去。閻基索性爬在地下，鼕鼕鼕的大磕響頭，求道：「大人不記小人過！我是狗娘養的王八蛋！老太太要抽筋剝皮，悉從尊便，這一刀務懇留他一留。」

商老太嘆了口氣道：「好，命便饒你。你記住了，今日比武之事，不許漏出一字。」閻基求之不得，連聲答應。商老太道：「去吧！」閻基陪個笑臉，又磕了兩個頭，爬將起來，用刀拄在地下，一蹺一拐的走出。商老太厲聲說道：「站住！咱們拚刀之前，說過任誰輸了，就得在商家堡留下腦袋。你說話不算數，難道我也同你一般混帳？」

閻基嚇了一跳，回過頭來，只見商老太臉上猶似罩著一層嚴霜，顯是並非說笑，哀求道：「你……你不是饒了我麼？」商老太道：「饒得你性命，饒不得你腦袋。」說著手中八卦刀一揚，厲聲道：「商劍鳴八卦刀出手，素不空回，過來！」閻基咕鼕一聲，雙膝落地。

商老太手法好快，左手提起他的辮子，右手八卦刀一揮，已將他辮子割下，喝道：「辮子留在商家堡，從今後削髮為僧，不得再在黑道中廝混！」閻基喏喏連聲。商老太道：「你裹好腿傷，戴上帽子，再到廳上招呼你的手下滾出商家堡。」

大廳上眾人你瞧我，我瞧你，不知二人在內堂說些甚麼，等了半個時辰，才見商老太顫巍巍的出來。閻基跟在後面，慢吞吞的走出，叫道：「眾兄弟，銀兩不要了，大夥兒回寨去。」

此言一出，眾人無不大為驚愕。二寨主道：「大哥……」閻基道：「回寨說話。」將手一揮，走出廳去。他不敢露出腿上受傷痕跡，強行支撐，咬緊牙關出去。眾盜不敢違拗，向著一鞘鞘已經到手的銀子狠狠望了幾眼，轉身退出。片刻之間，羣盜退得乾乾淨淨。

饒是馬行空見多識廣，卻也猜不透其中的奧妙，只見閻基行過之處，地下點點滴滴留下一行血跡，料想他在內堂是受了傷，看來商家堡內暗伏能人，卻那裏料得著眼前這龍鍾老婦，適才竟和他拚了一場生死決戰。他扶著女兒的肩頭站起待要施謝，商老太道：「震兒，跟我進來！」馬行空一愕，只見他母子二人逕自進了內堂。

這一下鏢行人眾與三名侍衛都紛紛議論起來，有的說商老太舊時必與那盜魁相識，曾有恩於他；有的說商老太一頓勸喻，動以利害，那盜魁想到與御前侍衛為敵，非同小可，終於懸崖勒馬。正自瞎猜，商寶震走了出來，說道：「家母請馬老鏢頭內堂奉茶。」

內堂敘話，商老太勸馬行空留在商家堡養傷，一面派人到附近鏢局邀同行相助，轉保鏢銀前往金陵。經此一役，馬行空雄心全消，「百勝神拳」的名號響了數十年，到頭來卻折在一個市井流氓般的盜賊手中，對走鏢的心登時淡了。商老太護鏢不失，恩情太重，她的意思不敢不遵，同時他心底還存了一個念頭，極想見一見那位挫敗閻基的武林高手。當下謝了商老太的好意，一口答應照辦。

傍晚時分，大雨止了，三名御前侍衛道了攪擾別過，商寶震相送到大門之外。

那獨臂人攜了男孩之手，也待告辭，商老太向那男孩瞧了一眼，想起他怒斥苗夫人時那正氣凜然的神情，自忖：「這小小孩童，居然有此膽識，倒也少見。」於是問道：「兩位要上何處？路上盤纏可夠用了？」獨臂人道：「小人叔姪流落江湖，四海為家，說不上往那裏去。」商老太向那孩童細細打量，沉吟半晌，道：「兩位若不厭棄，就在這兒幫忙幹些活兒。咱們莊子大，也不爭多兩口人吃飯。」那獨臂人心中另有打算，一聽大喜，當即上前拜謝。商老太問起姓名，獨臂人自稱名平四，那孩童是他姪兒，叫作平斐。

當晚平四叔姪倆由管家分派，住在西偏院旁的一間小房中。二人關上門窗，平四醜陋的臉上滿是喜色，低聲道：「小爺，你過世的爹娘保佑，這兩張拳經終於回到你的手上，真是老天爺有眼。」平斐道：「平四叔，你千萬別再叫我小爺，一個不慎給人聽見了，平白的惹人疑心。」平四連聲稱是，從懷中掏出那油紙小包，雙手恭恭敬敬的遞給平斐。他倒不是對這孩子如此恭敬，卻是想起了遺下兩頁拳經的那位恩人。

平斐問道：「平四叔，你跟那閻基說了幾句甚麼話，他就心甘情願的交還了拳經？」平四道：「我說：『你撕去的兩頁拳經呢？苗大俠叫你還出來！』就這麼兩句說話。那時苗大俠便在他眼前，這是千載難逢的良機，他就有天大的膽子，也不敢不還。」平斐沉吟一會，道：「這兩頁拳經為甚麼在他那裏？你為甚麼叫我記著他的相貌？他為甚麼見苗大俠這樣害怕？」

平四不答，一張臉抽搐得更加難看，淚水在眼眶中滾來滾去，強忍著不讓掉下。平斐道：「四叔，我不問啦。你說過等我長大了，學成了武功，再源源本本的說給我聽。我這就好好的學。」

於是叔姪倆在商家堡定居了下來。平四在菜園中挑糞種菜，平斐卻在練武廳裏掃地抹槍。

馬行空在商家堡養傷，閒著就和女兒、徒兒、商寶震三人講論拳腳。他們在演武練拳的當兒，平斐偶然瞧上一眼，但絕不多看。

他們知道這黃黃瘦瘦的孩子很大膽，卻從沒想到他身有武功，因此當他偶而看上一眼的時候，不論是有數十年江湖經歷的馬行空，還是聰明伶俐的商寶震，從來不曾疑心過他是在留意拳法的奧妙。

但他決不是偷學武藝。他心中所轉的念頭，馬行空他們是更加想不到了。因為每當他看了他們所說的奇招妙著之後，心裏總想：「那有甚麼了不起？這樣的招數只能對付庸才，卻打不到英雄好漢。」

因為他其實並不姓平，而是姓胡，他的姓名不是平斐而是胡斐；因為他是胡一刀的兒子，那個和苗人鳳打了五日不分勝負的遼東大俠胡一刀的兒子；因為他父親曾遺給他記載著武林絕學的一本拳經刀譜，那便是胡家拳法和刀法的精義。

這本拳經刀譜本來少了頭上兩頁，缺了紮根基的入門功夫，缺了拳法刀法的總訣，於是不論他多麼聰明用功，總是不能入門。現下機緣巧合，給閻基偷去的總訣找回來了，於是一加融會貫通，武功進境一日千里。

閻基憑著兩頁拳經上的寥寥十餘招怪招，就能稱雄武林，連百勝神拳馬老鏢頭也敗在他的手下。胡斐卻是從頭至尾學全了的。

當然，他年紀還小，功力很淺，許多精微之處還難以了解。但憑著這本拳經刀譜，他練一天抵得徐錚他們練一個月。何況，即使他們練上十年二十年，也不會學到這天下絕藝的胡家拳和胡家刀。

每天半夜裏，他就悄悄溜出莊去，在荒野裏練拳練刀。他用一柄木頭削成的刀來練習，每砍一刀，就想像這要砍去殺父仇人的腦袋，雖然，他並不知道仇人到底是誰。但平四叔將來會說的，等他長大成人、武藝練好之後。

於是他練得更加熱切，想得更加深刻。因為最上乘的武功，是用腦子來練而不是用身子練的。

這樣過了七八個月，馬行空的傷早就痊愈了，但商老太和商寶震熱誠留客。馬行空的鏢行已歇了業，眼見主人殷勤，也就住了下來。

商寶震沒拜他為師，因為商老太有這麼一股傲氣，八卦刀商劍鳴家傳絕藝，怎能去投外派師父？但馬行空感念他家護鏢的恩情，對商寶震如同弟子一般看待，只要是自己會的，他想學甚麼，就教甚麼，將拳技的精要傾囊以授。百勝神拳的外號殊非倖致，拳術上確有獨到造詣，這七八個月中，商寶震實是獲益良多。

馬行空也已看出來，商家堡並非臥虎藏龍，另有高人，只是那一日閻基為何匆匆而去，卻是百思不得其解。有一次他偶然把話題帶到這件事上，商老太微微一笑，顧而言他。馬行空知道主人不肯吐露，從此絕口不提。

馬行空年老血虧，晚上睡得不沉，有一日三更時分，忽聽得牆外喀喇一響，是誰無意中踏斷了一根枯枝。馬老鏢頭一生闖蕩江湖，聲一入耳，即知有夜行人在屋外經過，但只這麼一響之後，再無聲息，竟聽不出那人是向東向西，還是躲在牆上窺伺。他雖在商家堡作客，但主人於己有恩，平日相待情意深厚，他已把商家堡的安危瞧得比自己的家還重，當下悄悄爬起，從枕底取出金絲軟鞭纏在腰間，輕輕打開房門，躍上牆頭，突見堡外黑影晃動，有人奔向後山而去。

他一瞥之下，見此人輕功頗為了得，心下尋思：「莫非那閻基心猶未死，又來作怪？此事由我身上而起，姓馬的豈能袖手不顧？」於是躍出牆外，腳下加快，向那黑影去路急追，但奔出數十丈，已自不見了黑影的蹤跡。他心中一動：「不好，別要中了敵人調虎離山之計。」一急忙飛步撲回商家堡。來到堡牆之外，但聽四下裏寂靜無聲，這才放心，心下卻是疑惑更甚：「適才此人身手不凡，實是勁敵。但瞧他身形瘦小，與那盜魁閻基大不相同，不知是江湖上甚麼好手到了？」

他抓住軟鞭，在掌上盤了幾轉，弓身向莊後走去，要察看一個究竟。竄出十餘丈，將到莊院盡頭，忽聽西首隱隱有金刃劈風之聲。馬行空暗叫一聲：「慚愧，果然有人來擊，卻不知跟誰動上了手？」雙足一點，身形縱起。百勝神拳年紀雖老，身手仍是極為矯捷，左手在牆頭一搭，一個倒翻身，輕輕落在牆內，循聲過去，聽得聲音是從後進的一間磚屋中發出。但說也奇怪，二人一味啞鬥，既無半聲吆喝叫罵，兵刃亦不碰撞。他心知中間必有蹺蹊，先不衝進相助，湊眼到窗縫中一張，險些不禁失笑。

但見屋中空空蕩蕩，桌上一燈如豆，兩個人各執鋼刀，盤旋來去的激鬥，一個是少主人商寶震，另一個卻是他母親商老太太，原來母子倆正在習練刀法。

他只瞧了片刻，不由得倒抽一口涼氣，只見商老太太出手狠辣，刀法精妙，固與日間的龍鍾老態大不相同，而商寶震一路八卦刀使將出來，也是虎虎生風。原來非但商老太平時深藏不露，商寶震也是故意隱瞞了武功。他平日教商寶震的只是拳腳，刀法自己並不擅長，商寶震也從來不提，想不到這少年兵刃上的造詣著實不低。他悄立半晌，想起十五年前在甘涼道上與商寶震的父親商劍鳴動手，被他砍了一刀，劈了一掌，養了三年傷方得康復，自知與他功夫相差太遠，此仇難報，甘涼道一路從此絕足不走。此時商劍鳴已死，商老太於己有恩，昔日的小小嫌隙早已不放在心上，那知今日中夜，又見仇人的遺孀孤兒各使八卦刀對招。

他思潮起伏：「商老太的武功實不在我之下，何以她竟然半點不露痕跡？她留我父女在莊，是否另有別情？」凝思片刻，再湊眼到窗縫中時，見母子二人刀法已變，各使八卦遊身刀法，滿室遊走，刀中夾掌，掌中夾刀，越打越快，打到第六十四招「收勢」，二人向後躍開，母子倆依足了規矩，各自舉刀致敬，這才垂下刀來。商老太不動聲色，在青燈之下臉泛綠光。商寶震卻已滿臉通紅，呼呼喘氣。

商老太沉著臉道：「你的呼吸總是難以調勻，進境如此之慢，何年何月才能報得你爹爹的大仇？」馬行空心中一凜，只見商寶震低下了頭，甚有愧色。商老太又道：「那苗人鳳的武功你雖沒見到，他拉車的神力總是親眼目睹的了。胡一刀的功夫不在苗人鳳之下。這苗胡二賊的武功，你此刻跟他們天差地遠，但只要勤學苦練，每過得一日，你武功長一分，這二賊卻衰老了一分，終有一日，要將二賊在八卦刀下碎屍萬段。」馬行空心想：「這母子二人閉門習武，不知胡一刀早於十多年前便死了。」只聽商老太嘆了口長氣，說道：「唉，你這孩子，我瞧你啊，這幾日為那馬家的丫頭神魂顛倒，連練功夫也不起勁了。」

馬行空一驚：「難道我那春兒和他有甚苟且之事？」但見商寶震滿臉通紅，辯道：「媽，我見了馬姑娘總是規規矩矩的，話也沒跟她多說幾句。」商老太哼了一聲，說道：「你吃誰的奶長大？心裏打甚麼主意，難道我還不明白？你看中馬家姑娘，那不錯，她人品武藝，我心中很合意。」商寶震很是高興，叫了聲：「媽！」商老太左手一揮，沉著嗓子道：「你可知他爹是誰？」商寶震一愕道：「難道不是馬老鏢頭？」商老太道：「誰說不是？你卻可知馬老鏢頭跟咱家有甚牽連？」商寶震搖搖頭。商老太道：「孩子，他是你爹爹的大仇人。」商寶震大出意料之外，不由得「啊」了一聲。

馬行空不禁發抖，但聽商老太又道：「十五年前，你爹爹在甘涼道上跟馬行空動手。想你爹爹英雄蓋世，那姓馬的焉是他的對手？你爹爹砍了他一刀，劈了他一掌，將他打得重傷。但那姓馬的亦非平庸之輩，你爹爹在這場比武中也受了內傷。他回得家來，傷未平復，咱們的對頭人胡一刀深夜趕上門來，將你爹爹害死。若非你爹爹跟那姓馬的事先有這一場較量，嘿嘿，八卦刀威震江湖，諒那胡一刀怎能害得你爹爹？」

她說到最後這幾句話時語音慘厲，嗓子嘶啞，聽來極是可怖。

馬行空一生經過不少大風大浪，此時聽來卻也是不寒而慄，心想：「胡一刀何等的功夫，你商劍鳴就算身上無傷，也是難逃此劫。老婆子心傷丈夫慘死，竟然遷怒於我。」

只聽商老太又道：「陰差陽錯，這老兒竟會趕鏢投到我家來。這商家堡是你爹爹親手所建造，怎容鼠輩在此放肆劫鏢？但你可知我留姓馬的父女在此，有何打算？」商寶震聲音發顫，道：「媽……你……你要我為爹爹復仇？」商老太厲聲道：「你不肯，是不是？你是看上了那姓馬的丫頭，是不是？」

商寶震見母親眼中如要噴出火來，退後了兩步，不敢回答。

商老太冷笑道：「很好。過幾天我給你跟那姓馬的提親，以你的家世品貌，諒他決無不允。」

這幾句話卻教馬行空和商寶震都是大出意料之外。馬行空隔窗看到商老太臉上切齒痛恨的神氣，微一琢磨，全身寒毛根根直豎：「這老太婆用心好不狠毒！她殺我尚不足以洩憤，卻要將我花一般的閨女娶作媳婦，折磨得她求生不得，求死不能。天可憐見，教我今晚隔窗聽得她母子這番說話，否則……我那苦命的春兒……」

商寶震年輕識淺，卻全不明白母親這番深意，只覺又是歡喜又是詫異，想到母親肯為自己主持這門親事，歡喜倒有九分，只剩下一分詫異。

馬行空只怕再聽下去給商老太發覺，凝神提氣，悄悄走遠，回到自己屋中時抹了額頭一把冷汗，猛然省起：「那奔到後山的瘦小黑影卻又是誰？」

第二天午後，馬行空穿了長袍馬褂，命商寶震請母親出來，有幾句話商量。商寶震又驚又喜，心想：「難道母親這麼快就已跟他提了親？瞧他這副神氣打扮，那可不同尋常。」於是相請母親，來到後廳，和馬行空分賓主坐下，自己下首相陪。他望望母親，又望望馬行空，一顆心怦怦直跳，但聽馬老鏢頭道謝護鏢之德，東道之誼，商老太滿口謙虛，只盼他二人說到正題，但兩個言來語去，儘是客套。

說了好一會，馬行空才道：「小女春花這丫頭的年紀也不小了，我想跟商老太商量一件事。」商寶震心中怦的一下大跳。商老太大是奇怪：「卻也沒聽說女家先開口來求親的。」說道：「馬老師儘說不妨，咱們自己人，還拘甚麼禮數？」馬行空道：「我除了這丫頭，一生就收得一個徒弟。他天資愚鈍，性子又鹵莽，但我從小就當他親兒子一般看待。這孩子跟春兒也挺合得來，我就想在貴莊給他二人訂了這頭親事。」

商寶震越聽越不對，聽到最後一句話時，不自禁的站起身來。商老太心下大怒：「這老兒好生厲害，定是我那不中用的兒子露了破綻。」當下滿臉堆歡，連聲「恭喜」，又叫：「孩兒，快給馬老伯道喜！」商寶震腦中胡塗一片，呆了一呆，直奔出外。

馬行空又和商老太客氣好一陣子，才回屋中，將女兒和徒兒叫來，說今日要給二人訂親。徐錚大喜過望，笑得合不攏嘴來，馬春花紅暈雙頰，轉過了頭不作聲。馬行空說道：「咱們在這兒先訂了親。至於親事嘛，那是得回自個家去辦的了。」他知女兒和徒兒心中藏不住事，昨晚所聞所見，竟是半句不提。

馬春花嬌憨活潑，明艷動人，在商家堡這麼八個月一住，商寶震和她日日相見，竟教他一縷情絲，牢牢的縛在這位姑娘身上。他剛得母親答應要給自己提親，料想事無不諧，正在滿懷喜悅之際，突然聽到了馬行空那幾句晴天霹靂一般的言語。他獨自坐在房中，從窗中望出去，呆呆的瞧著院子中一株銀杏，真難相信適才聽到的話竟會是馬行空口中說出來的。

他喪魂落魄，也不知過了多少時候，直至一名家丁走進房來，說道：「少爺，練武的時候到啦，老太太等了你半天呢。」商寶震一驚，暗叫：「糟糕，胡裏胡塗的誤了練武時候，須討一頓好罵。」從壁上摘下了鏢囊，快步奔到練武廳中。只見商老太坐在椅中，神色如常，說道：「今兒練督脈背心各穴。」轉頭向兩名持牌的家丁叫道：「將牌兒拿穩了，走動！」商寶震暗暗納罕：「馬老師說這等話，怎地媽毫不在乎？」但商老太平日訓子極嚴，練武之際尤其沒半點假借，稍一不慎，打罵隨之，商寶震取金鏢扣在手中，不敢胡思亂想，凝神聽著母親叫穴。

只聽商老太叫道：「苗人鳳，命門、陶道！」商寶震右手雙鏢飛出，正中木牌上所繪人形背心兩穴。商老太又叫：「胡一刀，大椎、陽關！」商寶震左手揚起，認明穴道，登登兩聲發出，「大椎穴」打準了，「陽關穴」卻是稍偏，突然間見到木牌有異，「咦」的一聲，定睛一看，只見木牌上原來寫著的「胡一刀」三個黑字已然不見。他招手叫那持牌家丁過來，待那木牌拿近，看清楚「胡一刀」三字已被人用利器刮去，卻用刀尖刻了歪歪斜斜的「商劍鳴」三個字，這一來適才這兩鏢不是打了仇人，卻是打中了自己父親。商寶震又急又怒，反手一掌，將那家丁打落兩枚牙齒，跟著一腳，將他踢倒在地。

商老太叫道：「且住！」心想這莊丁自幼在莊中長大，怎能如此大膽，此事定是外人所為，心念一動，立時想到了馬行空師徒三人，說道：「請馬老師來說話。」商寶震本來為人精細，今日婚事不成，失意之下，鹵莽出手，一聽母親叫請馬老師，立時會意打錯了人，忙將那莊丁拉起，說道：「打錯了你，別見怪。」伸手去拔牌上人形穴道中的金鏢。商老太伸手攔住，說道：「慢著！就讓他得意一下，又有何妨。」轉頭吩咐莊丁，到老爺靈堂中取紫金八卦刀來。

馬行空師徒三人走進廳來，見練武廳上人人神色有異。馬行空暗吃一驚：「這老婆子好厲害，一時三刻就要翻臉。」當下雙手一拱，說道：「老太太呼喚，不知何事？」商老太冷笑道：「先夫已然逝世，馬老師往日雖有過節，卻也不該拿死人來出氣啊。」馬行空一呆，道：「在下愚魯，請商老太明示。」商老太向那木牌上一指，道：「馬老師乃是江湖上響噹噹的漢子，這般卑鄙行徑，想來也不屑為，請問是令愛所幹的呢，還是賢高徒的手筆？」說著雙目閃閃生光，向馬家三人臉上來回掃視。馬春花從未見過她如此凜然有威，甚是驚詫。

馬行空見木牌上改了人名，也是大為駭異，朗聲道：「小女與小徒雖然蠢笨，但決不敢如此胡鬧。」商老太大聲道：「那麼依馬老師之見，這是商家堡自己人幹的勾當了？」馬行空想起昨晚所見的那瘦小人形，說道：「只怕是外人摸進莊來，也是有的。在下昨晚……」商老太攔斷話頭，厲聲喝道：「難道會是胡一刀那狗賊自己，來做這鬼祟的勾當？」

一言甫畢，突然人圈外一人接著叫道：「不敢去找真人動手，卻將人家的名字寫在牌上出氣，這才是卑鄙行徑，鬼祟勾當！」

商老太坐在椅上，瞧不見說話之人是誰，但聽到他聲音尖細，叫道：「是誰說話？你過來！」只見兩名莊丁被人推著向兩旁一分，一個瘦少年走上前來，正是胡斐。

這一下當真是奇峯突起，人人無不大出意外。商老太反而放低了嗓子，說道：「阿斐，原來是你。」胡斐點頭道：「不錯，是我幹的。馬老師他們全不知情。」商老太問道：「你這樣幹，為了甚麼？」胡斐道：「我瞧不過眼！是英雄好漢，就不該如此。」商老太點頭道：「你說得很對，好孩子，你很有骨氣。你過來，讓我好好的瞧瞧你。」說著緩緩伸出手去。

胡斐倒不料她竟會不怒，便走近身去。商老太輕輕握住他雙手，低聲道：「好孩子，真是好孩子！」突然間雙手一翻，一手扣住他左腕「會宗穴」，一手扣住他右腕「外關穴」。

她這一翻宛似電光石火，胡斐全未防備，登時全身酸麻，動彈不得。若憑他此時武功，商老太那能擒得他住？但他究竟全無臨敵經驗，不知人心險詐，雙腕既入人手，空有周身本事，卻已半分施展不出。商老太唯恐他掙扎，飛腳又踢中他的「梁門穴」，命莊丁取過鐵鍊麻繩，牢牢將他手足反綁了，吊在練武廳中。

商寶震取過一根皮鞭，夾頭夾腦先打了他一頓。胡斐閉口不響，既不呻吟，更不討饒。

商寶震連問：「是誰派你來做奸細的？」問一句，抽一鞭，又命莊丁去看住平阿四，別讓他跑了。他滿腔憤恨失意，竟似要盡數在胡斐身上發洩。

馬春花和徐錚見胡斐已全身是血，心下不忍，幾次想開口勸阻，但馬行空連使眼色，神色嚴厲，命二人不可理會。

商寶震足足抽了三百餘鞭，終究問不到主使之人，眼見再打下去便要把他活活打死，這才拋下鞭子，罵道：「小賊，是奸賊胡一刀派你來的是不是？」胡斐突然張嘴哈哈大笑。他這樣一個血人兒，居然尚有心情發笑，而且笑得甚是歡暢盡意，並無做作，又是大出眾人意料之外。商寶震搶起鞭子，又待再打，馬春花再也忍耐不住，大叫道：「不要打了！」商寶震的皮鞭舉在半空，望著馬春花的臉色，終於緩緩垂了下來。

胡斐身上每吃一鞭，就恨一次自己愚蠢，竟然不加防備而自落敵人之手，當時全身皮開肉綻，痛得幾欲昏去，忽聽馬春花「不要打了」四字出口，睜開眼來，只見她臉上滿是同情憐惜之色，不由得大是感激。

商老太見兒子為女色所迷，只憑人家姑娘一句話便即住手停鞭，心中惱怒異常，鼻孔中微微一哼，卻不說話。馬行空道：「商老太，你好好拷打盤查，總要問個水落石出。春兒、錚兒，咱們出去吧！」當下向商老太一抱拳，領著女兒徒弟，走了出去。

馬春花出了練武廳，埋怨父親道：「爹，打得這麼慘，你怎麼見死不救，還教她好好拷打？」馬行空道：「江湖上人心險惡，女孩兒家懂得甚麼？」

對父親這幾句話，馬春花確是不懂，這天晚上想到胡斐全身是血的慘狀，總是難受，睡到半夜，翻來覆去的再也睡不著了，悄悄爬起身來，從百寶囊中取出一包金創藥，出房門向練武廳走去。

走到廊下，只見一個人影，踱來踱去發出聲聲長嘆，聽聲音正是商寶震。這時他也瞧見了馬春花，停步不動，低聲道：「馬姑娘，是你麼？」馬春花道：「是啊！你怎麼還不睡？」

商寶震搖頭道：「遭逢今日之事，我怎麼睡得著？你怎麼不睡？」馬春花說道：「我跟你一樣，也牽掛著今日之事，心裏難受。」她所說的「今日之事」，是指胡斐被打。商寶震所說的卻是指她的終身另許他人，這時聽她說「心中難受」，不由得身子發抖，暗想：「她果然對我甚有情意，她被許配給那姓徐的蠢才，實是迫於父命，無可奈何。」當下大著膽子，上前一步，柔聲叫道：「馬姑娘！」

馬春花道：「嗯，商少爺，我想求你一件事。」商寶震道：「你何必求？你要我做甚麼，我就給你做甚麼，就是要我當場死了，把我的心掏出來給你看，那也成啊。」這幾句話說得情熱如沸，其實他心中想說已久，卻一直不敢啟唇，這時想到好事成空，她又自行半夜裏出來細訴衷情，終於再也忍耐不住。

馬春花聽他這麼說，不禁愕然，平日但見他對自己溫文有禮，只道他是大家公子，生性如此，實不知對自己竟懷有如此深情，呆了一呆，笑道：「我要你死幹甚麼？」商寶震四下一望，只怕在此處躭得久了給旁人見到，低聲道：「這裏說話不便，咱們到牆外去。」馬春花點點頭，兩人越牆而出。

商寶震攜著她手，走到一排大槐樹下並肩坐下。馬春花輕輕將手縮回，道：「商少爺，那你是肯答允我了？」商寶震伸出手去握住她手，道：「你說便是，何必問我？」馬春花又將手從他手中縮回，說道：「我請你去放了阿斐，別再難為他了。」

這時樹頂上簌簌一動，但二人均未在意。她此言出口之先，商寶震儘想著田歸農和苗夫人的私情，滿腔熱望，只盼她求自己也帶她私奔逃走，豈知她所求的竟是去放那個小賊，不禁大是失望，黯然不語。馬春花道：「怎麼？你不肯答允麼？」商寶震道：「你既喜歡，我總答允的，拚著給媽責罵便是了。」馬春花大喜，道：「謝謝你，謝謝你！」站起身來，道：「那麼咱們去放他吧。」商寶震求道：「再在這兒多坐一會。」馬春花覺他既然答允放人，不便拂他之意，重又坐回。商寶震道：「你的手讓我握一會兒。」馬春花想到他情癡一片，也甚可憐，於是嫣然一笑，伸手讓他握著。

商寶震輕輕握著她柔膩潤滑的小手，心中感慨萬端，險險要掉下淚來。過了半晌，馬春花道：「阿斐給你吊著，多可憐的，你先去放了他，我再給你握一會兒，好不好？」說著縮手站起。商寶震嘆了口氣，跟著站了起來。

突聽得樹頂颯然有聲，一團黑影飛躍而下，站在兩人面前，笑道：「不用你放，我早出來啦！」馬商二人大吃一驚，待得瞧清楚眼前之人瘦瘦小小，竟是胡斐，心中的驚駭都變成了奇怪，齊聲問道：「誰放你的？」胡斐笑道：「我何必要人放！我愛出來便出來了。」

原來他被商老太點了穴道，過了四個時辰，穴道自解，那鐵鍊麻繩卻再也縛他不住。他使出收肌縮骨之法，從鍊索中輕輕脫了出來，幸好鞭子打得雖重，卻都是肌膚之傷，並未損到筋骨。他活動了一下手足，待要去救平阿四，卻聽得馬商二人說話和越牆出外之聲，於是搶在頭裏，躲在樹頂偷聽。他輕功高超，那二人又在全神貫注的說話，是以並未知覺。

商寶震聽他說自己出來，那裏肯信，當下疑心大起：「定是又有奸細混入了商家堡來？」搶上去抓他胸口。胡斐吃了他幾百鞭子，這口怨氣如何不出？身形一晃，左右開弓，拍拍拍拍，霎時之間連打了他四個耳光。

商寶震急忙伸手招架，胡斐左手拳一晃，引得他伸手來格，右手砰的一拳，迎面正中他的鼻子，立時鮮血長流。商寶震「啊」的一聲，胡斐跟著起腳一鉤，商寶震急忙躍起兩丈，那知對手連環腳踢出，乘他人在半空，下盤無據，跟著一腳，將他踢了一個觔斗，這幾下快捷無倫，待得馬春花看清楚時，商寶震已連中拳腳，給踢翻在地。

胡斐氣猶未洩，礙著馬春花在旁，再打下去她定要出面干預，她對自己一片好心，大丈夫恩怨分明，只要她一句話，自己焉能不聽？當即拍手叫道：「姓商的小狗賊，你敢追我麼？」說著轉身便逃。

商寶震莫名其妙的中了他的拳腳，只因對方出手太快，還道自己疏神，不信他一個小小孩童，竟有勝於自己家傳八卦門的神妙武功，兼之心上人在旁，這個臉如何丟得下？當下發足便追。

胡斐輕功遠勝於他，逃一陣，停一會，待他追近，又向前奔，轉眼間便奔出七八里地，見馬春花雖然跟來，卻已遠遠拋在後面，於是立定腳步，說道：「姓商的，今日小爺中了你母親的奸計，這才受辱，現下讓你見識見識小爺的本事。」說著身形飛起，如一隻大鳥般疾撲過去。

商寶震從未見過這般打法，嚇得急忙閃避。胡斐左足在地下微微一點，身子已轉過方向，跟著進撲。這時商寶震待要再讓，卻已不及，當下喝道：「來得好！」雙掌併擊，正是他家傳八卦掌的厲害家數。胡斐左手在他掌上一搭，一拉一扭，商寶震手腕劇痛，若不是縮手得快，雙手手腕立被扭斷。胡斐左拳平伸，砰的一聲，擊中他的右胸，跟著起腳，又踢中他的小腹。胡斐習練父親所遺拳經，今日初試身手，竟然大獲全勝。

此刻商寶震全身縮攏，雙手護住頭臉，只有挨打的份兒，苦練了十多年武功，在這少年手下，竟是半點施展不出。胡斐左腿虛晃，待他避向右方，右腳倏地踢出，正中他右腰「京門穴」。商寶震站立不住，撲地倒了。胡斐剝下他長衫，撕成幾片，將他手腳反轉縛住，本要將他吊在路旁的柳樹之上，但他人小，力氣不夠提上樹去，於是看準了一個大椏枝，抓起商寶震來，大喝一聲：「去你的！」力貫雙臂，將他擲了上去，正好擱在椏枝之間。

胡斐折下七八根柳條，當作鞭子，一鞭鞭往他頭上抽去，商寶震又驚又怒，知他一報還一報，只得咬緊牙關忍受。堪堪打了三四十鞭，馬春花急奔趕到，一見二人情景，大是驚詫，一時說不出說來。

胡斐笑道：「馬姑娘，我不用你求告，就饒了他！」說著哈哈大笑，雖是一個十餘歲的少年，但言語舉止，竟然豪氣逼人。他隨手將柳枝遠遠拋出，大踏步便走。馬春花叫：「小朋友，你到底是誰？」

胡斐轉過頭來，朗聲答道：「姑娘見問，不得不說。我是大俠胡一刀的兒子胡斐便是。」

說罷縱聲長笑，片刻間背影已在柳樹後隱沒。

「我是大俠胡一刀的兒子胡斐便是！」

人已遠去，話聲餘音裊裊，兀自鳴響。樹上商寶震，樹下馬春花，都是驚訝不已。

過了片刻，馬春花叫道：「商少爺，你能下來麼！」商寶震用力掙扎，掙不脫手腳上的綁縛，大是羞慚，明明是不能下來，這句話卻又怎能出口？只脹紅了臉不作聲。馬春花道：「你別動，小心摔下來。我上來助你。」縱身躍高，想要拉住樹幹攀上，但那樹幹甚高，這一躍沒能抓住，當下手足並用，從樹幹爬上樹去。

爬到樹幹中間，忽聽得馬蹄聲響，一行人自北而來。此時晨光熹微，天將黎明，馬春花心道：「怎地這早就有人趕路？」轉瞬之間，一行人已來到樹下，共是人馬九乘。那九人見一個大姑娘爬在高樹之上，都感詫異，勒馬觀看。馬春花嗔道：「有甚麼好瞧的？走你們的吧！」那九人也不理睬，再看到樹頂綁著一個青年男子，更是奇怪。

馬春花未到樹頂，提氣上躍，左手已在半空中抓住一根樹枝，一拉之下，借勢翻上，竄到了商寶震身旁。樹底下兩個男人齊聲喝采：「好俊的輕身功夫！」馬春花忙將商寶震手腳上的布條解開，低聲道：「沒受傷麼？」她這句柔聲相詢，商寶震聽了大慰，道：「沒甚麼。」一拉住樹枝一盪，從數丈高處輕輕躍下。馬春花跟著下來，見馬上九人指指點點，肆無忌憚的好生無禮，不禁心下惱怒，向他們橫了一眼。

只見九人有老有少，衣飾都頗華貴，個個腰挺背直，豪健剽悍。只居中一位青年公子臉如冠玉，丰神俊朗，容止都雅，約莫三十二三歲年紀，身穿一件寶藍色長袍，頭戴瓜皮小帽，帽子正中縫著一塊寸許見方的美玉。馬春花從小就在鏢行，自識得珠寶，但見相隔數丈，仍可看到那塊美玉瑩然生光，知道實是價值連城的寶物，他這麼隨便便的縫在帽上，也不怕失落，心中好奇，不由得向他多望了一眼。

那公子見她明艷照人，身手矯捷，心中也是一動，向身旁一個中年漢子低聲說了幾句。那漢子點點頭，突然縱聲大笑，高聲道：「這小賊定是偷了人家東西，給高高吊在樹上。」一個老者笑道：「你說偷了甚麼？怎麼他妹子又這麼巴巴的來救他？」他語帶輕薄，神色甚是浮滑。

商寶震本已滿腔怒火難以發洩，聽了這些言語，突然縱身上去，拍的一聲，打了這老者一個耳光。那老者騎在馬上，和他相隔丈餘，他一躍之間就打到人家耳光，倒也大出諸人意料之外。眾人不自禁的勒馬退後，愕然相顧。那老者不提防受辱，如何忍得下這口氣？立即閃身下馬，伸手來抓他衣襟。商寶震反手一勾，拿他手腕。那老者也是身有武功，以抓變掌，掌底穿拳。二人在大路旁鬥了起來。

商寶震雖被胡斐打了一頓，卻也沒傷到筋骨，一來意中人在旁觀鬥，二來屈氣難伸，將家傳八卦掌絕藝施展出來，愈來愈狠。那老者一招接不住，肩頭中掌，踉踉蹌蹌的退開幾步。他一定神待要再上，馬上一人叫道：「老張你退下，這小子有點兒邪門。」

話聲甫畢，一個人影輕飄飄的從馬背上躍了下來。那老者當即閃開。商寶震和馬春花見此人身手了得，不禁都留上了神。但見他一張紫膛臉，神態威猛，身材魁梧，站著比商寶震要高出大半個頭。他雙手負在背後，向商寶震打量，問道：「你是八卦門的麼？你師父姓褚還是姓商？」一副傲慢的神色，全沒把對方放在眼裏。

商寶震大怒，喝道：「你管得著麼？」那人微微一笑，道：「天下只要是八卦門的，我們就管得著。」商寶震為人本來精細，但此日連受挫折，盛怒之下，沒細想他言語中的含意，一招「劈雷墜地」，往他膝蓋上擊去，出手甚是迅疾。

那人微微一笑，右手輕輕一揮，向左踏了一步，登時將他這一擊化解了。商寶震的「遊身八卦掌」一施出，再不停留，腳下每一步都按著先天八卦的圖式，轉折如意，四梢歸一，繞著對方身子急速奔跑，一掌一掌越打越快。

那大漢雙手出招極短，只是比著招式，始終不與商寶震手掌相觸，但他所出的每一招，卻無一不是商寶震掌法的剋星，往往使商寶震招式未曾使全，便迫得收掌變勢。霎時之間，商寶震打出了四十餘掌，竟沒一掌帶到他一點衣角。旁觀眾人見那大漢如此了得，無不讚服。

商寶震焦躁起來，奔跑更速，掌法催緊。那大漢仍然好整以暇，面露微笑，雙掌或揮或按，便如是獨個兒練拳一般。此時商寶震已然瞧出，對方出招雖然極短，腳下卻也按著先天八卦的圖式，方位絲毫不亂。他曾聽母親說過，八卦門中有一項極精深的「內八卦功夫」，非將外八卦練至登峯造極，決不能動，但只要一練成，那時以靜制動，克敵機先，差不多就是無敵於天下了。眼前此人明明是讓著自己，只要他當真一出手，一招之間就能將自己打倒。他越想越是惶恐，突然向後躍開，抱拳說道：「晚輩有眼不識泰山，原來是本門前輩到了！」

那人微微一笑，仍然問道：「你師父姓褚還是姓商？」商寶震曾得母親囑咐，在人前千萬不可吐露身分，以防對頭知悉，難遂報仇大事，不禁躊躇不答。那人笑道：「你掌法門戶開闊，瞧來是商劍鳴商師兄一派了。大哥，你說是不是？」最後一句話是向馬上一個老者而說。

那老者年近五十，翻身下馬，向商寶震道：「你師父呢？引我們去見見。我是你王師伯，這位是我兄弟，你拜師叔吧。」說著哈哈大笑。

商寶震知道父親的師父是威震河朔王維揚，乃是北京鎮遠鏢局的總鏢頭，眼前這人自稱姓王，又是八卦門的高手，看來是自己師伯、師叔，定然不假的了。但他生性精細，加問一句：「兩位跟威震河朔王老鏢頭是怎生稱呼？」王氏兄弟相顧一笑。那老者道：「那是咱哥兒倆的先父。你還不信麼？商師弟呢？」

商寶震更無遲疑，撲翻在地，磕了幾個頭，口稱師伯師叔，說道：「先父早已去世，師伯師叔當年沒接到訃告麼？」

那年老的武師名叫王劍英，他兄弟名叫王劍傑，都是王維揚的兒子。王維揚當年憑一對八卦掌、一把八卦刀威震江湖綠林。黑道中有一句話道：「寧碰閻王，莫碰老王」，端的是名揚天下，現時早已逝世多年。

商劍鳴雖是他的門下，但師徒間情誼甚是平常，離師門後少通音問。王氏兄弟又在官府當差，青雲得意，從來就沒將這個身在草野的同門師兄弟放在心上。因此山東和北京雖相隔不遠，商劍鳴逝世的訊息王氏兄弟竟然不知。

當下王劍英嘆了口氣，回身向那青年公子低聲說了幾句話。那公子眼角向馬春花斜睨一眼，歡然點頭。王劍英向商寶震道：「你家住此不遠吧？你帶我兄弟到你父親靈前一祭。我們師兄弟一別二十餘年，想不到再無相見之期。」他頓了一頓，伸手向那公子一張，道：「你來拜見福公子，我們都在公子手下當差。」

商寶震見那公子氣度高華，想是京中的貴介公子，這才收得王氏兄弟這等豪傑替他當差，當下上前躬身下拜。福公子只擺擺手，說聲：「請起！」卻不回禮。商寶震心中微微有氣：「好大的架子！你當真是皇帝老子不成？」

一行人來到商家堡時，堡中已發覺胡斐逃走，正在到處找尋。商寶震入內報訊，商老太聽說先夫的同門兄弟來到，又驚又喜，急忙出迎，將胡斐的事拋在一旁。

王劍英給商老太引見。原來這九人之中，倒有五個是武林中的一流高手，除王氏兄弟外，還有太極門的陳禹，少林派的古般若，天龍門南宗的殷仲翔。陳禹和殷仲翔在江湖上名聲早顯，古般若年紀輕些，但見他雙目有神，伸出手來乾如枯木，手指堅挺，定是外家的一把好手。其餘三人是福公子的親隨侍僕，那受了商寶震毆擊的老者姓張，大家叫他做張總管，自是福公子府中有權勢的人物了。

至於福公子是甚麼身分，王劍英卻一句不提，只是稱他為「福公子」。

王劍英、劍傑兄弟問起商劍鳴的死因。商老太傲心極盛，不肯說是胡一刀所殺，只是說得病身亡。她決意要和兒子一同親刃仇人，決不肯假手旁人復仇。

馬春花見商老太、商寶震等同門敘話，回到屋裏，將適才的見聞向父親說了。馬行空聽說那胡斐竟是大俠胡一刀的兒子，大是驚訝，但聽這小小孩童的武功竟勝過商寶震，卻是半信半疑。徐錚在旁默默聽著，臉上青一陣、紅一陣，並不插嘴。

父女倆說了一陣子話，馬春花回向自己房裏。徐錚跟了出來，叫聲：「師妹！」馬春花臉上一紅，道：「甚麼？」徐錚見她臉若朝霞，心中情動，將本來要問的話按捺了不說，伸手去拉她的手。馬春花將手摔脫，嗔道：「給人家瞧見了，怎好意思？」

徐錚終於沉不住氣，憤然道：「哼，不好意思！你半夜三更，跟那姓商的小子到外面去，鬼鬼祟祟的幹甚麼了？」馬春花一怔，聽他語意不善，怒道：「你問這話是甚麼用意？」徐錚道：「你跟那小子出去是甚麼用意，我問這話就是甚麼用意。」

他對師妹向來體貼討好，但今日一早見她與商寶震從外面回來，聽她言中敘述，又是半夜裏在外面遇到胡斐，自是醋意大盛，那想得到她是怕父親責怪，將求商寶震釋放胡斐之事瞞過了不說。馬行空那晚隔窗聽到商老太母子對答，得知商寶震看中自己女兒，還道他二人確有私情，夜中相會，礙著徒兒在旁，不便追問。但徐錚聽來，心中酸溜溜的滿不是味兒。他生性鹵莽，此時師妹又成了他未過門的妻子，不禁疾言厲色的追問起來。

馬春花問心無愧，這師哥對自己又素來依順容讓，想不到昨天父親剛把自己終身相許，他就這麼強橫霸道起來，日後成了夫妻，豈非整日受他欺辱？本來這件事她只要直言相告，徐錚一經明白，自無話說。但她賭氣偏偏不說，道：「我愛跟誰偷偷出去，就跟誰出去，你管得著麼？」

一個人妒意一起，再無理性，徐錚滿臉脹得通紅，連脖子也粗了，大聲道：「從前我管不著，今兒就管得著。」馬春花氣得流下淚來，說道：「現下你已這樣了，將來還指望你待我好嗎？」徐錚見她流淚，心中又是軟了，但想到她和商寶震深宵出外幽會，一口氣怎咽得下去？大聲道：「你出去到底幹甚麼來著？你說，你說！」馬春花心道：「你越是橫蠻，我越是不說。」

就在此時，商寶震奉母親之命，過來請馬行空去和王氏兄弟等廝見，只見徐錚和馬春花在廊下大聲爭鬧，不由得停了腳步。徐錚早是一肚子火，滿心想要打未婚妻子一個耳括子，卻又有未敢，眼見商寶震過來，正合心意，罵道：「我打你這個狗娘養的小子！」衝上去就是一拳。商寶震一讓，愕然道：「你幹甚麼？」徐錚跟著又是一拳，商寶震來不及閃讓，給他一拳正中胸口，待他第三拳打來時，回掌相格。兩人便在廊下動起手來。

馬春花滿腹怨怒，並不理他二人打得如何，一扭頭竟自走了。回到房裏哭了一場，婢女來叫吃飯，她也不理會，迷迷糊糊的便睡著了。

一覺醒來，已是傍晚時分，信步走到後花園中，坐在石凳上呆呆出神，心中只是想：「難道我的終身，就這麼許給了這蠻不講理的師兄麼？爹爹還在身邊，他就對我這麼兇狠，日後不知更要待我怎樣？」不由得怔怔的掉下淚來。

也不知坐了多少時候，忽聽得簫聲幽咽，從花叢外傳出。馬春花正自難受，這簫聲卻如有人在柔聲相慰，細語傾訴，聽了又覺傷心，又是喜歡，不由得就像喝醉了酒一般迷迷糊糊。她聽了一陣，越聽越是出神，站起身來向花叢外走去，只見海棠樹下坐著一個藍衫男子，手持玉簫吹奏，手白如玉，和玉簫顏色難分，正是晨間所遇到的福公子。

福公子含笑點首，示意要她過去，簫聲仍是不停。他神態之中，自有一股威嚴，一股引力，直是教人抗拒不得。馬春花紅著臉兒，慢慢走近，但聽簫聲纏綿婉轉，一聲聲都是情話，禁不得心神蕩漾。

馬春花隨手從身旁玫瑰叢上摘下朵花兒，放在鼻邊嗅了嗅。簫聲花香，夕陽黃昏，眼前是這麼一個俊雅美秀的青年男子，眼中露出來的神色又是溫柔，又是高貴。

她驀地裏想到了徐錚，他是這麼的粗魯，這麼的會喝乾醋，和眼前這貴公子相比，真是一個在天上，一個在泥塗。

於是她用溫柔的臉色望著那個貴公子，她不想問他是甚麼人，不想知道他叫自己過去幹甚麼，只覺得站在他面前是說不出的快樂，只要和他親近一會，也是好的。

這貴公子似乎沒引誘她，只是她少女的幻想和無知，才在春天的黃昏激發了這段熱情。其實不是的。如果福公子不是看到她的美貌，決不會上商家堡來逗留，手下武師一個過世了的師兄弟，能屈得他的大駕麼？如果他不是得到稟報，得知她在花園中獨自發獃，決不會到花叢外吹簫。要知福公子的簫聲是京師一絕，就算是王公親貴，等閒也難得聽他吹奏一曲。

他臉上的神情顯現了溫柔的戀慕，他的眼色吐露了熱切的情意，用不到說一句話，卻勝於千言萬語的輕憐密愛，千言萬語的山盟海誓。

福公子擱下了玉簫，伸出手去摟她的纖腰。馬春花嬌羞地避開了，第二次只微微讓了一讓，但當他第三次伸手過去時，她已陶醉在他身上散發出來的男子氣息之中。

夕陽將玫瑰花的枝葉照得撒在地下，變成長長的一條條影子。在花影旁邊，一對青年男女的影子漸漸偎倚在一起，終於不再分得出是他的還是她的影子。太陽快落山了，影子變得很長，斜斜的很難看。

唉，青年男女的熱情，不一定是美麗的。

馬春花早已沉醉了，不再想到別的，沒想到那會有甚麼後果，更沒想到有甚麼人闖到花園裏來。福公子卻在進花園之前早就想到了。所以他派太極門的陳禹去陪馬行空說話，派王氏兄弟去和商氏母子談論，派少林派的古般若去穩住徐錚，派天龍門南宗的殷仲翔守在花園門口，誰也不許進來。

於是，誰也沒有進來。

百勝神拳馬行空的女兒，在父親將她終身許配給她師哥的第二天，做了別人的情婦。

當晚商家堡大擺筵席，宴請福公子。因為座中都是武林人士，也不必有男女之別，所以商老太和馬春花都和眾人同席。

馬行空當年識得王氏兄弟的父親王維揚，自王維揚過世、王氏兄弟投身官府之後，鎮遠鏢局早已歇業，因此上已不能說是同行。但王氏兄弟卻也知道馬行空的名頭，對他頗有幾分敬意。

馬春花臉泛紅潮，眉橫春色，低下了頭誰也不瞧。旁人只道她是少女嬌羞，其實她心中是充滿了柔情密意。她並沒避開徐錚的眼光，也沒避開商寶震的眼光。然而這兩人和她的眼光相接觸時，半點也瞧不出她的心事。他們想：「她心中到底對我怎樣？」她嘴角邊帶著微笑，但這不是為他二人笑的。

她看到了他們，卻全然沒看見他們，她只是在想著適才的幸福和甜蜜。福公子常常向她偷看一眼兩眼，但她決不敢回看，因為她很明白，只要回看他一眼，四目交投，再也分拆不開了。

飲食之間，一名家丁匆匆走到商老太身邊，在她耳旁低聲說道：「那姓平的賊子給人救去了。」商老太一驚，隨即神色如常，舉杯向眾人勸飲，心想這件事不必讓客人知道。

就在這時，驀地裏砰的一聲，兩扇廳門脫樞飛起，砰嘭、砰嘭幾響，落在地下，一個瘦小小的人形插腰而立，站在廳口。

王氏兄弟等雖在席間，不忘了保護福公子的職責重大，隨身都帶兵刃。變故一起，幾個人立即一齊離座，在福公子四周站定，及至看清楚進來的只是一個小孩，身邊並無別人，不禁相顧驚詫：「難道震飛廳門的，竟是這個小孩？」

這小孩正是胡斐，他救了平阿四出堡後，想起商寶震鞭打之仇雖報，商老太暗算之恨未復，於是又趕回大廳，大聲嚷道：「商老太，你有本事再抓住我麼？」他說這話時神態豪邁，但畢竟不脫小孩子聲口，似乎和她鬧著玩一般。

商老太一見仇人之子，眼中如要噴火，低聲向兒子道：「截住他後路，別讓小賊逃了。」

又向身後的家丁道：「快取我刀來。」她緩緩離座，厲聲說道：「是誰放走你的？是這位馬老拳師不是？」她決不信這孩子自己能脫卻鐵鍊之縛，定是堡中有奸細相救。

胡斐搖頭道：「不是。」商老太指著徐錚道：「是他？」胡斐仍是搖頭。商老太指著馬春花道：「那麼定是這……這位姑娘了？」胡斐心想：「這位姑娘本想救我，雖然沒救，但我感她的恩情卻是一樣。」於是笑著點了點頭，大聲道：「不錯，這位姑娘是我的救命恩人。」他這話是說給馬春花聽的，在他孩子的心中，原是一番感激之意，渾沒想到這句話會給她帶來大禍。

商老太陰沉沉地向馬春花望了一眼。這時莊丁已取了刀來。商老太左手提刀，右手指著胡斐，問道：「你爹爹胡一刀怎麼不來？」王氏兄弟等聽說眼前這孩子竟是遼東大俠胡一刀之子，無不聳動。

胡斐道：「我爹爹早已過世。你要報仇，就找我吧。」商老太臉如死灰，喝道：「此話當真？」胡斐道：「我爹爹若是在世，你敢打我一鞭麼？」商老太高舉紫金八卦刀，突然放聲大哭，叫道：「胡一刀，胡一刀，你死得好早啊！你不該這麼早就死啊！」胡斐愕然不解：「怎麼這老太婆忽起好心，哭起我爹爹來？」

商老太大慟三聲，突然止淚，伸袖子在臉上一抹，左足踏上一步，驀地裏橫過紫金刀，身子疾轉，呼的一聲，橫刀向胡斐頸中削去。

這一下人人出於意料之外，福公子、馬春花、徐錚都驚叫起來。

商老太這一招「回身劈山刀」乃八卦刀絕技之一，又是出其不意，莫說眼前只是個小兒，就是江湖好手，也未必躲閃得了。豈知胡斐身法好快，身子一側，讓開刀鋒，隨即伸手拿她手腕。他在一招之間立即反手搶攻，羣豪無不驚訝。商老太一刀不中，想也不想，第二刀跟著劈出。

莫看商老太老態龍鍾，出手之際刀刀狠辣。她想到仇人已死，今生報仇無望，唯一的指望就是殺了眼前的小兒。她當丈夫逝世之後，所以不自刎殉夫，全因心中存著復仇一念，此時生無可戀，招招竟是與敵人同歸於盡的殺法。胡斐初逢強敵，精神大振，不作遊鬥，卻在刀縫之中伸掌搶攻，竟是半招也不退讓。敵人揮刀狠砍狠殺，他施展大擒拿手龍形爪，也是狠擊狠打。燭光之下，但見一個白髮老婦，一個黃口小兒，性命相撲，鬥得猛惡異常。

王氏兄弟初見商老太一上來就猛使殺手，心中還暗怪她將八卦門的功夫濫用了，對小孩兒都使絕招，逢到一流高手那怎麼辦？豈知愈看愈是驚訝。

商老太的一路八卦刀使得綿密狠辣，絕無破綻，雖說未臻爐火純青之境，但加上她不顧性命的那股狠勁，對手再強，本也難以抵敵，豈知一個十來歲的少年和她空手相搏，竟然漸佔上風。再拆數合，商老太已全在胡斐掌風籠罩之下，突然拍的一聲，她左頰上吃了一記耳光，接著右頰又是一記。

王劍傑道：「商家嫂子退下，我來對付這小子！」手持大刀，踏步上前。只聽「啊喲」一聲，商老太已滾在一旁，王劍傑眼前突然青光一閃，一刀迎面劈到，急忙舉刀相架。那刀改砍為削，從橫裏削來，待得斜擋，那刀又快捷無倫的改為撩刀。

原來胡斐打了商老太兩記耳光，心願已足，一勾一拿，扣住了她的手腕，隨即飛起一腿，將她踢了一個觔斗，已將她紫金刀搶在手裏，不待王劍傑走近，刷刷刷連環三刀，將他砍了個手忙腳亂。想那王劍傑是八卦門的一流高手，此時造詣，已不在當年商劍鳴之下，只因心中存了輕視之心，竟給敵人搶了先著。三招一過，才知眼前的小孩實是勁敵，急斂狂傲之氣，沉著應戰，將門戶守得嚴密異常，要先瞧清這小孩所使是那一家那一派的刀法。

燭影搖紅，刀光泛碧。羣豪緊握兵刃，瞧著兩人對刀。

福公子見這樣一個衣著敝陋的黃瘦小兒，竟與自己府中的一流好手鬥了個旗鼓相當，心中又是詫異，又感有趣，負手背後，凝神觀鬥。突然間聞到淡淡的一陣脂粉香，眼光一斜，只見馬春花已站在身旁。他挨近一步，伸過手去握住了她手。這時人人都注視著廳中激鬥，誰也沒來留心他二人，可是大庭廣眾之間，竟然如此肆無忌憚的親熱，畢竟是大膽之極。福公子沒將誰放在眼裏，馬春花卻是少女初戀，情濃之際，不能自已。

王劍傑連劈數刀，胡斐都以巧妙身法避過。王劍傑竭力辨認他武功門派，始終捉摸不定，心想他自承是胡一刀之子，雖聽父親說過胡一刀的名頭，但胡家刀法究竟是怎麼一般家數，是剛是柔？外門內家？卻是絲毫不知，但見這少年的招數忽而凝重如山，忽而流轉似水，與一般刀法全不相同。

又鬥數合，王劍傑焦躁起來，心想自己在福公子府中何等身分，今日鬥一個小兒也要拆到數十招之外，若再糾纏下去，縱然將他殺了，也已臉上無光，當下刀法一緊，邁開腳步，繞著他身子急轉。

要知王氏八卦門的「八卦遊身」功夫向是武林中一絕，當年王維揚曾以此迎鬥「火手判官」張召重。這一發足奔行，當真是「瞻之在前，忽焉在後」，待得敵人轉過身來，又早已繞到他的背後，自己腳下按著八卦方位，或前或後，忽左繞、忽右旋，不加思索，敵人卻給他轉得頭暈眼花。但若敵人不跟著轉動，他立即攻敵背心，敵人如何抵擋？確是十分巧妙十分厲害。王劍傑自幼在父親監督之下，每日清晨急奔三次，每次絕不停留的奔繞五百一十二個圈子，臨睡之時又是急奔三次。這功夫從不間斷，每次大圈子、中圈子、小圈子一共要繞三千餘轉，二十餘年練將下來，腳步全已成自然，只須顧到手上發招便行。

本來繞圈子時手上發掌，此時改用刀劈，但見他人影飛馳，刀光閃動，霎時間將胡斐裹在垓心。胡斐乍逢勁敵，忙施展輕功閃躲，他身形靈巧，輕功又高，居然在刀風之中縱橫來去，避過了數十刀的砍削斬劈。

馬行空看得大是驚奇，心中暗叫：「慚愧！前晚見到的瘦小人影原來是他，若非見到這個少年，焉能發覺商老太的毒心？只是商家堡中臥虎藏龍並非別人，卻是這個黃瘦小孩，枉自我一生闖蕩江湖，到老來竟走了眼了。」一瞥眼忽然不見了女兒，又見徐錚也已不在廳中，微感惱怒：「如這等高手比武，一生中能有幾次見得？少年人真不知好歹，一溜子就去談情。日後成了夫妻，還怕談不夠麼？」

他那知女兒雖然確是出去談情說愛，跟她纏綿的卻不是她的未婚夫婿。

忽聽得噹的一聲大響，火花四濺，胡斐與王劍傑雙刀相交。這一響之後，接著響之不已。原來王劍傑越轉越快，越砍越是凌厲。胡斐畢竟是年幼識淺，不明他刀法路數，到後來閃避不及，只得舉刀還格。雙刀一交，王劍傑心中暗喜：「這小子武功雖然不壞，力氣究小，再砍幾刀，他兵刃非脫手不可。」當下一路急砍猛斫，胡斐被迫硬接，五六刀過後，手臂震得漸感酸麻。商劍鳴的紫金刀頗為沉重，胡斐力小，使動時本已不大順手，這時更感吃力。

王劍傑身材魁梧，胡斐的頭還及不到他頭頸，一個居高臨下，一個仰頭接招，強弱之勢更是懸殊。胡斐眼見不敵，突然靈機一動，將他一刀架開，跳出圈子，叫道：「且慢！」王劍傑與他本無仇怨，見他小小年紀，居然能接下自己數十招，心中動了愛才之念，說道：「好吧，你認輸便是，我就饒你一命。」

胡斐笑道：「誰認輸了？你不過勝在生得牛高馬大，身材上佔了便宜，那又算得甚麼本事？你等一下。」說著搬過一張長凳，往大廳中心一放，縱身上凳，叫道：「咱們再來比過。」王劍傑又是好氣，又是好笑，道：「那算甚麼？」胡斐道：「咱們話說明在先，你可不許踢動我的長凳，否則就算你輸了。」王劍傑呸了一聲，道：「天下那有這般比武法子？」胡斐笑道：「我人未長足，自是沒你高。你若不願，五年後等我長得跟你一般高了，再來決個勝敗。」

胡斐平時聽平阿四談論他父親胡一刀的威風，只道學得父親遺書上的武功之後，也可如父親一般所向無敵，豈知一上手就給商老太扣住脈門，結結實實的挨了一頓好打。那還可說自己一時不防，這時跟王劍傑一動手，才知自己雖然刀法大勝於他，功力卻和他差得太遠，因而交代了這幾句話，就想乘機脫身。

那知王劍傑一來丟不起這個臉，二來自恃必勝，罵道：「小猴兒崽子，不踢你這凳又怎麼了？怕老爺劈不死你麼？」說著揮刀向他腰間削去。

胡斐橫刀一封，二人又交上了手，此時胡斐卻已高過了對方。他在長凳上奔左竄右，掄刀而戰，那凳子有五尺來長，王劍傑若再繞著轉動，轉的圈子太大，跟他二十多年來所練的圈子大小不同，這是熟練了的功夫，臨時改變不來，當下改使一套刀中夾掌、掌中夾刀的武功，要以剛猛的刀風掌力，將對方震下凳來。胡斐知他心意，不停縱躍竄避，不再硬接。王劍傑雖是專修八卦一門武功，但那八卦門中武功也甚繁複，單是刀法，就有大架、小架、內架、外架諸項變形。他刀法一變，左揮右削，專砍敵手下盤。胡斐躍起躲閃。王劍傑削得數刀，見胡斐又已躍起，不待他落下，跟著一刀貼凳橫削，收刀時自左向右拖轉，胡斐如落腳踏上長凳，一足非給削斷不可，要避過這兩削，只有離凳落地。

好胡斐，當真是計謀百出，眼見勢在兩難，突然伸腳尖在長凳左端用力一點，借勢上躍，那長凳驀地豎立。這一下真出其不意，砰的一聲，長凳翻上來的右端，正好撞中王劍傑下巴，勢道可還著實不輕。胡斐卻已站在豎起的長凳頂端，居高臨下，掄刀砍將下來。這一下變故甚是滑稽，旁觀眾人忍不住失笑。

王劍傑大怒，揮刀砍了幾招，只因胡斐在高，自己大處劣勢，也顧不得曾答應不動他的長凳，左腿飛出，踢翻長凳，跟著一刀「上步劈山」，向胡斐胸口剁去。胡斐人未落地，橫刀一架，借著他一剁之勢，竄出半丈，一俯身，左手舉起長凳，當作一條長形盾牌，以長凳擋架敵刀，右手的紫金刀卻一刀刀的遞將出去。

王劍英見兄弟久戰不下，早已皺起了眉頭，旁觀眾人中陳禹、殷仲翔、古般若、馬行空等均是江湖好手，眼見戰局變幻，胡斐早已落敗，王劍傑卻始終拾他不下，均是暗暗稱奇。

此時胡斐左凳右刀，兵刃上大佔便宜。那長凳是紅木所造，甚是堅硬，被王劍傑連砍幾刀，卻砍之不斷。胡斐躲在凳後，反而不住搶攻。王劍傑罵道：「小猴兒，老爺叫你知道厲害！」猛地裏一招「上歪門」，揮刀斜砍，登的一聲，一刀砍中在凳正中，豈知這一下使力太強，刀刃深入凳內，回手一拔竟然拔不出來。他正要加力回奪，突見紫光一閃，對手的刀尖已刺向自己小腹。這一招猶如流水行雲，來得好快，王劍傑一驚，只得撤手放刀。但他明明已經得勝，被這小孩胡混奪去兵刃，心中焉肯甘服？當即空手進擊，這位八卦刀名家竟要以一雙肉掌挽回臉面。

只見他點打戳拿，劈擊壓撞，雙掌在刀縫中搶攻而前，威勢竟是不下於使刀之時。胡斐力弱，挺著一隻笨重的長凳，如何能與他輕捷的空手相敵？眨眼間連遇險招，拍的一響，肩頭被他一掌擊中，險些跌倒。旁觀眾人一齊叫了起來。

胡斐忍住疼痛，左手將長凳一送一放，隨即抓住凳面上的單刀刀柄，右足在凳上猛踢一腿，長凳離刀，向王劍傑撞去。王劍傑見他拚鬥不依常法，一味胡混，大有相辱之意，心中愈怒，雙掌疾向長凳劈去。這長凳先前已受刀砍，再加掌力一震，喀喇一響，登時斷為兩截。胡斐卻已雙刀在手，著地捲來。

王劍傑空手對雙刀，絲毫不懼，右手拿，左手鉤，突然間胡斐驚叫一聲，左手刀已被他夾手奪去。王劍傑將鋼刀往地下一摔，仍是空手對刀。他在掌法上浸淫二十餘年，使將出來果然凌厲已極。商寶震在旁瞧得又是沮喪又是喜歡，沮喪的是自己自幼苦學，只道已窺堂奧，但與這位師叔相較，不知何年何月方能練到他這樣的功夫，喜歡的是本門武功如此神妙，只要不斷修習，前途自是不可限量。猛聽得王劍傑暴喝一聲：「去！」胡斐紫金刀脫手飛出，忙向後躍開。

王劍傑雙掌一並，排山倒海般擊將過來。胡斐眼見抵擋不住，情急智生，忽地指著他哈哈大笑。王劍傑給他笑得莫名其妙，收掌不發，楞了一楞，罵道：「小子，你笑甚麼？」胡斐笑道：「我幫手來啦，不再怕你們這許多大人齊心合力欺侮我一個孩子。」王劍傑一愕，自忖：「我是江湖上的成名人物，跟這小鬼頭一般見識，到底該是不該？」胡斐笑道：「我這就接我幫手去，你們都在這裏等著，可別害怕了逃走。」乘著王劍傑遲疑未定，急步向廳門走出，便想乘機溜開。

商老太已拾起紫金八卦刀，縱上攔住，喝道：「小雜種，你想逃麼？」可是她知這小孩的武功在自己之上，卻也不敢十分逼近。

就在此時，忽聽得遠處馬蹄聲響，急馳而來。靜夜之中，蹄聲異常清晰，本來快馬狂奔，蹄聲繁密，也是常事，但說也奇怪，這匹馬落蹄之聲猶如急雨，得得得得，得得得得，比兩匹馬同時奔跑的蹄聲還更緊密。廳上諸人多半是江湖上的大行家，鋼刀快馬，原是家常便飯，但聽得蹄聲截然有異，不禁臉上均現詫異之色。霎時之間，那馬已奔到了堡前，但聽莊丁呼叱聲，堡門推開聲，莊丁翻跌聲，兵刃落地聲接著響起。眾人愕然相顧之際，廳口已多了一人。

蹄聲初起是在三數里外，但頃刻之間，此人已闖進堡來，現身廳口，其迅雷不及掩耳的神速，真是罕見罕聞，堡中一聞警訊，便要轉個禦敵的念頭也來不及，別說分派人手了。羣豪聳動之下，目光一齊注視在來人身上。

只見那人五十歲左右年紀，穿一件腰身寬大的布袍，上唇微髭，頭髮已現花白，中等身材，略見肥胖，笑吟吟的面目甚是慈祥，右手攜著一個十二三歲的女孩。瞧他模樣，就似是一個鄉下的土財主，又似是小鎮上商店的掌櫃，隨口就要說出「恭喜發財」的話來，雖然略覺俗氣，卻是神態可親，與進堡時那股剽悍凌厲的勢道全不相符。

胡斐說有幫手到來，原是信口開河，只盼眾人一個不提防，就此溜走，豈知事有湊巧，剛好有人趕進堡來。他乘著眾人羣相注視那胖子之際，繞到各人背後，慢慢走向廳門。

但旁人一時忘記了他，商老太可沒忘記，她只在胖子初進來時瞧了一眼，目光始終不離胡斐，見他要逃，立時厲聲呼喝，縱身而前，伸掌往他背心拍去，這一掌正是八卦掌絕招之一的「背心釘」，只要拍中了，當場要叫他骨斷臟裂，嘔血而死。那胖子見她以如此毒辣手法對付一個孩子，「噫」了一聲，正要出手相救，卻見胡斐身形一動，左手倒鉤，帶著她手掌往旁一甩，便將這記絕招化解了。商老太一個踉蹌，跌出三步方才站定。那胖子見胡斐瘦瘦小小的一個孩子居然有此武功，大是驚奇，不由得連連向他望了幾眼。

王劍英見了這個胖子，依稀有些面熟，一時卻想不起來，抱拳說道：「尊駕高姓大名？暮夜光臨，有何見教？」那胖子抱拳還禮，說道：「不敢，兄弟姓趙。」王劍英猛地省起，說道：「啊，原來是紅花會趙三爺光臨，真得恕小弟眼拙。」羣豪一聽，眼前此人竟是紅花會的大頭領千手如來趙半山，無不聳然動容。

六年前紅花會英雄火燒雍和宮，大鬧紫禁城，乃是轟動武林的大事，天下皆知（請參閱拙作「書劍恩仇錄」）。此後紅花會便沒沒無聞，江湖上傳言，羣雄豹隱回疆，不料趙半山突然在此出現。王劍英年輕時曾在鏢局中見過他一面，但事隔二十餘年，趙半山早已非復舊時容顏，因此初見面時竟然難以憶及。此時他加倍留神，滿臉堆歡的說道：「趙三爺是一人前來山東，還是紅花會眾位英雄一齊出山了？先父生前常提及紅花會眾位英雄，好生記掛。」

趙半山性子慈和，胸無城府，跟誰都合得來，隨口答道：「是小弟一人有點私事，來到山東。請問令尊是……」王劍英聽得他只有一人，放下了一大半心，暗道：「若是他會中兄弟傾巢而出，在這裏撞見了可不好辦。」於是答道：「先父是鎮遠鏢局……」趙半山接口道：「啊，原來是王老鏢頭的賢郎，怎麼老鏢頭仙遊了啦？」臉上神色黯然，卻是真正的難過。王劍英道：「先父已去世五年了。這是舍弟劍傑。」他轉頭向王劍傑說道：「趙三爺太極拳、太極劍、暗器功夫，三絕天下無雙，今日真是幸會。」

他正要替各人引見，王劍傑心直口快，已接口道：「這位陳兄也是太極門的，兩位本來相識麼？」說著向太極手陳禹一指。

趙半山「哼」了一聲，慈和的臉上登時現出一層黑氣，向陳禹從頭看到腳，又從腳看到頭，細細打量。陳禹見他臉色忽變，微覺侷促不安，給他這麼一瞧，更是尷尬。趙半山攜來的女孩突然伸手指著他，大聲道：「趙叔叔，就是他，就是他！」聲音尖細，語聲中充滿了憤怒。

陳禹見這小女孩膚色微黑，臉上滿是痛恨之色，自己卻從未見過，當下轉過頭向王劍傑道：「趙三爺是南派溫州太極門，兄弟是直隸廣平府太極門，我們是同派不同宗。趙三爺是我們前輩，兄弟向來仰慕得緊。」說著走近身去，抱拳為禮，神色甚是恭謹。

那知趙半山宛如不見，雙手負在背後，對他不理不睬，轉身向王劍英道：「王兄，兄弟今日來得魯莽，先向各位謝過。」說著團團作揖。眾人連忙還禮，都道：「好說好說，趙三爺太客氣了。」只把陳禹氣得半身冰涼，拱著的手一時放不下來，僵在當地，心道：「我幾時得罪你了？你名頭雖大，難道我當真怕了你不成？」

王劍英指著胡斐道：「這位小兄弟跟我弟妹有點過節，那也是他上代結下來的樑子。現下我師弟人也過世多年了，我們衝著趙三爺的金面，這件事揭過不提。大家罷手如何？」說著哈哈大笑。原來他與商劍鳴向來不和，本就無意為他報仇，此時更想賣趙半山一個好。趙半山愕然不解。商老太卻已叫了起來，罵道：「甚麼趙半山，趙一山，到得商家堡來，誰都別想撒野！」趙半山道：「王兄說的是甚麼，小弟可不明白。」王劍英道：「我這弟妹是婦道人家，趙三爺別理會她。來來來，小弟借花獻佛，敬趙三爺一杯。」說著便去斟酒。

胡斐知道再說下去，自己的謊話立時就要拆穿，於是大聲說道：「趙三爺，這些飯桶吹牛，那也罷了。他們卻說紅花會個個都是膿包，又說八卦掌的功夫天下無敵，說他們門中的老英雄單憑一柄八卦刀，打敗了紅花會所有人物。小的聽不過了，因此出來訓斥。他們卻偏生不服，跟我動手。趙三爺，你說氣人不氣人？這個理要請你來評一評了。」

趙半山全不知他們爭些甚麼，但當年王維揚曾和紅花會對敵，這件事卻是有的，紅花會也沒憑武力勝他，只是使計逼得他服輸，想來王劍英、劍傑兄弟說起此事時，定是誇他父親英雄了得，那也是人情之常，於是便笑了笑，說道：「王老鏢頭武功高強，我們眾兄弟個個都是十分佩服的。」突然間目光如電，射向陳禹，說道：「陳師傅，請你跟我出去，咱們借一步說話。」

陳禹心中一凜，說道：「在下和趙三爺素不相識，不知有何吩咐？這兒各位朋友都是光明磊落的好漢子，有話就請在此明說不妨。」趙半山冷笑一聲，道：「這是我太極門門戶之恥，何必讓旁人知曉？」陳禹臉上變色，退後一步，朗聲道：「你是溫州太極，我是廣平太極。咱們同派不同宗。我管不著你，你也管不著我。」趙半山道：「就只為陳兄手段太過厲害，廣平府太極門沒人敢出頭，兄弟才萬里迢迢的從回疆趕來。兄弟到了北京，聽說陳兄到山東來啦，一路尋訪而來，總算是天網恢恢。」

眾人聽他用到「天網恢恢」四字，都是吃了一驚，不知陳禹在門戶中幹了甚麼歹事，累得這位趙三當家萬里追尋。

陳禹精明強幹，在江湖上成名多年，名頭固不及趙半山響亮，卻也是北派太極門的佼佼者，何況跟了福公子後，有了極強的靠山，對趙半山毫不畏懼，厲聲道：「我先前尊你一聲前輩，那是瞧在你的年紀份上。你我南北太極各有所長，憑你就能壓得了我嗎？」語聲甫畢，一招「玉女穿梭」，猛向他肩頭拍去。

趙半山追奔數月，辛勞萬里，為的就是眼前這一招，一見陳禹出手，從這招「玉女穿梭」之中，於他武功修為已了然於胸，當下身軀微蹲，一招「雲手」，帶住他的手腕向右一引。陳禹立足不定，登時全身受制。要知各派太極，拳招都是大同小異，強弱差別全在各人的悟性與功力不同。

天龍門好手殷仲翔是陳禹至交，當趙陳二人口頭相爭之時，他已拔劍在手，躍躍欲試，眼見陳禹一招即敗，便即挺劍向趙半山身後刺去，喝道：「放手！」趙半山更不回身，順手在陳禹腰間抽出佩劍，回劍一擋。這一下分寸拿揑得恰到好處，雙劍一交，噹的一聲，殷仲翔的長劍已斷成兩截。趙半山右手一送，又將長劍插入陳禹腰間劍鞘。

羣豪見他一招制住太極門好手陳禹，一劍震斷了天龍門好手殷仲翔長劍，制敵拳法之精，拔劍出手之快，斷劍功力之純，還劍眼力之準，皆是生平罕見，不由得盡皆失色。

趙半山向陳禹冷然道：「怎麼？你出不出去？」陳禹臉上青一陣紅一陣，驚惶不定。

突然間金光閃動，七枝金鏢分從上下左右向胡斐急射過去。原來商老太眼見報仇之望行將成空，見眾人注目趙陳二人，正是良機，猛地一口氣同時發出七枝金鏢。她與胡斐相距不過丈許，這一下陡然發難，對方要能將七枝鏢盡數躲過，當真是千難萬難。她十餘年來處心積慮的要為丈夫復仇，知道苗人鳳與胡一刀武功卓絕，光明正大的動手，絕難取勝，因此鏢上都餵了見血封喉的劇毒。

這一下突如其來，胡斐叫聲：「啊喲！」急忙撲倒，上面三枝鏢雖能避過，打向他小腹和下盤的四枝鏢卻再也無法閃躲。

趙半山跨上一步，伸出長臂，一撈一抄，半路上將七枝鏢盡數接在手中。他外號叫做「千手如來」，「如來」是說他面和心慈，「千手」卻是說他發暗器、接暗器，就像生了一千隻手一般，這抄接暗器，正是他生平最擅長的絕技。眾人只覺眼前一花，也沒看清他如何出手，七枝金鏢已到了他手中。別說七枝，就是七七四十九枝金鏢齊發，他也不放在眼中。燭光下見鏢頭帶著暗紅之色，拿到鼻邊一嗅，果有一股甜香，知道鏢尖帶有劇毒。他是使暗器的大高手，卻最恨旁人在暗器之上餵毒，常言道：「暗器原是正派兵器，以小及遠，與拳腳器械，同為武學三大門之一，只是給無恥小人一餵毒，這才讓人瞧低了。」

他回過頭來，向商老太狠狠望了一眼，說道：「王維揚王老爺子何等英雄，他教人暗器餵毒麼？教人這般卑鄙偷襲麼？更何況以這般手段對付一個小孩。」這幾句話大義凜然，王氏兄弟不由得暗自慚愧。

商老太見王氏兄弟低下了頭，大聲道：「你是甚麼東西，竟然上商家堡來欺人？只可嘆我先夫商劍鳴死後，八卦門中再無英雄好漢。我兒子年幼，老婆子是女流之輩，只好容得你欺侮。」忽然放聲哭道：「劍鳴啊，你一死之後，八卦門就只剩下一批狗熊了，只知道奉承外人，再沒半個有骨氣之人，能給門戶爭一口氣。劍鳴啊，趕明兒起，我叫你兒子改投太極門，別讓他在江湖上灰頭土臉，一輩子讓人看輕了。劍鳴啊，想當年你何等英雄，早知今日如此，這柄八卦刀你就該帶入棺材，也免得在這裏出醜露乖。」她哭一聲，罵幾句，將八卦刀拋在地下，又用腳踏，又吐唾沫。只氣得王氏兄弟滿腔怒火，可又不能當著外人之面和她爭吵。

趙半山急欲帶著陳禹離去，只是見商老太以如此毒辣手段對付胡斐，自己一去，這小孩必遭毒手。他雖與胡斐毫無瓜葛，但事見不平，焉能袖手不理？向王氏兄弟抱拳道：「這孩子我今日就帶了去，日後再謝二位盛情。」

王劍英還未答話，商老太卻又哭叫起來：「劍鳴啊，你早早死了倒也乾淨，不必見到這般丟人現眼之事。你師弟號稱八卦門高手，卻鬥不過一個十多歲的孩子，連看家門的一柄刀也讓人家奪了。你師兄更加怕那小孩，只盼他快些遠遠離開……」

王劍英給他激得再也忍耐不住，大聲喝道：「住嘴！」轉身向趙半山道：「趙三爺，適才我弟妹之言，你都聽見啦。今日不是在下不給趙三爺這個面子，只是若憑這小孩如此而去，八卦門在江湖再難立足，兄弟也沒臉做人。」趙半山心想：「這話倒也是實情。」於是向胡斐說道：「孩子，你怎地得罪兩位王師傅了？快磕個頭陪了禮，隨我出去。」

趙半山見識老到，這一次卻說錯了話，他見胡斐適才將商老太這一帶，身手雖然不弱，總是個孩子，那知胡斐天生豪邁，豈肯輕易向人低頭？笑道：「趙三爺，你叫他向我磕頭？這個我可不敢當。」趙半山一愣，心道：「這小子怎地如此貧嘴？」

王劍英本想胡斐一陪禮，就此下台，聽他如此回答，心中怒極，但不願在趙半山面前顯得少了涵養，當下仍是不動聲色，說道：「小兄弟，你武功果然不錯，也怪不得你狂妄。來來來，王某領教你幾招。」

胡斐躍到廳心，呼的一拳，迎面就往王劍英鼻子上打去。王劍英微微一笑，順手還了一掌。

王劍英這一掌拍出去時輕輕巧巧，但掌到半路，已是挾著一股疾風，向胡斐撲面擊去。趙半山心道：「這姓王的家學淵源，掌上勁力果然非同凡響。」他生怕這一掌就將胡斐擊得重傷，當即身子微向前傾，預擬於危急之時，出掌拍向王劍英後心，以卸掌力。

那知小胡斐身法奇快，上身一側，王劍英一掌已然打偏。但王劍英是當世八卦門中第一高手，左掌打歪，右掌毫不停留，已自右上向左下斜劈下去。胡斐雙拳一舉，拍的一響，這一掌正好劈在他的拳上。

胡斐叫道：「啊喲，好痛！」驀地裏「沉肘擒拿」，伸手抓他左手「曲池穴」，這一招極其怪異，王劍英一怔，向後躍開一步。商老太與馬行空對望了一眼，心中均道：「怎麼這孩子也會使這怪招？」原來當日閻基劫鏢，與馬行空動武，十餘招怪招之中，就是有這招「沉肘擒拿」。

王劍英一退又進，使招「猛虎伏樁」，探掌切胡斐左臂。胡斐半轉身子，「鉤腿反踢」，又是一記怪招。這一來，馬行空等固然更是詫異，連見多識廣的趙半山也暗覺奇怪。王劍英見他招法中隱含相辱之意，心道：「若不給你吃點苦頭，可教人家小看了八卦門。」他雖與胡斐動武，心中卻那將這孩子當作對手，一招一式，全是露給身旁的大名家趙半山觀看，因之出手凝重，圓轉如意，不敢失了半點名家的身分，只因心有旁鶩，招數上竟是不求狠辣，唯恐讓趙半山小覷了，說一句：「名門高弟，豈能如此浮躁？」這麼一來，他掌法中固然是沒半點破綻，但要數招之間制住對方，竟也不能。

商寶震自幼苦練過八卦掌，只見這位大師伯出手平淡無奇，使的全是八卦掌中最淺近的招數，還道他忌憚趙半山，存心敷衍，無意真與父親復仇，心下暗暗惱怒。他那知王劍英這些平淡無奇的掌法之中蘊含數十年苦功，胡斐初時跳跳蹦蹦，怪招迭出，到得後來，已全在對方掌風籠罩之下。王劍英掌力催動，漸漸將胡斐制住，使他每一拳打出，每一腳踢出，立時受到八卦掌掌力的反推。此時他若要發勁打傷胡斐，原已不難，但他有意在趙半山面前顯示身手，要累得胡斐筋疲力盡，跪地求饒，自己卻始終瀟灑自如，行若無事。須知武術最難企及的境界，乃是舉重若輕，要使力而不見費力，發勁而不見用勁。每一個武學名家練到最後，都是向這境界致力。至於吆喝酣鬥，揮汗喘氣，那自是最下乘的了。

趙半山知他用意，心想既然如此，這小孩暫無性命之憂，且看他支持得幾時。眼見胡斐已是身不由主的為對方掌力帶動，腳步踉蹌，突然間一個觔斗翻出，右手在地下一撐，雙腿同時橫掃。這一下又是一記怪招，王劍英躍起避過，胡斐往地下一坐，雙腿連環上踢，霎時之間竟踢了七八腿，又是詭異，又是迅捷。拳法中原有「連環鴛鴦腿」的招數，但左腳踢出之後，右腳跟著飛踢，再要踢第三腿時，終須有一腳先行著地，縱快也有限度，此時胡斐坐在地下，雙腳凌空，彼落此起，出腿如電，竟將王劍英踢了個手忙腳亂。

馬行空與商老太又是互視了一眼，心道：「這記怪招卻非閻基所會，看來這小孩所學的武功，還較閻基為多。」果然不出二人所料，胡斐一翻身，立時雙肘推後，此時他與王劍英背脊對著背脊，他身子既矮，出招又快，這兩下肘錘，竟都撞在王劍英的屁股之上。臀上多肉，他又人小力弱，這兩記肘錘自是傷不到對方，但旁觀眾人卻忍不住失笑。

王劍英大怒，回身呼的一掌，當胸劈去，但見他臉色猙獰，已顧不得甚麼瀟灑，甚麼風度。趙半山心中暗嘆：「威震河朔王維揚的兒子，不及乃父多矣！」他一面觀鬥，眼角間卻始終沒一刻離開了陳禹，決不容他俟機逃脫。

胡斐見對方雙掌猶如疾風暴雨般襲來，心下也不自禁駭怕，對方究是武林中的一流高手，自己全靠拳譜中一些家傳怪招，仗著對方不識，出手有所顧忌，這才勉力支撐了這些時候，已屬極度難能。其實胡家拳譜上這些怪招乃是練功所用，旨在鍛鍊身手，不求克敵制勝，真正與人動手的招數，錄在拳譜的最初數頁之後。胡斐功力未到，難以領會，只得施展這些練功用的紮根基招式。想那飛天狐狸、胡一刀等均是一代大俠，若是與人動手之際也是這般不倫不類、怪模怪樣，豈非大失身分？

又鬥十餘招，胡斐左支右絀，大感狼狽，突見王劍英左掌往外一穿，當即閃身向右避過，王劍英右掌「遊空探爪」，斜劈下來。這一下好不勁急，胡斐忙矮身沉肩，雖將這一踢之力卸下了七成，還是被他掌力震得一交摔倒。

眾人驚呼聲中，王劍英又是一掌劈了下去。趙半山大怒，心道：「虧你也算是個成名人物，小孩子已給你打倒，怎麼還下毒手？」他太極拳的功夫講究遲出先至，後發制人，敵人招數越是用老，出手時收效越大，只等王劍英掌緣挨近胡斐身上，立即發招相救。

突然青光一閃，王劍英疾收左掌，側身起腿。原來胡斐跌倒之時，見身旁有半截劍頭，正是殷仲翔被震折的斷劍，情急之下，伸手抓起，向敵人拍下來的掌心刺去。這一下章法變幻，若非王劍英躲閃得快，掌心給他刺個窟窿也不希奇。胡斐一招得手，立即一個打滾，左手在地下一撈，右手用斷劍割下一塊衣襟，裹了折斷的劍刃，笑道：「王大爺，我的手短，你的手長，咱二人比武太不公平。我把右手接長點兒，你若害怕，就取出八卦刀來好了。」

自從「飛天狐狸」以降，胡家歷傳各代都是智計過人。胡斐心知空手打他不過，乘機拾起斷劍用作兵器，但怕對方使兵刃，卻搶先激他一激。王劍英何等身分，明知吃虧，那肯跟他平手對刀，料定他多拿一柄斷劍也管不了用，只哼了一聲，八卦掌中夾著擒拿手，逕來抓他握著斷劍的手腕，左掌發勁，劈向他的面門。

胡斐轉動劍頭，當作蛾眉刺使，一面遮招，左手忽地往頭頂一拉，取下氈帽，笑道：「我右手有劍頭，左手有盾牌，瞧你奈何得了我？」將氈帽當作盾牌，往他左掌一擋。王劍英心道：「臭小子，這麼一擋，你左腕非斷不可。」掌上又加了三分勁道，向破氈帽上擊了下去。

忽聽得王劍英「啊」的一聲大叫，向後躍開丈餘，這一聲叫喊，聲音慘厲，竟似受了重傷模樣。眾人一齊望著他，只見他左掌心中鮮血淋漓，不知因何受的傷。王劍英怒極，戟指胡斐喝道：「你，你……你這爛氈帽中藏著甚麼？」

胡斐將氈帽戴回頭上，左手中赫然握著一枝金鏢，笑道：「這是你八卦門的暗器，須不是我帶來的。我隨手在地下撿了一枝，想偷偷拿回去玩兒，你卻定要揭穿我的底兒，好吧，這一枝小小金鏢我也不希罕。」說著手一揚，對準他胸口射了過去。

王劍英側過身子，伸手一抄，要將金鏢抄在手裏。他先側身，再伸手，那是對胡斐已存了忌憚之意，怕他發鏢的手法又是十分怪異，一個抄接不到，不免打中了胸口。豈知他這一伸手卻接了個空。胡斐手勢是向前發鏢，其實手指上使了一股反勁，將金鏢射向身後。

站在他背後的正是商老太，突見金光一閃，金鏢已到面前，急忙縮頭，噗的一聲，那枝鏢打進她的髻子，顫巍巍的晃了幾晃。商寶震只嚇得心驚肉跳，撲到母親跟前，叫道：「媽，可傷著你麼？」

自胡斐出手以來，幾乎每一招每一式都是異想天開，叫人防不勝防，這一下花巧異常的發鏢，更是眩人心目。眼見商老太在間不容髮之中死裏逃生，人人盡皆駭然。趙半山撚鬚微笑，心想這般前揚後發的鏢法，自己原也擅長，若是自己出手，就有十個商老太，也一齊打死了，只是這小孩裝模作樣的逼真神態，卻遠非自己所及。

趙半山隨即想起，叫道：「王師兄，快揑住脈門，鏢上有毒。」商寶震一凜，叫道：「我去取解藥！」說著飛奔入內。

王劍英一副執拗的狠勁，倒與他過世的父親差不多，掌心一受鏢傷，只覺左手麻癢，聽得趙半山這麼一叫，右手拉斷衣帶，緊緊纏住左腕，臉色鐵青。王劍傑手足關心，搶過來幫他纏腕。王劍英左手一甩，喝道：「走開！」王劍傑不提防給他猛力一甩，退開兩步，愕然相顧，叫道：「大哥！」王劍英揮起傷掌，呼的一聲，疾往胡斐頭頂拍到，腳下飛跑，竟然使出「遊身八卦掌」的絕招，此時再不容情，決意要取這可惡的狡童性命。

胡斐學成武藝之後，初次是與商寶震對敵，其後對戰商老太和王劍傑，此時與王劍英對掌，已是第四個對手。越戰得久，他心思越是開朗，怯意既去，盡力弄巧以補功力之不足。這「遊身八卦掌」曾在王劍傑手下領教過，當時手忙腳亂，險些命喪刀底，此刻已明白其中奧妙所在，心知若是跟他亂轉，必定累得頭暈眼花。晃眼之間，王劍英已轉到自己身後，斗然想起胡家拳譜上有一門「四象步」，步法雖是單純，卻似大可用得，當下不及細加思索，一見敵人轉到身後，立即向前跨了一步。就在這時候，王劍英呼的一掌，也已擊向他的後心。

眾人眼見胡斐背後門戶洞開，全無防禦，不禁為他擔心，不料他輕輕巧巧的大步跨前，王劍英這一掌竟爾打空。那「遊身八卦掌」只要一使動，再無停歇，不管出掌是否打中，腳下絕不停留，一掌掌的連綿發出。胡斐面向廳門，見王劍英搶到右邊，登時向左跨了一步，他腳下跨步，正與王劍英發掌同時而作，使得這一掌又是打空。

要知太極生兩儀，兩儀生四象，四象生八卦，這「四象步」與「八卦掌」，其理原有共通之處。胡家拳譜上的「四象步」乃練習拳腳器械的入門步法，並不能用以傷敵，胡斐早已練得極是純熟。鬥到後來，他索性雙手叉腰，凝神注視對手，也不理王劍英是否發招，只要他奔到左方，就向右一步，奔到前方，就退後一步。不論對方如何忽前忽後，忽東忽西，他總是好整以暇的前一步、後一步、左一步、右一步，來來去去只是四步，妙在拿捏分寸恰到好處，而這步法又與八卦掌步法的八卦方位絲絲入扣，每一跨步，均與對手的行動若合符節，倒似與王劍英長期共習，練成了套子一般。

那「遊身八卦掌」一出手就是連續不斷的四八三十二招，王劍英愈打愈是焦躁，卻連手指尖也碰不到胡斐身上。趙半山看得暗自嘆息：「這人徒學父藝，只知墨守成法，臨敵時不能隨機應變，另創新意，看來王維揚是後繼無人了。」眼見他第二節的三十二招八卦掌也已使完，商寶震取來解藥，叫道：「大師伯，服了藥再收拾那小子。」這時王劍英的左臂已漸漸不聽使喚，知道毒氣上行，當下躍出圈子，接過解藥吞服。

趙半山道：「王師兄，我瞧……」王劍英知他定是出言勸解，待他話一出口，自己若不聽從，倒顯得不給他面子，當即搖了搖手，搶上前又舉掌向胡斐擊去。只見他步法極小，出掌也甚凝重，原來是使出八卦門中最厲害的「內八卦掌法」來。先前王劍傑只虛使內八卦短架，就制得商寶震無法動手，王劍英的功夫，又比乃弟精湛得多，這內八卦掌法，出手雖短，每一掌都是凌厲狠辣。

胡斐硬接了三招，登感不支，心中暗叫：「糟糕！」眼見對方步子向左跨出，猛地提腳往他左腳背上踩落。王劍英罵道：「你作死麼？」腳一縮，右腳踏出時就錯了八卦方位。王維揚教子習藝之時，規定極為嚴厲，不得有分毫差失，偏生這大兒子又是天性固執，臨敵時腳下定須踏正方位，才肯出招。待他雙腳移正，胡斐又是一腳對準他腳背踩了下去。這般胡鬧的打法，原是任何成名的英雄所不屑為，胡斐卻一味頑皮取鬧，連踩幾腳，王劍英心神微亂。胡斐見到有機可乘，猛地一掌，就往他小腹上擊去。王劍英叫聲：「好！」雙掌齊出，推在他的掌上。

這是硬碰硬的對掌，再無討巧之處，胡斐全身一震，左掌跟著力推，但仍感對方壓力沉重無比，此時若稍一退讓，內臟立為對方掌力所傷，只得奮力抵擋。

趙半山見胡斐已然輸定，笑道：「孩子，你輸啦，還比拚甚麼？」伸手在他背上輕輕一拍，一股內力從他身上傳將過去。王劍英雙臂一酸，胸口微熱，急忙撤掌後退。趙半山道：「王兄，你的功力自比這孩子高得多，那還用比甚麼？」他輕拍胡斐的肩頭，讚道：「了不起，了不起，再過五六年，連我也不是你的敵手啦。」言下自然是說：你王老兄更加不用提了。

王劍英臉上一熱，自知功夫與趙半山差得太遠，要待交代幾句場面話，跟這孩子卻又不知從何說起，不由得怔在當地，一言不發。王劍傑見兄長的左掌紫黑，中毒甚深，向商老太道：「有沒有外敷的解毒藥？」商老太搖搖頭。趙半山從懷中取出一個紅色小瓶，拔開瓶塞，說道：「兄弟自合的解毒藥，很有點兒功效。」王劍傑知他是使暗器的大行家，身上不帶解毒藥則已，若是攜帶，定然應驗如神，他掛念兄長安危，伸出手掌。趙半山在他掌心倒了少些，笑道：「儘夠用了。」這一來，王氏兄弟無論如何不能再對胡斐留難。

第四章 鐵聽烈火

趙半山說道：

「小兄弟，你我今日萍水相逢，意氣相投，雖然我年紀大了幾歲，但我見你俠義仁厚，實是相敬。他日你必名揚天下，我何敢以長輩自居？」

趙半山雙手負在背後，在廳中緩步來去，朗聲說道：「咱們學武的，功夫自然有高有下，但只要心地光明磊落，行事無愧於天地，那麼功夫高的固然好，武藝低也是一般受人敬重。我趙某人生平最恨的就是行事歹毒、卑鄙無恥的小人。」他越說聲音越是嚴厲，雙目瞪著陳禹不動。

陳禹低下了頭，目光不敢與他相接，突然一瞥眼之間，嚇了一跳。原來商老太發出七枝金鏢，給趙半山接住後擲在地下。胡斐用一枝鏢刺傷王劍英後，接著對掌，那枝鏢仍是丟落在地。這時趙半山在廳中來去，足下暗暗使勁，竟將七枝金鏢踏得嵌入了方磚之中，鏢與磚齊，甚是平整。眾人見陳禹臉上變色，順著他眼光一看，都是大為驚奇，知道他露這手功夫，一來是警告商老太不得再使歹毒暗器，二來是要逼陳禹出去算帳，叫旁人不敢阻攔。

陳禹四下一望，但見王氏兄弟忙著裹傷，商老太與商寶震咬牙切齒，馬行空微微點頭，殷仲翔臉如死灰，知道沒一個敢出手相助，將心一橫，大聲道：「好啊，平素稱兄道弟，都是好朋友，今日我姓陳的身受巨賊脅迫，好朋友卻到那裏去了？姓趙的，咱們也不用出去，就在這裏動手吧。」趙半山剛說得一個「好」字，忽聽背後風聲響動，知有暗器來襲，接著聽得一聲喝道：「好朋友來啦！」

趙半山也不回頭，反過手去兩指一挾，接住了一把小小的飛刀，但覺那飛刀射來勢道勁急，全是陽剛之力，接在手上時刀身微微一震，和福建莆田少林派發射暗器的手法又自不同，笑道：「這位好朋友原來是嵩山少林寺的，可是不疑大師的高足嗎？」

發射這柄飛刀的，正是嵩山少林派的青年好手古般若。王氏兄弟、殷仲翔、陳禹等都是一驚，但見趙半山並未回身，尚未見到古般若的人影，卻將他的門派師承猜得一點兒不錯。

趙半山心中卻想，我紅花會只僻處回疆數年，離中原並無多時，看來名頭已不及往時的響亮，我要保護一個孩子，叫一個人出外，居然不斷有人前來阻手阻腳，今日若不立威，倒教後生小子們將紅花會瞧得小了，當下朗聲說道：「你這位好朋友站著可別動。」不等古般若回答，雙手向後揚了幾揚，跟著轉過身來，兩手連揮，眾人一陣眼花繚亂，但見飛刀、金鏢、袖箭、背弩、鐵菩提、飛蝗石、鐵蓮子、金錢鏢，叮叮噹噹響聲不絕，齊向古般若射去。

王劍英大駭，叫道：「趙兄手下容情。」趙半山一笑，說道：「不錯，自該手下容情。」眾人瞧古般若時，無不目瞪口呆。但見他背靠牆壁，周身釘滿了暗器，卻無一枚傷到他的身子。古般若半晌驚魂不定，隔了好一陣，這才離開牆壁，回過頭來，只見百餘枚暗器打在牆上，隱隱依著自己身子，嵌成一個人形。他慘然無語，向趙半山一揖到地，直出大門，也不向福公子辭別，逕自走了。

趙半山此手一露，即是處了陳禹死刑，更還有誰敢出頭干預？但陳禹臨死還是強口，說道：「自來官匪不兩立，我一死報答福公子，那便是了。」趙半山大怒，向王劍英等說道：「本來太極門中出此敗類，是在下門戶之羞，原想私下了結，可是他非叫我抖個一清二楚不可。」陳禹自己卻也真不知道，甚麼事上得罪了這位紅花會三當家，要知他為人精明圓滑，原是不易與人結怨的，便接口道：「不錯，天下事抬不過一個理字。你說了出來，請大家評個道理。」

趙半山「哼」的一聲，指著那個黑膚大眼的小姑娘，問道：「你不認得這小妹妹麼？」陳禹搖頭道：「不認得，從來沒見過。」趙半山道：「就可惜你認得她父親。她是廣平府呂希賢的女兒。」

此言一出，陳禹本來慘白的臉色更加白得可怕。眾人「哦」的一聲，齊向這女孩望去。這女孩只有十二三歲，但滿臉風霜，顯是小小的一生之中已受過許多困苦折磨。她指著陳禹，厲聲說道：「你沒見過我，我可見過你。那天晚上你殺我兄弟，殺我爹爹，我在窗外看得清清楚楚。我每天晚上做夢，沒一次不見到你。」這幾句話說得斬釘截鐵，陳禹又是確曾做過那件事，張口結舌的「啊，啊」幾聲，沒再分辯。

趙半山向眾人雙手一拱，說道：「這姓陳的說得好，天下事抬不過一個理字。我把這件事的前因後果，說出來請大家評個道理。各位想必都知道，廣平府太極門師兄弟三人，武功以小師弟呂希賢最強。這姓陳的，你稱呂希賢甚麼啊？」陳禹低下了頭，道：「他是我師叔。」一心想趙半山述說往事，也不必跟他分辯，心中暗打脫身逃走的主意。

趙半山道：「不錯，呂希賢是他師叔。說到呂希賢這人，在下可與他素不相識，他是北京王府的教師爺，咱們鄉下人那裏高攀得上？」言下之意，竟是透著十分不滿，只是他存心厚道，又是礙著那小姑娘的面子，只說到此處為止，接著說道：「在下隱居回疆，中原武林的恩怨原本不聞不問，可是有一日這小姑娘尋到了在下，哭拜在地，說要請我主持公道。小姑娘，你將那兩件東西取出來，給各位叔伯們瞧瞧。」

那女孩解下背後的包裹，珍而重之的取出一個布包打開，燭光下各人瞧得明白，赫然是一對乾枯的人手，旁邊還有一塊白布，滿寫著血字。趙半山道：「你說給各位聽吧。」

那小姑娘捧著一雙人手，淚如雨下，哽咽道：「我爹爹生了病，已好久躺著不能起來。有一天，這姓陳的突然帶了另外三個惡人，半夜裏來到我家，說是奉王爺之命，要爹爹說太極拳甚麼九訣的秘奧，不知怎樣，他們爭吵起來。我弟弟嚇得哭叫出聲，這姓陳的抓住了他，揚起寶劍威嚇我爹爹，說道要是不說，就將我弟弟一劍殺死。我爹爹說了幾句話，我也不懂，他……他……就將我弟弟殺死了。」說到這裏，眼淚更是不絕流下。

胡斐叫道：「這樣的惡人，還不快宰了。」那小姑娘提起衣袖抹了抹眼淚，說道：「後來我爹爹跟他們動手，他們人多，我爹爹又生著病，就給這壞人害死了。後來孫伯伯來到我家裏，我就跟他說……」小姑娘不懂武林之中的恩怨關節，說起來有點不明不白。

趙半山插口道：「她說的孫伯伯，就是廣平府太極門的掌門人孫剛峯。」這個人的名頭大家是知道的，於是都點了點頭。

那小姑娘又道：「孫伯伯想了幾天，忽然叫我過去，他拿出刀來，一刀砍下了自己的左手，蘸了血寫成這封血書，又將刀子放在桌子上，用力把右手揮在刀口上，又砍下了右手，叫我……叫我……送去回疆給趙伯伯，說太極門中除了趙伯伯，再無旁人報得我爹爹血仇……」眾人聽得面面相覷，只覺得這真是人間的一件極大慘事，只是那小姑娘說得太不清楚，實在不懂。

趙半山道：「這孫剛峯在下是識得的，當年他瞧不起我趙半山，曾來溫州跟我打過一場架，想不到竟因如此，心中有了我趙某人的影子。」眾人心想：「這一場架，定是孫剛峯輸了。」

趙半山又道：「孫剛峯這封血書上說，他是廣平太極門掌門，自愧無能，收拾不下這姓陳的叛徒，因此砍下雙手，送給我趙某人，信上說甚麼『久慕趙爺雲天高義，急人之難』云云。嘿，他送我一對手掌，再加一頂大帽子，趙某人雖跟他沒半點交情，這件事可不能不給他辦了。」

陳禹慘白著臉，說道：「這封血書，未必是我孫師伯的親筆，我得瞧瞧。」說著慢慢走到小姑娘身旁，去取血書，突然手腕一翻，寒光閃處，右手中一柄匕首已指著小姑娘的後心，叫道：「好，那就同歸於盡。」

這一下變生不測，眾人均未料及。趙半山搶上兩步，待要奪人，卻見陳禹左臂緊扼在呂小妹頸中，低沉著嗓子喝道：「你再上前一步，這女娃子的性命就是你害的。」趙半山一驚，自然而然的倒退一步，一時徬徨無計，心想：「那便如何是好？若是七弟在此，他定有計較。」要知趙半山忠厚老實，對付奸詐小人實非其長，處當困境，不自禁想起那足智多謀的七弟武諸葛徐天宏來。

陳禹右手的匕首刺破呂小妹後心衣服，刃尖抵及皮肉，要使趙半山無法用暗器打落匕首，雙目瞪住了趙半山，說道：「趙三爺，你我往日無怨，近日無仇。你就是發暗器打瞎我這雙招子，姓陳的決不還手。」趙半山手中扣了兩枚錢鏢，本擬射他雙目，只要他矮身一躲或是伸手一護，就可俟機救人，豈知此人見事得快，先行出言點破了自己的用意。

一時之間大廳上登成僵局。

陳禹目不轉瞬的瞪著趙半山，防他有甚異動，口中卻在對王氏兄弟說話：「王大哥，王二哥，趙三爺今兒跟兄弟過不去，你二位可知其中原由？」王氏兄弟與他同府當差，雖然並不怎麼交好，但陳禹生性圓滑，平日人緣甚好，若不是二王忌憚趙半山武功了得，早已出言勸解。王劍英接口道：「聽趙三爺說，他也是受人之託，未必明白真相。只怕這中間有甚麼誤會，也是有的。」陳禹冷笑一聲，道：「誤會倒是沒有。王大哥，兄弟進福公子府之前，是在定親王府當差，這個你是知道的了？」王劍英道：「是啊，你是定王爺推薦給福公子的。王爺大大誇你精明能幹哪。」陳禹道：「適才趙三爺說道，兄弟傷了這小姑娘的父親，這件事是有的。可是兄弟是奉了王爺之命，你我同是吃府門飯的人，主人家有差使交下來，你能違命麼？」王劍英這才明白，他藉著與自己一問一答，是在向趙半山解說這回事的來龍去脈，於是又接一句：「這叫做奉命差遣，概不由己，那也怪不得你陳兄弟。」

趙半山在回疆接到孫剛峯的血書，立即帶同呂小妹趕到廣平府，但無法找著孫剛峯，當下又到北京找人，一查之下，得悉陳禹已隨同福公子南下。他胯下所騎，是駱冰那匹銀霜逐電駒，不過兩天功夫，已從北京追到商家堡來。陳禹如何害死呂希賢父子，他確是不甚了了。呂小妹年幼，原已說不明白，多問得幾句，她就眼眶一紅，小嘴一扁，抽抽噎噎的哭個不停。這時聽陳禹要言明此事根由，正中下懷，道：「好，你曾說過，天下之事抬不過一個理字。你倒說說看。那呂希賢是你師叔，就算他犯了彌天大罪，也不能由你下手，致他於死地。」

陳禹此時有恃無恐，料想今日已不難逃命，但趙半山決不肯就此罷手，日後繼續追尋，卻是難以抵擋，心想總須說得他袖手不顧，方無後患，於是說道：「趙三爺，你是光明磊落的英雄好漢，常言道君子可欺以方，你這一回可是上了孫剛峯的大當啦。」趙半山一愕，道：「怎麼？上了甚麼當？」陳禹道：「我們廣平太極門姓孫的祖師爺傳了弟子三人，孫師伯是大弟子，先父居次，呂師叔第三，他師兄弟三人向來不睦，趙三爺你是明白的了？」趙半山本來絲毫不知，但想自己插手管他門戶之事，若說一切不知，未免於理有虧，當下不置可否，道：「那便怎樣？」

陳禹道：「呂師叔是太極北宗一把響噹噹的好手，我對他老人家素來是十分敬仰的。他在定王府當教師爺，太極拳的秘奧卻半點不傳給王爺。定王爺生性好武，見他藏奸，心中自是不快，連問了幾次，呂師叔吃逼不過，竟然辭去了差使。於是定王爺將在下找去，要我解釋太極拳中的甚麼亂環訣、陰陽訣。可是先父武功本就平常，又逝世得早，沒甚麼功夫傳下來，在下懂得甚麼？定王爺便著落在下，去向呂師叔請問明白。」

趙半山心想：「太極門南北兩宗各有門規，本門武功秘奧不得傳於滿人。呂希賢不授秘訣，此事大致不假。」於是點了點頭。

陳禹臉色顯得十分誠懇，說道：「在下奉王爺之命，與三位當差的兄弟到呂師叔府上去。那時他身上有病，肝火大旺，三言兩語就對我痛下辣手。趙三爺你想，以我這點點稀鬆平常的武功，怎能害得了廣平太極門的第一把好手？」趙半山道：「那他是怎麼死的？」陳禹道：「呂師叔本已有病，在下的言語又重了一些。呂師叔痰氣上湧，失足摔了一交，在下連忙施救，已自不及。」

這番言語之中破綻甚多，趙半山正待駁斥，呂小妹已叫了起來：「爹爹是他打死的，爹爹是他……」第二句話沒說完，陳禹扼著她脖子的手一緊，將她後半句話制住了。趙半山大怒，喝道：「你既說他有病，怎地又鬥不過他？再說，他小兒子與你無怨無仇，又何以傷害無辜？快放手！」

陳禹道：「趙三爺，你身在萬里之外，怎知我門戶中之事？我勸你還是各人自掃門前雪的好。」他一面說，一面移動身子，慢慢退向廳口。趙半山雙目如要噴火，只是眼見此人心狠手辣，若真上前攔阻，他定要傷害呂小妹性命。這女孩年紀雖小，性格卻極是堅毅，孤身一人，竟然間關萬里、歷盡苦辛的尋到回疆。以這一條路上旅途之艱難，別說是這樣一個小小孤女，就是個壯年漢子，也是十分不易。趙半山毅然插手管這件事，固然是為了孫剛峯斬手相託，可有一小半也瞧在這孤女的孝心份上。後來與她共騎東來，時日一久，已視她猶如女兒一般。

只見陳禹再退幾步，便要出廳，趙半山空有一身暗器，竟爾不敢向他發射一枚，心下盤算：「若用一枚最重的蛇頭錐打他腦門，自能叫他立時喪命，但他臨死之前只要手臂一送，呂小妹就是性命不保了。」

只見他又退了一步，此時桌上一枚大紅燭所結的一個燈花，突然卜的一聲爆了開來，燭光一暗，待得燭火再明，陳禹身後忽已多了一個老者。

只見那老者兩手平舉胸前，但光禿禿只有兩根腕骨，手掌已齊腕斬去，身穿青布長袍，形容枯槁，雙目深陷，顴骨高聳，臉上灰撲撲的甚是怕人。陳禹見眾人一齊望著自己身後，神情甚是異樣，不由得回過頭去。突見那人的兩根腕骨已伸到自己臉前，險些碰到，一驚之下，忙讓開了一步，叫道：「孫師伯，是你！」

那人竟不理會，拉起長袍，搶上一步，向趙半山拜了下去，說道：「趙三爺，你的恩情，孫剛峯只好來生補報了。」趙半山急忙答禮，雙眼卻不離陳禹。陳禹急退兩步，正要擁著呂小妹搶出廳門，孫剛峯身形一晃，搶先堵住了門，喝道：「回去！」陳禹道：「你讓不讓路？」孫剛峯道：「你已害過呂家二命，姓孫的早就沒想活著。」轉向趙半山道：「趙三爺，這位陳爺的話，在下在門外已聽得清清楚楚，當真是一派胡言。我呂師弟是為了亂環訣與陰陽訣而死在這奸賊手下的。」

趙半山向陳禹側目斜睨，哼了一聲，道：「原來陳爺精研我門的這兩大秘訣，兄弟倒要領教。」孫剛峯道：「這倒不是。這位陳爺知道我太極拳有九大秘訣，而亂環訣與陰陽訣又是拳法關鍵，只可惜他父親過世得早，沒來得及傳他。他千方百計要我和呂師弟吐露，我師兄弟知他心術不正，就沒肯說。於是他用定王爺的勢力相壓，呂師弟仍是不說。到後來他乘著呂師弟有病，夜中闖到呂師弟的病榻之前，抓住他一脈單傳的一個娃兒，說道若不吐露亂環、陰陽二訣，就將孩子一刀殺了……姓陳的，我這話是真哪，還是假哪？」

陳禹鐵青著臉，一言不發，心中又驚又怒，眼見已可脫身，這姓孫的老傢伙偏偏在這時候闖了進來。只聽孫剛峯哽咽著又道：「於是一個聰明伶俐的娃兒，便喪生在他利劍之下。

呂師弟拚病與他拚命，又給他使雲手功夫，拖得精疲力盡，虛脫而死。趙三爺，孫剛峯愧為掌門，年老無能，我北宗又是人才凋零，眼下只有這姓陳的武功最強，只有老著臉皮，請南宗主持公道。」他轉向陳禹道：「陳大爺，我的話沒半句冤你吧？」

趙半山只聽得義憤填膺，大步踏了上去，說道：「要學拳術的秘奧，自古以來只有求師訪友，從來沒聽說過如你這等禽獸之行。」陳禹喝道：「你別動，給我站著。」說著手臂一緊，呂小妹呀的一聲叫了出來。趙半山果然站定腳步，不敢再動。陳禹朗聲道：「姓趙的，你要找我，儘管到北京福公子府來。今日請你叫他讓讓道。」趙半山無奈，只得向孫剛峯道：「孫師兄，今日咱們就暫且饒他！」

孫剛峯大急，說道：「你說今兒……今兒饒……饒了他？」趙半山道：「孫爺，你放心，趙某既然拉扯上了這回子事，定是有始有終。」孫剛峯急得說不出話來，只說：「你……你……」趙半山道：「讓路給他吧。姓趙的若是料理不了這回事，我斬這一雙手還你！」這幾句話說得斬釘截鐵，孫剛峯再無話說，身子往旁邊一讓，眼睜睜的盯著陳禹，目光中充滿了怨毒。

陳禹心道：「今日我脫卻此難，立時高飛遠走，天下之大，何處不是容身之所？只要我隱姓埋名，你找一百年也找不著老子。」臉上不自禁露出一絲得意的神色，說道：「趙三爺，你我後會有期。孫師伯說得不錯，我確想學一學太極門中亂環訣與陰陽訣的竅門。你上京來，做兄弟的要好好請你指點指點。」趙半山又是哼了一聲，那去理他。

陳禹不敢轉身，挾著呂小妹妹一步步的倒退，經過孫剛峯身側，微微一笑，左足跨出了門檻。

胡斐自與王劍英比掌之後，一直在旁凝神注視趙半山、陳禹、孫剛峯三人，此時眼見陳禹狡計得逞，心道：「趙三爺幫了我這個大忙，眼下他遇上難事，我如何不加理會？」他頭腦靈敏，人又頑皮，心念一動，早有計較，運氣將一泡尿逼到尿道口，解開了褲子，見陳禹即將踏出廳門，突然端起一張椅子，說道：「陳禹，我有一事請教。」陳禹一呆，卻沒將這孩子放在眼內，並不理睬。胡斐將椅子在他身前一放，跳上椅子，突然一泡急尿，往他眼中疾射過去。

陳禹急怒之下，伸左手在眼前一擋，阻住他射過來的尿水，右手一匕首就往胡斐胸口剁去。胡斐解褲之前，早就籌劃好了下一步，眼見匕首刺到，雙手握起椅子，身子一躍，人在半空，椅子已向他頭頂猛砸下去。陳禹伸手格開，怒罵：「小賊！」胡斐人未落地，已向前一撲，抱住呂小妹一個打滾，滾開半丈。

陳禹大驚，縱上搶奪，胡斐鉤腳反踢，隨即站起身來，施展空手入白刃功夫，搶他手中匕首。陳禹心知不妙，不敢戀戰，猛戳一刀，立即轉身出廳，卻見趙半山雙手叉腰，神威凜凜的站在廳口。

胡斐哈哈大笑，說道：「我一泡尿還沒撒完呢！」這一下變化，趙半山固是萬萬猜想不到，廳上眾人也無一不是大出意料之外。待得各人明白他的用意，呂小妹早已獲救，陳禹亦已困入重圍。這一來商老太更增恨意，王氏兄弟妒念轉深，馬行空暗叫慚愧，殷仲翔喃喃怒罵，但不論是恨是妒，是愧是罵，各人心中，均帶著三分驚佩讚嘆：「若非這小子出此怪招，怎能將陳禹截得下來？」

趙半山心中對胡斐大是感激，臉上卻不動聲色，對陳禹淡淡道：「陳爺，你為了學亂環訣和陰陽訣，傷了兩條人命，其實大可不必這麼費事。這兩篇歌訣，在太極門中也算不得是甚麼了不起的不傳之秘，趙某不才，倒還記得。你說過要向趙某討教，今日就傳了於你，也自不妨。」眾人一呆，均想：「他已難逃你的掌握，卻來說反話。」

卻聽趙半山又道：「我先說亂環訣與你，好好記下了。」於是朗聲唸道：「亂環術法最難通，上下隨合妙無窮。陷敵深入亂環內，四兩能撥千斤動。手腳齊進豎找橫，掌中亂環落不空。欲知環中法何在，發落點對即成功。」

這八句一唸，孫剛峯與陳禹面面相覷，說不出話來。原來這八句詩不像詩、歌不像歌的話，正是太極門中的「亂環訣」。陳禹幼時也依稀聽父親說起過，祗是全然不懂其中奧妙，萬想不到趙半山真能原原本本的唸給自己聽，他把心一橫，生死置之度外，道：「其中含義，還請趙三爺指點。」

趙半山道：「本門太極功夫，出手招招成環。所謂亂環，便是說拳招雖有定型，變化卻存乎其人。手法雖均成環，卻有高低、進退、出入、攻守之別。圈有大圈、小圈、平圈、立圈、斜圈、正圈、有形圈及無形圈之分。臨敵之際，須得以大克小、以斜克正、以無形克有形，每一招發出，均須暗蓄環勁。」他一面說，一面比劃各項圈環的形狀，又道：「我以環形之力，推得敵人進我無形圈內，那時欲其左則左，欲其右則右。然後以四兩微力，撥動敵方千斤。務須以我豎力，擊敵橫側。太極拳勝負之數，在於找對發點，擊準落點。」

他所說的拳理明白淺顯，人人能解，但其中實是含有至理。廳上眾人均是武學好手，聽他口中講述，手腳比擬，無不出神。要知能聽到這樣一位武學名家講述拳理精義，實是一生之中可遇而不可求的良機。

趙半山說的是太極拳秘訣，初時王氏兄弟、商老太、馬行空、殷仲翔等還只存著觀摩與切磋之心，但後來聽他越說越是透徹，許多自幼積在心中的疑難，師父解說不出、自己苦思不明，卻憑他三言兩語，登時豁然而通。

趙半山解畢「亂環訣」，說道：「口訣只是幾句話，這斜圈無形圈使得對不對，發點與落點準不準，可是畢生的功力。你懂了麼？」陳禹盼望這「亂環訣」盼了一生，此時聽得明白，懂得透徹，知道只要再加十餘年苦練，憑此一訣，便可成武學大師，不由得滿心歡喜，又問：「請問趙爺那陰陽訣又是如何？」

趙半山道：「陰陽訣也是八句歌，你記好了。」陳禹聽得出神，就似當年聽父親傳授武功一般，隨口應道：「是，孩兒用心記著。」待得一言出口，這才驚覺，不由得滿臉通紅，但眾人都在傾聽趙半山講武，誰也沒留意他說些甚麼，卻無一個失笑。祇聽趙半山朗聲唸道：「太極陰陽少人修，吞吐開合問剛柔。正隅收放任君走，動靜變裹何須愁？生剋二法隨著用，閃進全在動中求。輕重虛實怎的是？重裏現輕勿稍留。」

這口訣陳禹卻從沒聽見過，但他此時全無懷疑，用心記憶。只見趙半山拉開架式，比著拳路，說道：「萬物都分陰陽。拳法中的陰陽包含正反、軟硬、剛柔、伸屈、上下、左右、前後等等。伸是陽，屈是陰；上是陽，下是陰。散手以吞法為先，用剛勁進擊，如蛇吸食；合手以吐法為先，用柔勁陷入，似牛吐草。均須冷、急、快、脆。至於正，那是四個正面，隅是四角。臨敵之際，務須以我之正衝敵之隅。倘若正對正，那便沖撞，便是以硬力拚硬力。若是年幼力弱，功力不及對手，定然吃虧。」

胡斐一直在凝神聽他講解拳理，聽到此處，心中一凜：「難道這句話是說給我聽的麼？是說我與王劍英以力拚力的錯處麼？」

卻見趙半山一眼不望自己，手腳不停，口中也絲毫不停：「若是以角衝角，拳法上叫作：『輕對輕，全落空』。必須以我之重，擊敵之輕；以我之輕，避敵之重。再說到『閃進』二字，當閃避敵方進擊之時，也須同時反攻，這是守中有攻；而自己攻擊之時，也須同時閃避敵方進招，這是攻中有守，此所謂『逢閃必進，逢進必閃』。拳訣中言道：『何謂打？何謂顧？打即顧，顧即打，發手便是。何謂閃？何謂進？進即閃，閃即進，不必遠求。』若是攻守有別，那便不是上乘的武功。」這番話只將胡斐聽得猶似大夢初醒，心道：「若是我早知此理，適才與王氏兄弟比武，未必就輸。」心中對趙半山欽佩到了極處。

趙半山又道：「武功中的勁力千變萬化，但大別祇有三般勁，即輕、重、空。用重不如用輕，用輕不如用空。拳訣言道：『雙重行不通，單重倒成功』。雙重是力與力爭，我欲去，你欲來，結果是大力制小力。單重卻是以我小力，擊敵無力之處，那便能一發成功。要使得敵人的大力處處落空，我內力雖小，卻能勝敵，這才算是武學高手。」

祇見他出手比劃，許多拳法竟是胡斐剛才與王劍英對掌時所用。他詳加解釋，這一招如何可使敵招用空，這一招如何方始見功。胡斐聽得此處，方始大悟：「原來趙三爺費了這麼大的力氣，卻是在指點我的武功。」

要知陳禹是叛門犯上的奸徒，趙半山怎能授他太極秘法？只是他見胡斐拳招極盡奇妙，臨敵之際卻是憑著一己的聰明生變，拳理的根本尚未明白，想是未遇明師指點。武林之中規矩極多，若是別門別派的弟子，縱使他虛心請益求教，也未便率爾指教，否則極易惹起他本門師長的不快，許多糾紛禍患，常由此而起。他實不知胡斐無師自通，祇憑了祖傳的一部拳經，自行習練而成，眼見他良材美質，未加雕琢，甚是可惜，料想他師長未明武學至理，因此藉著陳禹請問亂環訣與陰陽訣的機會，將武學的基本道理好好解說一通，每一句話都是切中胡斐拳法中的弊端，說得上是傾囊以授。他知胡斐聰明過人，必能體會，至於王劍英、馬行空等人雖也聽到了，但這些人年紀已大，縱明其理，也未必能再下苦功，練到這步田地。

經此一番指點，胡斐日後始得成為一代武學高手，祇是如此傳授功訣，在武林中也可說是別開生面了。

趙半山講解已畢，向陳禹道：「我說的可對麼？」陳禹道：「承蒙指點，茅塞頓開。早知如此，在下也不必向孫呂二人苦苦哀求了。」趙半山冷然道：「是啊，早知如此，那也不必害死兩條人命了。」陳禹一驚，祇覺一道涼意從背脊上直透下去，心想：「他好端端傳我拳訣，怎地又提此事？」向王氏兄弟、殷仲翔等人一望，但見各人臉上均現迷惘之色。

趙半山道：「陳爺，這兩個拳訣我是傳於你了，如何使用，祇怕你還領會不到，來，咱們來推推手。」那推手是太極同門練武的一種尋常手法，陳禹心中雖存疑懼，卻也不便相拒，說道：「趙三爺，在下技藝平常，你多包涵著點兒。」趙半山鐵青著臉道：「太極北宗第一高手呂希賢都死在閣下掌底，怎說得上技藝平常？看招罷！」一招「手揮琵琶」，向他擊去。陳禹一驚，忙以「如封似閉」守住正中，但數招之間，拳路已全受敵人之制。兩人使的太極拳雖有南北之分，拳路其實大同小異，可是功力深淺有別，又拆數招，陳禹的雙掌似乎全給趙半山黏住了。

直到此時，孫剛峯心頭一塊大石方始落地，祇聽趙半山問道：「孫兄，你說呂希賢是給他用『雲手』累死的？」孫剛峯忙道：「是啊。我見到呂師弟的屍首，顯是筋骨脫力。」陳禹越鬥越驚，說道：「趙三爺，在下不是你的對手，咱們罷手啦。」趙半山道：「好，你再接我一招。」左手帶著他的右手，轉了一個大圈，一股極強的螺旋力帶動他左手，正是太極雲手。這雲手連綿不斷，一圈過後，又是一圈，當日陳禹害死呂希賢，使的正是這一路手法。陳禹想到呂希賢死時的慘狀，想到他連聲哀告而自己卻不絕催勁，想到他連最後一分力氣也給自己逼了出來，不由得汗如雨下。

趙半山見他臉上現出驚懼至極之色，心腸一軟，實感不忍，勁力一鬆，黏力卸去，溫言道：「大丈夫一身作事一身當，既行惡事，自有惡果。你好好想一想罷。」他生性仁善，雖知陳禹死有應得，卻不願見他如呂希賢一般慘受折磨而死。

他轉過身子，負手背後，仰天嘆道：「一個人所以學武，若不能衛國禦侮，也當行俠仗義，濟危扶困。若是以武濟惡，那是遠不如作個尋常農夫，種田過活了。」這幾句其實也是說給胡斐聽的，生怕他日後為聰明所誤，走入歧途。他一生之中，從未見過胡斐這等美質，心中對之愛極，自忖此事一了，隨即西歸回疆，日後未必再能與之相見，因此傳授上乘武學之後，復諄諄相誡，勸其勉力學好。

胡斐如何不懂他言中之意，大聲喝道：「姓陳的，一個人做了惡事，就算旁人不問，也不如自盡了的好，免得玷汚了祖宗的英名。」他這幾句其實是答覆趙半山的。

趙半山極是喜慰，轉頭望著他，神色甚是嘉許。胡斐眼中卻滿是感激之情。

正當一老一少惺惺相惜，心情互通之際，陳禹見趙半山後心門戶大開，全無防備，自己與他相距不到二尺，心想：「不是你死，便是我亡！」運勁右臂，奮起全身之力，一招「進步搬攔捶」，往趙半山背心擊去。

陳禹這一拳，乃是他畢生功力之所聚，自知只要這一招若不能制敵於死命，自己就無活命之機，當真是拳去如風，勢若迅雷。

就在這電光石火的一瞬之間，趙半山身子一弓，正是太極拳中「白鶴亮翅」的前半招，陳禹這一拳的勁力登時落空。趙半山腰間一扭，使出「攬雀尾」的前半招，轉過身來，雙掌緩緩推出，用的是太極拳中的「按」勁。他以半招化解敵勢，第二個半招已立即反攻，只兩個半招，陳禹全身已在他掌力籠罩之下。

太極拳乃是極尋常的拳術，武學之士人人識得。眾人見趙半山一守一攻都只使了半招，就能隨心所欲，的是名家手段，非同凡俗，無不大為嘆服。

此時陳禹咬緊牙關，拚著生平所學，與趙半山相抗，初一接招，只覺對方力道也不甚強，於是手上加勁。但發力一增，立覺對方反擊的力道也相應大增，一驚之下，急忙鬆勁，對方的反力居然也即鬆了，然而要脫出他牽引之力，卻也不能。

胡斐默默想著趙半山適才所授的「亂環訣」與「陰陽訣」，凝神觀看二人過招，印證趙半山所說的拳訣要義。但見陳禹發拳推掌，勁力雖強，可是只要給趙半山一撥一帶，掌勢的方位登時變了，那正是「亂環訣」中所謂「陷敵深入亂環內，四兩能撥千斤動」的應用。他瞧了一會，笑道：「陳老兄，你已經深陷趙三爺的亂環之內了，我瞧你今日要歸位。」

陳禹全神貫注的應付敵招，胡斐這幾句話完全沒有聽見。又拆數招，胡斐瞧出陳禹拳招中露出破綻，叫道：「趙伯伯，他左肋空虛，何不擊他？」趙半山笑道：「正是！」拳隨聲至，攻向他的左肋。陳禹急忙閃避。胡斐又道：「攻他右肩。」趙半山道：「好！」一掌向他右肩拍去。

陳禹沉肩反掌架開。趙半山笑問道：「下一招怎地？」胡斐道：「踢他腰間。」趙半山左掌一帶，陳禹拿勁穩住身子，趙半山果然飛腳踢他腰間。胡斐連叫數下，每一招都說的頭頭是道。趙半山讚道：「小兄弟，你說的大有道理。」胡斐突然叫道：「拍他背心。」

這時趙半山正與陳禹相對，心中一怔：「這一招可叫得不對了，我與敵人正面相持，怎能攻他背心？」但微一遲疑，立時省悟：「原來這孩子是出了個難題給我做。」當下身子半斜，右掌向外拖引，陳禹也即斜身應招。趙半山左掌再向右一帶，陳禹的身子又斜了幾分，背心算是賣給了人家。趙半山輕輕一掌拍出，正擊他的背脊。這一掌只要去得稍快，力道略強，陳禹已自斃命，他大駭之下，急忙轉身，臉上慘無人色。

趙半山回頭笑道：「對不對啊？」胡斐大拇指一翹，讚道：「好極了！」

陳禹死裏逃生，但究是名家弟子，雖是驚魂未定，卻已見到可乘之機，只見趙半山回身與胡斐說話，下盤空虛，心想：「我急攻兩招，瞧來就能逃命。」飛腿「轉身蹬腳」，猛向趙半山踢去，見他側身一退，大喝一聲，一招「手揮琵琶」，斜擊敵人左肩。他這兩招連環而出，勢如狂風驟雨，用意不在傷敵，只求趙半山再退一步，他就能奪門而逃，自恃年輕力壯，腿長腳快，趙半山身子肥胖，拳術雖高，說到跑路，總勝不了自己。

趙半山見他起腿，便已猜到他的用意，待他「手揮琵琶」一招打到，竟不後退，踏上一步，也是一招「手揮琵琶」。這一招以力碰力，招數相同而處於逆勢，原是太極拳中的大忌，與他適才所說「雙重行不通」的拳理截然相反，即令是高手逢著低手，也是非敗不可。旁觀眾人倒有半數輕輕「噫」的一聲。陳禹反掌一探，已抓著趙半山的手腕，就勢一帶，將他龐大的身軀舉了起來，隨即甩了出去。

孫剛峯與呂小妹齊聲大叫：「啊喲！」胡斐卻笑著叫道：「妙極，妙極！」

趙半山身在半空，心中暗嘆：「無怪北宗太極盛極中衰。孫剛峯枉為一派掌門，卻不及一個小小孩子，竟然瞧不出我此招的妙用。」跟著一陣喜歡：「這孩子領悟了我指點的拳理精義，立即能夠變通，當真難得。」

陳禹將敵人抓起，心中又驚又喜，這一下成功，卻是他始料所不及，用力一甩之下，滿擬就算不能傷敵，也可全身而出商家堡了。那知舉臂一揮，趙半山手掌一翻，反而將他手腕拿住，這一甩竟沒將他摔出。

陳禹一驚，左掌隨即向上揮擊，趙半山居高臨下，右擊按落。拍的一聲，雙掌相交，兩隻手掌就似用極黏的膠水黏住了。陳禹左掌前伸，趙半山右掌便後縮，陳禹若是回奪，他便跟進，一個胖胖的身軀，卻仍是雙足離地，被陳禹舉在半空。

按照常理，一人身子臨空，失了憑藉，那已是處於必敗之地，但趙半山知己知彼，料定對方功力與自己相差太遠，是以故行險著，要將平生所悟到最精奧的拳理，指點給胡斐知曉，要教他臨敵時不可拘泥一格，用正為根基，用奇為變著，免得如王劍英、王劍傑兄弟一般，膠柱鼓瑟，不懂「出奇制勝」的道理。

他左手與陳禹右手相接，右手與他左手相接，不論陳禹如何狂甩猛摔，始終不能使他有一足著地。

趙半山身子肥胖，二百來斤的份量壓在對方雙臂之上。初時陳禹尚不覺得怎樣，時刻稍久，但覺膀子上的壓力越來越重，就似舉了一塊二百多斤的大石練功一般。若真是極重的一塊大石，也就罷了，但趙半山人在空中，雙足自由，不絕尋瑕抵隙，踢他頭臉與雙目。

陳禹又支持片刻，已是額頭見汗，猛地一個箭步，縱向柱邊，揮手運力，想將敵人的身子往柱子上摔去。但趙半山豈能著了他的道兒，右足早出，撐在柱上。先前他身子在半空，壓在陳禹膀上的只能是自身重量，要加上一兩一錢的力道也是絕不能夠，此時足上借了柱子之力，登時一股強力，如泰山壓頂般蓋將下來。陳禹雙臂格格作響，如欲斷折，暗叫：「不妙！」急忙躍開。

這時他全身大汗淋漓，漸漸濕透衣衫，不論使地堂拳著地打滾，或是縱橫跳躍，趙半山總是身在半空，將自身重量壓在他的身上。

胡斐見趙半山的武功如此神妙，不禁又是驚奇，又是喜歡，見他下盤憑虛，全然借敵人之力反擊。只見陳禹身上汗水一滴滴的落在地下，就像是在一場傾盆大雨下淋了半天一般。不多一會，滿地都是水漬。

胡斐還道他是出盡全力，疲累過甚。馬行空、王劍英等行家，卻知陳禹每流一滴汗水，功力便消耗一分，待得汗水流無可流，那便是油盡燈枯、斃命之時了。

陳禹自己也何嘗不知，只覺得全身酸軟，胸口空洞洞地難受之極，猛地想起：「我使雲手累死呂希賢之時，他身上所受，心中所感，定與我此時一般無疑。這叫做自作自受，眼前報應。」一想到性命難逃，不禁害怕之極，剛勇之氣一衰，再無半分力道與對手相抗，突然間雙膝跪下，叫道：「趙三爺饒命！」

趙半山身在半空，全憑敵人的力氣支持，陳禹斗地氣竭跪倒，他輕輕向後一縱，伸出右掌，喝道：「留著你這奸徒何用？」正要一掌向他天靈蓋擊落，卻見他仰臉哀求，滿面驚懼之色。

趙半山素來心腸仁慈，縱遇窮兇極惡的神奸巨憝，只要不是正好撞到他在胡作非為，常起憐憫之心，擒住了教訓一頓，即行釋放，使他日後能夠改過遷善。此時陳禹筋脈散亂，全身武功已失，已與廢人無異，就算不肯痛改前非，也已不能作惡，眼見他神情可憐，一掌停在半空中卻不擊下，轉頭向孫剛峯道：「孫兄，此人的功夫已經廢了，憑你處置罷。只是小弟求一個情，留他一條性命。」

孫剛峯望望趙半山，又望望陳禹，心下甚是為難，尋思：「這奸賊罪大惡極，我拚著斬斷雙手，方能將你請到，怎可饒他？但這奸賊又是由你制服，你既出言留他性命，我又怎能拒卻？」轉頭看呂小妹時，只見她雙目中噴出怒火，恨恨的瞪著陳禹，登時有了主意，當即撲翻身軀，向趙半山便拜，說道：「趙三爺，今日你為我北宗清理門戶，孫某永感大德。」說著連連磕頭。

趙半山忙也跪下還禮，說道：「孫兄不必多禮。路見不平，拔刀相助，乃是我俠義道本份之事。何況你我同門，休戚相關，何勞言謝。」只見孫剛峯站起身來，口中卻橫咬著明晃晃的一柄尖刀。

趙半山站直身子，突然見到尖刀，不禁一驚，退了一步。

原來這柄匕首是陳禹所有，他本來用以指住呂小妹，其後胡斐施巧計救人，相鬥之際，將匕首奪下擲在地上。後來趙半山口授拳訣，一件事緊跟著一件，陳禹始終無暇拾回匕首。孫剛峯沒了雙手，卻乘著磕頭之時，用口啣了起來。他踏前兩步，走到呂小妹身前，彎腰將匕首送了過去。呂小妹伸手握住刀柄，目光中意存詢問。

孫剛峯鬆開牙齒，說道：「趙三爺，你說甚麼，做兄弟的不敢駁回半句。但呂小妹的父親是給這奸賊活活打死的，她兄弟是這奸賊親手殺的。饒不饒人，除了小妹自己，天下再無第二個人做得了主。趙三爺，你說是不是？」

趙半山嘆口氣，點了點頭。

孫剛峯向呂小妹厲聲道：「小妹，你要報仇，有膽子就將這奸賊殺了。你若是心軟害怕，就放他走了罷！」

眾人目光一齊注視在呂小妹臉上。有的心想她既有堅志毅力遠赴回疆求援，復仇之心極為堅決，自有膽量殺人；有的卻見她瘦小怯弱，提著明晃晃的一柄尖刀，全身已不住發抖，只怕未必敢去殺陳禹這長大漢子。

呂小妹身子打戰，心中卻無半分遲疑之意，提著尖刀，逕自走向陳禹。她身高還不到陳禹胸口，尖刀向前一送，正好刺向他的小腹。

這時陳禹四肢酸麻，能夠直立不倒，已是萬分勉強，眼見小妹一刀刺來，大叫一聲，回頭就走。呂小妹雖曾練過一些拳腳，究竟武功極淺，給他一縮身，一刀登時刺空，當下提著尖刀，隨後追去。

陳禹腳步蹣跚，奔向廳門，突見大廳之門已於不知何時緊閉，急忙伸手去推，那知大門竟然奇熱，嗤嗤幾聲響，冒出白煙，兩隻手掌已被大門黏住。他大驚之下，奮力回奪，只是全身勁力早失，一個踉蹌，身子反而靠了上去，黏在門上，慘呼一聲，隨即全無聲息。

這一下變故可沒一人料想得到。眾人一呆之下，一齊湧到門前，鼻中只聞到一陣焦臭，原來那廳門竟是一扇極厚的鐵門，不知是誰在外已將門燒得熾熱。陳禹被黏在門上，片刻間已然燙死。

眾人看明真相，驚詫更甚。王劍英叫道：「弟妹，怎麼一回事？」卻不聽見商老太回答，轉身尋人時，不但商老太母子影蹤不見，連廳中傳送酒菜的僕人也已個個躲得不知去向。王劍英臉上斗然遮上一道陰影，急步走向內堂，只見通向內堂之門也已緊閉。那門正中繪了一個八卦，烏沉沉的似乎也是鋼鐵所鑄。他不敢伸手去推，只走上兩步，登覺一股熱氣撲面而至。原來後門也給烤熱了。

王劍傑大聲叫道：「商家嫂子，你在搗甚麼鬼啊，快些出來！」他聲音洪亮，四壁回音反震，更加響亮。眾人自然而然的抬起頭來，但見那廳竟無一扇窗子，前後鐵門一閉，關得密不通風，連蒼蠅也飛不出去。

眾人面面相覷，這才省悟，原來商家堡這座大廳建造之時已是別具用心，門用鐵鑄，不設窗戶，瞧來牆壁也是極其堅厚，非鐵即石了。馬行空提起一條長凳，雙臂運勁，「嘿」的一聲，往牆上撞去，長凳從中斷為兩截，牆上白粉簌簌落下幾塊，露出內裏的花崗石來。

王劍英擺個馬步，運勁於掌，雙掌向牆壁排擊過去。以他這一擊之力，尋常牆壁縱不洞穿，也要打得土崩磚裂，但這牆壁顯是以極厚極重的巖石砌成，在王劍英雙掌併擊之下，卻是紋絲不動。

王劍傑心慌意亂，不住叫嚷：「商家嫂子，你幹甚麼？快開門！快開門！」

趙半山沉住了氣，欲尋出路，但想：「這大廳如此建造，本意就要害人，屋頂上也必布置嚴密，衝不出去。」

王劍傑叫了幾聲，心中害怕起來，住口不叫了，望著兄長，沒半點主意。

這時廳中留著的是趙半山、胡斐、孫剛峯、呂小妹、王氏兄弟、馬行空、徐錚、殷仲翔，一共九人，還加陳禹一具屍體。除了呂小妹外，其餘八人都算得是武林好手，但困在這座鐵鑄石砌的廳中，空有全身武功，卻無半點施展之法，一時你望我，我望你，不知如何是好。

忽聽得一個陰惻惻的聲音著地傳來：「你們自命英雄好漢，今日想逃出我商家堡的鐵廳，那叫做千難萬難。這鐵廳是先夫商劍鳴親手所建，他雖死去多年，還能制你們的死命。眾位大英雄，你們可服了麼？」說著哈哈大笑。眾人聽得毛骨悚然，不寒而慄。尋聲望去，原來商老太這番話是從牆腳邊一個狗洞中傳進來的。

王劍英俯下身來，對著狗洞叫道：「弟妹，我兄弟與劍鳴師弟同門共師，有恩無仇。你把咱兄弟也關在這裏，那算怎麼一回事？」商老太又是陰惻惻的笑了幾下。狗洞中傳進來柴火爆裂時的畢卜之聲，顯是外面火頭燒得極猛。

只聽商老太枯啞的聲音說道：「劍鳴不幸為奸賊胡一刀所害，你既與他有同門之誼，就該設法報仇。今日遇上仇人之子，你兄弟倆卻怕了外人，袖手不顧，這等不仁不義之人，活在世上何用？」王劍英道：「劍鳴師弟的死訊，我們今日才聽到，更不知是胡一刀所害的。若是早知，自然已為他報了大仇。」商老太冷笑道：「你抹了良心，說這等鬼話。」王劍英說道：「剛才我手上受傷中毒，不也是為了……為了……」一言未畢，只聽颼的一聲，狗洞中射進一枝箭來，若非王劍傑眼快，搶上一步踏住，伏在地下的王劍英還得中箭受傷。

殷仲翔自長劍被趙半山震斷後，一直默不作聲，心想自己與此事全然無涉，卻在這裏陪著送命，也可算得極冤，問道：「商劍鳴造這座鐵廳，想害甚麼人？」王劍英怒道：「這人跟先父學藝之時，為人就不正派，鬼鬼祟祟的起這種房屋，還能安甚麼好心眼了？」

胡斐心想：「那商劍鳴打不過我爹爹，於是造了這座鐵廳想來害他，那知這個膿包還是死在我爹爹手裏。」他心中想到，口裏卻不說話，四下察看，找尋脫身之計。

胡斐的推想卻也錯了。商劍鳴與胡一刀素不相識，他是與苗人鳳結下了深仇，知道這位號稱「打遍天下無敵手」的金面佛極不好惹，總有一日要找上門來，若是比武不勝，就可用這鐵廳制他。那知找上門來的不是苗人鳳而是胡一刀。商劍鳴一向自負，全不將胡一刀放在眼裏，一戰之下，不及使用鐵廳，首級已被割去。

這段仇恨商老太時刻在心，既知胡一刀已死，而他的兒子胡斐武功又極是厲害，眼見大仇難復，乘著趙半山與陳禹相鬥、眾人凝神觀戰之際，她悄悄與兒子出廳，悄悄關上了前後鐵門，然後指揮家丁，堆柴焚燒。這座鐵廳門堅牆厚，外面燒火，廳中各人竟未知覺，待得陳禹燒死在鐵門之上，各人已如籠中之鳥，插翅難飛了。

眾人在廳中繞走徬徨，好在那廳極大，鐵門雖然燒紅，熱氣還可忍耐。趙半山道：「咱們總不成在這兒生生困死，大夥兒齊心合力，掘一條地道出去。」殷仲翔皺眉道：「此處又無鐵鏟鋤頭，待得掘出，人都烤熟了。」徐錚一直擔心未婚妻子馬春花隔在廳外，不知有何凶險，他是個莽夫，空自焦急，想不出半點法子，這時聽趙半山說到掘地道，大聲道：「趙三爺說得對，總是勝過束手待斃。」拔出單刀，將地下的一塊大青磚挖起，突見一股熱氣冒將上來。

他嚇了一跳，伸刀在熱氣上升處一擊，只聽噹的一響，竟是金鐵撞擊之聲。眾人更是驚詫。王劍傑道：「地底也是鐵鑄的？」用刀接連撬起幾塊青磚，果然下面連成一片，整個廳底乃是一塊大鋼鐵。掘地道固然不用說了，更唬人的是，地面上的熱氣越冒越旺。

徐錚罵道：「媽巴羔子，這老虔婆在地底下生火，這廳子原來是一隻大鐵鑊。」胡斐笑道：「不錯，老婆子要把咱們九個人煮熟來吃了。」

眾人眼見熱氣熇熇上冒，無不心驚。過得片刻，頭頂也見到了熱氣，原來廳頂也是鐵板，上面顯然也堆了柴炭，正在焚燒。

王劍英突然又伏在狗洞之前，叫道：「商家弟妹，你放我們出來，我兄弟為你取那姓胡的小雜種性命。」胡斐聽他出言不遜，提起腳來往他屁股上踢去。趙半山拉住他手臂向後一扯，這一踢登時落空。趙半山低聲道：「這裏大夥兒須得同舟共濟，自己人莫吵，須得先想法子出去。」心想：「只要商老太肯放王氏兄弟，便有脫身之機。」

卻聽商老太說道：「小雜種的性命早已在我手中，何必要你假惺惺相助？再過半個時辰，你們人人都化成焦炭。哈哈，這裏面沒一個是好人。姓胡的小雜種，馬老頭子，廳上好風涼罷？」

馬行空皺眉不答。商老太又梟啼般笑了幾聲，叫道：「馬老頭子，你的女兒我會好好照料她，你放心，我給她找一千個一萬個好女婿。」馬行空心如刀割，他年紀已大，對自己性命倒不怎麼顧惜，只是獨生愛女卻落在外面，受這惡毒的老婆子折磨起來，那可是苦不堪言。

王劍英站起身來，在兄弟耳邊說了幾句話，王劍傑點了點頭。王劍英向趙半山拱了拱手，說道：「趙三爺，咱們同在難中，兄弟可有句不中聽的言語。」趙半山拉著胡斐的手，說道：「一切全憑王大哥吩咐。可是要伸手加害這小兄弟，卻辦不到。」原來趙半山見王氏兄弟交頭接耳，已知二人為了活命，想先殺胡斐，再向商老太求情。

王劍英被他一言點破了心事，臉帶殺氣，厲聲道：「趙三爺，商老太的對頭只有這孩子一人。冤有頭，債有主！大夥兒犯不著一齊陪一個孩子做鬼。」他向眾人逐一望去，說道：「各位說冤是不冤？」殷仲翔立即接口：「除了這孩子，大夥兒跟這件事全沒牽連。」王劍英道：「馬老鏢頭，你怎麼說？」馬行空自忖商老太與己有仇，未必能放過自己師徒，但眼前情勢危急異常，只有設法脫身先說，胡斐是死是活，原也不放在心上，於是說道：「王大爺說得是，此事原與旁人無涉。」

王劍英道：「孫大哥，你來趟這淌渾水，那更是犯不著。姓陳的已經燒死，你與呂家小妹妹的仇已經報了。」孫剛峯覺得他的話很有理，只是心中極感趙半山之情，實不便公然與他作對，於是勸道：「趙三爺，不是兄弟不顧義氣，倘是你趙三爺……」

趙半山厲聲喝道：「你們有六個，我們只有兩人。咱們倒先瞧瞧，是姓趙姓胡的先死呢，還是你們姓王姓殷的先死。」說著擋在胡斐身前，神威凜凜。他平時面目慈祥，說話溫和，心腸又是極軟，可是面臨生死關頭，「仁俠」二字卻是顧得極緊，這幾句話說得斬釘截鐵，竟不留半分餘地。

王氏兄弟等一來忌他武功了得，二來又覺自己貪生怕死，跡近無義小人，倒也不敢一擁而上動手。但一個人到了生死之際，面目全露，實是半點假借不得。各人只覺腳底越來越是熾熱，再也站立不住，都拖了一張長凳或是椅子，踏在上面。王劍傑八卦刀一揚，叫道：「趙三爺，兄弟今日要得罪了。」左手向殷仲翔、馬行空、徐錚一招手，喝道：「併肩子上啊！」他知孫剛峯決不能相助自己與趙半山為敵，但己方五人敵他一老一小，也大有可勝之機。各人兵刃紛紛出手，只待趙半山身子一動，五人的刀劍要同時砍刺出去。這一番只要動上了手，那是人人拚命，眼見廳中越來越熱，多挨一刻，便是多一分危險。

胡斐心中卻想：「只是為我一人，卻陪上這幾個人，王氏兄弟等死不足惜，趙三爺是大大的英雄好漢，如何能讓他為我而死？這幾人擁將過來，縱然趙三爺和我將他們殺了，我們仍是難逃性命。瞧來只有我自己死在商老太手裏，才能救得趙三爺的性命。」眼見王氏兄弟躍躍欲動，只是無一人敢先發難，當下心念已決，朗聲道：「大家且莫動手。」一俯身，將頭鑽出狗洞，叫道：「商老太，我在這裏不動，你一鏢打死我罷！快開門放趙三爺出來。」

商老太仰天大笑，從懷中掏出金鏢，叫道：「劍鳴，劍鳴，今日我給你親手報仇！」右手一揚，一枚餵有劇毒的金鏢對準胡斐的面門急射過去。

胡斐眼見金光閃動，金鏢向著自己眉心急射過來，雙目一閉，心想：「商老太將我打死，遂了心願。她與趙伯伯無仇，自會放他出來。」就在此時，突覺右足被人一扯，身子向後激射。他睜開眼來，身子已在半空，當即左臂長出，在柱上一抹，輕輕落下地來，只見趙半山手中接了一枝金鏢，原來又是他救了自己性命。

王劍英眼見胡斐捨身救人，趙半山竟從中阻撓，不禁大怒，叫道：「姓趙的，大丈夫恩怨分明，此事原本與你我無干。他既自願就死，又要你橫加插手幹麼？」

趙半山微笑不答，轉頭向胡斐道：「小兄弟，適才你腦袋鑽出了狗洞之外，是麼？」胡斐道：「是啊。」一見他神情鎮定，笑容可掬，似乎已有了脫身之計，說道：「趙伯伯，請你吩咐。」趙半山道：「腦袋是硬的，無法縮小，肩膀與身子卻是軟的。」胡斐立時領悟，叫道：「是了，腦袋既鑽得出，身子便也鑽得出。」當即脫下棉襖，裹成一團，頂在頭上，一來是易於鑽出，二來是抵擋商老太的餵毒金鏢。

趙半山道：「你且退後，我給你開路。」徐錚叫道：「不行，你這麼肥胖，怎鑽得出去？」趙半山哈哈一笑，不去理他，俯下身子，右手一揚，一枚袖箭從狗洞中激射而出，只聽外面一名莊丁大聲呼痛，叫道：「腳，腳，我的腳！」顯是他的腳給袖箭打中了。趙半山左手微動，又將商老太的金鏢發了出去。

這一次外面卻無動靜，想是各人均已避開。有人叫道：「快，快把狗洞堵死。」商老太喝道：「不許動，我要聽他們燙死時的呼叫。大家避在一旁便是，暗器能拐彎麼？」趙半山雙手連揚，十餘枚暗器接連射出，去勢勁急異常，都射出十丈以外。

發到將近二十枚，他左手在胡斐背後輕輕一推。胡斐向前一撲，先將棉襖送了出去。商老太早已防到這著，火光下見黑黝黝的一團從狗洞中鑽出，紫金八卦刀呼的一刀砍將下來，正中棉襖，但覺著刀之處軟綿綿地，心知不對，急忙提刀。胡斐右手先出，手掌一翻，已抓住她手腕，跟著腦袋從狗洞中鑽了出去。

商老太大叫一聲。商寶震縱了過來，一刀向著胡斐頭頂砍落。此時胡斐的肩頭也已脫出狗洞，只是那狗洞極為狹小，挾住他胸口與左手，一時竄不出來，只得借勁將商老太的手腕揮去，嗆的一響，母子倆雙刀相交。這一下手法，正是趙半山適才所授的借力打力功夫，也是他聰明過人，一學即能使用，否則非喪命於商寶震刀下不可。

趙半山聽到雙刀相交之聲，卻見胡斐身子尚未鑽出，運起太極柔勁，在他大腿上一推。胡斐身不由主，騰空而起。正好商寶震第二刀復又砍下，這一刀勁力好大，正砍在牆基的花崗石上，火星四濺，刃口也捲了起來。胡斐在空中打了個旋子，火光中見商老太橫刀向自己足上削來，急使個「千斤墜」，身子驟落，只聽得呼的一聲，八卦刀從頭頂掠過。他足未落地，左掌翻起，以空手入白刃功夫去奪商老太手中金刀。

商老太見仇人居然死裏逃生，眼都紅了，八卦刀直上直下，狂斫猛劈。胡斐空手搶攻數招，竟是絲毫佔不到便宜，但聽得眾莊丁大聲吶喊，煙火裏商寶震提刀又上。胡斐心想此時廳上已燒得熾熱異常，時候稍長，趙半山等性命難保，廳上八條人命，全憑自己能否於極短時刻之內擊敗商氏母子、殺散莊丁而打開廳門。他心中焦急，一雙肉掌在兩柄大刀之間穿來插去，狠命相撲。商氏母子也知這一戰乃是生死存亡之所繫，雙刀呼呼，就如兩頭大蟲般繞著胡斐圍攻。

大廳中趙半山、王氏兄弟等八人一齊俯耳狗洞之旁，傾聽胡斐與商氏母子相鬥的勝敗。王氏兄弟雖對胡斐頗為憎恨，但此時卻與趙半山的心思並無二致，只盼胡斐快些殺敗商氏母子。廳上熱氣越來越是難熬，桌椅必剝作響，蠟燭遇熱熔盡，登時黑漆一團。突然光光一旺，卻是牆壁上掛著的屏條字畫遇熱燃燒，但片刻燒盡，又是伸手不見五指，再過不久，只怕桌椅也要燒著了。

眾人心中急得也如烈火焚燒，卻是誰也不出聲，凝神傾聽外面三人相鬥的聲音。

王劍英突然在洞口叫道：「胡家小兄弟，快攻商老太下盤。她這路刀法下三路不穩。」

他在八卦刀上浸淫數十年，聽著刀風的聲音，便知她如何使刀。

胡斐正苦於一時不能取勝，聽得王劍英的叫聲，心中大喜，身子一弓，伸拳往商老太腿上擊去。商老太竟然不避，舉刀往他背心直劈，她只求傷敵，已然不顧自身。胡斐扭腰側身，讓開了這一刀，商老太第二刀連綿而上。她明聽得王劍英叫敵人攻擊自己下盤，卻偏偏不去守禦。王劍英大叫：「她是在情急拚命，你奪不下她金刀的。快想別法吧。」胡斐心想：「這個我早知道，何必你來提醒？遇到這樣一個瘋婆子，有甚麼法子？」

狗洞之外戰鬥激烈，胡斐以一敵二，漸漸佔到上風，但要取勝，只怕還在百餘合之後。商老太瞧出情勢不利，又聽得王劍英不住叫嚷指點敵人，將破解八卦刀的訣竅，一點一點的說了出來，心中惱怒異常，暗道：「你不給同門師弟報仇，已是大大不該，卻反而來相助敵人，當真是狼心狗肺的奸賊。」她卻不想王劍英身處絕境，若不反助胡斐，性命已活不過一時三刻。她狂怒之下，心想：「這小雜種武藝高強，既然逃了出來，只怕難以殺他。那麼燒死了廳中這批奸人，也稍出我心中惡氣。」於是大聲呼喝莊丁，急速多加柴炭焚燒。

殷仲翔不住跌腳，埋怨胡斐無用。王劍傑道：「趙三爺，快發暗器相助。」趙半山手中早扣了十餘枚暗器，但商老太等三人在狗洞之旁惡鬥，暗器無法拐彎。他的飛燕銀梭等幾種獨門暗器雖能繞成弧形傷人，但胡斐與商氏母子短兵相接，貼身而戰，瞧不見準頭而憑虛發射出去，怎能保得定不會打中胡斐？小胡斐心思機敏，早已想到這節，數次要引商老太到狗洞之外。可是商老太忌憚趙半山暗器了得，始終不上這當。

這時廳上焦臭漸濃，先是各人的頭髮鬍子鬈曲燒焦，接著衣服邊緣都捲了起來。各人呼吸也漸感艱難。呂小妹抵受不住炙熱，人已半暈。徐錚情急之下，伸頭拚命向狗洞硬擠，但洞小頭大，如何鑽得出去？那狗洞四角均是極厚極重的花崗石，他雙手扳住用力搖撼，竟是動不了半分。

王劍傑猛地想起：「小胡斐若有兵刃，商老太豈是他的敵手？我如何不早想到？」當即伸手去拾自己拋在地下的八卦刀。那知這柄刀的刀頭與地下鐵板碰到，早已烤得炙熱無比，他一抓之下，登時疼得大叫一聲。這時在鐵廳上片刻也延挨不得，他忍著手上燙傷，撕下一塊衣襟，裹在刀柄之上，左手將徐錚拉開，叫道：「小胡斐，兵刃來了，快接著。」手一揮，將鋼刀從狗洞中拋了出去。

胡斐回身來接，商寶震也聽到了叫聲，同時過來搶奪。只聽得兩人同時驚呼一聲，嗆啷一響，兩柄刀都跌在地下。

原來胡斐搶先抓到王劍傑的單刀，但刀柄奇熱，一抓立即撤手。商寶震躍到狗洞之前，卻給趙半山一枝金錢鏢打中手腕，手中鋼刀也拋了下來。胡斐一抓不中，商老太的八卦刀已襲到後心，他身子一側，搶到商寶震身旁，猛地使一招「撳牛喝水」，舉掌撳住他後頸，一運勁，商寶震給他直撳下去，面頰俯地，正好碰到王劍傑那柄燒得半紅的單刀，嗤的一聲，跟著一聲慘呼，半邊俊俏的臉龐上已燙出一條長長的焦痕。

這一聲慘叫，廳上各人都是一喜，只道商寶震已被胡斐打傷。商老太復仇之心與母子之情在胸中略一交戰，竟爾不顧兒子，舉刀急往胡斐肩頭劈下。噹的一聲，胡斐卻不閃避，翻腕橫刀架開，原來他已乘隙將商寶震的八卦刀搶在手中。

廳上眾人身處黑暗與奇熱之中，但聽得雙刀相交，叮叮噹噹亂響，知道胡斐已搶得兵刃，正在猛力急攻，心中各自多了一絲指望。王劍英大叫：「砍她右肩，砍她右肩。」馬行空叫道：「先殺散加添柴火的莊丁。」孫剛峯叫道：「別跟老太婆糾纏，設法打開廳門要緊。」徐錚放聲大嗥：「熱死啦，熱死啦！」眾人亂成一片。

胡斐何嘗不知設法打開廳門乃是第一要務，但商老太拚死糾纏，始終緩不出手腳。他刀法高出商老太甚多，只是此時局勢特異，他年紀幼小，難以鎮定應付，數次得到可乘之機，卻都給商老太用拚命的狠招解救開去。

二人狠鬥七八合，商老太不住後退。商寶震從家丁手中接過一柄單刀，再行上前夾攻。眾莊丁初見主母與小主人手有兵刃，對付一個空手的孩子，只道穩可得勝，此刻見主母頭髮散亂，不住後退，顯是不敵，各人持刀挺槍，紛紛加入戰團。眾莊丁武藝低微，給胡斐刀砍足踢，霎時間傷了數人，但商家堡的莊丁個個勇悍，負傷之下，仍是拒戰不退。但聽得吶喊聲、兵刃撞擊聲、呼喝斥罵聲、柴火爆裂聲，響成一片。

大廳上各人聽得外面愈打愈亂，心想胡斐一人雖勇，以一個小孩子對敵商家堡全堡上下，如何能勝？於是有的咒罵，有的長嘆，有的悲號，嘈雜之中又加上嘈雜。

忽聽得一個聲音叫道：「小胡斐聽著，以陰陽訣先取主腦，以亂環訣散其附從。」這聲音中氣充沛，蓋過了一切雜聲，一個字一個字說得清清楚楚，正是趙半山的話聲。

胡斐見敵人越戰越多，本已心神煩躁，不知如何是好，忽聽得趙半山這幾句話，心想趙伯伯英雄蓋世，所說必定不錯，不由得精神為之一振，鋼刀呼呼呼三刀，往商老太中盤砍斫。他這刀取自商寶震，刃口雖已捲邊，但只要砍中了，仍能致命。商老太見他來勢猛惡，橫刀急架，雙刀碰撞時噹噹響了兩下，第三下胡斐從剛勁突轉柔勁，自陽變陰，一收一揮，手腕忽地轉了三個圈子。

他是順勢而轉，商老太的手臂卻是逆轉圈子，到第二個圈子時她手臂已轉不過來，但覺肘骨劇痛，只得撒手放刀。那八卦紫金刀激飛而起，射入天空。胡斐「陰陽訣」建功，跟著一刀往她肩頭直劈下去。刀鋒距她肩頭約有半尺，只見她白髮披肩，半邊臉上滿染血污，一個念頭在心中一閃：「這老婆子委實可憐，怎能一刀將她砍死？」疾忙刀身翻轉，想用刀背撞她肩膀，使她無力再鬥，便即趕去開門救人。

不料商老太金刀脫手，心中立時便存了與仇人同歸於盡的念頭，明見胡斐舉刀砍下，毫不閃避，反而搶上一步滾入他的懷裏，右手扣住他前胸「神封穴」，左手扣住他小腹「中注穴」牢牢抓定。胡斐大驚，刀背用力擊下。商老太「嘿」的一聲，肩骨碎裂，但她不顧一切，抓住了胡斐穴道死也不放，同時右足力勾，二人一齊倒地。

胡斐直至此日方有臨敵對戰的經驗，絕不知敵人拚命之時竟有如此的狠法，被她抓住之後只得出力掙扎。商老太一張口，又咬住了他前胸衣服，幾個打滾，二人竟齊往大火堆中滾去。胡斐大叫：「快放開，你不怕燒死麼？」他心神一亂，竟忘了該使「小擒拿手」卸脫這樣貼身的糾纏，只是猛力回奪。二人又滾兩下，終於滾進了火堆。

商寶震大叫：「媽！」飛身來救，提起單刀的刀柄，對準胡斐天靈蓋鑿了下去。胡斐偏頭一避，這一刀柄還是打中了額角，疼得險些兒暈去。商寶震生怕母親受傷，急忙伸手將二人從火堆中提了出來，看準胡斐背心，一刀疾砍而下。

就在這千鈞一髮的當口，胡斐神智倏地清明，反踢一腳，正中商寶震手腕，第二腿跟著踢出，這一腿出盡全力，竟踢得他跌出五六丈外，一時爬不起來。

胡斐衣服著火，額角又是疼痛欲裂，大喝一聲，雙臂疾振，格格兩響，已擺脫了商老太的糾纏，在地下一個打滾，滾熄衣上火燄。商老太年老，給煙火一燻，已暈了過去。幾名莊丁忙給她打撲身上火頭。

胡斐空手奔入莊丁叢中，心中對自己極是惱怒：「在這捨生忘死、狠命搏鬥的當兒，我還要去可憐敵人，適才沒送了小命，當真是無天理。」此時再不容情，夾手奪過一柄單刀，拳打足踢，刀劈肘撞，猶如虎入羊羣，片刻間將眾莊丁打得東逃西竄。

他奔到廳門之前，從莊丁手中奪過一柄火叉，將堆在門前的柴炭一陣亂挑亂撥，只見鐵門已燒得通紅，不禁大驚：「若是門鈕與鐵門燒得銲成一片，這門就打不開了。」危急中不及多想，提起單刀，將全身功勁運於右臂，奮力直砍下去，嗒的一聲，門鈕應手而落，這一砍用力過巨，單刀竟向上翹起，彎成了一把曲尺。他拋下單刀，用火叉鉤住門環向外拉扯，竟然不動。胡斐急得心中怦怦亂跳：「莫要功虧一簣，到最後鐵門竟然拉不開來。」又是用力一拉，但聽得軋軋連聲，鐵門緩緩開了，黑煙夾著火頭，從門中直撲出來。

他想不到廳中已燒得這般厲害，急叫：「趙伯伯，快出來！」只見煙霧瀰漫之中，一人當先搶出，正是王劍英，接著殷仲翔、徐錚、馬行空、孫剛峯先後奔出，最後才是趙半山抱著呂小妹出來。各人衣衫焦爛，狼狽不堪。

這時廳中木材都已著火，桌椅固已燒著，連樑柱也已大火熊熊。這時機真是相差不得片刻，倘若胡斐再遲一盞茶的時分破門，必定有人喪命。

胡斐見趙半山安然無恙，撲了上去，連叫：「趙伯伯，趙伯伯。」趙半山鬚眉盡焦，但仍是鎮定如恆，微微一笑，讚道：「好孩子！」忽聽得王劍英叫道：「劍傑！劍傑！你在那裏？」趙半山四下一瞧，果然不見王劍傑，驚道：「難道他沒出來？」王劍英大叫：「我兄弟沒出來啊，沒出來啊。」此時廳中樑柱東一條西一條，橫七豎八的倒塌，已燒成一個火窟，王劍英雖是手足情殷，卻也不敢進去相救，只是大叫：「劍傑，快出來，快出來！」

趙半山與胡斐同時想到：「他若能夠出來，豈有不出來之理？」他二人俱是天生的俠義心腸，當下更不多想，一老一少，不約而同的衝進火窟之中，冒煙突火，來尋王劍傑。胡斐踏在燒得炙熱的磚上，不禁燙得雙足亂跳。趙半山道：「孩子，你快出去。」胡斐道：「不，趙伯伯，你快出去。」他剛說了這句話，忽地叫道：「在這裏了！」俯身將王劍傑拉起，飛奔出外。原來王劍傑挨不住熾熱，將口鼻湊在狗洞上吸氣，不料一陣黑煙自外衝進，將他燻得暈了過去。

胡斐給煙嗆得大聲咳嗽，王劍傑身材魁梧，難以橫抱，只好拉了他著地拖將出去，將到門口，門外眾人突然大聲驚呼，但見屋頂一根火樑直跌下來，壓向胡斐頭頂。胡斐加緊腳步，想要搶出廳門，但那樑木甚長，其勢已然不及，趙半山哼了一聲，踏上半步，一招「扇通背」，右掌已托住火樑。這樑木本身之重不下四五百斤，從上面跌將下來，勢道更是驚人。趙半山雙腿馬步穩凝不動，右掌這一托，火樑反而向上一抬，那「扇通背」的下半招跟著發出，左掌搭在樑木上向外一送，只見一條火龍從廳口激飛而出，夭矯入空，直飛出六七丈外，方始落地。

廳門外眾人見他露了這手功夫，呆了半晌，這才震天價響喝起采來，連商家堡的莊丁，也不自禁的站在遠處叫好。

王劍英扶著兄弟，忙著替他撲熄衣上火燄，心中暗自慚愧：「我自己親兄弟有難，卻要旁人相救。」

馬行空與徐錚出了鐵廳，立即找尋馬春花，但東張西望，不見她的影蹤。徐錚心下起疑：「她定是與姓商的小子到甚麼地方搗鬼去了。」他身出火域，心中妒火又旺，叫道：「師父，我去找她。」拔步飛奔。

馬行空年紀一大，究已不如小夥子硬朗，給煙火炙得頭暈眼花，只想找個地方休息一會，突覺背後有掌風襲到。這一下突襲全然出他意料之外，那一掌來得又快又勁，馬行空不及招架，只得吸氣硬接，砰的一響，身子給打得搖搖晃晃，但覺眼前一黑，全身發軟，接著臀上又被人踢了一腿，身不由主的向鐵廳的火窟中跌去，迷糊中只聽得商老太縱聲大笑，叫道：「劍鳴，劍鳴，我終於給你報了一點兒仇……」一陣熱氣裹住全身，登時甚麼也不知道了。

趙半山剛將呂小妹救醒，忽見商老太突然從煙火裏鑽出來，將馬行空打入火窟，不禁一呆。只見商老太弓身走入廳門，對熊熊大火竟是視若無睹，他大叫：「快出來，你這不是送死麼？」

他一言方畢，又是一條極大火樑落了下來，騰的一聲巨響，火燄四下飛舞，已將廳門封住。商老太懷抱紫金八卦刀，臉露笑容，端坐在火燄之中，全身衣服頭髮均已著火，卻竟似不覺痛苦。她心中在想：「復仇的心願雖然難了，我卻不久就可與劍鳴相會了。」

趙半山長嘆一聲，心想此位老太太雖是女流，性子剛烈，勝於鬚眉，又想此番東來之事已了，無意中結識了一個少年英雄，也算此行不虛，見孫剛峯、王劍英等各自正在忙碌，於是轉頭向胡斐道：「小兄弟，咱們走吧，一起走一程如何？」胡斐道：「好極，好極！」

在他幼小的心靈之中，想到了世間許許多多變幻難測之事，想到呂小妹的報仇是如此，而商老太的報仇卻又如此。他與趙半山攜手同行，默默想著心事，走出里許，回頭一望，只見商家堡兀自燒得半天通紅。

趙半山道：「小兄弟，今天的事很慘，是不是？商老太的性子，唉！」說著搖了搖頭。胡斐道：「趙伯伯……」

趙半山轉過頭來，說道：「小兄弟，你我今日萍水相逢，意氣相投，雖然我年紀大了幾歲，但我見你俠義仁厚，實是相敬。他日你必名揚天下，我何敢以長輩自居？」此時東方初白，趙半山的臉色在朝曦照耀之下顯得又是莊嚴，又是誠懇。

胡斐一張小臉上滿是炭灰血漬，聽了他這幾句話，不禁脹得通紅，又道：「趙伯伯……」趙半山搖了搖手，說道：「趙伯伯三字，今後休得再出你口。我與你結義為異姓兄弟，可好？」

想千手如來趙半山在江湖上是何等的威名，何等的身分，今日竟要與一個十餘歲的孩童義結金蘭，實是事非尋常。他倒不是瞧在胡斐武功的份上，而是敬重他捨身救人的仁俠心腸，覺得他年紀雖小，但所作所為，與紅花會眾兄弟已並無二致。

胡斐聽了此言，不由得感激不勝，兩道淚水從眼中流下，撲翻身軀，納頭便拜，叫道：「趙……趙……」趙半山跪下答禮，說道：「賢弟，從今後你叫我三哥便了。」

於是一老一少兩位英雄，在曠野中撮土為香，拜了八拜。

趙半山心中快慰，撮口長嘯，只聽得西面馬蹄聲急，那白馬奮鬣揚蹄而來，片刻間奔到了身前。胡斐讚道：「這馬真好。」趙半山心想：「可惜此馬乃四弟妹所有，她愛若性命，否則經你這麼一讚，我自然送你。」當下微微一笑，也不解釋，問道：「賢弟，你在此間可還有甚麼未了之事？」胡斐道：「我去跟平四叔說一聲，當送三哥一程。」趙半山也不捨得立即與他分別，道：「那再好沒有。」牽了韁繩，和胡斐並肩而行。

轉過一個山坡，忽見一株大樹後面站著一人，探頭探腦的在不住窺探。胡斐認得他的背影，低聲道：「這是徐錚！」心想他師父慘遭焚死，他躲在此處不知鬼鬼祟祟的幹甚麼勾當，說道：「我過去瞧瞧。」悄悄走上前去，在他身後向前一張。徐錚正瞧得出神，不知身後來了旁人。

只見前面二十餘丈一株楊樹之下，一男一女，相互偎倚在一起，神情異常親密。胡斐凝神一看，原來男的是商家堡作客的福公子，女的竟是馬春花。但見福公子一手摟著她腰，不住親她面頰。馬春花軟洋洋的靠在他懷裏，低聲不知說些甚麼。胡斐年幼，還不大明白男女之事，只是瞧得有趣，心中暗暗好笑：「馬姑娘和這公子只相識一天，便這般要好。」卻聽得徐錚口中發出嘰嘰格格的怪聲，原來是在咬牙切齒，又舉起拳頭，不住搥打自己胸口，已是憤怒到了極點。

胡斐笑道：「徐大哥，你在這裏幹甚麼？」徐錚全神貫注在馬春花身上，對胡斐的話竟是全沒聽見。突然之間，他大叫一聲：「我和你拚了！」拔出腰間單刀，向福公子衝去。

胡斐雖然聰明伶俐，對這種私情糾葛卻是全然不解，隱隱約約只知道馬春花生得美麗，所以前日晚間商寶震對她這樣，而今日福公子和徐錚又是為她打架。

福公子和馬春花在大廳上溜了出來，唯恐給人見到，遠遠躲到這株大楊樹下偎倚密語。男歡女愛，不知東方之既白。商家堡鬧得天翻地覆，他二人竟是半點也不知道，突見徐錚全身燒焦、披頭散髮的提刀殺來，同時大驚站起。

徐錚雙目如欲噴出火來，這一刀砍下去力道極猛。福公子武藝平庸，眼見鋼刀迎頭砍到，急忙後退。徐錚這一刀用力大了，登的一聲卻砍在大楊樹上，急切間拔不出來。馬春花急道：「你幹甚麼？你幹甚麼？」徐錚怒喝：「幹甚麼？我要殺了這小子！」用力一拔，那刀脫卻楊樹，反彈上來，砰的一下，刀背撞上他的額頭。

馬春花吃了一驚，叫道：「小心，可撞痛了麼？」徐錚伸手使勁將她推開，道：「不用你假惺惺做好人。」跟著趕上前去，舉刀又向福公子砍下。馬春花見這個平日對自己從來不敢違拗半點的師哥，此時突然發瘋一般，知他妒火中燒，不可抑制，心中又是羞愧，又是焦急，搶過去攔在他面前，雙手叉腰，說道：「師哥，你要殺人，先殺了我吧。」

徐錚見她一意維護福公子，更是大怒若狂，厲聲道：「我先殺他，再來殺你。」左手在她肩頭一推。馬春花一個踉蹌，險險跌倒，隨手搶起地下一根枯枝，擋架他的單刀，一面轉頭向福公子叫道：「你快走，快走啊。」福公子不知她和徐錚乃是未婚夫婦，大聲道：「這人瘋了，你可要小心。」一面遠遠躲開。

徐錚舞動單刀，數招之間，已將馬春花手中枯枝砍斷，喝道：「你再不讓開，可莫怪我無情了。」馬春花將半截枯枝往地下一丟，轉過了頭，將脖子向著他刀口，說道：「師哥，這一生一世，我終究是不能做你妻子的了。你一刀將我殺了吧。」徐錚滿臉紫脹，怒道：「我……我……」左手用力抓胸，說不出話來。

胡斐見他單刀上下揮盪，神色狂怒，只怕一個克制不住，順手便往馬春花身上砍了下去，當即搶上前去，隔在二人之間，左掌起處，已按在徐錚胸前，微一發勁，將他推得退後三步，笑道：「徐大哥，天下有誰想動馬姑娘一根毫毛，除非先將我胡斐殺了。」徐錚一愕，怒道：「你……你……連你這乳臭未乾的孩子，她也勾搭上了？」

祇聽拍的一聲，馬春花縱上前來打了他一記耳光。徐錚一來是盛怒之下神智不清，二來胡斐夾在中間，擋住了他的眼光，這一巴掌竟是沒能避開，結結實實的，打得他半邊臉頰也腫了。

胡斐卻不懂徐錚這句話是甚麼意思，也不明白馬春花何以大怒。在他心中，自己給商老太擒住拷打之時，馬春花曾向商寶震求情，後來又求他釋放自己，雖然自己已經先脫綑縛，但對她這番眷念之恩，卻是銘感於心。此時馬春花與師哥起了爭執，他自是全力維護。

徐錚見過胡斐與王氏兄弟動手，論到武功，自知與他可差得太遠，但心情激動之下，連性命也不理會了，還顧甚麼勝負？一柄單刀直上直下的往他頭上、頸中、肩頭連連砍去。胡斐既不邁步，亦不後退，祇是站在當地，在他刀縫間側身閃避，突然左手伸出，一拳向他鼻樑打去。徐錚舉刀橫削，斫他手臂。胡斐這一拳打到一半，手臂拐彎，翻掌抓住他手腕，順勢一扭，已將單刀奪在手中，跟著轉過身去，將刀交給馬春花。他將背脊向著徐錚，當真是藝高人膽大，對之絲毫不加提防。

徐錚知道再鬥也是無用，長嘆一聲，再也忍耐不住，忽地大放悲聲，叫道：「師父，師父，你老人家死得好慘。」回身掩面便走。

馬春花猛吃一驚，問道：「你說甚麼？」提刀趕去。徐錚不答，低首疾行。馬春花連問：「爹爹怎麼了？你說甚麼死得好慘？」一路在後面追趕。

福公子站得遠遠的，沒聽清楚他師兄妹的對答，祇見馬春花追趕徐錚而去，心中急了，叫道：「春妹，春妹，回來，別理他。」馬春花掛念父親，不理會福公子的叫喊，祇是追問徐錚。福公子見鋼刀已到了馬春花手中，不再懼怕徐錚，快步趕上。

追出十餘步，忽見一株大樹後轉出一人，五十餘歲年紀，身形微胖，唇留微髭，正是紅花會的三當家千手如來趙半山。

福公子和他一朝相，祇嚇得面如土色，半晌說不出話來。

趙半山笑道：「福公子，你好啊！」福公子雙手一拱，勉強道：「趙三當家，你好。」

再也顧不得馬春花如何，轉過身來，飛步便行，一直奔出十餘丈，回頭向趙半山一望，腳步更加快了。

霎時之間，福公子向北，徐錚與馬春花向南，俱已奔得影蹤不見，祇有趙半山臉帶微笑，胡斐神色迷茫，相向站在高坡之上。

胡斐道：「三哥，這福公子認得你啊，他好像很怕你。」趙半山微笑道：「不錯，他曾落在我們手中，很吃了些苦頭。」

原來這福公子，正是當今乾隆皇帝駕前第一紅人福康安。他是乾隆的私生兒子，是以皇帝對他恩遇隆厚，羣臣莫及。他曾被紅花會羣雄擒住，逼得乾隆重修少林寺，不敢與紅花會為難。此時事隔數年，忽然又與趙半山相遇，他祇道紅花會羣雄從回疆大舉東來，只嚇得魂飛魄散，那敢再追查馬春花到了何處？與王劍英等會合後，片刻不敢停留，急急回北京去了。

胡斐見福康安不會武藝，對他未加留意，沒再追問他的來歷。趙半山伸出右手，握住他手，二人攜手同行，走了里許，來到路旁一所茶鋪之前。趙半山道：「賢弟，送君千里，終須一別，你我就此別過。」胡斐雖是戀戀不捨，但他是豁達豪邁之人，說道：「好，三哥，過幾年等我長得幾歲，到回疆來尋你相會。」趙半山點頭道：「我在回疆等你便了。」說著從懷中取出一朵紅絨紮成的大紅花來，說道：「賢弟，天下江湖好漢，一見此花，便知是你三哥的信物。你若遇上急需，要人要錢，憑著此花，向各處朋友儘管要便是。」

胡斐接過了放在懷內，好生羨慕，心想日後學到三哥的本領未必為難，但要學到他朋友遍天下的交情，卻是大大的不易。趙半山到茶鋪倒了兩大碗茶，將一碗遞給胡斐，說道：「以茶代酒，你我喝了這碗別酒吧。」二人舉起碗來，仰頭飲乾。

趙半山擱下茶碗，一手牽住馬韁，說道：「賢弟，臨別之際，做哥哥的問你一句話。」胡斐道：「三哥請問便是。」趙半山道：「除了商家堡之外，賢弟是否還有甚麼厲害的仇人對頭？」胡斐一凜，心道：「我爹爹不知是誰害的，此人既殺得我爹爹，自然武功非同小可。若是三哥知我大仇未報，竟查到我仇人的姓名，他義氣為重，前去找他拚鬥，一來我殺父大仇不能教人代報，二來焉能讓三哥冒此凶險？」他年紀雖小，卻是滿腹的傲氣，仰頭道：「不勞三哥掛懷，便是有甚麼仇敵對頭，小弟也料理得了。」趙半山哈哈大笑，翹起大拇指讚道：「好！」飛身上馬，向西疾馳而去，祇聽他遠遠說道：「石上的小包，哥哥送了給你。」

胡斐回過頭來，祗見大石上放著一個包裹，本來是趙半山掛在白馬背上的。他伸手一提，祇覺沉甸甸的有些壓手，急忙解開，但見金光耀眼，卻是二十枚二十兩重的金錠，一共是黃金四百兩。胡斐哈哈一笑，心道：「我貧你富，若是贈我黃金，我也不能拒卻。三哥怕我推辭，贈金之後急急馳走，未免將我胡斐當作小孩子了。」

回頭望見馬蹄濺起一路塵土，數里不歇，想起今日竟交上這樣一位肝膽相照的好友，不由得喜不自勝，提了黃金，高聲唱著山歌，大踏步而行。

胡斐找著平阿四後，分了二百兩黃金給他，要他回滄州居住，自己卻遨遊天下，每日裏習拳練刀，打熬氣力，參照趙半山所授的武學要訣，鑽研拳經刀譜上的家傳武功。

第五章

血印石

鍾四嫂跪在地下，不住向鳳天南磕頭，叫道：「鳳老爺你大仁大義，北帝爺爺保佑你多福多壽。我小三子在閻王爺面前告了你一狀……」瘋瘋顛顛的又跪又拜，又哭又笑。

數年之間，他身材長高了，力氣長大了，見識武功，也是與日俱進。四海為家，倒也悠然自得，到處行俠仗義，扶危濟困，卻也說不盡這許多。只是他出手豪闊，趙半山所贈的二百兩黃金，卻已使得蕩然無存了。

一日想起，常聽人說，廣東富庶繁盛，頗有豪俠之士，左右無事，於是騎了一匹劣馬，逕往嶺南而來。

這一日到了廣東的大鎮佛山鎮。那佛山自來與朱仙、景德、漢口並稱天下四大鎮，端的是民豐物阜，市廛繁華。胡斐到得鎮上，已是巳末午初，腹中飢餓，見路南有座三開間門面的大酒樓，招牌上寫著「英雄樓」三個金漆大字，兩邊敞著窗戶，酒樓裏刀杓亂響，酒肉香氣陣陣噴出。胡斐心道：「這酒樓的招牌起得倒怪。」一摸身邊，只剩下百十來文錢，心想今日喝酒是不成的了，吃一大碗麵飽飽肚再說。當下將馬拴在酒樓前的木樁上，逕行上樓。

酒樓中伙計見他衣衫敝舊，滿臉的不喜，伸手攔住，說道：「客官，樓上是雅座，你不嫌價錢貴麼？」胡斐一聽，氣往上衝，心道：「你這招牌叫做英雄樓，對待窮朋友卻是這般狗熊氣概。我不吃你一個人仰馬翻，胡斐便枉稱英雄了。」哈哈一笑，道：「只要酒菜精美，卻不怕價錢貴。」那伙計將信將疑，斜著眼由他上樓。

樓上桌椅潔淨。座中客人衣飾豪奢，十九是富商大賈。伙計瞧了他的模樣，料得沒甚油水生發，竟是半天不過來招呼。胡斐暗暗尋思，要生個甚麼念頭，白吃他一頓。忽聽得街心一陣大亂，一個女人聲音哈哈大笑，拍手而來。

胡斐正坐在窗邊，倚窗向街心望去，見一個婦人頭髮散亂，臉上、衣上、手上全是鮮血，手中抓著一柄菜刀，哭一陣，笑一陣，指手劃腳，原來是個瘋子。旁觀之人遠遠站著，臉上或現恐懼，或顯憐憫，無人敢走近她身旁。只見她指著「英雄樓」的招牌拍手大笑，說道：「鳳老爺，你長命百歲，富貴雙全啊，我老婆子給你磕頭，叫老天爺生眼睛保佑你啊。」說著跪倒在地，登登登的磕頭，撞得額頭全是鮮血，卻似絲毫不覺疼痛，一面磕頭，一面呼叫：「鳳老爺，你日進一斗金，夜進一斗銀，大富大貴，百子千孫啊。」

酒樓中閃出一人，手執長煙袋，似是掌櫃模樣，指著那婦人罵道：「鍾四嫂，你要賣瘋，回自己窩兒去，別在這兒擾了貴客們吃喝的興頭。」那鍾四嫂全沒理會，仍是又哭又笑，向著酒樓磕頭。掌櫃的一揮手，酒樓中走出兩名粗壯漢子，一個夾手搶過她手中菜刀，另一個用力一推。鍾四嫂登時摔了一個觔斗，滾過街心，掙扎著爬起後癡癡呆呆的站著，半晌不言不語，突然搥胸大哭，號叫連聲：「我那小三寶貝兒啊，你死得好苦啊。老天爺生眼睛，你可沒偷人家的鵝吃啊。」

搶了菜刀的那漢子舉起刀來，喝道：「你再在這裏胡說八道，我就給你一刀。」鍾四嫂毫不害怕，仍是哭叫。掌櫃的見街坊眾人臉上都有不以為然之色，呼嚕呼嚕的抽了幾口煙，噴出一股白煙，將手一揮，與兩名漢子回進了酒樓。

胡斐見兩個漢子欺侮一個婦道人家，本感氣惱，但想這婦人是個瘋子，原也不可理喻，忽聽得坐在身後桌邊兩名酒客悄聲議論。一個道：「鳳老爺這件事，做得也太急躁了些，活生生逼死一條人命，只怕將來要遭報應。」胡斐聽到「活生生逼死一條人命」這九個字，心中一凜。只聽另一人道：「那也不能說是鳳老爺的過錯，家裏不見了東西，問一聲也是十分平常。誰教這女人失心瘋了，竟把自己的親生兒子剖開了肚子。」胡斐聽到最後這句話，那裏還忍耐得住，猛地轉過身來。只見說話的二人都是四十左右年紀，一個肥胖，一個瘦削，穿的都是綢緞長袍，瞧這打扮，均是店東富商。二人見他回頭，相視一眼，登時住口不說了。

胡斐知道這種人最是膽小怕事，若是善言相問，必定推說不知，決不肯坦直以告，當下站起身來，作了個揖，滿臉堆笑，說道：「兩位老闆，自在廣州一別，已有數年不見了，兩位好啊？」那二人和他素不相識，聽他口音又是外省人，心中均感奇怪，但生意人講究和氣生財，當即拱手還禮，說道：「你好，你好。」胡斐笑道：「小弟這次到佛山來，帶了一萬兩銀子，想辦一批貨，只是人地生疏，好生為難。今日與兩位巧遇，那再好也沒有了，正好請兩位幫忙。」二人一聽到「一萬兩銀子」五個字，登時從心窩裏笑了出來，雖見他衣著不似有錢人，但「一萬兩銀子」非同小可，豈能交臂失之？齊道：「那是該當的，請過來共飲一杯，慢慢細談如何？」

胡斐正要他二人說這句話，那裏還有客氣，當即走將過去，打橫裏坐了，開門見山的問道：「適才聽兩位言道，甚麼活生生的逼死了一條人命，倒要請教。」那兩人臉上微微變色，正欲推搪，胡斐伸出左手，在桌底自左至右的一移，已將每人一隻手腕抓住，握在手掌之中，略一用勁，二人「啊」的一聲叫了出來，立時臉色慘白。樓頭的伙計與眾酒客聽到叫聲，一齊回頭過來。胡斐低聲道：「不許出聲！」二人不敢違拗，只得同時苦笑。旁人見無別事，就沒再看。

這二人手腕被胡斐抓在掌中，宛如給鐵箍牢牢箍住了一般，那裏還動彈得半分？胡斐低聲道：「我本是個殺人不眨眼的大盜，現下改邪歸正，學做生意，要一萬兩銀子辦貨，可是短了本錢，只得向二位各借五千兩。」二人大吃一驚，齊聲道：「我……我沒有啊。」胡斐道：「好，你們把鳳老爺逼死人命的事，說給我聽。那一位說得明白仔細，我便不向他借錢。這一萬兩錢子，只好著落在另一位身上。」二人忙道：「我來說，我來說。」先前誰都不肯說，這時生怕獨力負擔，做了單頭債主，竟然爭先恐後起來。

胡斐見這個比賽的法兒收效，微微一笑，聽那胖子說北方話口音較正，便指著他道：「胖的先說，待會再叫瘦的說。那一位說得不清楚，那便是我的債主老爺了。」說著放脫了二人手腕，取下背上包裹，打了開來，露出一柄明晃晃的鋼刀，拿起桌上一雙象牙筷子，在刀口輕輕一掠，筷子登時斷為四截。這二人面面相覷，張大了口合不攏來，兩顆心卻是怦怦的跳個不住。胡斐伸出雙手，在二人後頸摸了摸，好似在尋找下刀的部位一般，將二人更是嚇得面如土色。胡斐點點頭，自言自語的道：「好，好！」又將包裹包上。

那胖商人忙道：「小爺，我說，保管比……比他說得明白……」那瘦商人搶著道：「那也不見得，讓我先說吧。」胡斐臉一沉，道：「我說過要先聽他說，你忙甚麼？」那瘦商人忙道：「是，是。」胡斐道：「你不遵我吩咐，要罰！」那瘦商人嚇得魂不附體，胖商人卻臉有得色。

胡斐道：「酒微菜寡，怎是敬客的道理？快叫一桌上等酒席來。」瘦商人一聽處罰甚輕，如逢大赦，忙叫伙計過來，吩咐他即刻做一席五兩銀子的最上等酒菜。那伙計見胡斐和他們坐在一起，甚是詫異，聽到有五兩銀子的買賣，當即眉花眼笑的連聲答應。

胡斐在窗口探頭一望，見那鍾四嫂披頭散髮的坐在對街地下，抬頭望天，口中喃喃的自言自語，不知說些甚麼。

那胖商人道：「小爺，這件事我說便說了，可不能讓人知道是我說的。」胡斐眉頭一皺，道：「你不說也罷，那就讓他說。」說著轉頭向著瘦商人。胖商人忙道：「我說，我說。小爺，這位鳳老爺名字叫作鳳天南，乃是佛山鎮上的大財主，有一個綽號，叫作……」瘦商人接口道：「叫作南霸天。」胡斐喝道：「又不是說相聲，你插口幹麼？」瘦商人低下了頭，不敢再言語了。

那胖商人道：「鳳老爺在佛山鎮上開了一家大典當，叫作英雄當鋪；一家酒樓，便是這家英雄樓；又有一家大賭場，叫作英雄會館。他財雄勢大，交遊廣闊，武藝算得全廣東第一。鎮上的人私下裏還說，每個月有人從粵東、粵西、粵北三處送銀子來孝敬他，聽說他是甚麼五虎派的掌門人，凡是五虎派的弟兄們在各處發財，便得抽個份兒給他。這些江湖上的事，小的也弄不明白。」胡斐點頭道：「是了，他是大財主，又是坐地分贓的大強盜。」二人向他望了一眼，心想：「那你與他是同行哪。」胡斐早已明白他們的心意，笑道：「常言道同行是冤家。我跟這位鳳老爺不是朋友。你們有好說好，有歹說歹，不必隱瞞。」

那胖商人道：「這鳳老爺的宅子一連五進，本來已夠大啦，可是他新近娶了一房七姨太，又要在後進旁邊起一座甚麼七鳳樓，給這位新姨太太住。他看中的地皮，便是鍾四嫂家傳的菜園。這塊地只有兩畝幾分，但鍾阿四種菜為生，一家五口全靠著這菜園子吃飯。鳳老爺把鍾阿四叫去，說給五兩銀子買他的地。鍾阿四自然不肯。鳳老爺加到十兩。鍾阿四還是不肯，說道便是一百兩銀子，也吃得完，可是在這菜園子扒扒土、澆澆水，只要力氣花上去，一家幾口便餓不死了。鳳老爺惱了，將他趕了出來，昨天便起了這偷鵝的事兒。

「原來鳳老爺後院中養了十隻肥鵝，昨天忽然不見了一隻。家丁說是鍾家的小二子、小三子兄弟倆偷了，尋到他菜園子裏，果然見菜地裏有許多鵝毛。鍾四嫂叫起屈來，說她兩個兒子向來規矩，決不會偷人家的東西，這鵝毛準是旁人丟在菜園子裏的。家丁們找小二小三去問，兩個都說沒偷。鳳老爺問道：『今兒早晨你們吃了甚麼？』小三子道：『吃我，吃我。』鳳老爺拍桌大罵，說：『小三子自己都招了，還說沒偷？』於是叫人到巡檢衙門去告了一狀，差役便來將鍾阿四鎖了去。

「鍾四嫂知道自己家裏雖窮，兩個兒子卻乖，平時一家又很懼怕鳳家，決不會去偷他們的鵝吃，便到鳳家去理論，卻給鳳老爺的家丁踢了出來。她趕到巡檢衙門去叫冤，也給差役轟出。巡檢老爺受了鳳老爺的囑託，又是板子，又是夾棍，早已將鍾阿四整治得奄奄一息。鍾四嫂去探監，見丈夫滿身血肉模糊，話也說不出了，只是胡裏胡塗的叫道：『不賣地，不賣地！沒有偷，沒有偷。』鍾四嫂心裏一急，便橫了心。她趕回家裏，一手拖了小三子，一手拿了柄菜刀，叫了左右鄉鄰，一齊上祖廟去。鄉鄰們只道她要在神前發誓，便同去作個見證。小人和她住得近，也跟去瞧瞧熱鬧。

「鍾四嫂在北帝爺爺座前磕了幾個響頭，說道：『北帝爺爺，我孩子決不能偷人家的鵝。他今年還只四歲，刁嘴拗舌，說不清楚，在財主爺面前說甚麼吃我，吃我！小婦人一家橫遭不白，贓官受了賄，斷事不明，只有請北帝爺爺伸冤！』說著提起刀來，一刀便將小三子的肚子剖了。」

胡斐一路聽下來，早已目眥欲裂，聽到此處，不禁大叫一聲，霍地站起，砰的一掌，打得桌上碗盞躍起，湯汁飛濺，叫道：「竟有此事？」

胖瘦二商人見他神威凜凜，一齊顫聲道：「此事千真萬確！」胡斐右足踏在長凳之上，從包袱中抽出單刀，插在桌上，叫道：「快說下去！」胖商人道：「這……這不關我事。」

酒樓上的酒客伙計見胡斐兇神惡煞一般，個個膽戰心驚。膽小的酒客不等吃完，一個個便溜下樓去。眾伙計遠遠站著，誰都不敢過來。

胡斐叫道：「快說，小三子肚中可有鵝肉？」那胖商人道：「沒有鵝肉，沒有鵝肉。他肚腹之中，全是一顆顆螺肉。原來鍾家家中貧寒，沒甚麼東西裹腹，小二小三哥兒倆就到田裏摸田螺吃。螺肉很硬，小三子咬不爛，一顆顆都囫圇的吞了下去，因此隔了大半天還沒化。他說『吃我，吃我！』卻是說的『吃螺！』唉，好好一個孩子，便這麼死在祖廟之中。鍾四嫂也就此瘋了。」（按：吃螺誤為吃鵝，祖廟破兒腹明冤，乃確有其事，佛山鎮老人無一不知。今日佛山祖廟之中，北帝神像之前有血印石一方，尚有隱隱血跡，即為此千古奇冤之見證。作者曾親眼見到。讀者如赴佛山，可往參觀。唯此事之年代及人物姓名，已年久失傳。作者當時向佛山鎮上文化界人士詳加打聽，無人知悉，因此書中人名及其他故事均屬虛構。）

胡斐拔起單刀，叫道：「這姓鳳的住在那裏？」那胖商人還未回答，忽聽得遠處隱隱傳來一陣犬吠之聲，瘦商人嘆道：「作孽，作孽！」胡斐道：「還有甚麼事？」瘦商人道：「那是鳳老爺的家丁帶了惡狗，正在追拿鍾家的小二子。」胡斐怒道：「冤枉已然辨明，還拿人幹甚麼？」瘦商人道：「鳳老爺言道：小三子既然沒吃，定是小二子吃了，因此要拿他去追問。鄰居知道鳳老爺老羞成怒，非把這件冤枉套在小二子頭上不可，暗暗叫小二子逃走。今日鳳老爺的家丁已到處搜拿了半天呢。」

此時胡斐反而抑住怒氣，笑道：「好好，兩位說得明白，這一萬兩銀子我便向鳳老爺借去。」說著提起酒壺就口便喝，將三壺酒喝得涓滴不賸，一疊聲催伙計拿酒來。

但聽得狗吠聲、吆喝聲越來越近，響到了街頭。胡斐憑到窗口，只見一個十二三歲的孩子從轉角處沒命價奔來。他赤著雙足，衣褲已被惡狗的爪牙撕得稀爛，身後一路滴著鮮血，不知他與眾惡犬如何廝鬥，方能逃到這裏。他身後七八丈遠處，十餘條豺狼般的猛犬狂叫著追來，眼見再過須臾，便要撲到鍾小二身上。

鍾小二此時已是筋疲力盡，突然見到母親，叫一聲：「媽！」雙腿一軟，摔倒在地，再也爬不起來。鍾四嫂雖然神智胡塗，卻認得兒子，猛地站起，衝了過去，擋在眾惡犬之前，護住兒子。眾惡犬登時一齊站定，露出白森森的牙齒，嗚嗚發威。

這些惡犬隻隻兇猛異常，平時跟著鳳老爺打獵，連老虎人熊也敢與之搏鬥，但見了鍾四嫂這股拚死護子的神態，一時竟然不敢逼近。眾家丁大聲吆喝，催促惡犬。只聽得嗚嗚幾聲，兩頭兇狼般的大犬躍起身來，向臥在地下的鍾小二咬去。

鍾四嫂撲在兒子身上。第一頭大犬張開利口，咬住她的肩頭。第二頭惡犬卻咬中她的左腿。雙犬用力拉扯，就似打獵時擒著白兔花鹿一般。眾家丁呼喝助威。鍾四嫂不顧自身疼痛，仍是護住兒子，不讓他受惡犬的侵襲。鍾小二從母親身下爬了出來，一面哭喊，一面和眾惡犬廝打，救護母親。霎時之間，十餘條惡犬從四面八方圍攻了上去。

街頭看熱鬧的閒人雖眾，但迫於鳳老爺的威勢，個個敢怒而不敢言。要知當此情景之下，只要有誰稍稍惹惱了這些家丁，一個手勢之下，眾惡犬立時撲上身來。有的不忍卒睹這場慘劇，掩面避開。眾家丁卻是興高采烈，猶似捕獲到了大獵物一般。

胡斐在酒樓上瞧得清清楚楚，他遲遲不出手救人，是要親眼看明白那鳳天南是否真如這兩個商人所說的那麼歹毒，以免誤信人言，冤枉無辜。初時他聽胖商人述說這件慘事，心中極其惱怒，後來聽說那鳳天南既已平白無端的逼死了一條人命，還派惡犬追捕另一個孩子，覺得世上縱有狠惡之人，亦不該如此過份，倒有些將信將疑起來，直到親見惡犬撲咬鍾氏母子，那時更無懷疑，眼見街頭血肉橫飛，再遲得片刻，這一雙慈母孝子不免死於當場，當下抓起桌上三雙筷子，勁透右臂，一枚枚的擲了下去。

但聽得汪汪汪、嗚嗚嗚幾聲慘叫，六頭惡犬均被筷子打中腦門，伏地而死，其餘惡犬呆在當地，不知該當繼續撲咬，還是轉身逃去。胡斐又拿起桌上的酒杯，飛擲下街，當真是差不失寸，勁力透骨，每一隻酒杯的杯底都擊中在每一頭惡犬的鼻頭之上。三頭大狗叫也沒叫一聲，登時翻身而死。餘下幾條惡犬將尾巴挾在後腿之間，轉眼逃得不知去向。

帶狗的家丁共有六人，仗著鳳天南的威勢，在佛山鎮上一向兇橫慣了的，眼見胡斐施展絕技殺狗，竟然不知死活，一齊怒喝：「甚麼人到佛山鎮來撒野？打死了鳳老爺的狗，要你這小子償命。」各人身上都帶著單刀鐵鍊，紛紛取出，蜂湧著搶上樓來。

眾酒客見到這副陣仗，登時一陣大亂。那「英雄樓」是鳳天南的產業，掌櫃的、站堂的、送菜的、大廚二廚，一見鳳府家丁上樓拿人，各自抄起火叉、菜刀、鐵棒，都要相幫動手。胡斐瞧在眼裏，只是微微冷笑。

但見六名家丁奔到身前，為首一人將鐵鍊嗆啷啷一抖，喝道：「臭小子，跟老爺走吧。」胡斐心想：「一個鄉紳的家丁，也敢拿鐵鍊鎖人，這姓鳳的府中，難道就是佛山鎮的衙門？」他也不站起，反手一掌，正中那家丁的左臉，手掌縮回時，順手在他前頸「紫宮」、後腦「風府」兩穴各點了一下。這是人身的兩處大穴，那家丁登時呆呆站著，動彈不得。

其時第二、第三個家丁尚未瞧得明白，各挺單刀從左右襲上。胡斐見二人雙刀砍來時頗有勁力，顯是練過幾年武功，倒非尋常狐假虎威的惡奴可比，正是如此，更可想見那鳳天南的兇橫，當下如法炮製，拍拍兩記巴掌，打得那兩名家丁楞楞的站著。餘下三名家丁瞧出勢頭不對，一個轉身欲走，另一個叫道：「鳳七爺，你來瞧瞧這是甚麼邪門。」

那鳳七是鳳天南的遠房族弟，就在這英雄酒樓當掌櫃，武功是沒有甚麼，為人卻極是機靈，這時已站在樓頭，瞧出胡斐武功甚是了得，當即搶上兩步，抱拳說道：「原來今日英雄駕到，恕鳳某有眼不識泰山……」

胡斐見三名家丁慢慢向樓頭移步，想乘機溜走，當即從身邊站著不動的家丁手中取過鐵鍊，著地捲去，回勁一扯，鐵鍊已捲住三名家丁六隻腳，但聽得「啊喲，啊喲」聲中，三個人橫倒在地，跌成一堆，一齊給他拖將過來。胡斐拿起鐵鍊兩端，打了一個死結，對鳳七毫不理睬，自斟自飲。

英雄樓眾伙計雖見胡斐出手厲害，但想好漢敵不過人多，各執傢伙，布成陣勢，只待鳳七爺一聲令下，便即一擁而上。

胡斐喝了一杯酒，問道：「鳳天南是你甚麼人？」鳳七笑道：「鳳老爺是在下的族兄，尊駕可認得他麼？」胡斐道：「不認得，你去叫他來見我。」鳳七心中有氣，暗道：「憑你這小子也請得動鳳老爺？便是你登門磕頭，也不知他老人家見不見你呢？」但臉上仍是笑嘻嘻的道：「請教尊駕貴姓大名，好得通報。」

胡斐道：「我姓拔，殺鷄拔毛的拔。」鳳七暗自嘀咕：「怎麼有這個怪姓兒？」陪笑道：「原來是拔爺，物以稀為貴，拔爺的姓數，南方倒是少有。」胡斐道：「是啊，俗語道物以稀為貴，掉句文便是『鳳毛麟角』，在下的名字便叫作『鳳毛』。」鳳七笑道：「高雅，高雅！」突然轉念：「不對，他這『拔鳳毛』三字，豈不是有意來尋晦氣，找岔子？」臉色一變，厲聲道：「尊駕到底是誰？到佛山鎮有何貴幹？」胡斐笑道：「早就聽說佛山鎮有幾隻惡鳳凰，我既然名叫拔鳳毛，便得來拔幾根毛兒耍耍。」

鳳七退後一步，嗆啷一響，從腰間取出一條軟鞭，左手一擺，叫手下眾人小心在意，右腕抖動，軟鞭挾著一股勁風，向胡斐頭上猛擊下來。

胡斐心中盤算已定：「單憑鳳天南一人，也不能如此作惡多端。他手下的幫兇之輩，個個死有餘辜。今日下手不必容情。」眼見軟鞭打到，反手一帶，已抓住鞭頭，輕輕向內一扯。鳳七立足不住，向前衝了過來。胡斐左手在他肩頭一拍，鳳七但覺一股極大力量往下擠迫，不由自主的雙膝一軟，跪倒在地。胡斐笑道：「不敢當！」順手將那十三節軟鞭往他身上一捲，已將他縛在一張八仙桌桌腳上。

酒樓眾伙計正要撲上動手，突見如此變故，嚇得一齊停步。

胡斐指著一個肥肥的廚子叫道：「喂，將菜刀拿來。」那肥廚子張大了嘴，不敢違拗，將手中握著的菜刀遞了過去。胡斐道：「炒裏脊用甚麼材料？」肥廚子道：「用豬背上脊骨兩旁的上好精肉。你是要吃糖醋、椒鹽、油炸，還是清炒？」胡斐伸手一扯，嗤的一響，將鳳七背上的衣服撕破，露出肥肥白白的背脊來，摸摸他的脊樑，道：「是不是這裏下刀？」那肥廚子的大口張得更大，那敢回答？鳳七連連磕頭，叫道：「英雄饒命！」胡斐心想：「饒你性命可以，但不給你吃些苦頭，豈不是作惡沒有報應？」菜刀一起，在他脊骨旁劃了一條長長的傷口，問道：「半斤夠了麼？」廚子獃頭獃腦的道：「一個人吃，已經夠啦！」

鳳七嚇得魂飛天外，但覺背上劇痛，只道真的已給他割了半斤裏脊肉去，只聽胡斐又問：「炒豬肝用甚麼作料？清蒸豬腦用甚麼作料？」鳳七心想：「炒裏脊那還罷了，這炒豬肝、蒸豬腦兩樣一作，我這條老命，還剩得下麼？」拚命的磕頭，只把樓板磕得鼕鼕直響，叫道：「英雄有事便請吩咐，只求饒了小人一命。」

胡斐見嚇得他也夠了，喝道：「你還敢幫那鳳天南作惡麼？」鳳七忙道：「小人不敢。」胡斐道：「好，快趕走樓上與雅座的客人，大堂與樓下的客人一個也不許走。」鳳七叫道：「伙計，快遵照這位好漢爺的吩咐。快！快！」

樓上眾酒客不是財主，便是商富，個個怕事，一見打架，早想溜走，苦於梯口給手執兵刃的眾伙計守住，欲行不得，這時也不用人趕，早心急慌忙的走了。樓下大堂的客人都是窮漢，十個中倒有七八個吃過鳳七的虧，見今日有人上門尋事，實在說不出的痛快，都要留下來瞧瞧熱鬧。

胡斐叫道：「今日我請客，朋友們的酒飯錢，都算在我帳上，你不許收一文錢，快抬酒罈子出來，做最好的菜餚敬客，把街上九隻惡狗宰了，燒狗肉請大家吃。」他吩咐一句，鳳七答應一句。眾伙計行動稍遲，胡斐便揚起菜刀，問那肥廚子：「紅燒大腸用甚麼作料？炒腰花用甚麼作料？」那廚子據實回答，用的是大腸一副，腰子兩枚。只把鳳七驚得臉無人色，不住口的催促。

那六名家丁見胡斐如此兇狠，不知他要如何對付自己，心中都如十五隻吊桶打水，七上八落，偷瞧胡斐的臉色一眼，又互相對望一眼，心中只是焦急：「鳳老爺怎地還不過來救人？再遲片刻，這兇神便要來對付我們了。」胡斐見眾伙計已照自己吩咐，一一辦理不誤，大步走到樓下，倒了一大碗酒，說道：「今日小弟請客，各位放量飲酒，想吃甚麼，便叫甚麼，酒樓上若有絲毫怠慢，回頭我一把火將它燒了。」眾酒客歡然吃喝，只是在鳳家積威之下，誰也不敢接口。

胡斐回到樓上，解開了三名家丁的穴道，將鐵鍊分別套在各人頸裏，連著另外三名家丁，將六個人一齊拉下樓來，問道：「鳳天南開的當鋪在那裏？我要當六隻惡狗。」便有酒客指點途徑，說道：「向東再過三條橫街，那一堵高牆便是。」胡斐說聲：「多謝！」牽了六人便走。一羣瞧熱鬧的人遠遠跟著，要瞧活人如何當法。

胡斐一手拉住六根鐵鍊，來到「英雄典當」之前，大聲喝道：「英雄當狗來啦！」牽了六名家丁，走到高高的櫃臺之前，說道：「朝奉，當六條惡狗，每條一千兩銀子。」

坐櫃的朝奉大吃一驚，佛山鎮上人人知道，這「英雄典當」是鳳老爺所開，十多年來誰也不敢前來胡混，怎麼今日竟有個失心瘋的漢子來當人？凝神一看，認出那六個被他牽著的竟是鳳府家丁，這一來更是驚訝，說道：「你……你……你當甚麼？」胡斐喝道：「你生不生耳朵？我當六條惡狗，每條一千兩，共是六千兩銀子。這筆生意便宜你啦。」

那朝奉知他有意來混鬧，悄聲向旁邊的朝奉說了一聲，命他快去呼喚護院武師來打發這瘋子，一面向胡斐客客氣氣的道：「典當的行規，活東西是不能當的，請尊駕原諒。」胡斐道：「好，活狗你們不收，那我便當死狗。」六名家丁大驚，一齊叫道：「俞師爺，你快收下來，救命要緊。」

但典當的朝奉做事何等精明把細，豈肯隨隨便便的送六千兩銀子出去，只是陪笑道：「你老請坐啊，用杯茶不用？」胡斐道：「先把活狗弄成死狗，再喝你的茶。」四下一瞧，心下已有了計較，兩步走到大門旁，抓住門緣向上一托，已將一扇黑漆大門抬了下來。那俞朝奉見事情越加不對，叫道：「喂，喂，你這位客人幹甚麼啊？」胡斐不去理他，左一腿，右一腿，將六名家丁踢倒在地，橫轉門板，壓在六人身上。俞朝奉叫道：「唉，不要胡鬧，你可知這是甚麼地方？這典當是誰的產業？」

胡斐心想：「瞧你這副尖酸刻薄的樣兒，佛山鎮上定有不少窮人吃過你的苦頭。」走到櫃臺之前，夾手一把抓住他的辮子，從高高的櫃臺後面揪將出來，也壓在門板之下，接著走到門口，抱起門邊那隻又高又大的石鼓，砰的一聲，摔上了門板。這石鼓何止五百斤重，這一摔上去，門板下七人齊聲慘呼，有的更是痛得屎尿齊流。門外閒人與櫃臺內的眾朝奉也是同聲驚叫起來。

胡斐又抱起另一隻石鼓，叫道：「惡狗還沒死，再得加一個石鼓！」說著將那石鼓往空中一拋，眼看又要往門板上落去，但聽得眾人齊聲大叫，他雙手環抱，倏地將石鼓抱住，又壓在門板之上。這時門板上已壓了一千餘斤，雖由七人分擔，但人人已壓得筋骨欲斷。俞朝奉大叫道：「好漢爺饒命！快取銀子出來！」胡斐道：「甚麼？你還要我取銀子出來？」俞朝奉身子瘦弱，早已給壓得上氣不接下氣，忙道：「不……不……我是叫當裏取銀子出來……」

典當裏眾朝奉見情勢險惡，只得將一封封銀子捧了出來，一百兩一封，共是六十封，胡斐將銀子都堆在門板之上，說道：「六條惡狗當六千兩，還有一個朝奉呢？難道堂堂英雄典當的一位大朝奉，還不及一條惡犬嗎？至少得當三千兩。」這六千兩銀子，足足有三百七十餘斤，又壓在門板上，下面七人更是抵受不住。

正亂間，忽然門外有人叫道：「那一個雜種吃了豹子膽，來鳳老爺的鋪子混鬧？」人羣往兩旁一分，闖進來兩條漢子。兩人一般的高大魁偉，黑衣黑褲，密排白色鈕子，武師打扮。胡斐身形一晃，竄到兩人背後，一手一個，已抓住了兩人後頸。那兩人正是英雄典當的護院，閒著無事，卻在賭場賭博，聽得當鋪中有人混鬧，這才匆匆趕回，那知還沒瞧清楚對手的身形面目，已被他抓住要害，提了起來。

胡斐雙手一抖，一個身上落下七八張天九牌，另一個手中卻掉下兩粒骰子。胡斐笑道：「好啊，原來是兩個賭鬼！」將兩人頭對頭一撞，騰騰兩聲，將兩人摔在門板之上。這兩個護院武師武功雖然平平，身子的重量卻是足斤加三。門板上又加了四百來斤，只壓得下面七人想呻吟一句也是有聲無氣。

典當的大掌櫃只怕鬧出人命，忙命伙計又捧出三千兩銀子來，不住向胡斐打躬作揖，陪笑說好話，心下納悶：「怎地鳳老爺不親來料理？」

胡斐在酒樓中命人烹狗，到典當中來當人，用意本是要激鳳天南出來。他自從少年時在商家堡鐵廳遇險之後，行事極為謹慎，心想這鳳天南既然號稱「南霸天」，家中的布置只怕比商家堡更為厲害，常言道：「強龍不鬥地頭蛇。」若是趕上門去與他為難，只怕中了他的毒計，是以先鬧酒樓，再鬧當鋪，那知鳳天南始終不露面，倒也大出意料之外。他見又有三千兩銀子搬到，頭一擺，道：「一齊放在門板上。」眾伙計明知一放上去，又是加上一百八九十斤，但不敢違拗，只得一包包輕輕的放了上去。

胡斐叫道：「你們這典當是皇帝老子開的麼？怎樣做事這等橫法？」大掌櫃陪笑道：「不敢，不敢。好漢爺還有甚麼吩咐？」胡斐道：「當東西的沒當票麼？」那大掌櫃心想這六個家丁皮粗肉厚，壓一會兒還不怎樣，這俞朝奉只怕轉眼就要一命嗚呼，一疊連聲的叫道：「快寫當票。」

櫃面的朝奉不知如何落筆，見大掌櫃催得緊，只得提筆寫道：「今押到鳳府家丁六名，俞朝奉一名，皮破肉爛，手足殘缺，當足色紋銀九千兩正。年息二分，憑票取贖。蟲蟻鼠咬，兵火損失，各安天命，不得爭論。三年為期，不贖斷當。」原來天下當鋪的規矩，就算你當的是全新完整之物，他也要寫上「殘缺破爛」的字樣，以免贖當時有所爭執。當鋪當活人，那是從所未有之事，那朝奉寫得慣了，也給加上「皮破肉爛，手足殘缺」八字評語。

大掌櫃將當票恭恭敬敬遞了過去，胡斐一笑收下，提起兩名武師，喝道：「將石鼓取下來。」兩名武師兀自頭暈眼花，卻自知一人搬一個石鼓不夠力氣，只得二人合力，一個個的抬了下來。胡斐道：「好，咱們到賭場去逛逛。你兩條大漢，抬著本錢跟我來。」

兩名武師給他治得服服貼貼，一前一後抬著門板，端了九千兩紋銀，跟在胡斐後面。看熱鬧的閒人見他隻手空拳，鬥贏了佛山鎮上第一家大典當，無不興高采烈，但怕鳳老爺見怪，卻不敢走近和他說話，聽他說還要去大鬧賭場，更是人人精神百倍，跟在後面的人越來越多。

那賭場開設在佛山鎮頭一座破敗的廟宇裏，大門上寫著「英雄會館」四個大字。胡斐大踏步走進門去，只見大殿上圍著黑壓壓一堆人，正在擲骰子押大小。

開寶的寶官濃眉大眼，穿著佛山鎮的名產膠綢衫褲，敞開胸膛，露出黑毿毿的兩叢長毛，見到胡斐進來，後面跟著兩名武師，抬著一塊大門板，放著近百封銀子，心裏一怔，叫道：「蛇皮張，你做甚麼？」那姓張的武師努一努嘴，道：「這位好漢爺要來玩一手。」

那寶官聽蛇皮張說得恭敬，素知鳳老爺交遊廣闊，眼前這人年紀雖輕，多半是他老人家的朋友，心想：「好哇，你是抬了銀子給我們場裏送來啦。開飯店的不怕大肚漢，開賭場的豈怕財主爺？再抬了兩門板來也不嫌多。」咧嘴一笑，說道：「這位朋友貴姓？請坐請坐。」

胡斐大剌剌的坐了下來，說道：「我姓拔，名字叫作鳳毛。」那寶官一楞，心道：「啊，你是存心來跟我們過不去了。」拿起骰盅一搖，放下來合在桌上，四周數十名賭客紛紛下注，有的押「大」，有的押「小」。

胡斐有意要延挨時刻，等那鳳天南親自出來，好與他相鬥，當下笑嘻嘻的坐著，並不下注。只見寶官揭開盅來，三枚骰子共是十一點，買「大」的賭客紛紛歡呼，買小的卻是垂頭喪氣。那寶官連開三次，都是「大」。

胡斐心想：「十賭九騙，這鳳天南既然如此橫法，所開的賭場鬼花樣必多，待我查出弊端，大鬧他一場。」當下注目看那骰盅，又傾聽骰子落下的聲音，要查究骰中是否灌鉛，聽了片刻，覺得骰子倒無花巧。他練過暗器聽風術，耳音極精，縱在黑暗之中，若有暗器來襲，一聽聲音，立知暗器來勢方位，是何種類，手勁如何。如趙半山這等大行家，當日在商家堡中一聽身後暗器射到，即猜到對方是嵩山少林寺不疑大師的弟子，暗器聽風之術，一精至斯。胡斐的耳音較之趙半山雖然尚有不及，但聽了一陣，竟已聽出三枚骰子向天的是甚麼點數。要知骰子共有六面，每面點數不同，一點的一面與六點的一面落下之時，聲音略有差別，雖然所差微細之極，但在內力精深、暗器功夫極佳之人聽來，自能分辨。

胡斐又讓他開了幾盅，試得無誤，笑道：「寶官，限注麼？」那寶官大聲道：「廣東通省都知，南霸天的賭場決不限注，否則還能叫英雄會館麼？」胡斐微微一笑，伸出大拇指一翹，道：「是啊，若是限注，豈不成了狗熊會館？」聽他骰子落定，乃是十六點，回頭叫道：「蛇皮張，押一千兩『大』。」

那寶官雖在賭場中混了數十年，但骰子到底開大開小，也是要到揭盅才知，見他一押便是一千兩，不由得一怔，揭開盅來，只見三枚骰子兩枚六點，一枚四點，不由得臉都白了，當下由下手賠了一千兩。接下去搖骰時聲音錯落，胡斐聽不明白，袖手不下，開出來是個八點小。跟著他押了二千兩「小」，盅子揭起，果然是四點「小」。

如此只押得五六次，場中已賠了一萬一千兩。那寶官滿手是汗，舉起骰盅猛搖。胡斐聽得明白。盅中正是十四點，說道：「蛇皮張，把二萬兩都給押上『大』！」兩名武師將門板上的銀子一封封的儘往桌上送。寶官掀起骰盅一邊，眼角一張，已看到骰子共是十四點。他手腳也真利落，小指在盅邊輕輕一推，盅邊在骰子上一碰，一枚六點的骰子翻了一轉，十四點變成九點，那是「小」了。這一記手法，若不是數十年苦功，也真不能練成，比之於武功，可算得是厲害之極的絕招。

那寶官見他渾然不覺，心想這次勝定你了，得意洋洋的道：「大家下定注了？」胡斐左手將一大堆銀子往桌子中心一推，說道：「這裏是二萬兩銀子，是『小』你便盡數吃去。」寶官叫道：「好！好！吃了！」揭開寶盅，不禁張大了口合不攏來，只見三枚骰子共是十二點。

眾賭客早已罷手不賭，望著桌上這數十封銀兩，無不驚心動魄，突見開出來的是

「大」，不約而同的齊聲驚呼：「啊！」這聲音中又是驚奇，又是豔羨。要知他們一生之中，從未見過如此的大賭。胡斐哈哈大笑，一隻腳提起來踏在凳上，叫道：「二萬兩銀子，快賠來！」

原來那寶官作弊之時，手腳雖快，卻那裏瞞得過胡斐的眼光？他雖瞧不出那寶官如何搗鬼，但料定三枚骰子定是給他從「大」換成了「小」，他左手推動銀兩之際，右手伸到桌底，隔著桌面在盅底輕輕一彈。三枚骰子本來一枚是三，一枚是一，一枚是五，合共九點。他這一彈力道用得恰到好處。三枚骰子一齊翻了個身，變成四點、六點、兩點，合成十二點「大」。

那寶官臉如土色，砰的一下，伸手在桌上一拍，喝道：「蛇皮張，這人是甚麼路數？到鳳老爺的場子來攪局？」蛇皮張哭喪著臉道：「我……我……也不知道啊。」胡斐道：「快賠，快賠，二萬兩銀子，老爺贏得夠了，收手不賭啦！」那寶官在桌上又是砰的一擊，罵道：「契弟，你搞鬼出老千，當老子不知道麼？」胡斐雖不明白他罵人的言語，料想決非好話，笑道：「好，你愛拍桌子，咱們賭拍桌子也成！」右手在桌子角上一拍，桌子角兒應手而落，跟著左手一拍，另一隻角又掉在地下。

這一手驚人武功顯了出來，這寶官那裏還敢兇橫？突然飛起一腳，要想將桌子踢翻，乘亂溜走。幾個地痞賭客跟著起轟：「搶銀子啊！」胡斐右手一伸，已將寶官踢出的一腳抓住，倒提起來，將他頭頂往桌面一樁。這一下力道奇重，桌面登時給他腦門撞破一洞，腦袋插到了桌面之下，肩膀以上的身子卻倒栽在桌上，手腳亂舞，蔚為奇觀。

眾賭客齊聲驚叫，紛紛退開。突然大門中搶進一個青年，二十歲上下年紀，身穿藍綢長衫，右手搖著摺扇，叫道：「是那一個好朋友光降，小可未曾遠迎，要請恕罪啊！」胡斐見這人步履輕捷，臉上英氣勃勃，顯是武功不弱，不覺微微一怔。

那少年收攏摺扇，向胡斐一揖，說道：「尊兄貴姓大名？」胡斐見他彬彬有禮，便還了一揖，道：「沒請教閣下尊姓。」那少年道：「小弟姓鳳。」胡斐雙眉一豎，哈哈笑道：「如此說道，在下的姓名未免失敬了。我姓拔，名叫鳳毛。老兄與鳳天南怎生稱呼？」那少年道：「那是家父。家父聽說尊駕光臨，本該親來迎接，不巧恰有要務纏身，特命小弟前來屈駕，請到舍下喝一杯水酒。」

他轉頭向英雄當鋪的兩名護院喝道：「定是你們對拔爺無禮，惹得他老人家生氣，還不賠罪？」那兩位護院喏喏連聲，一齊打躬請安，道：「小人有眼不識泰山。」胡斐微微冷笑，心想：「瞧你們鬧些甚麼玄虛。」

那寶官的腦袋插在賭桌上，兀自雙腳亂舞，啊啊大叫。那少年抓住他背心，輕輕向上一提，將他倒過身來，那桌子卻仍舊連在他項頸之中，只是四隻桌腳向天，猶似頸中戴了一個大枷。那寶官雙手托住桌子，這情狀當真是十分滑稽，十分狼狽，向那少年道：「大爺，你來得正好，他……他……」眼望胡斐，卻不敢再說下去了。

胡斐道：「你不賭了，是不是？那也成，我贏的錢呢？英雄會館想賴帳麼？」那少年罵寶官道：「拔爺贏了多少銀子，快取出來！慢吞吞的幹甚麼？」說著抓住桌子兩角，雙手向外一分，喀的一響，桌面竟被他撕成了兩邊。這一手功夫甚是乾淨利落，賭場中各人一齊喝采。

那寶官有小主撐腰，膽子又大了起來，向胡斐惡狠狠的望了一眼，道：「這人出老千。」那少年叱道：「胡說！人家是英雄好漢，怎會出老千？館裏銀子夠麼？若是不夠，快叫人往當鋪取去。」胡斐不懂「出老千」三字是何意思，但想來多半是「欺騙作弊」之意，心想：「這少年武功不弱，行事也有擔當，我可不能絲毫大意了。」只聽那少年道：「拔爺的銀子，決不敢短了半文。這些市井小人目光如豆，從來沒見過真好漢大英雄的氣概，拔爺不必理會。現下便請拔爺移玉舍下如何？」

他明知「拔鳳毛」三字決非真名，乃是存心來向鳳家尋事生非，但還是拔爺前，拔爺後，絲毫不以為意。胡斐道：「你們這裏鳳凰太多，不知大爺的尊號如何稱呼？」那少年似乎沒聽出他言語中意含譏諷，連說：「不敢，不敢。小弟名叫一鳴。」胡斐道：「在下賭得興起，還要在這裏玩幾個時辰，不如請你爸爸到這裏會面吧。」那寶官聽他說還要賭，嚇得面如土色，忙道：「不，不……」

鳳一鳴臉一沉，叱道：「我們在說話，也有你插嘴的份兒？」轉頭向胡斐陪笑道：「家父對朋友從來不敢失禮，得知拔爺光臨佛山，心中喜歡得了不得，恨不得立時過來相見，只是恰好今日京中來了兩位御前侍衛，家父須得陪伴，實是分身不開。請拔爺包涵原諒。」胡斐冷笑一聲，道：「御前侍衛，果然是好大的官兒。一鳴兄，小弟在江湖上有個外號，你想必知道。」鳳一鳴正自嘀咕：「不知此人真姓名究是甚麼，若能摸清他幾分底細，對付起來就容易得多了。」聽他提起外號，忙道：「小弟孤陋寡聞，請拔爺告知。」胡斐「哼」的一聲，道：「虧你也是武林中人，怎地連大名鼎鼎的『殺官毆吏拔鳳毛』也不知道？」鳳一鳴一怔，道：「取笑了。」

胡斐左手倏地伸出，抓住他的衣襟，喝道：「咦，好大的膽子！你怎敢將我的一塊鳳凰肉吃下了肚中。」鳳一鳴再也忍耐不住，右手虛出一掌，左手便來拿他手腕。胡斐手掌疾翻，當真快如電火，叫人猝不及防，拍的一聲，鳳一鳴左頰已吃了一記巴掌，順手將他右手拿住，喝道：「還我的鳳凰肉來。」

鳳一鳴家學淵源，武功竟自不弱，只覺自己右掌宛似落入了一雙鐵鉗之中，筋骨都欲碎裂，急忙飛起右足，向胡斐小腹上踢去。胡斐提起腳來，從空一足踏落，正好踏住他的足背。鳳一鳴腳上又如被鐵錘一擊，忍不住「啊」的一聲叫了出來。胡斐左手反手一掌，鳳一鳴右頰早著，雙頰就如豬肝般又紅又腫。

胡斐大聲叫道：「各位好朋友聽著，我千里迢迢的從北方來到佛山，向這裏的鍾阿四鍾老兄買到一塊鳳凰肉，卻讓這廝一口偷吃了。你們說該打不該打？」賭場中眾人面面相覷，不敢說話，心中都知他是在為被逼死的鍾小三出氣伸冤。鳳一鳴給他踏住一足，握住一手，已是全身無法動彈。

只見人叢中轉出一個老者，手中拿者一根短煙袋，正是英雄當鋪的大掌櫃。他給胡斐逼去了九千兩銀子，那裏便肯罷休？一面命人急報鳳天南，一面悄悄跟到英雄會館來瞧他的動靜，這時見小主人被擒，忙上前陪笑道：「好漢爺，這是我們鳳老爺的獨生愛子，鳳老爺當他猶如性命一般。好漢爺要銀子使用，儘管吩咐，可請快放了我們少主人。」胡斐道：「誰叫他偷吃了我的鳳凰肉？是鳳老爺的獨生愛子，便能偷吃人家東西麼？」大掌櫃笑道：「好漢取笑了。天下那有甚麼鳳凰肉？便算有，我們小主人也決不會偷吃。」胡斐喝道：「這鳳凰肉乃大補之劑，真是無價之寶，一吃下肚，立時滿面通紅，肥胖起來。你們大家看，他的臉是否比平時紅了胖了？還說沒偷吃我的鳳凰肉麼？」大掌櫃陪笑道：「這是好漢爺下手打腫的，不與鳳凰肉相干。」胡斐道：「大家來評個理，這小子可偷吃了我的鳳凰肉麼？」

在賭場中胡混之人，一小半是鳳天南的手下，另一半不是地痞流氓，便是破落戶子弟，人人畏懼鳳天南的威勢，聽胡斐如此詢問，七嘴八舌的說道：「沒見到你有甚麼鳳凰肉。」「鳳大爺決不能偷你東西吃。」「鳳老爺府上的東西還怕少了麼？怎能偷人東西？」「笑話笑話！」「好漢快放了他，別鬧出大事來。」

胡斐道：「好，你們大家說他沒偷吃，我難道賴了他？咱們到北帝廟判個理去。」

眾人一怔，立時想起鍾四嫂在北帝廟中刀剖兒腹之事。那大掌櫃暗暗吃驚，心想：「一到北帝廟，那可要鬧得不可收拾。」不住向胡斐打躬作揖，道：「好漢爺說的對，我們都錯了。少主人吃了好漢的鳳凰肉，好漢要怎麼賠，便怎樣賠就是。」胡斐冷笑道：「你倒說得容易。這裏人人不服，不到北帝廟評個明白，我今後還有臉見人麼？」說著將鳳一鳴挾在腋下，銀子也不要了，大踏步走出賭場，向途人問了路，逕向北帝廟而來。

那北帝廟建構宏偉，好大一座神祠，進門院子中一個大水塘，塘中石龜石蛇，昂然盤踞。

胡斐拉著鳳一鳴來到大殿，只見神像石板上血跡殷然，想起鍾四嫂被逼切剖兒腹的慘事，胸間熱血上衝，將鳳一鳴往地下一推，抬頭向著北帝神像，朗聲說道：「北帝爺，北帝爺，你威靈顯赫，替小民有冤伸冤，有仇報仇。這賊廝鳥偷吃了我的鳳凰肉，但旁人都說他沒吃……」

他話未說完，猛覺背後風聲颯然，左右有人雙雙來襲。他頭一低，身子一縮，那二人已然撲空。他雙手分別在二人背上一推，砰的一聲，二人臉對臉猛地一撞，登時暈去。只聽得一人高聲怒吼，又撲了上來。

胡斐聽他腳步沉重，來勢威猛，心想：「這人功夫倒也不弱。」一側身間，乘勢一帶，只見刀光閃動，一條肥水牯似的粗壯大漢已在身旁掠過，一刀逕向鳳一鳴頭頂砍落。總算他武功不低，危急之際手臂一偏，一刀砍在地下青磚之上，磚屑紛飛。胡斐叫道：「妙極！」左足伸出，已踏住他的手肘。

那大漢狂吼一聲，放手撤刀。胡斐右足一挑，單刀飛將起來，順手接過，笑道：「我正愁沒刀剖他肚子，你巴巴的趕來送刀，當真有勞了。」

那大漢怒極，使力掙扎。胡斐左腿一鬆，竟被他翻身躍起，原來這大漢蠻力過人。他右足一撐，雙手十指如鉤，在空中逕向胡斐撲到。胡斐一轉身，已繞到他的身後，左手搭他肥臀之上，借力一送，喝道：「上天吧！」這一送有八成倒是借了那大漢本身縱躍之勢。那大漢身不由主，向上疾飛，旁觀眾人大叫聲中，眼見要穿破廟頂而出。他忙伸出雙手，抱住了大殿正中的橫樑，總算沒撞破腦門，但就這麼掛在半空，向下一望，離地數丈。他沒練過輕功，身子又重，外家硬功雖然不弱，卻不敢躍下。這大漢在五虎門中位居第三，乃是鳳天南的得力助手，佛山鎮上人人懼怕，這時掛在樑上，上不得，下不來，極是狼狽。

胡斐拉住鳳一鳴的衣襟，向上一扯，嗤的一響，露出肚腹肌膚，橫過刀鋒，向擠在殿上的眾人叫道：「他是否吃了鳳凰肉，大家睜大眼睛瞧個明白，別說我冤枉了好人。」

旁邊四五個鄉紳模樣的人一齊來勸，都道：「好漢爺高抬貴手，若是剖了肚子，人死不能復生，那可不得了。」胡斐心想：「這些人鬼鬼祟祟，定與鳳天南一鼻孔出氣。」回頭怒喝：「那鍾四嫂剖孩子肚子，你們何以便不勸了？有錢子弟的性命值錢，窮人的孩子便不是性命？你們快回家去，每人把自己的兒子送一個來，若不送到，我自己上門找尋。我的鳳凰肉若不是他吃的，便是你們兒子吃了，我一個個剖開肚子來，查個明白。」這幾句話只把那幾個鄉紳嚇得魂不附體，再也不敢開口。

正亂間，廟門外一陣喧譁，搶進一羣人來。當先一人身材高大，穿一件古銅色緞袍，雙手一分，大殿上已有七八人向兩旁跌出數尺。

胡斐見了他這等氣派威勢，又是如此橫法，心想：「啊哈，正點子終於到了。」眼光向他從頭上瞧到腳下，又從腳下看到頭上。只見他上唇留著兩撇花白小髭，約莫五十來歲年紀，右腕戴一隻漢玉鐲，左手拿著一個翡翠鼻煙壺，儼然是個養尊處優的大鄉紳模樣，實不似個坐地分贓的武林惡霸，只是腳步凝穩，雙目有威，多半武功高強。

這人正是五虎門掌門人南霸天鳳天南，他陪著京裏來的兩名侍衛在府內飲宴，聽得下人一連串的來報，有人混鬧酒樓、當鋪、賭場。他不願在御前侍衛跟前失了氣派，一直置之不理，心想這些小事，手下人定能打發，直聽到兒子遭擒，被拿到北帝廟中要開膛剖肚，這才匆匆趕來。他還道是極厲害的對頭來到尋仇，那知一看胡斐，竟是個素不相識的鄉下少年，當下更不打話，俯身便要扶起兒子。

胡斐心想：「這老傢伙好狂，竟將我視如無物。」待他彎腰俯身，一掌便往他腰間拍去。鳳天南竟不回身，左手迴掌，想將他手掌格開。胡斐一催勁力，拍的一聲，雙掌相交，鳳天南身子一晃，險些跌在兒子身上，才知這鄉下少年原來是個勁敵。當下顧不得去扶兒子，右手橫拳，猛擊胡斐腰眼。

胡斐見他變招迅捷，拳來如風，果然是名家身手，揮刀往他拳頭上疾砍下去。這一刀雖然兇猛，鳳天南也只須一縮手便能避過，但鳳一鳴橫臥在地，他縮手不打緊，兒子卻要受了這一刀。當此危急之際，他應變倒也奇速，一扯神壇前的桌披，倒捲上來，格開了一刀。胡斐叫道：「好！」左手伸出，已抓住桌披一端。兩人同時向外拉扯，拉的一響，桌披從中斷為兩截。

此時鳳天南那裏還有半點小覷之心？向後躍開半丈，早有弟子將他的兵刃黃金棍送在手中。這金棍長達七尺，徑一寸有半，通體黃金鑄成，可算得武林中第一豪闊富麗的沉重兵器。他將金棍一抖，指著胡斐說道：「閣下是那一位老師的門下？鳳某甚麼地方得罪了閣下，卻要請教。」胡斐道：「我一塊鳳凰肉給你兒子偷吃了，非剖開他肚子瞧個明白不可。」

鳳天南憑一條熟銅棍打遍嶺南無敵手，這才手創五虎門，在佛山鎮定居，家業大發之後，將熟銅棍改為黃金棍。武家所用之棍，以齊眉最為尋常，依身材伸縮，短者五尺不足，長者六尺有餘，鳳天南這條棍卻長達七尺，黃金又較鑌鐵重近兩倍，仗著他膂力過人，使開來兩丈之內一團黃光，端的是厲害之極。

他聽了胡斐之言，知道今日已不能善罷，金棍起處，手腕抖了兩抖，棍端將神壇上兩點燭火點熄了，叫道：「在下素來愛交朋友，與尊駕素不相識，何苦為一個窮家小子傷了江湖義氣？是友是敵，但憑尊駕一言而決。」

要知金棍乃極沉重的兵器，他一抖棍花而打滅燭火，妙在不碰損半點蠟燭，燭台毫不搖晃，手法之準，可說是極罕見的功夫。他言語中軟裏帶硬，要胡斐知難而退，不必多管閒事。胡斐笑道：「是啊，你的話再對也沒有，你只須割一塊鳳凰肉賠我，我立即拍拍灰塵走路，你看可好？」鳳天南臉一沉，喝道：「既是如此，咱們兵刃上分高下便了。」說著提棍躍向院子。

胡斐提起鳳一鳴往地下一摔，將單刀插在他的身旁，喝道：「你若是逃走，便要你老子抵命！」空手走出，大聲道：「老爺行不改姓，坐不改名，大名鼎鼎『殺官毆吏拔鳳毛』便是。鳳毛拔不到，臭雞臭鴨的屁股毛拔幾根也是好的。大家瞧清楚了。」一言甫畢，突然左手探出，逕來抓對方棍頭。鳳天南知他武功厲害，心想你自己托大，不用兵刃，那可怪不得我，眼見他出手便奪兵刃，竟對自己藐視已極，當下棍尾抖起，一招「驅雲掃月」，向他頭頸橫掃過來。

這一招雖以橫掃為主，但後著中有點有打，有纏有挑，所謂「單頭雙頭纏頭，頭頭是道；正面側面背面，面面皆靈」，的是武學中的極上乘棍法。胡斐身隨棍轉，還了一掌。

眾人凝神屏息，注視二人激鬥。鳳天南手下人數雖眾，但不得他的示意，誰也不敢插手相助，何況二人縱躍如風，旁人武功遠遠不及，便要相助，也是無從著手。

二人惡鬥正酣，廟門中又闖進三個人來。當先一個婦人亂髮披身，滿身血污，正是鍾四嫂。她一路磕頭，一路爬著進來，身後跟著二人，一個是她丈夫鍾阿四，一個是她兒子鍾小二。

鍾四嫂跪在地下，不住向鳳天南磕頭，哈哈大笑，叫道：「鳳老爺你大仁大義，北帝爺爺保佑你多福多壽，保佑你金玉滿堂，四季發財。我小三子在閻王爺面前告了你一狀，閻王爺說你大富大貴，後福無窮哪。」她瘋瘋顛顛的又跪又拜，又哭又笑。鍾阿四卻鐵青著臉，一聲不作。

鳳天南與胡斐拆了十餘招，早已全然落在下風。金棍揮成的圈子越來越小，見鍾四嫂似瘋非瘋的向著自己跪拜，更是心神不寧，知道再鬥下去定要一敗不可收拾，當下勁貫雙臂，使一招「揚眉吐氣」，往胡斐下顎挑去。

這一棍勢夾勁風，金光耀眼，胡斐卻不閃不縮，伸手竟然硬奪他的金棍。鳳天南又驚又喜，心想：「你這隻手爪子就算是鐵鑄的，也打折了你。」當下力透手腕，急挑之力更大。胡斐手掌與棍頭一搭著，輕輕向後一縮，已將他挑力卸去，手指彎過，抓住了棍頭。總算鳳天南在這條棍上已下了三十餘年苦功，忙使一招「上滑下劫」，跟著一招「翻天徹地」，以極剛猛的外勁硬奪回去。胡斐叫道：「拔臭鷄毛了！」雙手自外向內圈轉，卻來捏他咽喉，也不知他如何移動身形，竟在這一抓一奪之際，順勢攻進了門戶。鳳天南的金棍反在外檔，已然打他不著。

鳳天南大駭之下，急忙低頭，同時伸出手護頸。胡斐左手在他天靈蓋上輕輕一拍，除下他的帽子，右手已抓住他的辮子尾端，叫道：「這一掌暫不殺你！」左手已然抓住辮根，雙手向外一分，蹦的一聲，一條辮子斷成了兩截。鳳天南嚇得面如土色，急忙躍開。胡斐右手一揚，鳳天南的帽子飛出，剛好套在石蛇頭上，跟著踏上兩步，一掌擊在石龜昂起的頭頂，砰的一響，水花四濺，石龜之頭齊頸而斷，落入水塘。胡斐哈哈一笑，將鳳天南那條長辮繞在石龜頸中，雙手彈一彈身上灰塵，笑道：「還打麼？」

旁觀眾人見他顯了這手功夫，人人臉上變色。鳳天南知他適才這一掌確是手下留情，否則以掌擊石龜之力擊在自己頭頂，那裏還有命在？但斷辮繞龜，飛帽戴蛇，如此的奇恥大辱如何忍耐得了？舞動金棍，一招「青龍捲尾」，猛掃而至。這時他已是性命相拚，再非以掌門人身分與人比武過招。

胡斐心想：「此人平素橫得可以，今日若不掃盡他的顏面，佛山一鎮之人冤氣難出。」見他金棍上威力雖增，棍法卻已不如適才靈動，空手拆了幾招，見他使一招「鐵牛耕地」，著地捲到，當下看準棍端，右足一腳踹了下去，棍頭著地，給他踏在腳下。鳳天南急忙運勁後奪，胡斐出腳奇快，剛覺右腳下有些鬆動，左足已踏在棍腰，猛力住下一蹬。鳳天南再也拿揑不住，雙手一鬆，棍尾正好打中他右足足背，兩根小骨登時斷折。

這一下痛得他臉如金紙，但他咬緊牙關，一聲不哼，雙手反在背後，朗聲說道：「我學藝不精，無話可說。你要殺要剮，悉聽尊便。」鍾四嫂卻還是不住向他磕頭，哭叫：「多謝鳳老爺成全了我家小三子，他真是偷吃了你的鵝麼？」

胡斐見鳳天南敗得如此狼狽，實不想再折辱於他。但見到鍾四嫂發瘋的慘狀，神壇前石板上的血跡，心想這南霸天除了此事之外，這許多年來定是更有不少惡行，既撞在我的手裏，豈能輕饒？當下大踏步過去，將鳳一鳴一把提起，拔起插在地下的單刀，轉頭向鳳天南道：「鳳老爺，我和你無冤無仇，可是令郎偷吃了我的鳳凰肉，實在太不講理。這裏佛山鎮上的人都護著你，我冤屈難明，只好剖開令郎的肚子，讓列位瞧瞧。」說著刀鋒在鳳一鳴的肚子上輕輕一拖，雪白的肌膚上登時現出一條血痕。

鳳天南固然作惡多端，卻頗有江湖漢子的氣概，敗在胡斐手下之後，仍是十分剛硬，不失掌門人的身分，但一見獨生愛子要慘被他開膛剖腹，不由得威風盡失，傲氣全消，叫過：「且慢！」從身旁手下人手中，搶過一柄單刀。

胡斐笑道：「你還不服氣，要待再打一場？」鳳天南慘然道：「一身做事一身當，鳳某行事不當，惹得尊駕打這個抱不平，這與小兒可不相干。鳳某不敢再活，但求饒了小兒性命。」一說著橫過單刀，便往頸中刎去。

忽聽得屋樑上一人大叫：「鳳大哥，使不得！」原來那個粗壯大漢兀自雙手抱住橫樑，懸身半空。

鳳天南臉露苦笑，揮刀急砍。眾人大吃一驚之下，誰也不敢阻攔，眼見他單刀橫頸，立時要血濺當場、屍橫祖廟，忽聽得嗤嗤聲響，一件暗器從殿門外自高而下的飛射過來，錚的一聲，在單刀上一碰。鳳天南手一盪，單刀歪了，但還是在左肩上劃了一道口子，鮮血迸流。

胡斐定睛一看，只見射下的暗器卻是一枚女子手上所戴的指環。鳳天南膂力甚強，這小小一枚首飾，居然能將他手中單刀盪開，那投擲指環之人的武功，只怕不在自己之下。他心中驚詫，縱身搶到天井，躍上屋頂，但見西南角上人影一閃，倏忽間失了蹤跡。胡斐右足一點，撲了過去，暮色蒼茫之中，四顧悄然，竟無人影。他心中嘀咕：「這背影小巧苗條，似是女子模樣，難道世間女子之中，竟有這等高手？」

他生怕鳳天南父子逃走，不敢在屋頂久耽，隨即轉身回殿，只見鳳天南父子摟抱在一起。鳳天南臉上老淚縱橫，也不知是愛是憐，是痛是悔？

胡斐見了這副情景，倒起了饒恕他父子之意。鳳天南放脫兒子，走到胡斐跟前，撲地跪下，說道：「我這條老命交在你手裏，但望高抬貴手，饒了我兒子性命。」鳳一鳴搶上來說道：「不，不！你殺我好了。你要替姓鍾的報仇，剖我肚子便是。」

胡斐一時倒不知如何發落，若要殺了二人，有些不忍下手，倘是給他父子倆一哭一跪，便即饒恕，又未免太便宜了他們。正自躊躇，鍾阿四突然走上前來，向胡斐道：「好漢爺救了小人的妻兒，又替小人一家明冤雪恨，大恩大德，小人粉身難報。」一面說，一面撲翻在地，鼕鼕鼕鼕，磕了幾個響頭。胡斐連忙扶起。

鍾阿四轉過身來，臉色鐵青，望著鳳天南道：「鳳老爺，今日在北帝爺爺神前，你憑良心說一句，我家小三子有沒偷你的鵝吃？」鳳天南為胡斐的威勢所懾，低頭道：「沒有。是……是我弄錯了。」鍾阿四又道：「鳳老爺，你再憑良心說，你叫官府打我關我，逼死我的兒子，全是為了要佔我的菜園，是不是？」

鳳天南向他臉上望了一眼，只見這個平時忠厚老實的菜農，咬緊牙關，目噴怒火，神情極是可怕，不由得低下了頭，不敢回答。鍾阿四道：「你快說，是也不是？」鳳天南抬起頭來，道：「不錯，殺人償命，你殺我便了。」

忽聽廟門外一人高聲叫道：「自稱拔鳳毛的小賊，你敢不敢出來鬥三百回合？你在北帝廟中縮頭縮頸，幹麼不敢出來啊？」這幾句話極是響亮，大殿上人人相顧愕然，聽那聲音粗魯重濁，滿是無賴地痞的口氣。

胡斐一怔之下，搶出廟門，只見前面三騎馬向西急馳，馬上一人回頭叫道：「縮頭烏龜，料你也不敢和老子動手。」胡斐大怒，見廟門旁一株大紅棉樹下繫著兩匹馬，縱身過去一躍上馬，拉斷韁繩，雙腿一夾，催動坐騎，向那三人急追下去。

遠遠望見三乘馬向西沿著河岸急奔，瞧那三人坐在馬背上的姿式，手腳笨拙，騎術更劣，不知是否有意做作，但胯下所乘卻是良馬，胡斐趕出里許，始終沒能追上。聽那三人不時高聲叫罵，肆無忌憚，對自己毫不畏懼，實似背後有極厲害之人撐腰，他焦躁起來，俯身在地下抓起幾塊石子，手腕抖處，五六塊石子飛了出去，只聽得「啊喲」「媽呀」之聲不絕，三個漢子同時打中，一齊摔下馬來。

兩個人一跌下來，爬在地下大叫，第三人卻左足套在馬鐙之中，被馬拖著直奔，霎時之間已轉入柳蔭深處。

胡斐跳下馬來，只見那二人按住腰臀，哼哼唧唧的叫痛。胡斐在一人身上踢了一腳，喝道：「你說要和我鬥三百回合，怎不起身來鬥？」那人爬起身來，說道：「欠了賭債不還，還這麼橫！總有一日鳳老爺親自收拾你。」胡斐一怔，問道：「誰欠了賭債不還？」

另一人猛地裏跳將起來，迎面一拳往胡斐擊去。這一拳雖有幾斤蠻力，但出拳不成章法，顯是全無武功。胡斐微微一笑，揮手輕帶。那人一拳打偏，砰的一聲，正好打中同伴的鼻子，登時鼻血長流。出拳之人嚇了一跳，不明白怎地這一拳去勢全然不對，只撫著拳頭發呆。被擊之人大怒，喝道：「狗娘養的，打起老子來啦！」飛起一腿，踢在他的腰裏。那人回手相毆，砰砰嘭嘭，登時打得十分熱鬧，不再理會胡斐。

胡斐見這二人確實不會武功，居然敢向自己叫陣，其中大有蹺蹊，雙手分別抓住兩人頭頸，往後一扯，將兩人分了開來。但兩人打得眼紅了，不住口的污言穢語互相辱罵，一個罵對方專偷人家蘿蔔，另一個說對方是佛山的偷雞好手，看來兩人都是市井無賴，心中越加起疑，大聲喝道：「誰叫你們來罵我的？」說著雙手一擺，砰的一下，將兩人額角對額角的一撞，登時變了兩條怒目相向的獨角龍。

那偷雞賊膽子極小，一吃到苦頭，連聲：「爺爺，公公，我是你老人家的灰孫子。」胡斐喝道：「呸，我有你這等賤孫子？快說。」那偷雞賊道：「英雄會館開寶的鄺寶官說，你欠了會館裏的賭債不還，教我們三個引你出來打一頓。他給了我們每人五錢銀子，這坐騎也是他借的。你賭債還不還，不關我事……」

胡斐聽到這處，「啊」的一聲大叫，心道：「糟啦，糟啦！我恁地胡塗，竟中了敵人調虎離山之計。」雙手往外一送，將兩名無賴雙雙跌了個狗吃屎，飛身上馬背，急往來路馳回，心想：「鳳天南父子定然躲了起來，偌大一座佛山鎮，我卻往那裏找去？好在他搜刮霸佔的產業甚多，我一處處的鬧將過去，攪他個天翻地覆，瞧他躲得到幾時？」

不多時已回到北帝廟前，廟外本有許多人圍著瞧熱鬧，這時已走得乾乾淨淨，連孩子也沒留下一個。胡斐心想：「那鳳天南果然走了。」翻身下馬，大踏步走向廟中，一步跨進大殿，不由得倒抽一口涼氣，胸口呼吸登時凝住，只嚇得身子搖搖擺擺，險些要坐倒在地。

原來北帝廟大殿上滿地鮮血，血泊中三具屍身，正是鍾阿四、鍾四嫂、鍾小二三人。每人身上都是亂刀砍斬的傷口，血肉模糊，慘不忍睹。

胡斐呆了半晌，一股熱血從胸間直衝上來，禁不住伏在大殿地上，放聲大哭，叫道：「鍾四哥四嫂，鍾家兄弟，是我胡斐無能，竟然害了你們性命。」只見三人雖死，眼睛不閉，臉上充滿憤怒之色。他站起身來，指著北帝神像說道：「北帝爺爺，今日要你作個見證，我胡斐若不殺鳳天南父子給鍾家滿門報仇，我回來在你座前自刎。」說著砰的一掌，將神案一角打得粉碎，案上供奉的香爐燭臺都震在地下。

他定神一想，到廟門外牽進馬匹，將三具屍身都放上馬背，心中悔恨不已：「我年幼無知，不明江湖上的鬼蜮伎倆，卻來出頭打抱不平，枉自又害了三條人命。那姓鳳的家中便是布滿了刀山油鍋，今日也要闖進去殺他個落花流水。」當下牽了馬匹，往大街而來。

但見家家店鋪都關上了大門，街上靜悄悄的竟無一個人影，只聽得馬蹄得得，在石板路上一路響將過去。

胡斐來到英雄當鋪和英雄酒樓，逐一踢開大門，均是寂然無人，似乎霎時之間，佛山鎮上數萬人忽地盡數消失，只是當鋪與酒樓各處堆滿柴草，不知是何用意。再去賭場，也是一個人也沒有，成萬兩銀子卻兀自放在門板之上，沒一人敢動。胡斐隨手取了幾百兩放入包袱，心中暗暗驚訝：「這鳳天南定然擺下鬼計，對付於我，彼眾我寡，莫要再上他的當。」

他步步留神，沿街走去，轉了幾個彎，只見一座白牆黑瓦的大宅第，門上懸著一面大匾，寫著「南海鳳第」四個大字。那宅第一連五進，氣象宏偉。大門、中門一扇扇都大開著，宅中空蕩蕩的似乎也無一人。胡斐心道：「就算你機關萬千，我一把火燒了你的龜洞，瞧你出不出來。」正要去覓柴草放火，忽見屋子後進和兩側都有煙火冒將上來，一怔之間，已明其理：「這鳳天南好厲害的手段，竟然捨卻家業不要，自己一把火燒個乾淨。如此看來，他定要高飛遠走。若不急速追趕，只怕給他躲得無影無蹤。」

於是將馬匹牽到鳳宅旁鍾家菜園，找了一柄鋤頭，將鍾阿四夫婦父子三人葬了。只見菜園中蘿蔔白菜長得甚為肥美，菜畦旁丟著一頂小孩帽子，一個粗陶娃娃。胡斐越看越是傷心惱怒，伏地拜了幾拜，暗暗祝禱：「鍾家兄嫂，你若在天有靈，務須助我，不能讓那兇手走脫了。」

忽聽得街上腳步聲響，數十人齊聲吶喊：「捉拿殺人放火的兇手！」「莫走了無法無天的江洋大盜！」「那小強盜便在這裏。」

胡斐繞到一株大樹之後，向外一張，只見二三十名衙役兵丁，手執弓箭刀槍、鐵尺鐵鍊，在鳳宅外虛張聲勢的叫喊。他凝神一看，人羣中並無鳳家父子在內，心道：「這鳳天南驚動官府，明知拿我不住，卻是要擋我一陣。」當下縱身上馬，向荒僻處疾馳出去。

出得鎮來，回頭望時，只見鳳宅的火燄越竄越高，同時當鋪、酒樓、賭場各處也均冒上火頭。看來鳳天南決意將佛山鎮上的基業盡數毀卻，那是永遠不再回頭的了。胡斐心中惱恨，卻也不禁佩服這人陰鷙狠辣，勇斷明決，竟然不惜將十來年的經營付之一炬，心想：「此人這般工於心計，定有藏身避禍的妙策，該當到何處找他才是？」一時立馬佛山鎮外，徬徨不定。

遠遠聽得人聲嘈雜，救火水龍在石板路上隆隆奔馳。胡斐心想：「適才追那三個無賴，來去不到半個時辰。這鳳天南家大業大，豈能在片刻之間料理清楚？他今晚若不親自回來分斷，定有心腹親信去他藏身的所在請示。我只守住路口便了。」

料想白日定然無人露面，於是在僻靜處找了株大樹，爬上樹去閉目養神，想到鍾家四口被害的慘狀，悲憤難平，心中翻來覆去的起誓：「若不殺那鳳賊全家，我胡斐枉自生於天地之間。」

等到暮色蒼茫，他走到大路之旁，伏在長草中守候，睜大了眼四處觀望，幾個時辰過去，竟是沒點動靜，直到天色大明，除了賣菜挑糞的鄉農之外，無人進出佛山。

正感氣沮，忽聽馬蹄聲響，兩乘快馬從鎮上奔了出來，馬上乘客穿著武官服色，卻是京中侍衛的打扮。

胡斐心中一動，記起鳳一鳴曾道，他父親因要陪伴御前侍衛，不能分身來見，這兩名侍衛定與鳳天南有所干連。心念甫起，兩騎馬已掠過他伏身之所，當即撿起一塊小石，伸指彈出，波的一聲輕響，一匹馬的後腿早著。石子正好打中那馬後腿的關節，那馬奔跑正速，突然後腿一曲，向後坐倒，那腿登時斷折。

馬上乘客騎術甚精，這一下變故突起，他提身躍起，輕輕落在道旁，見馬匹斷了後腿，連聲哀鳴，不由得皺起眉頭，叫道：「糟糕，糟糕。」

胡斐離著他有七八丈遠，只見另一名侍衛勒馬回頭，問道：「怎麼啦？」那侍衛道：「這畜牲忽然失蹄，折斷了腿，只怕不中用啦。」胡斐聽了他說話的聽音，猛然想起這人姓何，數年前在商家堡中曾經見過。

另一名侍衛道：「咱們回佛山去，另要一頭牲口。」那姓何的侍衛正是當年和徐錚打過一架的何思豪，說道：「鳳天南走得不知去向，佛山鎮上亂成一團，沒人理事，還是去向南海縣要馬吧。」說著拔出匕首，在馬腦袋中一劍插進，免得那馬多受痛苦。

那侍衛道：「咱們合騎一匹馬吧，慢慢到南海縣去。何大哥，你說鳳天南當真不回佛山了？」何思豪道：「他毀家避禍，怎能回去？」那侍衛道：「這次南來，不但白辛苦一趟，還害死了你一匹好馬。」

何思豪跨上馬背，說道：「也不一定是白辛苦。福大帥府裏的天下掌門人大會，是何等盛事，鳳天南是五虎門掌門，未必不到。」說著伸手在馬臀上一拍。那馬背上乘了兩人，不能快跑，只有邁步緩行。

胡斐聽了「福大帥府裏的天下掌門人大會」這幾個字，心裏一喜，暗想：「天下掌門人聚會，那可熱鬧得緊哪。鳳天南便算不去，他落腳何方，多少也能在會中打聽到一些消息。但不知那福大帥邀會各派掌門人，卻是為了何事？」

第六章
紫衣女郎

突見松樹上一個人影落了下來，
正好騎在白馬背上，
袁紫衣這時那裏再容他逃脫，
雙足在馬鐙上一登，躍在半空。

胡斐回到大樹底下牽過馬匹，縱騎向北，一路上留心鳳天南和五虎門的蹤跡，卻是半點影子也無。這一日過了五嶺，已入湖南省境，只見沿路都是紅土，較之嶺南風物，大異其趣。

胡斐縱馬疾馳，過馬家鋪後，將至棲鳳渡口，猛聽得身後傳來一陣迅捷異常的馬蹄聲響，回頭一望，只見一匹白馬奮鬣揚蹄，風馳而來，當即勒馬讓在道旁。剛站定，耳畔呼的一響，那白馬已從身旁一竄而過，四蹄竟似不著地一般。馬背上乘著一個紫衣女子，只因那馬實在跑得太快，女子的面貌沒瞧清楚，但見她背影苗條，穩穩的端坐馬背。

胡斐吃了一驚：「這白馬似是趙三哥的坐騎，怎麼又來到中原？」他心中記掛趙半山，想要追上去問個明白，剛張口叫了聲：「喂！」那白馬已奔得遠了，垂柳影下，依稀見那紫衣女子回頭望了一眼，白馬腳步不停，片刻之間，已奔得無影無蹤。

胡斐好生奇怪，催馬趕路，但白馬腳程如此迅速，縱然自己的坐騎再快一倍，就算日夜不停奔馳，也決計趕她不上，催馬追趕，也只是聊盡人事而已。

第三日到了衡陽。那衡陽是湘南重鎮，離南嶽衡山已不在遠。一路上古松夾道，白雲繞山，令人胸襟為之一爽。

胡斐剛入衡陽南門，突見一家飯鋪廊下繫著一匹白馬，身長腿高，貌相神駿，正是途中所遇的那匹快馬。胡斐少年時與趙半山締交，對他的白馬瞧得極是仔細，此時一見，儼是故物，不禁大喜，忙走到飯鋪中，想找那紫衣女子，卻是不見人影。

胡斐要待向店夥詢問，轉念一想，公然打探一個不相識女子的行蹤，大是不便，於是坐在門口，要了酒飯。

少停酒菜送上，湖南人吃飯，筷極長，碗極大，無菜不辣，每味皆濃，頗有豪邁之風，很配胡斐的性子。他慢慢喝酒，尋思少待如何啟齒和那紫衣女子說話，猛地想起：「此人既乘趙三哥的白馬，必和他有極深的淵源，何不將趙三哥所贈的紅花放在桌上？她自會來尋我說話。」他右手拿著酒杯，反伸左手去取包袱，卻摸了個空，回過頭一看，包袱竟已不知去向。

包袱明明放在身後桌上，怎地一轉眼便不見了？向飯鋪中各人一望，並無異樣人物，心中暗暗稱奇：「若是尋常盜賊順手牽羊，我決不能不知。此人既能無聲無息的取去，倘在背後突施暗算，我也必遭毒手，瞧來今日是在湖南遇上高人了。」當下問店夥道：「我的包袱放在桌旁，怎地不見了？你見到有人取去沒有？」

那店夥聽說客人少了東西，登時大起忙頭，說道：「貴客錢物，概請自理，除非交在櫃上，否前小店恕不負責。」胡斐笑道：「誰要你賠了？我只問你瞧見有人拿了沒有。」那店夥道：「沒有，沒有。我們店裏怎會有賊？客官千萬不可亂說。」胡斐知道跟他纏不清楚，又想連自己也沒察覺，那店夥怎能瞧見？正自沉吟，那店夥道：「客官所用酒飯，共是一錢五分銀子，請會鈔吧。」

那包袱之中，尚有從鳳天南賭場中取來的數百兩銀子，他身畔可是不名一文，見店夥催帳，不由得一窘。那店夥冷笑道：「客官若是手頭不便，也不用賴說不見了包袱啊。」

胡斐懶得和他分辯，到廊下去牽過自己坐騎，卻見那匹白馬已不知去向，不由得一怔：

「這白馬跟偷我包袱之人必有干連。」這麼一來，對那紫衣女子登時多了一層戒備之心，於是將坐騎交給店夥，說道：「這頭牲口少說也值得八九兩銀子，且押在櫃上，待我取得銀子，連牲口的草料錢一併來贖。」那店夥立時換了一副臉色，陪笑道：「不忙不忙，客官走好。」

胡斐正要去追尋白馬的蹤跡，那店夥趕了上來，笑道：「客官，今日你也無錢吃飯，我指點你一條路，包你有吃有住。」胡斐嫌他囉唆，正要斥退，轉念一想：「甚麼路子？是指點我去尋包袱麼？」於是點了點頭。

那店夥笑道：「這種事情一百年也未必遇得上，偏生客官交了運，楓葉莊萬老拳師不遲不早，剛好在七日前去世，今日正是頭七開喪。」胡斐道：「那跟我有甚相干？」那店夥笑道：「大大的相干。」轉身到櫃上取了一對素燭，一筒線香，交給胡斐，說道：「從此一直向北，不到三里地，幾百棵楓樹圍著一座大莊院，便是楓葉莊了。客官拿這副香燭去弔喪，在萬老拳師的靈前磕幾個響頭，莊上非管吃管住不可。明兒你說短了盤纏，莊上少說也得送你一兩銀子路費。」

胡斐聽說死者叫做「萬老拳師」，心想同是武林一脈，先有幾分願意，問道：「那楓葉莊怎地如此好客？」那店夥道：「湘南幾百里內，誰不知萬老拳師慷慨仗義？不過他生前專愛結交英雄好漢，像客官不會武藝，正好乘他死後去打打秋風了。」胡斐先怒後笑，抱拳笑道：「多承指點。」問道：「那麼萬老拳師生前的英雄朋友，今天都要趕來弔喪了？」那店夥道：「誰說不是呢？客官便去開開眼界也是好的。」胡斐一聽正中下懷，接過素燭線香，逕往北去。

不出三里，果如那店夥所言，數百株楓樹環抱著一座大莊院，莊外懸著白底藍字的燈籠，大門上釘了麻布。

胡斐一進門，鼓手吹起迎賓樂曲。但見好大一座靈堂，兩廂掛滿素幛輓聯。他走到靈前，跪下磕頭，心想：「不管你是誰，總是武林前輩，受我幾個頭想來也當得起。」

他跪拜之時，三個披麻穿白的孝子跪在地下磕頭還禮。胡斐站起身來，三個孝子向他作揖致謝。胡斐也是一揖，只見三人中兩個身材粗壯，另一人短小精悍，相貌各不相同，心道：「萬老拳師這三個兒子，定然不是一母所生，多半是三個妻妾各產一子了。」回身過來，但見大廳上擠滿了弔客，一小半似是當地的鄉紳士紳，大半則是武林豪士。胡斐逐一看去，並無一個相識，鳳天南父子固不在內，那紫衣女子也無影蹤，尋思：「此間羣豪聚會，我若留神，或能聽到一些五虎門鳳家父子的消息。」

少頃開出素席，大廳與東西廂廳上一共開了七十來桌。胡斐坐在偏席，留心眾弔客的動靜。但見年老的多帶戚容哀色，年輕的卻高談闊論，言笑自若，想是夠不上跟萬老拳師有甚麼交情，也不因他逝世而悲傷了。

正瞧間，只見三個孝子恭恭敬敬的陪著兩個武官，讓向首席，坐了向外的兩個首座。兩個武官穿的是御前侍衛服色。胡斐一怔，認得這二人正是何思豪和他同伴。首席上另外還坐了三個老年武師，想來均是武林中的前輩。三個孝子坐在下首作陪。

眾客坐定後，那身材矮小的孝子站起身來，舉杯謝客人弔喪。他謝過之後，第二個孝子也謝一遍，接著第三個又謝一遍，言辭舉動一模一樣，眾客人一而再、再而三的起立還禮，不由得頗感膩煩。

胡斐正覺古怪，聽得同桌一個後生低聲道：「三個孝子一齊謝一次也就夠了，倘若萬老拳師有十個兒子，這般幹法，不是要連謝十次麼？」一個中年武師冷笑道：「萬鶴聲有一個兒子也就好了，還說十個？」那後生奇道：「難道這三個孝子不是他兒子麼？」中年武師道：「原來小哥跟萬老拳師非親非故，居然前來弔喪，這份古道熱腸，可真是難得之極了。」那後生脹紅了臉，低下頭不再說話。胡斐暗暗好笑：「此君和我一般，也是打秋風吃白食來的。」

那中年武師道：「說給你聽也不妨，免得有人問起，你全然接不上筍頭，那可臉上下不來。萬老拳師名成業就，就可惜膝下無兒。他收了三個徒弟，那身材矮小的叫做孫伏虎，是老拳師的大弟子。這白臉膛的漢子名叫尉遲連，是二弟子。紅臉膛酒糟鼻的大漢，名叫楊賓，是他的第三弟子。這三人各得老拳師之一藝，武功是很不差的，只是粗人不明禮節，是以大師兄謝了，二師兄也謝，三師弟怕失禮，跟著也來謝一次。」那後生紅著臉，點頭領教。

其實三個師兄弟各謝一次，真正的原因卻並不是粗人不明禮節。

胡斐跟首席坐得雖不甚近，但留神傾聽，盼望兩名侍衛在談話之中會提到五虎門，透露一些鳳天南父子行蹤的線索。只聽何思豪朗聲道：「兄弟奉福大帥之命，來請威震湘南的萬老拳師進京，參與天下掌門人大會，好讓少林韋陀門的武功在天下武師之前大大露臉。想不到萬老拳師一病不起，當真可惜之極了。」眾人附和嘆息。何思豪又道：「萬老拳師雖然過世，但少林韋陀門是武林中有名的宗派，掌門人不可不到。不知貴門的掌門人由那一位繼任？」

孫伏虎等師兄弟三人互視一眼，各不作聲。過了半晌，三師弟楊賓說道：「師父得的是中風之症，一發作便人事不知，是以沒留下遺言。」另一名侍衛道：「嗯，嗯。貴門的前輩尊長，定是有一番主意了。」二弟子尉遲連道：「我們幾位師伯叔散處各地，向來不通音問。」那侍衛道：「如此說來，立掌門之事，倒還得費一番周折。福大帥主持的掌門人大會，定在八月中秋，距今還有兩個月，貴門須得及早為計才好。」師兄弟三人齊聲稱是。

一名老武師道：「自來不立賢便立長，萬老拳師既無遺言，那掌門一席，自非大弟子孫師兄莫屬。」孫伏虎笑了笑，神色之間甚是得意。另一名老武師道：「立長之言是不錯的。可是孫師兄雖然入門較早，論年歲卻是這位尉遲師兄大著一歲。尉遲師兄老成精幹，韋陀門若是由他接掌，定能發揚光大，萬老拳師在天之靈，也必極為欣慰了。」尉遲連伸袖擦了擦眼，顯得懷念師父，心中悲戚。第三名老武師連連搖手，說道：「不然不然，若在平日，老朽原無話可說。但這番北京大會，各門各派齊顯神通。韋陀門掌門人如不能藝壓當場，豈不是壞了韋陀門數百年的英名？因此以老朽之見，這位掌門人須得是韋陀門中武功第一的好手，方能擔當。」這番話說得眾人連連點首，齊聲稱是。

那老武師又道：「三位師兄都是萬老拳師的得意門生，各擅絕藝，武林中人人都是十分欽佩的。不過說到出乎其類，拔乎其萃，那還是後來居上，須推小師弟楊賓了。」第一名老武師哼了一聲，道：「那也未必。武學之道，多練一年，功夫便深一年。楊師兄雖然天資聰穎，但就功力而言，那是遠遠不及孫師兄了。刀槍拳腳上見功夫，這是絲毫勉強不來的。」第二名老武師道：「說到臨陣取勝，鬥智為上，鬥力其次。兄弟雖是外人，但平心而論，足智多謀，還該推尉遲師兄。」

他三人你一句，我一句，起初言語中都還客氣，到後來漸漸面紅耳赤，聲音也越說越大。幾十桌的客人停杯不飲，聽他三人爭論。胡斐心道：「原來三個老武師都是受人之託，來作說客的，說不定還分別受了三名弟子的好處。」

弔客之中，有百餘人是韋陀門的門人，大都是萬老拳師的再傳弟子，各人擁戴自己師父，先是低聲譏諷爭辯，到後來忍不住大聲吵嚷起來。各親朋賓客或分解勸阻，或各抒己見，或袒護交好，或指斥對方，大廳上登時亂成一片。有幾個脾氣暴躁、互有心病之人，竟拍桌相罵起來，眼見便要掄刀使拳。萬老拳師屍骨未寒，門下的徒弟便要為掌門一席而同室操戈了。

那坐在首席的侍衛聽著各人爭吵，並不說話，望著萬老拳師的靈位，只是微笑，眼見各人越鬧越是厲害，突然站起身來，說道：「各位且莫爭吵，請聽兄弟一言。」眾人敬他是官，一齊住口。

那侍衛道：「適才這位老師說得不錯，韋陀門掌門人，須得是本門武功之首，這一節各位都是贊同的了？」大家齊聲稱是。那侍衛道：「武功誰高誰低，嘴巴裏是爭不出來的。刀槍拳腳一比，立時便判強弱。好在三位是同門師兄弟，不論勝負，都不會失了和氣，更不會折了韋陀門的威風。咱們便請萬老拳師的靈位主持這場比武，由他老人家在天之靈擇定掌門，倒是一段武林佳話呢。」

眾人聽了，一齊喝采，紛紛道：「這個最公平不過。」「讓大家見識見識韋陀門的絕藝。」「憑武功分勝敗，事後再無爭論。」「究竟是北京來的侍衛老爺，見識高人一等。」

那侍衛見眾人一致附和其說，神情甚是得意，說道：「同門師兄弟較藝比武，那是平常之極的事，兄弟卻要請三位當眾答允一件事。」尉遲連在師兄弟三人之中最是精明幹練，當即說道：「但憑大人吩咐，我們師兄弟自當遵從。」那侍衛道：「既是憑武功分上下，那麼武功最高的便為掌門，事後任誰不得再有異言，更起紛爭。」三人齊聲道：「這個自然。」他三人武功各有所長，常言道：「文無第一，武無第二。」各人自忖雖然並無必勝把握，但奮力一戰，未始便不能壓服兩個同門。

那侍衛道：「既是如此，大夥兒便挪地方出來，讓大家瞻仰韋陀門的精妙功夫。」眾人七手八腳搬開桌椅，在靈位前騰出老大一片空地。眼見好戲當前，各人均已無心飲食，只有少數饕餮之徒，兀自低頭大嚼。

那侍衛道：「那兩位先上?是孫師兄與尉遲師兄麼?」孫伏虎說道：「好，兄弟獻醜。」早有他弟子送上一柄單刀。孫伏虎接刀在手，走到師父靈前磕了三個頭，轉身說道：「尉遲師弟請上吧。」

尉遲連心想若是先與大師兄動手，勝了之後還得對付三師弟，不如讓他們二人先鬥個筋疲力盡，自己再來卞莊刺虎，撿個現成，於是拱手道：「兄弟武藝既不及師兄，也不及師弟，這個掌門原是不敢爭的。只是各位老師有命，不得不勉強陪師兄師弟餵招，還是楊師弟先上吧。」

楊賓脾氣暴躁，大聲道：「好，由我先上便了。」從弟子手中接過單刀，大踏步上前。他也不知該當先向師父靈位磕頭，當下立個門戶，右手持刀橫置左肩，左手成鉤，勁坐右腿，左腳虛出，乃是六合刀法的起手「護肩刀」。

少林韋陀門拳、刀、槍三絕，全守六合之法。所謂六合，「精氣神」為內三合，「手眼身」為外三合，其用為「眼與心合，心與氣合，氣與身合，身與手合，手與腳合，腳與胯合。」全身內外，渾然一體。賓客中有不少是武學行家，見楊賓橫刀一立，神定氣凝，均想：「此人武功不弱。」孫伏虎刀藏右側，左手成掌，自懷裏翻出，使一招「滾手刺扎」，說道：「師弟請！」

與胡斐同桌的那中年武師賣弄內行，向身旁後生道：「單刀看的是手，雙刀看的是走。使單刀的右手有刀，刀有刀法，左手無物，那便安頓為難。因此看一人的刀上功夫，只要瞧他左手出掌是否厲害，便知高低。你瞧孫師兄這一掌翻將出來，守中有攻，功力何等深厚？」胡斐聽他說得不錯，微微點頭。

說話之間，師兄弟倆已交上了手，雙刀相碰，不時發出叮噹之聲。那中年武師又道：「這二人刀法，用的都是『展、抹、鉤、剁、砍、劈』六字訣，法度是很不錯的。」那後生道：「甚麼叫做鑽母鉤肚？」中年武師冷笑一聲道：「刀法之中，還有鑽他媽媽，鉤你肚子麼？刀口向外叫做展，向內為抹，曲刃為鉤，過頂為砍，雙手舉刀下斬叫做劈，平手下斬稱為剁。」那後生脹紅了臉，再也不敢多問。

胡斐雖然刀法精奇，但他祖傳刀譜之中，全不提這些細緻分別，注重的只是護身傷敵諸般精妙變招，這時聽那中年武師說得頭頭是道，心道：「原來刀法之中還有這許多講究。但瞧這師兄弟倆的刀招，也無甚麼特異之處。」

眼見二人越鬥越緊，孫伏虎矯捷靈活，楊賓卻勝在腕力沉雄，一時倒也難分上下。正鬥之間，大門外突然走進一人，尖聲說道：「韋陀門的刀法，那有這等膿包的，快別現世了吧！」孫楊二人一驚，同時收刀躍開。

胡斐早已看清來人是個妙齡少女，但見她身穿紫衣，身材苗條，正是途中所遇那個騎白馬的女子。她背上負著一個包袱，卻不是自己在飯鋪中所失的是甚麼？只見她一張瓜子臉，雙眉修長，膚色雖然微黑，卻掩不了姿形秀麗，容光照人，不禁大是驚訝：「這女子年紀和我相若，難道便有一身極高武功，如此輕輕巧巧的取去包袱，竟使我絲毫不覺？」

孫楊二人聽來人口出狂言，本來均已大怒，但停刀一看，卻是個娉婷嬝娜的女郎，愕然之下，說不出話來。

那女郎道：「六合刀法，精要全在『虛、實、巧、打』四字。你們這般笨劈蠻砍，還提甚麼韋陀門？甚麼六合刀？想不到萬老拳師英名遠播，竟調教了這等弟子出來。」她聲音爽脆清亮，人人均覺動聽之至。

說這番話的如是一個漢子，孫楊二人早已發話動手，然而見這女郎纖腰削肩，宛似弱不禁風，那裏是個會武之人？但聽她說出六合刀法那「虛、實、巧、打」四字訣，卻又一點不錯，一時不知如何對答。

尉遲連走上前去，抱拳說道：「請教姑娘尊姓大名。」那女郎哼了一聲，並不回答。尉遲連道：「敝門今日在先師靈前選立掌門。請姑娘上坐觀禮。」說著右手一伸，請她就坐。

那女郎秀眉微豎，說道：「少林韋陀門是武林中有名門派，卻從這些人中選立掌門，豈不墮了無相大師以下列祖的威名？」此言一出，廳上江湖前輩都是微微一驚。原來無相大師是少林寺的得道高僧，當年精研韋陀杵和六合拳法，乃是韋陀門的開山祖師，想不到這一個弱質少女，竟也知道這件武林掌故。

尉遲連抱拳道：「姑娘奉那一位前輩之命而來？對敝門有何指教？」他一直說話客氣，但孫伏虎與楊賓早已大不耐煩，只是聽那女郎出語驚人，這才暫不發作。

那女郎道：「我自己要來便來，何必奉人之命？我和韋陀門有點兒淵源，見這裏鬧得太不成話，不得不來說幾句話。」

這時楊賓再也忍耐不住，大聲道：「你跟韋陀門有甚麼淵源？誰也不認得你是老幾。我們正有要事，快站開些，別在這兒礙手礙腳！」轉頭向孫伏虎道：「大師兄，咱哥兒倆勝敗未分，再來吧。」左步踏出，單刀平置腰際，便欲出招。

那女郎道：「這一招『橫身攔腰斬』，虛步踏得太實，凝步又站得不穩，目光不看對方，卻斜視瞧著我。錯了，錯了。」孫伏虎、尉遲連、楊賓三人均是一怔，心想：「這幾句話對門對路，正如當日師父教招的說話，莫非她真會六合刀法嗎？」

何思豪聽那女郎與尉遲連對答，一直默不作聲，這時插口說道：「姑娘來此有何貴幹？

尊師是那一位？」那女郎並不回答他的問話，卻反問道：「今日少林韋陀門選立掌門，是也不是？」何思豪道：「是啊！」那女郎又道：「只要是本門中人，誰的武功最強，誰便執掌門派，旁人不得異言，是也不是？」何思豪道：「正是！」那女郎道：「很好！我今日是搶韋陀門的掌門人來啦。」

眾人見她臉色鄭重，說得一本正經，不禁愕然相顧。何思豪見這女郎生得美麗，倒起了一番惜玉憐香之意，笑道：「姑娘若是也練過武藝，待會請你演一路拳腳，好讓大家開開眼界。現下先讓他們三位師兄弟分個高低如何？」

那女郎哼了一聲，道：「他們不必再比了，一個個跟我比便是。」她手指韋陀門的一名弟子，說道：「把刀借給我一用。」她雖年輕纖弱，但說話的神態之中自有一股威嚴，竟令人不易抗拒。那弟子稍一遲疑，將刀遞了過去，可是他並非倒轉刀柄，而是刀尖向著女郎。

那女郎伸出兩指，輕輕挾住刀背，輕輕提起，一根小指微微翹出，倒似是閨中刺繡時的蘭花手一般。

她兩指懸空提著單刀，冷然道：「是兩位一起上麼？」

楊賓雖然魯莽，但自來瞧不起女子，心想好男不與女鬥，我堂堂男子漢，豈能跟娘兒們動手？何況這女郎瘋瘋顛顛，倒有幾分邪門，還是別理她為妙，於是提刀退開，說道：「大師哥，你打發了她吧！」孫伏虎也自猶豫，道：「不，不……」

他一言未畢，那女郎叫道：「燕子掠水！」右手兩根手指一鬆，單刀下掉，手掌一沉，已抓住了刀柄，左手扶著右腕，刃口自下向上掠起，左手成鉤，身子微微向後一坐。這一刀正是韋陀門正宗的六合刀法。

孫伏虎料不到她出招如此迅捷，但這一路刀法他浸淫二十餘年，已練得熟到無可再熟，當下還了一招「金鎖墜地」。那女郎道：「關平獻印。」翻轉刀刃，向上挺舉。按理她既使了「燕子掠水」單刀自下向上，那麼接下去的第二招萬萬不該再使「關平獻印」，仍是自下向上。那知她這一招刀身微斜，舉刀過頂，突然生出奇招，刃口陡橫。孫伏虎嚇了一跳，急忙低頭。那女郎又叫道：「鳳凰旋窩！」左手倏出，在孫伏虎手腕上一擊，單刀自上向下急斬。

只聽噹的一聲，孫伏虎單刀落地，女郎的單刀卻已架在他的頸中。旁觀眾人「啊」的一下，齊聲驚呼，眼見她一刀急斬，孫伏虎便要人頭落地。那知這一刀疾揮而下，勢道極猛烈，卻忽地收住，刃口剛好與他頭頸相觸，連頸皮也不劃破半點。這手功夫真是匪夷所思。

胡斐只瞧得心中怦怦亂跳，自忖要三招之內打敗孫伏虎並不為難，但最後一刀勁力拿捏如此之準，自己只怕尚是有所不及。廳上眾人之中，本來只有他一人知道那女郎武功了得，但經此三招，人人撟舌不下。

孫伏虎頭一沉，想要避開刃鋒，豈知女郎的單刀順勢跟了下來。孫伏虎本已彎腰低頭，此時額角幾欲觸地，猶似向那女郎磕頭。他空有一身武功，利刃加頸，竟是半分動彈不得。

那女郎向眾人環視一眼，收起單刀，道：「你練過『鳳凰旋窩』這一招沒有？」孫伏虎站直身子，低頭道：「練過。」心想：「這一招我生平不知使過幾千幾萬遍，但從來沒這樣用法。」驚疑之下，心中亂成一片，提刀退開。

楊賓見那女郎三招便將大師兄制服，突然起了疑心：「莫非大師兄擺下詭計，要奪掌門，故意和這女子串通了來裝神裝鬼？」他越想越對，大聲質問道：「大師哥，你三招便讓了人家，那是甚麼意思？我韋陀門的威名也不顧了嗎？」孫伏虎驚魂未定，也不知怎地胡裏胡塗的便讓人家制在地下，一時無言可答，只是結結巴巴的道：「我……我……」楊賓怒道：「我甚麼？」提刀躍出，戟指喝道：「你這……」

只說了兩個字，眼前突見白光一閃，那女郎的單刀自下而上掠了過來，她刀法太快，竟是瞧不清楚，依稀似是一招「燕子掠水」。楊賓忙亂之中，順手還了一招「金鎖墜地」，這是他在師門中練熟了的套子。那女郎不等雙刃相交，單刀又是一舉，變為「關平獻印」，跟著斜刀橫出。楊賓嚇了一跳，大叫道：「鳳凰旋窩。」語聲未畢，只覺手腕一麻，手中單刀落地，對方的鋼刀已架在自己頸上。

那女郎這三招與適才對付孫伏虎的刀法一模一樣，只是出手更快，更是令人猝不及防，而這一刀斬下，離地不到三尺，楊賓的額頭幾欲觸及地下。

那女郎冷然道：「服不服了？」楊賓滿腔怒火，大聲道：「不服。」那女郎手上微微使勁，刀刃向下稍壓。豈知楊賓極是強項，心道：「你便是將我腦袋斬下，我額頭也不點地。」頭頸反而一挺。

那女郎無意傷他性命，將單刀稍稍提起，道：「你要怎地才肯服了？」楊賓心想她的刀法有些邪門，但真實武功決計不能勝我，於是大聲道：「你有膽子，就跟我比槍。」那女郎道：「好！」收起單刀，向借刀的弟子拋了過去，說道：「我瞧瞧你的六合槍法練得如何？」

楊賓跳起身來，他臉色本紅，這時盛怒之下，更是脹得紫醬一般，大叫道：「快取槍來，快取槍來！」一名弟子到練武廳去取了一柄槍來。楊賓大怒若狂，反手便是一個耳括子，罵道：「這女人要和我比槍法，你沒聽見麼？」這弟子給他一巴掌打得昏頭昏腦，一時會不過意來。另一名弟子怕他再伸手打人，忙道：「弟子去再拿一把。」奔入內堂，又取了一把槍來。

那女郎接過長槍，說道：「接招吧！」提槍向前一送，使的是一招「四夷賓服」。這一招是六合槍中最精妙的招數，稱為二十四式之首，其中妙變無窮，乃是中平槍法。

胡斐精研單刀拳腳，對其餘兵刃均不熟悉，向那中年武師望了一眼，目光中含有請教之意。這武師武功平平，但跟隨萬老拳師多年，對六合門的器械拳腳卻看得多、聽得多了，於是背誦歌訣道：「中平槍，槍中王，高低遠近都不妨；去如箭，來如線……」

他歌訣尚未背完，但見楊賓還了一招。那女郎槍尖向下一壓。那武師道：「這招『美人認針』，招數也還平平，她槍法只怕不及楊師兄……」突見那女郎雙手一捺，槍尖向下，已將楊賓的槍頭壓住，正是六合槍法中的「靈貓捕鼠」。這一招稱為「無中生有槍」，乃是從虛式之中，變出極厲害的家數。

只三招之間，楊賓又已被制。他力透雙臂，吼聲如雷，猛力舉槍上崩。那女郎提槍一抖，喀的一聲，楊賓槍頭已被震斷。那女郎槍尖翻起，指在他小腹之上，輕聲道：「怎麼？」

眾人的眼光一齊望著楊賓，但見他豬肝般的臉上倏地血色全無，慘白如紙，身子一顫，拍的一聲，將槍桿拋在地下，叫道：「罷了，罷了！」轉身向外急奔。他一名弟子叫道：「師父，師父！」追近身去。楊賓飛起一腿，將弟子踢了個觔斗，頭也不回的奔出大門去了。

大廳上眾人無不驚訝莫名。這女郎所使刀法槍法，確是韋陀門正宗武功。孫伏虎與楊賓都是韋陀門中著名好手，但不論刀槍，都是不過三招，便給她制得更無招架餘地。

尉遲連早收起了對那女郎的輕視之意，心中打定了主意，抱拳上前，說道：「姑娘武功精妙絕倫，在下自然不是對手，不過……」那女郎秀眉微蹙，道：「你話兒很多，我也不耐煩聽。你若是口服心服，便擁我為掌門，若是不服，爽爽快快的動手便是。」尉遲連臉上微微一紅，心道：「這女子手上辣，口上也辣得緊。」於是說道：「我師兄師弟都已服輸，在下不獻獻醜是不成的了……」

那女郎截住話頭，道：「好，你愛比甚麼？」尉遲連道：「韋陀門自來號稱拳刀槍三絕……」那女郎也真爽快，將大槍一拋，道：「唔，那你是要比拳腳了，來吧！」尉遲連道：「咱們正宗的六合拳是不用比了，我自然和姑娘差得遠，在下想請教一套赤尻……」那女郎臉色更是不豫，道：「哼，你精研赤尻連拳，那也成！」右掌一起，便向他肩頭琵琶骨上斬了下去。

原來這「赤尻連拳」也是韋陀門的拳法之一，以六合拳為根基，以猴拳為形，乃是一套近身纏鬥的小擒拿手法，每一招不是拿抓勾鎖，便是點穴打穴。尉遲連見她刀槍招數厲害，自恃這套赤尻連拳練得極是純熟，心想她武功再強，小姑娘膂力總不及我，何況貼身近戰，女孩兒家有許多顧忌之處，自己便可乘機取勝。

那女郎知道他的心意，一起手便出掌而斬。尉遲連左手揮出，想格開她右掌，順手回點肩井穴。那女郎手腕竟不與他相碰，手掌一偏，指頭已偏向左側，逕點他左胸穴道。尉遲連大喜，右掌回格，左手拿向她的腰間。那女郎右腿突然從後繞過自己左腿，砰的一腿，將他踢得直飛出去，摔在天井的石板之上，臉頰上鮮血長流。那女郎使的招式正是赤尻連拳，但竟是不容他近身。三個師兄弟之中，倒是這尉遲連受傷見血。

何思豪見那女郎武功如此高強，心中甚喜，滿滿斟了一杯酒，恭恭敬敬的送過去，說道：「姑娘藝壓當場，即令萬老拳師復生，也未必有此武功。姑娘今日出任掌門，眼見韋陀門大大興旺。實是可喜可賀。」

那女郎接過酒杯，正要放到口邊，廳角忽有一人怪聲怪氣的說道：「這位姑娘是韋陀門的麼？我看不見得吧。」那女郎轉頭往聲音來處看去，只見人人坐著，隔得遠了，不知說話的是誰，於是冷笑道：「那一位不服，請出來說話。」

隔了片刻，廳角中寂然無聲。何思豪道：「咱們話已說明在先，掌門人一席憑武功而定。這位姑娘使的是韋陀門正宗功夫，刀槍拳腳，大家都親眼見到了，可沒一點含糊。本門弟子之中，有誰自信勝得過這位姑娘的，儘可上來比試。兄弟奉福大帥之命，邀請天下英雄豪傑進京，邀到的人武藝越高，兄弟越有面子，這中間可決無偏袒啊。」說著乾笑了幾聲。

他見無人接口，向那女郎道：「眾人既無異言，這掌門一席，自是姑娘的了。武林之中，各門各派的掌門人兄弟也見過不少，可是從無一位如此年輕，如此美……咳咳，如此年輕之人，當真是英雄出在年少，有志不在年高。咱們說了半天話，還沒請教姑娘尊姓大名呢。」

那女郎微一遲疑，想要說話，卻又停口，何思豪道：「韋陀門的弟子，今天到了十之八九，待會便要拜見掌門，姑娘的大名，他們可不能不知啊。」那女郎點頭道：「你說的是。我姓袁……名叫……名叫紫衣。」何思豪武功平平，卻是見多識廣，瞧她說話的神情，心想這未必是真名，她身穿紫衫，隨口便謅了「紫衣」兩字，但也不便說破，笑道：「袁姑娘便請上坐，我這首席要讓給你才是呢。」

按照禮數，何思豪既是京中職位不小的武官，又是韋陀門的客人，袁紫衣便算接任掌門，也得在末座主位相陪。但她毫不謙遜，見何思豪讓座，當即大模大樣的在首席位上坐下了。

忽聽廳角中那怪聲怪氣的聲音哭了起來，一面哭，一面說道：「韋陀門昔年威震當世，今日怎地如此衰敗?竟讓一個乳臭未乾的女娃娃上門欺侮啊！哦哦，哇哇哇！」他哭得真情流露，倒並不是有意調侃。

袁紫衣大聲道：「你說我乳臭未乾，出來見過高低便了。」這一次她瞧清楚了發話之人，是個六十來歲的老者，身形枯瘦，留著一撇鼠尾鬚，頭戴瓜皮小帽，腦後拖著一根稀稀鬆鬆的小辮子，頭髮已白了九成。他伏在桌上，號啕大哭，叫道：「萬鶴聲啊萬鶴聲，人家說你便是死而復生，也敵不過這位如此年輕、如此貌美的姑娘，當真是佳人出在年少，貌美不可年高啊。」

他最後這幾句話，顯是譏刺何思豪的了。廳中幾個年輕人忍不住笑出聲來。只聽這老者又哭道：「武林之中，各門各派的英雄好漢兄弟也見過不少，可是從無一位如此不要臉的官老爺啊！」這兩句話一說，廳上羣情聳動，人人知他是出言正面向何思豪挑戰了。

何思豪如何忍得，大聲喝道：「有種的便滾出來，鬼鬼祟祟的縮在屋角裏做烏龜麼？」那老者仍是放聲而哭，說道：「兄弟奉閻羅王之命，邀請官老爺們到陰世大會，邀到的人官兒做得越大，兄弟越有面子啊。」何思豪霍地站起，向廳角急奔過去，左掌虛晃，右手便往老者頭頸裏抓去。那老者哭聲不停，眾人站起來看時，突然一道黑影從廳角裏直飛出來，砰的一聲，摔在當地，正是何思豪。眾人都沒瞧明白他是如何摔的。另一名侍衛見同伴失利，拔出腰刀搶上前去，廳上登時一陣大亂，但見黑影一晃，風聲響處，這侍衛又是砰的一聲摔在席前。

胡斐一直在留神那老者，見他摔跌這兩名侍衛手法乾淨利落，使的便是尉遲連與袁紫衣適才過招的「赤尻連拳」，看來這老者也是韋陀門的，只是他武功高出尉遲連何止倍蓰，定是他們本門的名手。他對清廷侍衛素無好感，見這二人摔得狼狽，隔了好一陣方才爬起，心中暗自高興。

袁紫衣見到了勁敵，離席而起，說道：「你有何見教，爽爽快快的說吧，我可見不得人裝神弄鬼。」那老者從廳角裏緩緩出來，臉上仍是一把眼淚一把鼻涕。袁紫衣見他面容枯黃，顴骨高起，雙頰深陷，倒似是個陳年的癆病鬼，但雙目炯炯有神，當下不敢怠慢，凝神以待。

那老者不再譏刺，正色說道：「姑娘，你不是我門中人。韋陀門跟你無冤無仇，你何苦來拆這個檔子？」袁紫衣道：「難道你便是韋陀門的？你姓甚麼？叫甚麼名字？」那老者道：「我姓劉，名叫劉鶴真。『韋陀雙鶴』的名頭你聽見過麼？我若不是韋陀門的弟子，怎能與萬鶴聲合稱『韋陀雙鶴』？」

「韋陀雙鶴」這四個字，廳上年歲較大之人倒都聽見過的，但大半只認得萬鶴聲，都知他為人任俠好義，江湖上聲名甚好，另一隻「鶴」是誰，就不大了然。這時聽這個糟老頭兒自稱是「雙鶴」之一，又親眼見他一舉手便將兩個侍衛打得動彈不得，一時羣相注目，竊竊私議。只是誰都不知他的底細，也說不出一個所以然來。

袁紫衣搖頭道：「甚麼雙鶴雙鴨，沒聽見過。你要想做掌門，是不是？」劉鶴真道：「不是，不是，千萬不可冤枉。我是師兄，萬鶴聲是師弟。我要做掌門，當年便做了，何必等到今日？」袁紫衣小嘴一扁，道：「哼，胡說八道，誰信你的話？那你要幹甚麼？」劉鶴真道：「第一，韋陀門的掌門，該由本門真正的弟子來當。第二、不論誰當掌門，不許趨炎附勢，到京裏結交權貴。我們是學武的粗人，鄉巴老兒，怎配跟官老爺們交朋友哪？」他一雙三角眼向眾人橫掃了一眼，說道：「第三、以武功定掌門，這話先就不通。不論學文學武，都是人品第一。若是一個卑鄙小人武功最強，大夥兒也推他做掌門麼？」

此言一出，人羣中便有許多人暗暗點頭，覺得他雖然行止古怪，形貌委瑣，說的話倒頗有道理。

袁紫衣冷笑道：「你這第一、第二、第三，我一件也不依，那便怎樣？」劉鶴真道：「那又能怎樣了？只好讓我幾根枯瘦精乾的老骨頭，來挨姑娘的粉拳罷啦！」

胡斐見二人說僵了便要動手，他自長成以來，遊俠江湖，數見清廷官吏欺壓百姓，橫暴貪虐，心中素來恨惡，這時見劉鶴真公然折辱清廷侍衛，言語之中頗有正氣，暗暗盼他得勝。只是那紫衣少女出手敏捷，實是個極厲害的好手，生怕劉鶴真未必敵得她過。

袁紫衣神色傲慢，竟是全不將劉鶴真放在眼內，冷然說道：「你要比拳腳呢，還是比刀槍？」劉鶴真道：「姑娘既然自稱是少林韋陀門的弟子，咱們就比韋陀門的鎮門之寶。」袁紫衣道：「甚麼鎮門之寶？說話爽爽快快，我最討厭兜著圈子磨耗。」劉鶴真仰天打個哈哈，道：「連本門的鎮門之寶也不知道，怎能擔當掌門？」

袁紫衣臉上微露窘態，但這只是一瞬間之事，立即平靜如恆，道：「本門武功博大精深，練到最高境界，即令是最平常的一招一式，也能橫行天下。六合刀也好，六合槍也好，那一件不是本門之寶？」

劉鶴真不禁暗自佩服，她明明不知本門的鎮門之寶是甚麼武功，然而這番話冠冕堂皇，令人難以辯駁，想來本門弟子人人聽得心服，於是左手摸了摸上唇焦黃的髯髭，說道：「好吧，我教你一個乖。本門的鎮門之寶，乃是天罡梅花樁。你總練過吧？」

袁紫衣冷笑道：「嘿嘿，這也算是甚麼寶貝了？我教你一個乖。武功之中，越是大路平實的，越是貴重有用。甚麼梅花樁，尖刀陣，這些花巧把式，都是嚇唬人、騙孩子的玩意兒。不過不跟你試試，諒你心中不服。你的梅花樁擺在那兒？」

劉鶴真拿起桌上一隻酒碗，仰脖子喝乾，隨手往地下一摔。眾人都是一怔，均想這一下定是嗆啷一響，打得粉碎，那知他這一摔勁力用得恰到好處，酒碗在地下輕輕一滑，下掉的力道登時消了，平平穩穩的合在廳堂的方磚之上，竟是絲毫無損。他一摔之後，隨即又拿起第二隻酒碗往地下摔去，雙手接連不斷，倘是空碗，便順手拋出，碗中若是有酒，不論是滿碗還是半碗，都是一口喝乾。

片刻之間，地下已佈滿了酒碗，共是三十六隻碗散置覆合。眾人見他摔碗的手法固然巧勁驚人，而酒量也是大得異乎尋常，這一番連喝連擲，少說也喝了十二三碗烈酒。但見他酒越喝得多，臉色越黃，身子一晃，輕飄飄縱出，右足虛提，左足踏在一隻酒碗的碗底，雙手一拱，說道：「領教。」

袁紫衣實不知這天罡梅花樁是如何練法，但仗著輕功造詣甚高，心下並不畏懼，左足一點，也躍上了一隻酒碗的碗底。她逕自站在上首，雙手微抬，卻不發招，要瞧對方如何出手，這才隨機應變，只是見了他摔擲酒碗這番巧勁，知他與孫伏虎等不可同日而語，已無半分輕敵之意。

劉鶴真右足踏上一步，右拳劈面向袁紫衣打到，正是六合拳「三環套月」中的第一式。袁紫衣見對方拳到，自食指以至小指，四指握得參差不齊，生出三片稜角，知道這三角拳法用以擊打人身穴道，此人自是打穴好手，當下左足斜退一步，還了一招六合拳中的「裁錘」，右手握的也是三角拳。

劉鶴真見她身法、步法、拳法、外形，無一不是本門正宗功夫，但適才折服孫伏虎等三人，所使變化心法，絕非本門所傳，只不過其中差異，若非本門的一流高手卻也瞧不出來，心中又是驚異，又是惱怒，當下踏上左步，擊出一招「反躬自省」。這一拳以手背擊人，在六合拳中稱為「苦惱拳」，因拳法極難，練習之際苦惱異常，故有此名。

這苦惱拳練至具有極大威力，非十餘年以上功力不辦，袁紫衣無此修為，於是避難趨易，還了一招「捽手穿掌」，右手出的是捽碑手，左手出的是柳葉掌，那也是六合拳中的正宗功夫。

兩人在三十六隻酒碗碗底之上盤旋來去，使的都是六合拳法。在這天罡梅花樁上動手過招，要旨是搶得中樁，將敵手逼至外緣，如是則一有機會，出手稍重，敵手無路可退，只有跌落樁下。劉鶴真自幼便對這路武功深有心得，在這樁上已苦練數十年，左右進退，每一步踏下去實無分毫之差，數招之間，便已搶得中樁，於是拳力逐步加重。他知這少女年紀雖輕，武功實得高人傳授，卻也不敢貿然進犯，心想只要守住中樁，便已穩操勝算。

袁紫衣與孫伏虎、尉遲連等動手，雖說是三招取勝，其實在第一招中已是制敵機先，但此時在梅花樁上與劉鶴真比拳，每一掌每一拳擊將出去，均遇到極重極厚的力道反擊。她足底踏的是酒碗，只要著力稍重，酒碗立破，這場比武便算是輸了，因此上一沾即走，從無一招敢稍稍用老，眼見敵人守得極穩，難以撼動，只得以上乘輕功點踏酒碗，圍著對手身周遊動，只盼找到敵方破綻。兩人拆到三十餘招，一套六合拳法的招數均已使完，但見劉鶴真瘦瘦的身形屹立如山，拳風漸響，顯見勁力正自加強。

各門武功之中，均有樁上比武之法，只是樁子卻變異百端，或豎立木樁，或植以青竹，或疊積磚石，甚至是以利刃插地，但這般在地下覆碗以代梅花樁，廳上眾武師卻從未見過。

劉鶴真這三十六隻碗似乎散放亂置，並非整整齊齊的列成梅花之形，但其中自有規範，他早已習練純熟，即使閉目而鬥，也是一步不會踏錯。袁紫衣卻是每一步都須先向地下一望，瞧定酒碗方位，這才出足。如此時候一長，拳腳上竟是漸落下風。

劉鶴真心中暗喜，拳法漸變，右手三角拳著著打向對方身上各處大穴，左手苦惱拳卻以厚重之力，攔封橫鬥，使的全是截手法。袁紫衣眼見不敵，左手斗然間自掌變指，倏地向前刺出，竟是六合槍法中的「四夷賓服」。劉鶴真吃了一驚，不及思索，急忙側身避過，豈知袁紫衣右手橫斬，出招是六合刀法中的一招「鉤掛進步連環刀」。劉鶴真想不到她拳法竟會一變而成刀法，微一慌亂，肩頭已被斬中。他肩頭急沉，於瞬息之間將斬力卸去了八成，跟著還擊一拳。袁紫衣左手「白猿獻桃」自下而上削出，那是雙手都使刀法，所用的不但是單刀，且是雙刀了。

這一下掌刀斬至，劉鶴真再難避過，砰的一響，脅下中掌，身子一晃，跌下碗來。

胡斐在旁瞧得明白，心想這位武學高手如此敗於對方怪招之下，大是可惜，隨手抓起席上兩隻空酒碗，學著劉鶴真的手法，向地下斜摔過去。兩隻酒碗輕輕一滑，正好停在劉鶴真的腳下。

劉鶴真這一跌下梅花樁來，只道已然敗定，猛覺得腳底多了兩隻酒碗，一怔之下，已知有高人自旁暗助。眾人目光都集於相鬥的兩人，胡斐輕擲酒碗，竟沒一人留意。

袁紫衣以指化槍，以手變刀，出的雖然仍是六合槍、六合刀的功夫，但是韋陀門之中，從無如此怪異的招數。劉鶴真驚疑不定，抱拳說道：「姑娘武功神妙，在下從所未見，敢問姑娘是那一門那一派高人所授？」袁紫衣道：「哼，你定然不認我是本門弟子。也罷，倘若我只用六合拳勝你，那便怎地？」

劉鶴真正要她說這句話，恭恭敬敬的答道：「姑娘如真用本門武功折服在下，那是光大本門的天大喜事。小老兒便是跟姑娘提馬鞭兒，也所甘願。」他適才領教了袁紫衣的武功，狂傲之氣登斂，跟著轉頭向胡斐那方位拱手說道：「小老兒獻醜。」這一拱手是相謝胡斐擲碗之德，他雖不知援手的是誰，但知這兩隻酒碗是從該處擲來。

袁紫衣當劉鶴真追問她門派之時，已想好了勝他之法，見劉鶴真抱拳歸一，踏步又搶中椿，當即出一招「滾手虎坐」，使的果然是六合拳正路武功。

數招一過，劉鶴真又漸搶上風。此時他出拳抬腿之際，比先前更加了一分小心謹慎，生怕她在拳招之中又起花樣，再拆數招，見對方拳法無變，心中略感寬慰，眼見她使的是一招「打虎式」，當即右足向前虛點，出一招「烏龍探海」，突覺右腳下有些異樣，眼光向下一瞥，不由得一驚。只見本來合覆著的酒碗，不知如何這時竟轉而仰天。幸好他右足只是虛點，這一步若是踏實了，勢必踏在碗心，酒碗固然非破不可，同時身子向前一衝，焉得不敗？

他一驚之下，急忙半空移步，另踏一碗，身子晃動，背上已出了一身冷汗。斜眼看時，只見袁紫衣左足提起時將酒碗輕輕帶起，也不知她足底如何使勁，放下時那酒碗已翻了過來。她左足順勢踏在碗口，右足提起，又將另一隻酒碗翻轉，這一手輕功自己如何能及？心想：「只有急使重手，乘著她未將酒碗盡數翻轉，先將她打下樁去。」當下催動掌力，加快進逼。那知袁紫衣不再與他正面對拳，只是來往遊走，身法快捷異常，在碗口上一著足立即換步，竟無霎時之間停留，片刻之間，已將三十八隻酒碗翻了三十六隻，只剩下劉鶴真雙腳所踏的兩隻尚未翻轉。若不是胡斐適才擲了兩隻碗過去，他是連立足之處也沒有了。

當此情勢，劉鶴真只要一出足立時踏破酒碗，只有站在兩隻酒碗之上，不能移動半步，呆立少時，臉色淒慘，說道：「是姑娘勝了。」舉步落地，臉上更是黃得宛如金紙一般。

袁紫衣大是得意，問道：「這掌門是我做了吧？」劉鶴真黯然道：「小老兒是服了你啦，但不知旁人有何話說？」袁紫衣正要發言詢問眾人，忽聽得門外馬蹄聲急促異常，向北疾馳。

聽這馬蹄落地之聲，世間除了自己的白馬之外，更無別駒。她臉色微變，搶步出門，只見白馬的背影剛在楓林邊轉過，馬背上騎著一個灰衣男子，正是自己偷了他包袱的胡斐。

她縱聲大叫：「偷馬賊，快停下！」胡斐回頭笑道：「偷包賊，咱們掉換了吧！」說著哈哈大笑，策馬急馳。

袁紫衣大怒，提氣狂奔。她輕功雖然了得，卻怎及得上這匹日行千里的快馬？奔了一陣，但見人馬的影子越來越小，終於再也瞧不見了。

這一個挫折，將她連勝韋陀門四名好手的得意之情登時消得乾乾淨淨。她心下氣惱，卻又奇怪：「這白馬大有靈性，怎能容這小賊偷了便跑，毫不反抗？」

她奔出數里，來到一個小鎮，知道再也趕不上白馬，要待找家茶鋪喝茶休息，忽聽得鎮頭一聲長嘶，聲音甚熟，正是白馬的叫聲。她急步趕去，轉了一個彎，但見胡斐騎著白馬，回頭向她微笑招手。

袁紫衣大怒，隨手拾起一塊石子，向他背心投擲過去。胡斐除下頭上帽子，反手一兜，將石子兜在帽中，笑道：「你還我包袱不還？」袁紫衣縱身向前，要去搶奪白馬，突聽呼的一響，一件暗器來勢勁急，迎面擲將過來。

她伸左手接住，正是自己投過去的那塊石子，就這麼緩得一緩，只見胡斐雙腿一夾，白馬奔騰而起，倏忽已在十數丈外。

袁紫衣怒極，心想：「這小子如此可惡。」她不怪自己先盜人家包袱，卻惱他兩次戲弄，只恨白馬腳程太快，否前追上了他，奪還白馬不算，不狠狠揍他一頓，也真難出心頭之氣。只見一座屋子簷下繫著一匹青馬，她不管三七二十一，奔過去解開韁繩，飛身而上，向胡斐的去路疾追，待得馬主驚覺，大叫大罵的追出來時，她早已去得遠了。

袁紫衣雖有坐騎，但說要追上胡斐，卻是休想，一口氣全出在牲口身上，不住的亂鞭亂踢。那青馬其實已是竭盡全力，她仍嫌跑得太慢。馳出數里，青馬呼呼喘氣，漸感不支。將近一片樹林，只見一棵大松樹下有一件白色之物，待得馳近，卻不是那白馬是甚麼？

她心中大喜，但怕胡斐安排下詭計，引自己上當，四下裏一望，不見此人影蹤，這才縱馬往松樹下奔去。離那白馬約有數丈，突見松樹上一個人影落了下來，正好騎在白馬背上，哈哈大笑，說道：「袁姑娘，咱們再賽一程。」這時袁紫衣那再容他逃脫，雙足在馬鐙上一登，身子斗地飛起，如一隻大鳥般向胡斐撲了過去。

胡斐料不到她竟敢如此行險，在空中飛撲而至，若是自己擊出一掌，她在半空中如何能避？當即一勒馬韁，要坐騎向旁避開。豈知白馬認主，口中低聲歡嘶，非但不避，反而向前迎上兩步。

袁紫衣在半空中右掌向胡斐頭頂擊落，左手往他肩頭抓去。胡斐一生之中，從未和年輕女子動過手，這次盜她白馬，一來認得這是趙半山的坐騎，要問她一個明白，二來怪她取去自己包袱，顯有輕侮之意，要小小報復一下，但突然見她當真動手，不禁臉上一紅，身子一偏，躍離馬背，從她身旁掠過，已騎上了青馬。

二人在空中交差而過。胡斐右手伸出，潛運指力，扯斷她背上包袱的繫繩，已將包袱取在手中。袁紫衣奪還白馬，餘怒未消，又見包袱給他取回，叫道：「小胡斐，你怎敢如此無禮？」胡斐一驚，問道：「你怎知我名字？」袁紫衣小嘴微扁，冷笑道：「趙三叔誇你英雄了得，我瞧也稀鬆平常。」

胡斐聽到「趙三叔」三字，心中大喜，忙道：「你識得趙半山趙三哥麼？他在那裏？」袁紫衣俏臉上更增了一層怒氣，喝道：「姓胡的小子，你敢討我便宜？」胡斐愕然道：「我討甚麼便宜了？」袁紫衣道：「怎麼我叫趙三叔，你便叫趙三哥，這不是想做我長輩麼？」

胡斐自小便生性滑稽，伸了伸舌頭，笑道：「不敢，不敢！你當真叫他趙三叔？」袁紫衣道：「難道騙你了？」胡斐將臉一板，道：「好，那我便長你一輩。你叫我胡叔叔吧，喂，紫衣，趙三哥在那裏啊？」

袁紫衣卻從來不愛旁人開她玩笑，她雖知胡斐與趙半山義結兄弟，乃是千真萬確之事，只見他年紀與自己相若，卻厚起臉皮與趙半山稱兄道弟，強居長輩，更是有氣，刷的一聲，從腰間抽出一條軟鞭，喝道：「這小子胡說八道，我教訓教訓你。」

胡斐見她這條軟鞭乃銀絲纏就，鞭端有一枚小小金球，模樣甚是美觀。她將軟鞭在空中揮了個圈子，太陽照射之下，金銀閃爍，變幻奇麗。她本想下馬和胡斐動手，但一轉念間，怕胡斐詭計多端，又要奪馬，於是催馬上前，揮鞭往胡斐頭頂擊落。這軟鞭展開來有一丈一尺長，繞過胡斐身後，鞭頭彎轉，金球逕自擊向他背心上的「大椎穴」。

胡斐上身一彎，伏在馬背，只道依著軟鞭這一掠之勢，鞭子必在背脊上掠過。猛聽得風聲有異，知道不妙，左手抽出單刀，不及回頭瞧那軟鞭來勢，隨手一刀反揮，噹的一聲，單刀與金球相撞，已將袁紫衣的軟鞭反盪了開去。

原來她軟鞭掠過胡斐背心，跟著手腕一沉，金球忽地轉向，打向他右肩的「巨骨穴」。她眼見胡斐伏在馬背，祇道這一下定已打中他的穴道，要叫他立時半身麻軟。那知他聽風出招，竟似背後生了眼睛，刀鞭相交，祇震得她手臂微微酸麻。

胡斐抬起頭來，嘻嘻一笑，心中卻驚異這女郎的武功好生了得，她以軟鞭鞭梢打穴，已是武學中十分難得的功夫，何況中途變招，將一條又長又軟的兵刃使得宛如手指一般，擊打穴道，竟無毫釐之差，同時不禁暗自慚愧，幸好她打穴功夫極其高強，自己才不受傷。

原來他雖見袁紫衣連敗韋陀門四好手，武功高強，但仍道她藝不如己，對招之際，不免存了三分輕視之心，豈知她軟鞭打穴，過背迴肩，著著大出於自己意料之外，適才反手這一刀，料定她是擊向自己巨骨穴，這才得以將她鞭梢盪開，若是她技藝略差，打穴稍有不準，這一刀自是砍不中她鞭梢，那麼自己背上便會重重吃了一下，雖然不中穴道，一下劇痛勢必難免。

袁紫衣但見他神色自若，實不知他心中已是大為吃驚，不由得微感氣餒，長鞭在半空中一抖，吧的一聲爆響，鞭梢又向他頭上擊去。

胡斐心念一動：「我要向她打聽趙三哥的消息，眼見這姑娘性兒高傲，若不佔些便宜，怎肯明白跟我說出？說不得，瞧在趙三哥面上，便讓她一招。」見鞭梢堪堪擊到頭頂，將頭向左一讓，這一讓方位是恰到好處，時刻卻略遲一霎之間，但聽得波的一聲，頭上帽子已被鞭梢捲下。胡斐雙腿一夾，縱馬竄開丈許，還刀入鞘，回頭笑道：「姑娘軟鞭神技，胡斐佩服得很。趙三哥他身子可好？他眼下是在回疆呢還是到了中原？」

他若是真心相讓，袁紫衣勝了這一招，心中一得意，說不定便將趙半山的訊息相告。偏生他年少氣盛，也是個極好勝之人，這一招讓是讓了，卻讓得太過明顯，待她鞭到臨頭，方才閃避，而帽子被捲，臉上不露絲毫羞愧之色，反而含笑相詢，簡直有點長輩戲耍小輩模樣。袁紫衣早已一眼看出，冷然道：「你故意相讓，當我不知道麼？帽子還你吧！」說著長鞭輕輕一抖，捲著帽子往他頭上戴去。

胡斐心想：「她若能用軟鞭又將帽子給我戴上，這分功夫也就奇妙得緊。我如伸手去接，反而阻了她的興頭。」於是含笑不動，瞧她是否真能將這丈餘長的銀絲軟鞭，運用得如臂使手。但見鞭梢捲著帽子，順著他胸口從下而上兜將上來，祗因上勢太慢，將與他臉平之時，鞭梢上兜的勁力已衰，鞭尾一軟，帽子下落。胡斐忙伸手去接，突見眼前白光一閃，心知不妙，只聽拍的一響，眼前金星亂冒，半邊臉頰奇痛透骨。他知已中了暗算，立即右足力撐，左足一鬆，人已從左方鑽到了馬腹之下，但聽得拍的一響，木屑紛飛，馬鞍已被軟鞭擊得粉碎，那馬吃痛哀嘶。

胡斐在馬腹底避過她這連環一擊，順勢抽出單刀，待得從馬右翻上馬背，單刀已從左手交向右手，右頰兀自劇痛，伸手一摸，只見滿手鮮血，這一鞭實是打得不輕。

袁紫衣冷笑道：「你還敢冒充長輩麼？姑娘這一鞭若不是手下留情，不打下你十七八顆牙齒才怪。」

這句話倒非虛語，她偷襲成功，這一鞭倘是使上全力，胡斐顴骨非碎不可，左邊牙齒也勢必盡數打落，但饒是如此，已是他藝成以來從所未有之大敗，不由得怒火直衝，圓睜雙目，舉刀往她肩頭直劈下去。袁紫衣心中微感害怕，知道對手實非易與，這一次他吃了大虧，動起手來定然全力施為，於是舞動長鞭，勁透鞭梢，將胡斐擋在兩丈之外，要教他欺不近身來。

就在此時，只聽得大路上鸞鈴響動，三騎馬緩緩馳來，見到有人動手，一齊駐馬而觀。胡斐和袁紫衣同時向三人望了一眼，只見兩個穿的是清廷侍衛服色，中間一人穿的是常服，身材魁偉，約莫四十來歲年紀。

鞭長刀短，兵刃上胡斐先已吃虧，何況他騎的又是一匹受了傷的劣馬。袁紫衣的坐騎卻是神駿無倫，她騎術又精，竟似從小便在馬背上長大一般，因此拆到十招以外，胡斐仍是欺不近身去。

他刀法一變，正要全力搶攻，忽聽得一個侍衛說道：「這女娃子模樣兒既妙，手下也很來得啊。」另一個侍衛笑道：「曹大哥你若是瞧上了，不如就伸手，別讓這小子先得了甜頭。」那姓曹的侍衛仰天哈哈大笑。

胡斐惱這兩人出言輕薄，怒目橫了他們一眼。袁紫衣乘隙揮鞭擊到，胡斐頭一低，從軟鞭底下鑽進，搶前數尺。只見袁紫衣纖腰一扭，那白馬猛地向左疾衝。

這一下去勢極快，但見銀光閃爍，那姓曹的侍衛肩上已重重吃了一鞭。她迴鞭抽向胡斐頭頂，胡斐橫刀架開。那白馬已在另一名侍衛身旁掠過，只見她素手一伸，已抓住那侍衛後頸「天柱穴」。那白馬一衝之勢力道奇大，她並不使力，順手已將那侍衛拉下馬來，摔在地下。她也不回身，長鞭從肩頭甩過，向後抽擊第三個大漢。

這四下兔起鶻落，迅捷無倫，胡斐心中不禁暗暗喝了聲采，心想這大漢雖然未出一聲，但既與這兩名侍衛結伴同行，少不免也要受一鞭無妄之災。那知道這大漢只是一勒馬頭，空手竟來抓她銀鞭的鞭頭。

袁紫衣見他出手如鉤，竟是個勁敵，當即手腕一振，鞭梢甩起，冷笑道：「閣下可是去京師參與掌門人大會麼？」

那大漢一愕，道：「姑娘何以知道？」袁紫衣道：「瞧你模樣，稍稍有點掌門人的味兒。你叫甚麼名字，是那一門那一派的掌門？」這兩句話問得無禮之極，那大漢哼了一聲，並不理會。那姓曹的侍衛狼狽爬起，大叫道：「藍師父，教訓教訓這臭女娃子！」

袁紫衣腿上微微使勁，白馬斗地向那姓曹的侍衛衝去。白馬這一下突然發足，直是教人出其不意。姓曹侍衛大駭，急忙向左避讓，袁紫衣的銀鞭卻已打到背心。那大漢見情勢急迫，抽出腰中短劍，一招「攔腰取水四門劍」，以斜推正，已將鞭梢撥開。

袁紫衣足尖點著踏鐙輕輕向後一推，白馬猛地後退數步。這馬疾趨疾退，竟是同樣的迅捷。那大漢高聲喝采：「好馬！」

袁紫衣冷笑道：「我道是誰，原來是廣西梧州八仙劍的掌門人藍秦。」

這大漢正是藍秦，眼見這少女不過二十左右年紀，容色如花，雖然出手迅捷，但能有多大江湖閱歷，怎地只見一招，便道出自己的姓名身分？他心中驚詫，一面卻也不禁得意，暗道：「藍某雖然僻處南疆，居然連一個年輕少女也知我威名。」微微一笑，問道：「姑娘怎知在下姓名？」袁紫衣道：「我正要找你，在這裏撞見，那是再好也沒有。」藍秦更感奇怪，心想我和你素不相識啊，問道：「姑娘高姓大名，找藍某有何指教？」袁紫衣道：「我叫你不用上京去啦，由我代你去便是。」藍秦更是摸不著頭腦，問道：「此話怎講？」袁紫衣道：「哼，這還不明白？我叫你把八仙劍的掌門之位讓了給我！」

藍秦聽她言語無禮，不由得大是惱怒，但適才見她連襲四人，手法巧妙之極，連自己也沒瞧清，否則便能護住身旁侍衛，不讓他如此狼狽的摔下馬來。他生性謹細，心想她口出大言，必有所恃，當下卻不發作，抱拳說道：「姑娘尊姓大名？令師是誰？」

袁紫衣道：「我又不跟你套交情，問我姓名幹麼？我師父的名頭更加不能說給你知。我師父曾跟你有一面之緣。若是提起往事，我倒不便硬要你讓這掌門之位了。」

藍秦眉頭緊蹙，想不起相識的武林名宿之中，有那一位是使軟鞭的能手。

兩名侍衛一個吃了一鞭，一個被扯下馬，自是均極惱怒。他們一向橫行慣了的，吃了這虧那肯就此罷休？兩人齊聲唿哨，一個馬上，一個步下，同時向袁紫衣撲去。兩人手中本來空著，當下一個拔刀，一個便伸手去抽腰中長劍。

袁紫衣軟鞭晃動，拍的一響，拔刀的侍衛右腕上已重重吃了一記。他手指抓住刀柄，但覺手腕劇痛入骨，再也無力拔出腰刀。袁紫衣這銀絲軟鞭又長又細，與一般軟鞭大不相同，一招打中那侍衛的手腕，鞭梢毫不停留，快如電光石火般一吐，又已捲住了那姓曹侍衛的劍柄，順勢上提。這一下真是快得出奇，比那侍衛伸手去握劍還要搶先一步。姓曹的但見銀光一閃，自己手指尚未碰到劍柄，劍已出鞘，大駭之下，急忙揮手外甩，饒是如此，劍鋒已在他手掌心劃過，登時鮮血淋漓。

袁紫衣軟鞭一振，長劍激飛上天，竟有數十丈高，她將軟鞭纏回腰間，便如紫衣外繫了一條銀色絲縧，旁人一瞥之下，那知這是一件厲害兵刃？她並不抬頭看劍，卻向藍秦問道：「你這掌門之位到底讓是不讓？」

藍秦正仰頭望著天空急落而下的長劍，聽她說話，隨口道：「甚麼？」袁紫衣道：「我要你讓這八仙劍掌門之位。」這時長劍已落到她跟前，袁紫衣一面說話，一面聽風辨器，一伸手便抓住了劍柄。長劍從數十丈高處落將下來，勢道何等凌厲，何況這劍除了劍柄之外，通身是鋒利的刃口，她竟眼角也沒斜一下，隨隨便便就拿住了劍柄。

這一手功夫不但藍秦大為震驚，連旁觀的胡斐也暗自佩服，心想：「她適才奪了少林韋陀門的掌門，何以又要奪八仙劍的掌門？」但見她正當妙齡，武功卻如此了得，生平除趙半山外，從未見過如此武學的高手，心中一起讚佩之意，臉上的鞭傷似乎也不怎麼疼痛了。

藍秦見她露了這手絕技，更不敢貿然從事，想用言語套問出她的底細，說道：「姑娘這手聽風辨器的功天，似是山西佟家的絕藝啊。」袁紫衣一笑，道：「你眼光倒好。那麼我這手擲劍上天的功夫呢？」說著右手一揮，長劍又飛向天空。這一次卻不是劍尖向上的直昇，而是一路翻著觔斗，舞成個銀色光圈，冉冉上升，雖然去勢不急，但形狀特異，蔚為奇觀。

藍秦抬頭觀劍，猛聽得風聲微動，身前有異，急忙一個倒縱步退開丈許，只見金光一閃，袁紫衣銀絲軟鞭上的小金球剛從自己腰間掠過，若不是見機得快，身上佩劍又已被她搶去。

原來袁紫衣知他武功高出兩個侍衛甚多，是以故意擲劍成圈，引開他的目光，再突然出手搶劍，那知還是給他驚覺避開。她心中連叫可惜，藍秦卻已暗呼慚愧。他雄霸西南，門徒遍及兩廣雲貴，二十年來從未遇到挫折，想不到這樣一個黃毛丫頭今日竟來如此輕侮於己，這時再也難以忍耐，刷的一聲，長劍出手，叫道：「好，我便領教姑娘的高招。」

這時空中長劍去勢已盡，筆直下墮。袁紫衣軟鞭甩上，鞭頭捲住劍柄，倏地向前一送，長劍疾向藍秦當胸刺來。兩人相隔幾及兩丈，但一霎之間，劍尖距他胸口已不及一尺，就如一條丈許長的長臂抓住劍柄，突然向他刺到一般。這一招藍秦又是出其不意，一驚之下，急忙橫劍封擋。

袁紫衣叫道：「湘子吹簫！」藍秦這一招正是八仙劍法中的「湘子吹簫」。八仙劍在西南各省甚為盛行，他想你識得我的招數有何希罕，要瞧你是否擋得住了，雙眉一揚，喝道：「是『湘子吹簫』便怎地？」袁紫衣道：「陰陽寶扇！」一語未畢，軟鞭捲著長劍，向他左胸右胸分刺一劍，正是八仙劍的正宗劍法「漢鍾離陰陽寶扇」。

藍秦又是一驚，心想她會使八仙劍法並不出奇，奇在以軟鞭送劍，居然力透劍尖，刃直如矢，當下踏上一步，要待搶攻，心想她以軟鞭使劍，劍上力道虛浮，只要雙劍一交，還不將她長劍擊下地來。那知他長劍一提，手勢剛起，還未出招，袁紫衣叫道：「采和獻花！」忽地收轉軟鞭。此時鞭上勢道已完，長劍下落，她左手接劍，右手持鞭，笑吟吟的望著對手。

藍秦又給她叫破一招，暗想鞭長劍短，馬高步低，自己雙重不利，何況她怪招百出，一味戲耍糾纏，自己只要稍有疏神，著了她的道兒，豈非一世威名付於流水？當下按劍橫胸，正色說道：「如此兒戲，那算甚麼？姑娘倘若真以八仙劍賜招，在下便奉陪走走。」

袁紫衣道：「好，若不用正宗八仙劍法勝你，諒你也不甘讓那掌門之位。」說著一躍下馬，便在下馬之時，已將軟鞭纏回腰間。

藍秦劍尖微斜，左手揑個劍訣，使的是半招「鐵拐李葫蘆繫腰」，只待對手出劍，下半招立時發出。

袁紫衣長劍一抖，待要進招，回眸朝胡斐望了一眼，向藍秦道：「跟你比試一下不打緊，我這寶馬可別讓馬賊盜了去。」胡斐道：「當你跟人動手之時，我不打你這馬兒的主意便是。」袁紫衣道：「哼，小胡斐詭計多端，誰信了他誰便上當。」左手拉住馬韁，嗤的一劍，金刃帶風，一招「張果老倒騎驢」斜斜刺出。

藍秦見她左手牽馬，右手使劍，暗想這是你自己找死，可怪不得旁人，當即「撥雲見日」、「仙人指路」、「魁星點元」，拆了一招卻還了兩劍。

袁紫衣見他劍招凌厲，臉上雖是仍含微笑，心中卻登時收起輕視之意，暗想師父所言非虛，八仙劍法果是劍中一絕，此人使將出來，比我的功力可要深厚得多了，於是也以八仙劍法見招拆招。她左手拉著馬韁，既不能轉身搶攻，也難以大縱大躍，自是諸多受制。但她門戶守得甚是嚴密，藍秦卻也找不到破綻，只見她所使劍法果是本門嫡派，不由得暗暗稱異，心想本門之中，怎能出了如此人物？

鬥劍之處，正當衡陽南北來往的官道大路，兩人祇拆得十餘招，北邊來了一隊推著小車的鹽販，跟著南邊大道上也來了幾輛騾車。眾商販眼見路上有人相鬥，一齊停下觀看。不多時南北兩端又到了些行旅客商。眾人一來見鬥得熱鬧，二來畏懼兩個朝廷武官，都候在路上靜靜旁觀。

又鬥一陣，藍秦已瞧出對方雖然學過八仙劍術，但劍法中許多精微奧妙之處，卻並未體會得到，祇是她武功甚雜，每到危急之際，便突使一招似是而非的八仙劍法，將自己的殺著化解了開去，因此一時倒也不易取勝。他見旁觀者眾，對手非但是個少女，而且左手牽馬，顯是以半力與自己周旋，縱使和她打成平手，也已沒臉面上京參與掌門人之會了，當下催動劍力，將數十年來鑽研而得的心法一招招使將出來。旁觀眾人見他越鬥越勇，劍光霍霍，繞著袁紫衣身周急攻，不由得都為她擔心。祇有那兩名侍衛卻盼藍秦得勝，好代他們一雪受辱之恥。

袁紫衣久戰不下，偶一轉身，見到胡斐臉上似笑非笑，似有譏嘲之意，心想：「好小子，你笑我來著，教你瞧瞧姑娘手段！」但這番鬥劍限於只使八仙劍，其餘武功盡數使不出來，左手又牽著白馬，若是鬥了一會將馬韁放開，憑輕功取勝，那還是教胡斐小看了。她好勝心切，眼見藍秦招招力爭上風，自己劍勢已被他長劍籠住，倏地左手輕輕向前一帶。那白馬極有靈性，受到主人指引，猛然一衝，人立起來，似要往藍秦的頭上踏落。

藍秦一驚，側身避讓，突覺手腕一麻，手中長劍已脫手飛上天空。他全神閃避馬蹄，竟沒防到手中兵刃遭了對方暗算。他在武林中雖不算得是一流高手，但數十年來事事小心，這才長保威名，想不到一生謹慎，到頭來還是百密一疏，敗在一個少女的手下。藍秦兵刃脫手，立時一個箭步，搶到自己坐騎之旁，又從鞍旁取出一柄長劍，原來此人做事把細之極，連長劍也多帶了一把。斗見白光一閃，袁紫衣將手中長劍也擲上了天空，雙劍在空中相交，噹的一聲響，藍秦那柄劍竟在空中斷成兩截。

她這震劍斷刃的手法全是一股巧勁，否則雙劍在空中均無著力之處，如何能將純鋼長劍震斷？她使此手法，意在譁眾取寵，便如變戲法一般，料想旁人非喝采不可，這采聲一作，藍秦心中惱怒，再鬥便易勝過他了。

果然旁觀眾人齊聲喝采。藍秦一呆之下，臉色大變。袁紫衣接住空中落下的長劍，分心刺到，叫道：「曹國舅拍板！」藍秦提劍擋格，噹的一響，長劍又自斷為兩截。

這一下仍是袁紫衣取巧，她出招雖是八仙劍法，但雙劍相交之際，劍身微微一抖，已然變招。藍秦一劍落空，被她驀地裏凌空拍擊，殊無半點力道相抗，待得運勁，劍身早斷，拆穿了說，不過是他橫著劍身，任由對方斬斷而已。只是袁紫衣心念如閃電，出招似奔雷，一計甫過，二計又生，實是叫他防不勝防。

旁觀眾人見那美貌少女連斷兩劍，又是轟雷似的一聲大采。

藍秦心下琢磨：「這女子雖未能以八仙劍法勝我，但她武功甚博，詭異百端，我再跟她動手也是枉然。」眼見她洋洋自得，翻身上了馬背，便拱手道：「佩服，佩服！」彎腰拾起三截斷劍，說道：「在下這便還鄉，終身不提劍字。只是旁人問起，在下輸在那一派那一位英雄豪傑劍底，卻教在下如何回答？」

袁紫衣道：「我姓袁名紫衣，至於家師的名諱嗎……」縱馬走到藍秦耳旁，湊近身去，在他耳邊輕說了幾個字。

藍秦一聽之下，臉色又變，臉上沮喪惱恨之色立消，變為惶恐恭順，說道：「早知如此，小人如何敢與姑娘動手？姑娘見到尊師之時，便說梧州藍某向他老人家請安。」說著牽馬倒退三步，候在道旁。

袁紫衣在白馬鞍上輕輕一拍，笑道：「得罪了！」回頭向胡斐嫣然一笑，一提馬韁。那白馬並未起步，斗然躍起，在空中越過了十餘輛鹽車，向北疾馳，片刻間已不見了影蹤。大道上數十對眼睛一齊望著她的背影。一人一馬早已不見，眾人仍是呆呆的遙望。

袁紫衣一日之間連敗南方兩大武學宗派的高手，這份得意之情，實是難以言宣，但見道旁樹木不絕從身邊飛快倒退，情不自禁，縱聲唱起歌來。

只唱得兩句，突覺背上熱烘烘的有些異狀，忙伸手去摸，祗聽轟的一聲，身上登時著火。這一來如何不驚？一招「乳燕投林」，從馬背飛身躍起，跳入了道旁的河中，背上火燄方始熄滅。她急從河中爬起，一摸背心，衣衫上已燒了一個大洞，雖未著肉，但裏衣也已燒焦。

她氣惱異常，低聲罵道：「小賊胡斐，定是你又使鬼計。」當下從衣囊中取出一件外衫，待要更換，一瞥間只見白馬左臀上又黑又腫，兩隻大蠍子爬著正自吮血。袁紫衣大吃一驚，用馬鞭將蠍子挑下，拾起一塊石頭砸得稀爛。這兩隻大蠍毒性厲害，馬臀上黑腫之處不住的慢慢擴展。白馬雖然神駿，這時也已抵受不住痛楚，縱聲哀鳴，前腿一跪，臥倒在地。

袁紫衣徬徨無計，口中只罵：「小賊胡斐，胡斐小賊！」顧不得更換身上濕衣，伸手想去替白馬擠出毒液。白馬怕痛，只是閃避。正狼狽間，忽聽南方馬蹄聲響，三乘馬快步奔來，當先一人正是胡斐。

銀光一閃，袁紫衣軟鞭在手，飛身迎上，揮鞭向胡斐夾頭夾腦劈去，罵道：「小賊，暗箭傷人，算甚麼好漢？」

胡斐舉起單刀，噹的一下將她軟鞭格開，笑道：「我怎地暗箭傷人了？」

袁紫衣只覺手臂微微酸麻，心想這小賊武功果然不弱，倒也不可輕敵，罵道：「你用毒物傷我坐騎，這不是下三濫的卑鄙行徑嗎？」胡斐笑道：「姑娘罵得很是，可怎知是我胡斐下的手？」

袁紫衣一怔，只見他身後兩匹馬上，坐的是那兩個本來伴著藍秦的侍衛。兩人垂頭喪氣，雙手均被繩子縛著。胡斐手中牽著兩條長繩，繩子另一端分別繫住兩人的馬韁，原來兩名侍衛被他擒著而來。袁紫衣心念一動，已猜到了三分，便道：「難道是這兩個傢伙？」

胡斐笑道：「他二位的尊姓大名，江湖上的名號，姑娘不妨先勞神問問。」袁紫衣白了他一眼，道：「你既知道了，便說給我聽。」胡斐道：「好，在下來給袁姑娘引見兩位武林中的成名人物。這位是小祝融曹猛，這位是鐵蠍子崔百勝。你們三位多親近親近。」

袁紫衣一聽兩人的渾號，立時恍然，「小祝融」自是擅使火器，鐵蠍子當然會放毒物，定是這二人受了折辱，心中不忿，乘著自己與藍秦激鬥之時，偷偷下手相害。當即拍拍拍、拍拍拍，連響六下，在每人頭上抽了三馬鞭，只打得兩人滿頭滿臉都是鮮血。她指著鐵蠍子喝道：「快取解藥治好我的馬兒。否則再吃我三鞭，這一次可是用這條鞭子了！」說著軟鞭一揚，喀喇一聲響，將道旁一株大柳樹的枝幹打下了一截。

鐵蠍子嚇了一跳，將綁縛著的雙手提了一提，道：「我怎能……」胡斐不等他說完，單刀一揮，擦的一聲，割斷了他手上繩索。這一刀疾劈而下，繩索應刃而斷，妙在出刀恰到好處，沒傷到他半分肌膚。

袁紫衣橫了他一眼，鼻中微微一哼，心道：「顯本事麼？那也沒甚麼了不起。」

鐵蠍子從懷中取出解藥，給白馬敷上，低聲道：「有我的獨門解藥，便不礙事。」稍稍一頓，又道：「只是這牲口三天中不能急跑，以免傷了筋骨。」

袁紫衣道：「你去給小祝融解了綁縛。」鐵蠍子心中甚喜，暗想：「雖然吃了三馬鞭，幸喜除曹大哥外並無熟人瞧見。他自己也吃三鞭，自然不會將此事張揚出去。」要知他們這些做武官的，身上吃些苦頭倒沒甚麼，最怕是折了威風，給同伴們瞧低了。他走過去給曹猛解了綁縛，正待要走，袁紫衣道：「這便走了麼？世間上可有這等便宜事情？」

崔曹兩人向她望了一眼，又互瞧一眼。他二人給胡斐手到擒來，單是胡斐一人已非敵手，何況加上這個武藝高強的女子，只得勒馬不動，靜候發落。

袁紫衣道：「小祝融把身邊的火器都取出來，鐵蠍子把毒物取出來，只要留下了一件，小心姑娘的鞭子。」說著軟鞭揮出，一抖一捲，在空中拍的一聲大響。

兩人無奈，心想：「你要繳了我們的成名暗器，以解你心頭之恨，那也叫做無法可想。」只得將暗器取出。

小祝融的火器是一個裝有彈簧的鐵匣。鐵蠍子手裏卻拿著一個竹筒，筒中自然盛放著蠍子了，這竹筒精光滑溜，起了一層黃油，自已使用多年。袁紫衣一見，想起筒中毛茸茸的毒物，不禁心中發毛，說道：「你們兩人竟敢對姑娘暗下毒手，可算得大膽之極。今日原是非死不可，幸虧姑娘生平有個慣例，一天之中只殺一人，總算你們運氣……」崔曹二人相望一眼，均想：「不知你今天已殺過了人沒有。」卻聽袁紫衣接著道：「……二人之中只須死一個便夠。到底那一個死，那一個活，我也難以決定。這樣吧，你們互相發射暗器，誰身上先中了，那便該死；躲得過的，就饒了他性命。我素來說一不二，求也無用。一、二、三！動手吧！」

曹崔二人心中猶豫，不知她這番話是真是假，但隨即想起：「若是給他先動了手，我豈非枉送了性命？」二人均是心狠手辣之輩，心念甫動，立即出手，只見火光一閃，兩人齊聲慘呼。小祝融頸中被一隻大蠍咬住，鐵蠍子胸前火球亂舞，鬍子著火。

袁紫衣格格嬌笑，說道：「好，不分勝敗！姑娘這口惡氣也出了，都給我滾吧！」曹崔二人身上雖然劇痛，這兩句話卻都聽得清清楚楚，當下顧不得毒蠍在頸，鬚上著火，一齊縱馬便奔，直到馳出老遠，這才互相救援，解毒滅火。

袁紫衣笑聲不絕，一陣風過來，猛覺背上涼颼颼地，登時想起衣衫已破，一轉眼，只見胡斐笑嘻嘻的望著自己，不由得大羞，紅暈雙頰，喝道：「你瞧甚麼？」胡斐將頭轉開，笑道：「我在想幸虧那蠍子沒咬到姑娘。」袁紫衣不由得打個寒噤，心想：「這話倒也不錯，給蠍子咬到了，那還得了？」說道：「我要換衣衫了，你走開些。」胡斐道：「你便在這大道之上換衣衫麼？」袁紫衣又生氣又好笑，心想自己一著急，出言不慎，於是又狠狠的瞪了他一眼，走到道旁樹叢之後，急忙除下外衣，換了件杏黃色的衫子，內衣仍濕，卻也顧不得了。燒破的衣衫也不要了，捲成一團，拋入河中。

胡斐眼望著紫衣隨波逐流而去，說道：「姑娘高姓大名，可是叫作袁黃衫？」袁紫衣哼了一聲，知他料到「袁紫衣」三字並非自己真名，忽然尖叫一聲：「啊喲，有一隻蠍子咬我。」一伸手按住了背心。

胡斐一驚，叫道：「當真？」縱身過去想幫她打下蠍子。那料到袁紫衣這一叫實是相欺，胡斐身在半空，袁紫衣忽地伸手用力一推。這一招來得無蹤無影，他又全沒提防，登時一個觔斗摔了出去，跌向河邊的一個臭泥塘中。他在半空時身子雖已轉直，但雙足一落，臭泥直沒至胸口。袁紫衣拍手嘻笑，叫道：「閣下高姓大名，可是叫做小泥鰍胡斐？」

胡斐這一下真是哭笑不得，自己一片好心，那料到她會突然出手，足底又是軟軟的全不受力，無法縱躍，只得一步一頓，拖泥帶水的走了上來。這時已不由得他不怒，但見袁紫衣笑靨如花盛放，心中又微微感到一些甜意，張開滿是臭泥的雙掌，撲了過去，喝道：「小丫頭，我叫你改名袁泥衫！」

袁紫衣嚇了一跳，拔腳想逃。那知胡斐的輕功甚是了得，她東竄西躍，卻始終給他張開雙臂攔住去路。但見他一縱一跳，不住的伸臂撲來，她又不敢和他動手拆招，只要一還手，身上非濺滿臭泥不可。這一來逃既不能，打又不得，眼見胡斐和身縱上，自己已無法閃避，一下便要給他抱住，索性站定身子，俏臉一板，道：「你敢碰我？」

胡斐張臂縱躍，本來只是嚇她，這時見她立定，也即停步，鼻中聞到一股淡淡的幽香，忙退出數步，說道：「我好意相助，你怎地狗咬呂洞賓？」袁紫衣笑道：「這是八仙劍中的一招，叫作呂洞賓推狗。你若不信，可去問那個姓藍的。」胡斐道：「以怨報德，沒良心啊，沒良心！」袁紫衣道：「呸！還說於我有德呢，這叫做市恩，最壞的傢伙才是如此。我問你，你怎知這兩個傢伙放火下毒，擒來給我？」

這句話登時將胡斐問得語塞。原來兩名侍衛在她背上暗落火種，在她馬臀上偷放毒蠍，胡斐確是在旁瞧得清楚，當時並不叫破，待袁紫衣去後，這才擒了兩人隨後趕來。

袁紫衣道：「是麼？所以我才不領你這個情呢。」她取出一塊手帕，掩住鼻子，皺眉道：「你身上好臭，知不知道？」胡斐道：「這是拜呂洞賓之賜。」袁紫衣微笑道：「這麼說，你自己認是小狗啦。」她向四下一望，笑道：「快下河去洗個乾淨，我再跟你說趙三……趙半山那小子的事。」她本想說「趙三叔」，但怕胡斐又自居長輩，索性改口叫「趙半山那小子」。

胡斐大喜，道：「好好。你請到那邊歇一會兒，我洗得很快。」袁紫衣道：「洗得快了，臭氣不除。」胡斐一笑，一招「一鶴沖天」，拔起身子，向河中落下。

袁紫衣看看白馬的傷處，那鐵蠍子的解藥果然靈驗，這不多時之間，腫勢似已略退，白馬不再嘶叫，想來痛楚已減。她遙遙向胡斐望了一眼，只見他衣服鞋襪都堆在岸邊，卻游到遠遠十餘丈之外去洗身上泥污，想是赤身露體，生怕給自己見到。

袁紫衣心念一動，從包裹中取出一件舊衫，悄悄過去罩在胡斐的衣衫之上，將他沾滿了泥漿的衣服鞋襪一古腦兒包在舊衫之中，抱在手裏，過去騎上了青馬，牽了白馬，向北緩緩而行，大聲叫道：「你這樣慢！我身有要事，可等不及了！」說著策馬而行，生怕胡斐就此赤身爬起來追趕，始終不敢回頭。但聽得身後胡斐大叫：「喂，喂！袁姑娘！我認栽啦，你把我衣服留下。」叫聲越來越遠，顯是他不敢出河追趕。

袁紫衣一路上越想越是好笑，接連數次，忍不住笑出聲來，又想最後一次作弄胡斐不免行險，若他冒冒失失，不顧一切，就此搶上岸來追趕，反要使自己尷尬萬分。

這日只走了十餘里，就在道旁找個小客店歇了。她跟自己說：「白馬中了毒，鐵蠍子那混蛋說的，若是跑動，便要傷了筋骨。」但在內心深處，卻極盼胡斐趕來跟自己理論爭鬧。一晚平安過去，胡斐竟沒蹤影。次晨緩緩而行，心中想像胡斐不知如何上岸，如何去弄衣衫穿，想了一會，忍不住又好笑起來。她每天只行五六十里路程，但胡斐始終沒追上來，芳心可可，竟是儘記著這個渾身臭泥的小泥鰍胡斐。

第七章

風雨深宵古廟

胡斐道：「我先前只道回疆是沙漠荒蕪之地，那知竟有姑娘這般美女。」袁紫衣臉上一紅，「呸」了一聲，道：「你瞎說甚麼？」

這一日到了湘潭以北的易家灣，離省城長沙已不在遠，袁紫衣正要找飯店打尖，只聽得碼頭旁人聲喧譁。但見湘江中停泊著一艘大船，船頭站著一個老者，拱手與碼頭上送行的諸人為禮。她一瞥之下，見送行的大都是武林中人，個個腰挺背直，精神奕奕，老者身後站著兩名朝廷的武官。

她見了這一副勢派，心中一動：「莫非又是那一派的掌門人，到北京去參與福大帥的大會？」凝神瞧那老者時，見他兩鬢蒼蒼，頷下老大一部花白鬍子，但滿臉紅光，衣飾華貴，左手手指上戴著一隻碧玉扳指，遠遠望去，在陽光下發出晶瑩之色，只聽他大聲說道：「各位賢弟請回吧！」抱拳一拱，身形端凝，當真是穩若泰山。

岸上諸人齊聲說道：「恭祝老師一路順風，為我九龍派揚威京師。」那老者微微一笑，說道：「揚威京師是當不起的，只盼九龍派的名頭不在我手裏砸了，也就是啦。」袁紫衣聽他聲音洪亮，中氣充沛，這幾句話似是謙遜，但語氣間其實甚是自負。

只聽得劈啪聲響，震耳欲聾，湘江中紅色紙屑飛舞，原來岸上船中一齊放起鞭炮。袁紫衣知道鞭炮一完，大船便要開行，於是輕輕躍下馬來，拾起兩片石子，往鞭炮上擲去。兩串鞭炮都是長逾兩丈，石片擲到，登時從中斷絕，嗤嗤聲響，燃著的鞭炮墮入湘江，立時熄滅了。

這一來，岸上船中，人人聳動。鞭炮斷滅，那是最大的不祥之兆。眾人瞧得清楚，鞭炮是這黃衫少女用石片打斷。六七名大漢立即奔近身去，將她團團圍住，大聲喝問：「你是誰？」「誰派你來搗亂混鬧？」「打斷鞭炮，是甚麼意思？」「當真是吃了豹子膽，老虎心，竟敢來惹九龍派的易老師。」若非見她只是孤身的美貌少女，早就老拳齊揮，一擁而上了。

袁紫衣深知韋陀門與八仙劍的武功底細，出手時成竹在胸，並不畏懼，這九龍派卻不知是甚麼來歷，眼見眾人聲勢洶洶，只得微笑道：「我用石子打水上的雀兒，不料失手打斷了炮仗，實在過意不去。」

眾人聽她語聲清脆，一口外路口音，大家又七張八嘴的道：「失手打斷一串，也還罷了，豈有兩串一齊打斷之理？」「你叫甚麼名字？」「到易家灣來幹麼？」「今日是黃道吉日，給你這麼一混鬧，唉，易老師可有多不痛快！」

袁紫衣笑道：「兩串炮仗有甚麼稀罕？再去買過兩串來放放也就是了。」說著從懷中取出一錠黃金，約莫有二兩來重，托在掌中，這錠金子便是買一千串鞭炮也已足夠。眾人面面相覷，均覺這少女十分古怪，無人伸手來接。

袁紫衣笑道：「各位都是九龍派的弟子嗎？這位易老師是貴派的掌門人，是不是？他要到北京去參與福大帥的天下掌門人大會，是不是？」她問一句，眾人便點一點頭。袁紫衣搖頭道：「炮仗熄滅，那是大大的不祥。易老師還是乘早別去，在家安居納福的好。」

人羣中一個漢子忍不住問道：「為甚麼？」袁紫衣神色鄭重，說道：「我瞧易老師氣色不正，印堂上深透黑霧，殺紋直沖眉梢。若是到了京師，不但九龍派威名墮地，易老師還有殺身之禍。」眾人一聽，不由得相顧變色。有的在地下直吐口水，有的高聲怒罵，也有的竊竊私議，只怕這女子會看相，這話說不定還真有幾分道理。

眾人站立之處與大船船頭相去不遠，她又語音清亮，每一句話都傳入了那易老師耳中。

他細細打量袁紫衣，見她身材苗條，體態婀娜，似乎並不會武，但適才用石片打斷鞭炮，出手巧妙，勁道不弱，又見她所乘白馬神駿英偉，實非常物，料想此人定是有所為而來，於是拱手說道：「姑娘貴姓，請借一步上船說話。」袁紫衣道：「我姓袁，還是易老師上岸來吧。」

當時湘人風俗，乘船遠行，登船之後，船未開行而再回頭上岸，於此行極為不利。那易老師眉頭微皺，沉吟不語。他雖武功深厚，做到一派掌門，但生平對星相卜占、風水堪輿等說極是崇信，眼見炮仗為這年輕女子打滅，又說甚麼殺身之禍等等不祥言語，心想她越說越是難聽，還不如置之不理，於是對船家說道：「開船吧！」喃喃自語：「陰人不祥，待到了省城，咱們再買福物，請神沖煞。」船家高聲答應，有的拉起鐵錨，有的便拔篙子。

袁紫衣見他不理自己，竟要開船，大聲叫道：「慢來慢來！你若不聽我勸告，不出百里便要桅斷舟覆，全船人等盡數死於非命。」易老師臉色更是陰沉，厲聲道：「我瞧你年紀輕輕，不來跟你一般見識。若再胡說八道，可莫怪我不再容情。」

袁紫衣一躍上船，微笑道：「我全是一片好意，易老師何必動怒？請問易老師大名如何稱呼，我再跟你拆一個字，對你大有好處。」易老師哼了一聲，道：「不須了！」袁紫衣道：「好，易老師既不肯以尊號相示，我便拆一拆你這個姓。『易』字上面是個『日』字，下面是個『勿』字，『勿日』便是『不日』，意思是命不久矣。易老師此行乘船，走的是水路，『易』字加『一』加『水』，便成為『湯』，『赴湯』蹈火，此行大為凶險。舟為器皿之象，『湯』下加『皿』為『盪』，所謂『盪然無存』，全船人等，性命難保。『湯』字之上加

『草』為『蕩』，古詩云：『蕩子行不歸』，易老師這一次只怕要死於異鄉客地了。」

易老師聽到此處，再也忍耐不住，伸手在桅桿上用力一拍，砰的一聲，一條粗大的桅桿不住搖晃，喝道：「你有完沒完？」

袁紫衣笑道：「易老師此行，百事須求吉利，那個『完』字，是萬萬說不得的。易老師，你到北京是去爭雄圖霸，不是動拳腳，便要動刀槍。『易』字加『足』為『踢』，加『刀』為『剔』，因此你不但自己給人踢死，九龍派還給人剔除。」

易老師越聽越怒，但聽她說得頭頭是道，也不由得暗自心驚，強言道：「我單名一個『吉』字，早便吉祥吉利了，你還有何話說？」袁紫衣搖頭道：「大凶大險。這個『吉』字本來甚好，但偏偏對易老師甚為不祥。『易』者，換也，將吉祥更換了去，那是甚麼？自然是不吉了。」易吉默然。

袁紫衣又道：「這『吉』字拆將開來，是『十一口』三字。易老師啊，凡人只有一口，你卻有十一口。多出來的十口是甚麼口？那自然是傷口，是刀口了。由此觀之，你此番上北京去，命中注定要身中十刀，屍骨不歸故鄉。」

越是迷信之人，越是聽不得不祥之言。易吉本來雍容寬宏，面團團的一副富家翁氣象，此時眉間斗現煞氣，斜目橫睨袁紫衣，冷笑道：「好，袁姑娘，多謝金玉良言。你是那一位老師門下？令尊是誰？」

袁紫衣笑道：「你也要給我算命拆字麼？何必要查我的師承來歷？」易吉冷笑道：「瞧你年紀輕輕，咱們又素不相識，你定是受人指使，來踢易某的盤子來著。姓易的大不與小鬥，男不與女爭，你叫你背後那人出來，瞧瞧到底是誰身中十刀，屍骨不歸故鄉。」他伸手指著她臉，大聲道：「你背後那人是誰？」

袁紫衣笑道：「我背後的人麼？」假裝回頭一看，不由得一驚，只見岸邊站著一人，穿一身粗布青衣，打扮作鄉農模樣，正是胡斐，心想不知他何時到了此處，自己全神貫注的給易吉拆字，竟沒察覺。她不動聲色，回過頭來，笑道：「我背後這人麼？我瞧他是個看牛挑糞的鄉下小子。」

易吉怒道：「你莫裝胡羊。我說的是在背後給你撐腰、叫你來搗鬼的那人，是男子漢大丈夫，何必藏頭露尾，鬼鬼祟祟？」他料定是仇家暗中指使袁紫衣前來混鬧，好使自己出行不利，此人必然熟知自己的性情忌諱，否則她何以儘說不吉之言？

其實袁紫衣存心搗亂，見他越是怕聽不吉利的說話，便越是儘揀凶險災禍來說，當下正色道：「易老師，常言道良藥苦口利於病，忠言逆耳利於行。我這番逆耳忠言，聽不聽也由得你。至於九龍派嘛，你若不去，由小女子代你去便了。」

當袁紫衣躍上船頭不久，胡斐即已跟蹤而至。那日他在河裏洗澡時衣服被奪，赤身露體的不便出來，好在為時已晚，不久天便黑了，這才到鄉農家去偷了一身衣服。他最關懷的是那本家傳拳經刀譜。這刀譜放在貼肉衣服袋中，竟給她連衣帶書，一起取了去，心想這女子先偷我包袱，又取我衣服，定是為了這本刀譜，心中十分憂急，一路疾趕。當日便追上了她，但見她勒馬緩緩而行，卻又不是偷了刀譜便即遠走高飛的模樣。他愈想愈疑，無法推測這女子真意何在，心想若是動手強搶，未必能夠得手，於是暗暗在後窺伺，要瞧她有何動靜，另有何人接應。但跟了數日，始終不見有何異狀。這日在易家灣湘江之畔，卻見她向易吉起釁，竟是又要搶奪掌門人的模樣。

胡斐暗暗稱奇：「這位姑娘竟是有一味掌門人癖。她遇到了掌門人便搶，為的是在江湖上闖萬立威呢，還是另有深意？看來兩人說僵了便要動手，且讓他們鷸蚌相爭，我便來個漁翁得利，設法奪回刀譜。此時牽她白馬，易如反掌，但好曲子不唱第二遍，重施故技，未免顯得我小泥鰍胡斐太也笨蛋。」於是慢慢走近船頭，等候機會搶奪她背上包袱。

只見易吉一張紅堂堂的臉膛由紅轉紫，嘶啞著嗓子說道：「姑娘這麼說，那是罵易某無能，不配作九龍派的掌門人？」袁紫衣微笑道：「那也不是。易老師既然此行不利，性命可不是鬧著玩的，不如把九龍派的掌門人讓與我吧。小女子一片好心，純係為你著想……」

她話未說完，突見船艙中鑽出兩條漢子，手中各持一條九節軟鞭。一個中年大漢道：「這女子瘋瘋顛顛，師父不必理她。待弟子趕她上岸，莫誤了開船的吉時。」說著左手伸出，便去推袁紫衣的肩頭。袁紫衣伸指在他手臂上輕輕一彈，說道：「吉時早已誤了！」那漢子登覺臂彎中一麻，手掌沒碰到她肩頭，上臂便已軟軟的垂了下來。另一個漢子喝道：「大師哥，動傢伙吧！」

兩人齊聲呼哨，嗆啷啷一陣響亮，兩條九節軟鞭同時向袁紫衣膝頭打去。他們不想傷她性命，是以軟鞭所指之處並非要害。

袁紫衣見兩人都使九節鞭，心念一動：「是了，他們叫做九龍派，大概最擅長的便是九節鞭。」她與易吉東拉西扯，一來是要他心煩意亂，二來是想探聽他的武功家數，這時見雙鞭擊到，心中大喜：「好啊，你們遇上使軟鞭的老祖宗啦。」雙手伸出，快速無倫的抓住兩根軟鞭鞭頭，相互一纏，打成結形，身子毫不移動，微笑著站在當地。

兩名漢子尚未察覺，見鞭頭並未打到她身上，反而雙鞭互纏，各自用力一扯，這一來正中了袁紫衣之計，雙鞭鞭頭本來鬆鬆搭著，一扯之下，登成死結。兩人驚得呆了，又是用力一扯。師兄弟倆膂力相當，誰也扯不動誰，兩條軟鞭卻纏得更加緊了。

易吉喝道：「莽撞之徒！快退開了。」雙手抓住長袍衣襟，向外一抖，喀喇喇一陣響，袍子上七個軟扣一齊拉脫，左手反到身後一扯，長袍登時除了下來，露出袍內的勁裝結束。這一手乾淨利落，威風十足。岸上站著的大都是他的弟子親友，也有不少閒人，登時齊聲喝了個大采。

袁紫衣搖頭道：「口采不好。這一手『脫袍讓位』，脫袍不打緊，讓位嘛，卻是注定把掌門人之位讓給我啦。」易吉心中一凜，果覺這一手也是不祥之兆，右手伸到腰間，輕輕一抖，手中已多了一條晶光閃亮的九節鞭。

這一抖寂然無聲，鋼鞭的九節互相竟無半點碰撞。袁紫衣暗叫：「啊喲，不好！這手功夫我可不會，今日只怕要糟！」只見他這條鞭子每一節均有鷄蛋粗細，他身材又極魁梧，便如船頭上立了一座鐵塔，拿著這條大鞭，當真是威風凜凜。

這時船家已收起了鐵錨，船身在江中搖晃不定。易吉手臂一抖，九節鞭飛出去捲住了船頭鐵錨，跟著一揮，撲通聲響，水花四濺，鐵錨又已落入江中，船身登時穩住。這一手若非臂上有六七百斤膂力，焉能如此揮灑自如？眼見他這條九節鞭並有軟鞭與鋼鞭之長，內外兼修，非同小可。

袁紫衣心想：「他膂力強大，揮鞭無聲。此人只可智取，不能力敵。」見他身材魁梧，年紀又大，想來功力雖深，手腳就未必靈便，於是心生一計，說道：「易老師，我是女子，如在船頭跟你相鬥，不論勝負，都於你此行不利。咱們總得另覓一個地方較量才是。」易吉心覺此言有理，可是又不願上岸。

袁紫衣又道：「易老師，咱們話得說在前頭，若是我勝了你，你這九龍派掌門人之位，自得拱手相讓，不知你門下的弟子們服是不服？」易吉氣得紫臉泛白，喝道：「不服也得服。但若你輸了呢？」袁紫衣嬌笑道：「我跟你磕頭，叫你做乾爹，請你多疼我這乾女兒啊。」說著倏地躍起，右足在桅索上一撐，左足已踏上了帆底的橫桿，腰中銀絲鞭揮出，向上一抖，捲住了桅桿，手上使勁，帶動身子向上躍高。

她左臂剛抱住桅桿，右手又揮出銀絲鞭再向上一捲，最後一招「一鶴沖天」，身子已高過桅桿，輕輕巧巧的落將下來，站在帆頂。這幾下輕靈之極，碼頭上旁觀的閒人無不喝采。九龍派的弟子中卻有人叫了起來：「喂，玩這手有甚麼意思？有種的便下來，領教領教易老師威震三湘的九龍鞭功夫。」袁紫衣大聲道：「在上邊比武，大夥兒都瞧得清楚些。」

易吉哼了一聲，將九龍鞭在腰間一盤，左手抓住桅桿，身子已離地二尺，跟著右手一搭，身子又上升二尺。那桅桿比大碗的碗口還粗，一手原是無法握住，但他手指勁力厲害，掌力又極沉雄，雙手交互握抓，身子竟平平穩穩的上升，雖無袁紫衣的快捷剽悍，但在行家看來，這手功夫既穩且狠，實是非同小可。

袁紫衣眼見他離桅頂尚有丈餘，心想一給他爬上，就不好鬥，只有居高臨下，先制止他上升，當下銀絲鞭一晃，喝道：「我這是十八龍鞭，多了你九龍。」鞭梢在空中抖動，摟頭蓋將下來。

易吉雙手不空，如何抵擋？若要閃避，只有溜下桅桿，如此一招不交，已然輸了，碼頭上的眾弟子又高聲叫罵起來：「不要臉！」「這那是公平交手？」「兀那婆娘，你下來動手！」卻見易吉將頭一偏，左臂抱住桅桿，右手揮動九節鋼鞭，竟自下迎上，往銀絲鞭上砸去。

袁紫衣生怕雙鞭相交，若是給纏住了，拉扯起來，自己力小，必定吃虧，於是抖手揚鞭，避開他的兵刃，待要迴轉再擊，那知易吉使一招「插花蓋頂」，舞動鋼鞭護住頭臉，左臂一鬆一緊，身子一縱一提，四五個起落，已穩穩坐上桅桿之頂，但聽得碼頭上歡聲大起，鼓掌如雷。

他這一來佔得了有利地勢，袁紫衣心中卻反而放寬，見他適才出鞭，力道雖猛，招數中卻無特異變化，遠不及自己鞭法的精微巧妙，當下身子向左一探，刷的一聲，銀絲鞭自右環擊而至。易吉穩穩坐著，九節鞭回轉，將對方軟鞭擋開。

這時陽光照耀，湘江中泛出萬道金波，兩人在五六丈高處相鬥，兩條軟鞭猶似靈蛇盤旋，的是好看煞人。岸邊人眾愈聚愈多，湘江中上上下下的船舶也多收帆停舵，船中水手乘客，一齊仰首觀鬥。

易吉自知輕身功夫不如對方，只是穩坐帆頂，雙足挾住桅桿，先佔了個不敗之地。袁紫衣卻是東竄西躍，在帆頂的橫桁上忽進忽退。她銀絲鞭比對手的九龍鞭長了一倍有餘，只有她攻擊易吉的份兒，易吉卻無法反擊。拆到六十餘招後，她手中一條長鞭如銀蛇飛舞，招數愈出愈奇。易吉來來去去卻只是七八招，密密護住了全身，俟機去纏對方軟鞭。

一眼看來，袁紫衣似是佔盡了上風，但她如此打法極是吃力，只要久攻不下，鞭法中稍有破綻，或是足下一滑一絆，那便輸了。原來易吉的用心，正是孫子兵法中所謂「先為不可勝，以待敵之可勝」。袁紫衣早知他的心意，但不論如何變招進攻，他這七八招守護全身，竟是嚴密異常，無隙可乘。如在平地，她自可凌空下擊，或是著地滾進，但自己引他高空相鬥，反給他佔了地利，卻非始料之所及了。

又鬥片刻，情勢仍無變化，袁紫衣微感氣息粗重，縱躍之際，已稍不及初時輕捷。易吉瞧出轉機已至，待她長鞭掠到面前，突出左手，逕去抓她鞭上金球。袁紫衣一驚，軟鞭下沉，那知易吉的九龍鞭反過來一壓一鉤，若非她銀絲鞭閃避得快，雙鞭已纏在一起。易吉得理不讓人，瞧準了她鞭頭回起之處，九龍鞭一招「青藤纏葫蘆」，大喝一聲，已將銀絲鞭纏住。

袁紫衣只覺手臂一酸，手中長鞭給一股強力往外急拉，知道若與對方蠻奪，自己必輸，她心思轉得好快，危急中倏出險招，右手猛地一甩，銀絲鞭的鞭柄脫手飛出，繞著桅桿急轉圈子，但見銀光閃動，刷喇喇一陣響，九節鋼鞭和銀絲軟鞭兩條軟鞭，竟將易吉雙腿連同右臂一齊繞在桅桿之上。

這一下變生不測，易吉怎料想得到？大驚之下，忙伸左手去解鞭，倏見袁紫衣撲到身前，左手探出，便來挖他眼球。易吉左手急忙放脫軟鞭，舉手擋架。那知袁紫衣這一下乃是虛招，左掌在空中微一停頓，牽制他的左掌，右手疾出，早已點中了他左腋下的「淵腋穴」。這一招在旁人看來，簡直是易吉自舉手臂，露出腋底任由對方點穴一般。他穴道被點，左臂軟軟下垂，雙腿與右臂卻又給縛在桅上，可說是一敗塗地，再無回手之力。

胡斐在地下見她敗中取勝，這一手贏得巧妙無比，剛叫了聲好，忽見黃光閃動，九枚金錢鏢急向桅桿上飛去，射向袁紫衣後心。

袁紫衣將易吉打得如此狼狽，心中大是得意，正要在高處誇言幾句，逼他親口許諾讓了掌門，這才放他，沒料到下面竟然有人偷襲。這九枚金錢鏢來得既快，部位又四下分散，她身在橫桁之下，只要向左或是向右踏出半步，立時從五六丈高處摔將下來，卻又如何避得？情急智生，身子向後一仰，登時摔下，九枚錢鏢齊從帆頂掠過。船頭岸上眾人驚呼聲中，只見她雙足鉤住橫桁，身子掛在半空。

岸上偷發暗器之人一不做，二不休，跟著又是三枚錢鏢射出，這一次卻是一枚襲她身子，兩枚射向橫桁，只要她身子向上翻起，剛好是自行湊向錢鏢。胡斐知道這一下袁紫衣再也無法避讓，立即也是三枚制錢射出。他出手雖後，但手勁凌厲，錢鏢去勢卻快，六枚銅錢在空中互撞，錚錚錚三聲，一齊斜飛，落入了江中。

袁紫衣背上驚出了一身冷汗，剛欲翻身而起，胡斐大叫一聲：「這算甚麼？」躍上了船頭，只聽喀喇、喀喇兩聲巨響，橫桁斷折。袁紫衣跟著橫桁向江中跌落，而易吉處身所在的桅桿，卻也從中斷絕。袁紫衣當時頭下腳上，親眼見到何人發射暗器偷襲，胡斐如何出手相救，但橫桁怎地斷折，卻未瞧見。

原來易吉左脅穴道被點，半身動彈不得，右手卻尚可用力，忙從雙鞭纏繞之中脫出手臂，眼見袁紫衣倒掛桁上，當即將全身勁力運於掌上，發掌擊向橫桁。他膂力好大，連擊三掌，桁斷人落。

就在此時，胡斐也已躍上了船頭，心想若是袁姑娘落水，這姓易的反而安坐桅頂，待他慢慢溜將下來，豈非是他勝了？當即背靠桅桿，運勁向後力撞，這桅桿又堅又粗，一撞之下只晃了幾下。胡斐心中急了，拔出單刀，刷的一刀，劈斷了桅桿。

眼見袁紫衣與易吉各自隨著一段巨木往江中跌落，只是袁紫衣的橫桁先斷，身在半截桅桿之下，若是給斷桅擊中，性命可憂，胡斐當即抓起船頭拉縴用的竹索，對準袁紫衣身前揮將過去，大喝道：「抓住了！」竹索飛出，有如一條極長的軟鞭。

袁紫衣身在半空，心中忙亂，她雖識得水性，但想在眾目睽睽之下落水，待會濕淋淋的爬起，豈非狼狽萬狀？突見竹索飛到，急忙伸手抓住。胡斐一揮一拉，袁紫衣借勢躍起，輕輕巧巧的落在船頭。

她雙足剛落上船板，只聽得撲通一聲巨響，水花四濺，無數水珠飛到了她頭上臉上，正是易吉與斷桅一齊落水。岸上人眾大聲呼叫，撲通撲通響聲不絕。原來易吉不會水性，九龍派的十七八名弟子紛紛躍入湘江，爭先恐後的去救師父。

袁紫衣向胡斐嫣然一笑，道：「胡大哥，謝謝你啦！」胡斐笑道：「我這『胡』字拆開來是『月十口』三字，看來我每月之中，要身中九刀。」

袁紫衣笑得更是歡暢，心想我適才給那易吉拆字，原來都教他偷聽去啦，笑道：「幸好你名字中有個『非』字，這一『非也非也』，那九刀之厄就逢凶化吉了。」胡斐笑道：「多謝姑娘金口。」

袁紫衣與他重逢，心中極是高興，又承他出手相救，有意與他修好，又笑道：「你這『斐』字是文采斐然，那不必說了。『非』字下加『羽』字為『翡』，主得金玉翡翠；加『草』字頭為『菲』，主芬芳華美；加絞絲旁為『緋』，紅袍玉帶，主做大官。」胡斐伸了伸舌頭，道：「升官發財，可了不起！」

兩人在船頭說笑，旁若無人。忽聽得碼頭上一陣大亂，九龍派眾門人將易吉連著斷桅，七手八腳的抬上岸來。他年老肥胖，又不通水性，吃了幾口水，一氣一怒，竟自暈了過去。

袁紫衣暗暗心驚：「莫要弄出人命，這事情可鬧大了。」低聲道：「胡大哥，咱們快走吧！」說著一躍上岸，伸手去取那纏在斷桅上的銀絲軟鞭。

九龍派眾門人紛紛怒喝，六七條軟鞭齊往她身上擊了下來。只聽得嗆啷啷響成一片，六七條軟鞭互相撞擊，便似一道鐵網般當頭蓋到。她銀絲軟鞭在手，借力打力，一鞭從頭頂橫過，身子已斜竄出去。她偷眼再向易吉望了一眼，只見他一個胖胖的身軀橫臥地下，一動不動，也不知是死是活。胡斐翻身上馬，右手牽著白馬，叫道：「九龍派掌門人不大吉利，不當也罷。」袁紫衣笑道：「那就聽你吩咐啦！」躍起身來，上了馬背。

九龍派的眾弟子大聲叫嚷，紛紛趕來阻截。兩條軟鞭著地橫掃，往馬足上打去。袁紫衣回身一鞭，已將兩條軟鞭的鞭頭纏住，右手一提馬韁，白馬向前疾奔。這馬神駿非凡，腳步固然迅捷無比，力氣也是大得異常，發力衝刺，登時將那兩名手持軟鞭的漢子拖倒。

這一下變起不意，兩名漢子大驚之下，身子已被白馬在地下拖了六七丈遠。兩人急欲站起，但白馬去勢何等快速，兩人上身剛抬起，立時又被拖倒，驚惶之中竟自想不起拋掉兵刃，仍是死死的抓住鞭柄。

袁紫衣在馬上瞧得好笑，倏地勒馬停步，待那兩名漢子站起身來，只見兩人目青鼻腫，手足顏面全為地下沙礫擦傷，問道：「你們的軟鞭中有寶麼？怎地不捨得放手？」兩句話剛問完，不等他們回答，右足足尖在馬腹上輕輕一點。白馬向前一衝，又將兩人拖倒。這時兩人方始省悟，撒手棄鞭，耳聽得袁紫衣格格嬌笑，與胡斐並肩馳去。

易家灣九龍派弟子眾多，聲勢甚大，此日為老師送行，均會聚在碼頭之上，眼見易吉受挫，原要一擁而上。袁紫衣與胡斐武功雖強，終究是好漢敵不過人多。幸好袁紫衣臨去施一手迴鞭拉人，事勢奇幻，眾弟子瞧得目瞪口呆，一時會不過意來，待要搶上圍攻，二人已馳馬遠去。這時易吉悠悠醒轉，眾弟子七張八嘴的上前慰問，痛罵袁紫衣使奸行詐，紛紛議論，卻誰也不知她的來歷，於是九龍派所有的對頭，個個成了她背後指使之人。

袁紫衣馳出老遠，直至回頭望不見易家灣的房屋，才將奪來的兩根九節鋼鞭拋在地下。她轉眼瞧瞧胡斐，見他穿著一身鄉農的衣服，土頭土腦，憨裏憨氣，忍不住好笑，但想適才若不是他出手救援，多半自己已將一條小命送在易家灣，此刻回思，不禁暗自心驚。

兩人並騎走了一陣，胡斐道：「袁姑娘，天下武學，共有多少門派？」袁紫衣笑道：「不知道啊，你說有多少門派？」胡斐搖頭道：「我說不上，這才請教。你現下已當了韋陀門、八仙劍、九龍派三家的大掌門啦。還得再做幾派掌門，方才心滿意足？」袁紫衣笑道：「雖然勝了易吉，但他門下弟子不服，這九龍派的掌門人，實在是當得十分勉強的。至於少林、武當、太極這些大門派的掌門人，我是不敢去搶的。再收十家破銅爛鐵，也就夠啦。」胡斐伸了伸舌頭，道：「武林十三家總掌門，這名頭可夠威風啊。」

袁紫衣笑道：「胡大哥，你武藝這般強，何不也搶幾家掌門人做做？咱們一路收過去。你收一家，我收一家，輪流著張羅。到得北京，我是十三家總掌門，你也是十三家總掌門。咱哥兒倆一同去參與福大帥的甚麼天下掌門人大會，豈不有趣？」

胡斐連連搖手，道：「我可沒這個膽子，更沒姑娘的好武藝。多半掌門人半個也沒搶著，便給人家一招『呂洞賓推狗』，摔在河裏，變成了一條拖泥帶水的落水狗！若是單做泥鰍派掌門人呢，可又不大光彩。」袁紫衣笑彎了腰，抱拳道：「胡大哥，小妹這裏跟你陪不是啦。」胡斐抱拳還禮，一本正經的道：「三家大掌門老爺，小的可不敢當。」

袁紫衣見他模樣老實，說話卻甚是風趣，心中更增了幾分喜歡，笑道：「怪不得趙半山那老小子誇你不錯！」胡斐心中對趙半山一直念念不忘，忙問：「趙三哥怎麼啦？他跟你說甚麼來著？」袁紫衣笑道：「你追得我上，便跟你說。」伸足尖在馬腹上輕輕一碰。

胡斐心想你這白馬一跑，我那裏還追得上？眼見白馬後腿一撐，便要發力，急忙騰身躍起，左掌在白馬臀上一按，身子已落在白馬的馬背，正好坐在袁紫衣身後。那白馬背上多了一人，竟是毫不在意，仍是放開四蹄，追風逐電般向前飛奔。那匹青馬在後跟著，雖然空鞍，但片刻之間，已與白馬相距數十丈之遙。

袁紫衣微微聞到背後胡斐身上的男子氣息，臉上一熱，待要說話，卻又住口。奔馳了一陣，猛聽得半空中一個霹靂，抬頭一望，烏雲已將半邊天遮沒。此時正當盛暑，陣雨說來便來，她一提馬韁，白馬奔得更加快了。

不到一盞茶時分，西風轉勁，黃豆大的雨點已灑將下來。一眼望去，大路旁並無房屋，只左邊山坳中露出一角黃牆，袁紫衣縱馬馳近，原來是一座古廟，破匾上寫著「湘妃神祠」四個大字，泥金剝落，顯已日久失修。

胡斐躍下馬來，推開廟門，顧不得細看，先將白馬拉了進去。這時半空中焦雷一個接著一個，閃電連晃，袁紫衣雖然武藝高強，禁不住臉上露出畏懼之色。

胡斐到後殿去瞧了一下，廟中人影也無，回到前殿，說道：「還是後殿乾淨些。」找了些稻草，打掃出半邊地方，道：「這雨下不長，待會雨收了，今天準能趕到長沙。」

袁紫衣「嗯」了一聲，不再說話。兩人本來一直說說笑笑，但自同騎共馳一陣之後，袁紫衣心中微感異樣，瞧著胡斐，不自禁的有些靦腆，有些尷尬。

兩人並肩坐著，突然間同時轉過頭來，目光相觸，微微一笑，各自把頭轉了開去。

隔了一會，胡斐問道：「趙三哥身子安好吧？」袁紫衣道：「好啊！他會有甚麼不好？」胡斐道：「他在那裏？我想念他得緊，真想見見他。」袁紫衣道：「那你到回疆去啊。只要你不死，他不死，準能見著。」

胡斐一笑，道：「你是剛從回疆來吧？」袁紫衣回眸微笑，道：「是啊。你瞧我這副模樣像不像？」胡斐搖頭道：「我不知道。我先前只道回疆是沙漠荒蕪之地，那知竟有姑娘這般美女。」袁紫衣臉上一紅，「呸」了一聲，道：「你瞎說甚麼？」

胡斐一言既出，心中微覺後悔，暗想孤男寡女在這枯廟之中，說話可千萬輕浮不得，於是岔開話題，問道：「福大帥開這個天下掌門人大會，到底是為了甚麼，姑娘能見告麼？」袁紫衣聽他語氣突轉端莊，不禁向他望了一眼，說道：「他王公貴人，吃飽了飯沒事幹，找些武林好手消遣消遣，還不跟鬥鷄鬥蟋蟀一般。只可嘆天下無數武學高手，受了他的愚弄，竟不自知。」

胡斐一拍大腿，大聲道：「姑娘說的一點也不錯。如此高見，令我好生佩服。原來姑娘一路搶那掌門人之位，是給這個福大帥搗亂來著。」袁紫衣笑道：「不如咱二人齊心合力，把天下掌門人之位先搶他一半。這麼一來，福大帥那大會便七零八落，不成氣候。咱們再到會上給他一鬧，教他從此不敢小覷天下武學之士。」胡斐連連鼓掌，說道：「好，就這麼辦。姑娘領頭，我跟著你出點微力。」袁紫衣道：「你武功遠勝於我，何必客氣。」

兩人說得高興，卻見大雨始終不止，反而越下越大，廟後是一條山澗，山水沖將下來，轟轟隆隆，竟似潮水一般。那古廟年久破敗，到處漏水。胡斐與袁紫衣縮在屋角之中，眼見天色漸黑，烏雲竟要似壓到頭頂一般，看來已是無法上路。胡斐到灶間找了些柴枝，在地下點燃了作燈，笑道：「大雨不止，咱們只好挨一晚餓了。」

火光映在袁紫衣臉上，紅紅的愈增嬌艷。她自回疆萬里東來，在荒山野地歇宿視作尋常，但是孤身與一個青年男子共處古廟，卻是從所未有的經歷，心頭不禁有一股說不出的滋味。

胡斐找些稻草，在神壇上鋪好，又在遠離神壇的地下堆了些稻草，笑道：「呂洞賓睡天上，落水狗睡地下。」說著在地下稻草堆裏一躺，翻身向壁，閉上了眼睛。袁紫衣暗暗點頭，心想他果然是個守禮君子，笑道：「落水狗，明天見。」躍上了神壇。

她睡下後心神不定，耳聽著急雨打在屋瓦之上，嘩啦啦的亂響，直過了半個多時辰，才矇矓睡去。

睡到半夜，隱隱聽得有馬蹄之聲，漸漸奔近，袁紫衣翻身坐起。胡斐也已聽到，低聲道：「呂洞賓，有人來啦。」

只聽馬蹄聲越奔越近，還夾雜著車輪之聲。胡斐心想：「這場大雨自下午落起，中間一直不停，怎地有人冒著大雨，連夜趕路？」只聽得車馬到了廟外，一齊停歇。袁紫衣道：「他們要進廟來！」從神壇躍下，坐在胡斐身邊。

果然廟門呀的一聲推開了，車馬都牽到了前殿廊下。跟著兩名車夫手持火把，走到後殿，見到胡袁二人，道：「這兒有人，我們在前殿歇。」當即回了出去。只聽得前殿人聲嘈雜，約有二十來人，有的劈柴生火，有的洗米煮飯，說的話大都是廣東口音。亂了一陣，漸漸安靜下來。

忽聽一人說道：「不用鋪床。吃過飯後，不管雨大雨小，還是乘黑趕路。」胡斐聽了這口音，心中一凜。這時後殿點的柴枝尚未熄滅，火光下只見袁紫衣也是微微變色。

又聽前殿另一人道：「老爺子也太把細啦，這麼大雨……」這時雨聲直響，把他下面的話聲淹沒了。先前說話的那人卻是中氣充沛，語音洪亮，聲音隔著院子，在大雨中仍是清清楚楚的傳來：「黑夜之中又有大雨，正好趕路。莫要貪得一時安逸，卻把全家性命送了，此處離大路不遠，別鬼使神差的撞在小賊手裏。」

聽到此處，胡斐再無懷疑，心下大喜，暗道：「當真是鬼使神差，撞在我手裏。」低聲道：「呂洞賓，外邊又是一位掌門人到了，這次就讓我來搶。」袁紫衣「嗯」了一聲，卻不說話。胡斐見她並無喜容，心中微感奇怪，於是緊了緊腰帶，將單刀插在腰帶裏，大踏步走向前殿。

只見東廂邊七八個人席地而坐，其中一人身材高大，坐在地下，比旁人高出了半個頭，身子向外。胡斐一見他的側影，認得他正是佛山鎮的大惡霸鳳天南。只見他將那條黃金棍倚在身上，抬眼望天，呆呆出神，不知是在懷念佛山鎮那一份偌大的家業，還是在籌劃對付敵人、重振雄風的方策？胡斐從神龕後的暗影中出來，前殿諸人全沒在意。

西邊殿上生著好大一堆柴火，火上吊著一口大鐵鍋，正在煮飯。胡斐走上前去，飛起一腿，嗆啷啷一聲響亮，將那口鐵鍋踢得飛入院中，白米撒了一地。

眾人一驚，一齊轉頭。鳳天南、鳳一鳴父子等認得他的，無不變色。空手的人忙搶著去抄兵刃。

胡斐見了鳳天南那張白白胖胖的臉膛，想起北帝廟中鍾阿四全家慘死的情狀，氣極反笑，說道：「鳳老爺，這裏是湘妃廟，風雅得很啊。」

鳳天南殺了鍾阿四一家三口，立即毀家出走，一路上晝宿夜行，儘揀偏僻小道行走。他做事也真乾淨利落，胡斐雖然機伶，畢竟江湖上閱歷甚淺，沒能查出絲毫痕跡。這日若非遭遇大雨，陰差陽錯，決不會在這古廟中相逢。

鳳天南眼見對頭突然出現，不由得心中一寒，暗道：「看來這湘妃廟是鳳某歸天之處了。」但臉上仍是十分鎮定，緩緩站起身來，向兒子招了招手，叫他走近身去，有話吩咐。

胡斐橫刀堵住廟門，笑道：「鳳老爺，也不用囑咐甚麼。你殺鍾阿四一家，我便殺你鳳老爺一家。咱們一刀一個，決不含糊。你鳳老爺與眾不同，留在最後，免得你放心不下，還怕世上有你家人牘著。」

鳳天南背脊上一涼，想不到此人小小年紀，做事也居然如此辣手，將黃金棍一擺，說道：「好漢一人做事一身當，多說廢話幹麼？你要鳳某的性命，拿去便是。」說著搶上一步，呼的一聲，一招「摟頭蓋頂」，便往胡斐腦門擊下，左手卻向後急揮，示意兒子快走。

鳳一鳴知道父親決不是敵人對手，危急之際那肯自己逃命？大聲叫道：「大夥兒齊上！」只盼倚多為勝，說著挺起單刀，縱到了胡斐左側。隨著鳳天南出亡的家人親信、弟子門人，一共有十六七人，其中大半均會武藝，聽得鳳一鳴呼叫，有八九人手執兵刃，圍將上來。

鳳天南眉頭一皺，心想：「咳！當真是不識好歹。若是人多便能打勝，我佛山鎮上人還不夠多？又何必千里迢迢的背井離鄉，逃亡在外？」但事到臨頭，也已別無他法，只有決一死戰。他心中存了拚個同歸於盡的念頭，出手反而冷靜，一棍擊出，不等招數用老，金棍斜掠，拉回橫掃。

胡斐心想此人罪大惡極，如果一刀送了他性命，刑罰遠不足以抵償過惡，眼見金棍掃到，單刀往上一拋，伸手便去硬抓棍尾，竟是一出手便是將敵人視若無物。鳳天南暗想我一生闖蕩江湖，還沒給人如此輕視過，不由得怒火直衝胸臆，但佛山鎮上一番交手，知對方武功實非己所能敵，手上絲毫不敢大意，急速收棍，退後一步。只聽得頭頂禿的一響，眾人雖然大敵當前，還是忍不住抬頭一看，原來胡斐那柄單刀拋擲上去，斬住了屋樑，留在樑上不再掉下。

胡斐縱聲長笑，斗然插入人羣之中，雙手忽起忽落，將鳳天南八九名門人弟子盡數點中了穴道，或手臂斜振，或提足橫掃，一一甩在兩旁。霎時之間，大殿中心空空蕩蕩，只賸下鳳氏父子與胡斐三人。

鳳天南一咬牙，低聲喝道：「鳴兒你還不走，真要鳳家絕子絕孫麼？」鳳一鳴兀自遲疑，提著單刀，不知該當上前夾擊，還是奪路逃生？

胡斐身形一晃，已搶到了鳳一鳴背後，鳳天南一聲大喝，金棍揮出，上前截攔。胡斐頭一低，從鳳一鳴腋下鑽了過去，輕輕一掌，在他肩頭一推，鳳一鳴站立不穩，身子後仰，便向棍上撞去。鳳天南大驚，急收金棍，總算他在這棍上下了數十年苦功，在千鈞一髮之際硬生生收回，才沒將兒子打得腦漿迸裂。

胡斐一招得手，心想用這法子鬥他，倒也絕妙，不待鳳一鳴站穩，右手抓住了他後頸，提起左掌，便往他腦門拍落。鳳天南想起他在北帝廟中擊斷石龜頭頸的掌力，這一掌落在兒子腦門之上，怎能還有命在？急忙金棍遞出，猛點胡斐左腰，迫使他回掌自救。

胡斐左掌舉在半空，稍一停留，待金棍將到腰間，右手抓著鳳一鳴腦袋，猛地往棍頭急送。鳳天南立即變招，改為「挑袍撩衣」，自下向上抄起，攻敵下盤。胡斐叫道：「好！」左掌在鳳一鳴背上一推，用他身子去抵擋棍招。

如此數招一過，鳳一鳴變成了胡斐手中的一件兵器。胡斐不是拿他腦袋去和金棍碰撞，便是用他四肢來格架金棍。鳳天南出手稍慢，欲待罷鬥，胡斐便舉起手掌，作勢欲擊鳳一鳴要害，教他不得不救，但一救之下，總是處處危機，沒一招不是令他險些親手擊斃了兒子。又鬥數招，鳳天南心力交瘁，斗地向後退開三步，將金棍往地下一擲，噹的一聲巨響，地下青磚碎了數塊，慘然不語。

胡斐厲聲喝道：「鳳天南，你便有愛子之心，人家兒子卻又怎地？」

鳳天南微微一怔，隨即強悍之氣又盛，大聲說道：「鳳某橫行嶺南，做到五虎派掌門，生平殺人無算。我這兒子手下也殺過三四十條人命，今日死在你手裏，又算得了甚麼？你還不動手，囉裏囉唆的幹麼？」胡斐喝道：「那你自己了斷便是，不用小爺多費手腳。」鳳天南拾起金棍，哈哈一笑，迴轉棍端，便往自己頭頂砸去。

突然間銀光閃動，一條極長的軟鞭自胡斐背後飛出，捲住金棍，往外一奪。鳳天南膂力甚強，硬功了得，這一奪金棍竟沒脫手，但迴擊之勢，卻也止了。這揮鞭奪棍的正是袁紫衣，她手上用力，向裏一拉，鳳天南金棍仍是凝住不動，她卻已借勢躍了出來。

袁紫衣笑道：「胡大哥，咱們只奪掌門之位，可不能殺傷人命。」胡斐咬牙切齒的道：「袁姑娘你不知道，這人罪惡滔天，非一般掌門人可比。」袁紫衣搖頭道：「我搶奪掌門，師父知道了不過一笑。若是傷了人命，他老人家可是要大大怪罪。」胡斐道：「這人是我殺的，跟姑娘毫無干係。」袁紫衣答道：「不對，不對！搶奪掌門之事，因我而起。這人是五虎派掌門，怎能說跟我沒有干係？」胡斐急道：「我從廣東直追到湖南，便是追趕這惡賊。他是掌門人也好，不是掌門人也好，今日非殺了他不可。」

袁紫衣正色道：「胡大哥，我跟你說正經話，你好好聽著了。」胡斐點了點頭。袁紫衣道：「你不知我師父是誰，是不是？」胡斐道：「我不知道。姑娘這般好身手，尊師定是一位名震江湖的大俠，請問他老人家大名怎生稱呼。」

袁紫衣道：「我師父的名字，日後你必知道。現下我只跟你說，我離回疆之時，我師父對我說道：『你去中原，不管怎麼胡鬧，我都不管，但只要殺了一個人，我立時取你的小命。』我師父向來說一是一，說二是二，決沒半分含糊。」胡斐道：「難道十惡不赦的壞人，也不許殺麼？」袁紫衣說道：「照啊！那時我也這般問我師父。他老人家道：『壞人本來該殺。但世情變幻，一人到底是好是壞，你小小年紀怎能分辨清楚？世上有笑面老虎，也有虎面菩薩。人死不能復生，只要殺錯一個人，那便終身遺恨。』」胡斐點頭道：「話是不錯。但這人親口自認殺人無算，他在佛山鎮上殺害良善，又是我親眼見到，決計錯不了。」袁紫衣道：「我是迫於師命，事出無奈。胡大哥，你瞧在我份上，高抬貴手，就此算了吧！」

胡斐聽她言辭懇切，確是真心相求，自與她相識以來，從未聽過她以這般語氣說話，不由得心中一動，但隨即想起鍾阿四夫婦父子死亡枕藉的慘狀，想起北帝神像座前石上小兒剖腹的血跡，想起佛山街頭惡犬撲咬鍾小二的狠態，一股熱血湧上心頭，大聲道：「袁姑娘，這兒的事你只當沒碰上，請你先行一步，咱們到長沙再見。」

袁紫衣臉色一沉，慍道：「我生平從未如此低聲下氣的求過別人，你卻定是不依。這人與你又無深仇大怨，你也不過是為了旁人之事，路見不平而已。他毀家逃亡，晝宿夜行，也算是怕得你厲害了。胡大哥，為人不可趕盡殺絕，須留三分餘地。」胡斐朗聲說道：「袁姑娘，這人我是非殺不可。我先跟你陪個不是，日後尊師若是怪責，我甘願獨自領罪。」說著一揖到地。

只聽得刷的一響，袁紫衣銀鞭揮起，捲住了屋樑上胡斐那柄單刀，一扯落下，輕輕一送，捲到了他面前，說道：「接著！」胡斐伸手抓住刀柄，只聽她道：「胡大哥，你先打敗我，再殺他全家，那時師父便怪我不得。」胡斐怒道：「你一意從中阻攔，定有別情。尊師是堂堂大俠，前輩高人，難道就不講情理？」

袁紫衣輕嘆一聲，柔聲道：「胡大哥，你當真不給我一點兒面子麼？」火光映照之下，嬌臉如花，低語央求，胡斐不由得心腸一軟，但越是見她如此懇切相求，越是想到其中必有詐謀，心道：「胡斐啊胡斐，你若惑於美色，不顧大義，枉為英雄好漢。你爹爹胡一刀一世豪傑，豈能有你這等不肖子孫？」眼見若不動武，已難以誅奸殺惡，叫道：「如此便得罪了。」單刀一起，一招「大三拍」，刀光閃閃，已將袁紫衣上盤罩住，左手揚處，一錠紋銀往鳳天南心口打去。

袁紫衣見他癡癡的望著自己，似乎已答應自己所求，心中正自喜歡，那知道他竟會突然出手。兩人相距不遠，這一招「大三拍」來得猛惡，銀絲鞭又長又軟，本已不易抵擋，而他左手又發暗器，但聽風聲勁急，顯是這暗器出手極是沉重，只怕鳳天南未必擋得住。袁紫衣心念一閃：「他不會傷我！」長鞭甩出，急追上去，嗆的一聲，將那錠紋銀打落，對胡斐的刀招竟是不封不架。

原來胡斐知她武功決不在己之下，只要一動上手，便非片時可決，鳳天南父子不免逃走，是以突然發難，但身邊暗器只有錢鏢，便是打中也不能致命，於是將一錠五兩重的紋銀發了出去，這一下手勁既重，去勢又怪，眼見定可成功，豈料袁紫衣竟然冒險不護自身，反而去相救旁人。他刀鋒離她頭頂不及數寸，凝臂停住，喝道：「這為甚麼？」袁紫衣道：「迫不得已！」身形驀地向後縱開丈餘，銀鞭回甩，叫道：「看招罷！」

胡斐舉刀一擋，待要俟機再向鳳天南襲擊，但袁紫衣的銀絲軟鞭一展開，招招殺著，竟是不容他有絲毫緩手之機，只得全神貫注，見招拆招。大殿上只見軟鞭化成一個銀光大圈，單刀舞成一個銀光小圈，兩個銀圈盤旋衝擊，騰挪閃躍，偶然發出幾下刀鞭撞擊之聲。

鬥到分際，袁紫衣軟鞭橫甩，將神壇上點著的蠟燭擊落地下。胡斐心念一動：「她要打滅燭火，好讓那姓鳳的逃走。」可是雖知她的用意，一時卻無應付之策，只有展開祖傳胡家刀法中精妙之招，著著進攻。袁紫衣叫道：「好刀法！」鞭身橫過，架開了一刀，鞭頭已捲住了西殿地下點燃著的一根柴火，向他擲去。

煮飯的鐵鍋雖被胡斐踢翻，燒得正旺的二三十根柴火卻兀自未熄。胡斐見她長鞭捲起柴火擲來，不敢用刀去砸，只怕火星濺開，傷了頭臉，於是躍開閃避，這一閃一避，便不能再向前進擊。袁紫衣緩出手來，將火堆中燃著的柴火隨捲隨擲，一根甫出，二根繼至，一時之間，黑暗中閃過一道道火光。

胡斐見柴火不斷擲來，又多又快，只得展開輕功，在殿中四下遊走。眼見鳳天南的家人子弟、車夫僕從一個個溜向後殿，點中了穴道的也給人抱走，鳳天南父子卻目露兇光，站在一旁。他生怕鳳天南乘機奪路脫逃，刀光霍霍，身子竟是不離廟門。

鬥了一會，空中飛舞的柴火漸少，掉在地下的也漸次熄滅。

袁紫衣笑道：「胡大哥，今日難得有興，咱們便分個強弱如何？」說著軟鞭揮動，甫點胡斐前胸，隨即轉而打向右脅。胡斐舉刀架開了前一招，第二招來得怪異，急忙在地下一個打滾，這才避開。

袁紫衣笑道：「不用忙，我不會傷你。」這句話觸動了胡斐的傲氣，心想：「難道我便真的輸於你了？」催動刀法，步步進逼。此時大殿正中只餘一段柴火，兀自燃燒，只聽袁紫衣道：「我這路鞭法招數奇特，你可要小心了！」突然風雷之聲大作，轟轟隆隆，不知她軟鞭之中，如何竟能發出如此怪聲。胡斐叫了聲：「好！」先自守緊門戶，要瞧明白她鞭法的要旨，再謀進擊。忽聽得必卜一聲，殿中的一段柴火爆裂開來，火花四濺，霎時之間，火花隱滅，殿中黑漆一團。

這時雨下得更加大了，打在屋瓦之上，刷刷作聲，袁紫衣的鞭聲夾在其間，更是隆隆震耳。胡斐雖然大膽，當此情景，心中也不禁慄慄自危，猛地裏一個念頭如電光石火般在心中一轉：「那日在佛山北帝廟中，鳳天南要舉刀自殺，有一女子用指環打落他的單刀。瞧那女子的身形手法，定是這位袁姑娘了。」想到此處，胸口更是一涼：「她與我結伴同行，原來是意欲不利於我。」不知怎地，心中感到的不是驚懼，而是一陣失望和淒涼，意念稍分，手上竟也略懈，刀頭給軟鞭一捲，險險脫手，急忙運力往裏迴奪。

袁紫衣究是女子，招數雖精，膂力卻遠不及胡斐，給他一奪之下，手臂發麻，當即手腕外抖，軟鞭鬆開了刀頭，鞭梢兜轉，順勢便點他膝彎的「陰谷穴」。胡斐閃身避過，還了一刀。

這時古廟中黑漆一團，兩人只憑對方兵刃風聲招架。胡斐更是全神戒備，心想：「單是這位袁姑娘，我已難勝，何況還有鳳天南父子相助。」此時他料定袁紫衣與鳳天南乃是一黨。今日顯是落入了敵人的圈套之中。

兩人又拆數招，都是每一近身便遇凶險。胡斐刷的一刀，翻腕急砍，袁紫衣身子急仰，只覺冷森森的刀鋒掠面而過，相距不過數寸，不禁嚇了一跳，察覺他下手已毫不容情，說道：「胡大哥，你真生氣了麼？」軟鞭輕抖，向後躍開。

胡斐不答，凝神傾聽鳳天南父子的所在，防他們暗中忽施襲擊。袁紫衣笑道：「你不睬我，好大的架子！」突然軟鞭甩出，勾他足踝。這一鞭來得無聲無息，胡斐猝不及防，躍起已自不及，忙伸刀在地下一拄，欲待擋開她的軟鞭，不料那軟鞭一捲之後隨即向旁急帶，卸開了胡斐手上的抓力，輕輕巧巧便將單刀奪了過去。

這一下奪刀，招數狡猾，勁力巧妙，胡斐暗叫不好，兵刃脫手，今日莫要喪生在這古廟之中，當下不守反攻，縱身前撲，直欺進身，伸掌抓她喉頭。這一招「鷹爪鉤手」招數極是狠辣，他雖依拳譜所示練熟，但生平從未用過。袁紫衣只覺得一股熱氣湊近，敵人手指竟已伸到了自己喉頭，此時軟鞭已在外緣，若要迴轉擋架，那裏還來得及？只得將手一鬆，身子後仰，嗆啷啷一響，刀鞭同時摔在地下。

胡斐一抓得手，第二招「進步連環」，跟著迫擊。袁紫衣反手一指，戳中在胡斐右臂外緣，黑暗之中瞧不清對方穴道，這一指戳在他肌肉堅厚之處，手指一拗，「啊喲」一聲呼痛。胡斐暗叫：「慚愧！幸好她瞧不清我身形，否則這一指已被點中要穴。」

兩人在黑暗之中赤手搏拳，均是守禦多，進攻少，一面打，一面便俟機去搶地下兵刃。袁紫衣但覺對方越打越狠，全不是比武較量的模樣，心下也是越來越驚，暗想：「他怎地忽然如此兇狠？」她自出回疆以來，會過不少好手，卻以今晚這一役最稱惡鬥，突然間身法一變，四下遊走，再不讓胡斐近身。胡斐見對方既不緊逼，當下也不追擊，只守住了門戶，側耳靜聽，要查知鳳天南父子躲在何處，立即發掌先將兩人擊斃。但袁紫衣奔跑迅速，衣襟帶風，掌力發出來也是呼呼有聲，竟聽不出鳳天南父子的呼吸之聲。

胡斐心生一計：「她既四下遊走，我便來個依樣葫蘆。」當下從東至西，自南趨北，依著「大四象方位」，斜行直衝，隨手胡亂發掌，只要鳳天南父子撞上了，不死也得重傷，便算不撞上，只要一架一閃，立時便可發覺他父子藏身之所。

兩人本來近身互搏，此時突然各自盲打瞎撞，似乎互不相關，但只要有誰躍近兵刃跌落之處，另一人立即衝上阻擋，數招一過，又各避開。

胡斐在殿上轉了一圈，沒發覺鳳天南父子的蹤跡，心想：「莫非他已溜到了後殿？不對不對！眼下彼強我弱，以他眾人之力，一擁而上，足可制我死命。定是他正在暗中另佈陷阱，誘我入彀。大丈夫見機而作，今日先行脫身，再圖後計。」於是慢慢走向殿門，要待躍出。忽聽得呼喇一響，一股極猛烈的勁風撲面而來，黑暗中隱約瞧來，正是一個魁梧的人形撲到。胡斐大喜，叫道：「來得好！」雙掌齊出，砰的一聲，正擊在那人胸前。這兩掌他用上了十成之力，鳳天南當場便得筋折骨斷，立時斃命。

但手掌甫與那人相觸，已知上當，只覺著手處又硬又冷，掌力既發，便收不回來，四下裏泥屑紛飛，瑟瑟亂響，原來撲過來的竟是廟中的神像。只聽得又是砰嘭一聲巨響，那神像直跌出去，撞在牆上，登時碎成數截。袁紫衣笑道：「好重的掌力！」這聲音發自山門之外，跟著嗆啷啷一響，卻是軟鞭與單刀都已被她搶在手中。

胡斐尋思：「兵刃已被她奪去，該當上前續戰，還是先求脫身？」對方雖是個妙齡少女，但武功之強，實在絲毫輕忽不得，各持兵刃相鬥，一時難分上下，眼下她有軟鞭在手，自己只餘空手，那就非她之敵，何況她尚有幫手，這念頭甫在心中一轉，忽聽得馬蹄聲響，袁紫衣叫道：「喂，南霸天，你怎麼就走了？可太不夠朋友了！」雨聲中馬蹄聲又響，聽得她上馬追去。

胡斐暗叫：「罷了，罷了！」這一下可說是一敗塗地。雖想鳳天南的家人弟子尚在左近，若要出氣，定可追上殺死一批，但罪魁已去，卻去尋這些人的晦氣，不是英雄所為。

他從懷中取出火摺，點燃了適才熄滅的柴火，環顧殿中，只見那湘妃神像頭斷臂折，碎成數塊，四下裏白米柴草撒滿了一地。廟外大雨兀自未止。他瞧著這番惡鬥的遺跡，想起適才的凶險，不由得暗自心驚，看了一會，坐在神壇前的木拜墊上，望著一團火光，呆呆出神。

心想：「袁姑娘與鳳天南必有瓜葛，那是確定無疑的了。這南霸天既有如此強援，再加上佛山鎮上人多勢眾，制我足足有餘，卻何以要毀家出走？他們今日在這古廟中設伏，我已然中計，若是齊上圍攻，我大有性命之憂，何以既佔上風，反而退走？瞧那鳳天南的神情，兩次自戕，半點不假，那麼袁姑娘暗中相助，他事先是不知的了。」

再想起袁紫衣武功淵博，智計百出，每次與她較量，總是給她搶了先著。適才黑暗中激鬥，唯恐慘敗，將她視作大敵，此時回想，嘴角邊忽露微笑，胸中柔情暗生。

不自禁想到：「我跟她狠鬥之時，出手當真是毫不留情？」這一問連自己也難以回答，似乎確已出了全力，但似乎又未真下殺手。「當她撲近劈掌之時，我那『穿心錐』的厲害殺著為何不用？我一招『上馬刀』砍出，她低頭避過，我為甚麼不跟著使『霸王卸甲』？胡斐啊胡斐，你是怕傷著她啊。」突然間心中一動：「她那一鞭剛要打到我肩頭，忽地收了回去，那是有意相讓呢，還是不過湊巧？還有，那一腳踢中了我左腿，何以立時收力？」

回憶適才的招數，細細析解，心中登時感到一絲絲的甜意：「她決不想傷我性命！她決不想傷我性命。難道……難道……」想到這裏，不敢再往下想，只覺得腹中飢餓，提起適才踢翻了的鐵鍋，鍋中還賸著一些白米，於是將倒瀉在地的白米抓起幾把，在大雨中沖去泥污，放入鍋中，生火煮了起來。

過不多時，鍋中漸漸透出飯香，他嘆了一口長氣，心想：「若是此刻我和她並肩共炊，那是何等風光？偏生鳳天南這惡賊闖進廟來。」轉念一想：「與鳳天南狹路相逢，原是佳事。我胡思亂想，可莫誤入了歧途。」

心中暗自警惕，但袁紫衣巧笑嫣然的容貌，總是在腦海中盤旋來去，米飯漸焦，竟自不覺。

就在此時，廟門外腳步聲響，啊的一聲，廟門輕輕推開。胡斐又驚又喜，躍起身來，心道：「她回來了！」

火光下卻見進來兩人，一個是五十歲左右的老者，臉色枯黃，形容瘦削，正是在衡陽楓葉莊見過的劉鶴真，另一人是個二十餘歲的少婦。

那劉鶴真一隻手用青布纏著，掛在頸中，顯是受了傷。那少婦走路一蹺一拐，腿上受傷也自不輕。兩人全身盡濕，模樣甚是狼狽。胡斐正待開口招呼，劉鶴真漠然向他望了一眼，向那少婦道：「你到裏邊瞧瞧！」那少婦道：「是！」從腰間拔出單刀，走向後殿。劉鶴真靠在神壇上喘息幾下，突然坐倒，臉上神色是在傾聽廟外聲息。

胡斐見他並未認出自己，心想：「那日楓葉莊比武，人人都認得他和袁姑娘。我雜在人羣之中，這樣一個鄉下小子，他自是不會認得了。」揭開鍋蓋，焦氣撲鼻，卻有半鍋飯煮得焦了。胡斐微微一笑，伸手抓了個飯團，塞在口中大嚼，料想劉鶴真見了自己這副吃飯的粗魯模樣，更是不在意下。

過了片刻，那少婦從後殿出來，手中執著一根點燃的柴火，向劉鶴真道：「沒甚麼。」劉鶴真吁了口氣，顯是戒備之心稍懈，閉目倚著神壇養神，衣服上的雨水在地下流成了一條小溪流，水中混著鮮血。那少婦也是筋疲力盡，與他偎倚在一起，動也不動。瞧兩人神情，似是一對夫婦，只是老夫少妻，年紀不稱。

胡斐心想：「憑著劉鶴真的功夫，武林中該當已少敵手，怎會敗得如此狼狽？可見江湖間天上有天，人上有人，實是大意不得。」便在此時，隱隱聽得遠處又有馬蹄聲傳來。

劉鶴真霍地站起，伸手到腰間一拉，取出一件兵刃，卻是一條鏈子短槍，說道：「仲萍，你快走！我留在這兒跟他們拚了。」又從懷裏取出一包尺來長之物，交在她的手裏，低聲道：「你送去給他。」

那少婦眼圈兒一紅，說道：「不，要死便大家死在一起。」劉鶴真怒道：「咱們千辛萬苦，負傷力戰，為的是何來？此事若不辦到，我死不瞑目，你快從後門逃走，我纏住敵人。」那少婦兀自戀戀不肯便行，哭道：「老爺子，你我夫妻一場，我沒好好服侍你，便這麼……這麼……」劉鶴真頓足道：「你給我辦妥這件大事，比甚麼服侍都強。」左手急揮，道：「快走，快走！」

胡斐見他夫妻情重，難分難捨，心中不忍，暗想：「這劉鶴真為人正派，不知是甚麼人跟他為難，既教我撞見了，可不能不理。」

便在此時，馬蹄聲已在廟門外停住，聽聲音共是三匹坐騎，兩匹停在門前，一匹卻繞到了廟後。

劉鶴真臉現怒色，道：「給人家堵住了後門，走不了啦。」那少婦四下一望，扶著丈夫手臂，爬上神壇，躲入了神龕之中，向胡斐做個手勢，滿臉求懇之色，教他千萬不可洩漏。

神龕前的黃幔垂下了不久，廟門中便走進兩個人來。胡斐仍是坐在地下，抓著飯團慢慢咀嚼，斜目向那兩人瞧去，饒是他江湖上的怪人見過不少，此刻也不禁一驚。但見這兩人雙目向下斜垂，眼成三角，一大一小，鼻子大而且扁，鼻孔朝天，相貌實是奇醜。

兩人向胡斐瞧了瞧，並不理會，一左一右，走到了後殿，過不多時重又出來，院子中輕輕一響，一人從屋頂躍下。原來當兩人前後搜查之際，堵住後門那人已躍到了屋頂監視。

胡斐心道：「這人的輕功好生了得！」但見人影一晃，那人也走進殿來。瞧他形貌，與先前兩人無大差別，一望而知三人是同胞兄弟。

三人除下身上披著的油布雨衣，胡斐又是一驚，原來三人披麻帶孝，穿的是毛邊粗布孝衣，草繩束腰，麻布圍頸，便似剛死了父母一般。大殿上全憑一根柴火照明，雨聲淅瀝，涼風颼颼，吹得火光忽明忽暗，將三個人影映照在牆壁之上，倏大倏小，宛似鬼魅。

只聽最後進來那人道：「大哥，男女兩個都受了傷，又沒坐騎，照理不會走遠，左近又無人家，卻躲去了那裏？」年紀最大的人道：「多半躲在甚麼山洞草叢之中。咱們休嫌煩勞，便到外面搜去。他們雖然傷了手足，但傷勢不重，那老頭手下著實厲害，大家須得小心。」另一人轉身正要走出，突然停步，問胡斐道：「喂，小子，你有沒見到一個老頭和一個年輕堂客？」胡斐口中嚼飯，惘然搖了搖頭。

那大哥四下瞧了瞧，見地下七零八落的散滿了箱籠衣物，一具神像又在牆腳下碎成數塊，心中起疑，仔細察看地下的帶水足印。

劉鶴真夫婦冒雨進廟，足底下自然拖泥帶水。胡斐眼光微斜，已見到神壇上的足跡，忙道：「剛才有好幾個人在這裏打架，有男有女，有老有少，把湘妃娘娘也打在地下。有的逃，有的追，都騎馬走了。」

那三弟走到廊下，果見有許多馬蹄和車輪的泥印，兀自未乾，相信胡斐之言不假，回進來問道：「他們朝那一邊去的？」胡斐道：「好像是往北去的。小的躲在桌子底下，也不敢多瞧……」那三弟點點頭，道：「是了！」取出一小錠銀子，約莫有四五錢重，拋在胡斐身前，道：「給你吧！」胡斐連稱：「多謝。」拾起銀子不住撫摸，臉上顯得喜不自勝，心中卻想：「這三人惡鬼一般，武功不弱，若是追上了鳳天南他們，亂打一氣，倒也是一場好戲。」

那二哥道：「老大，老三，走吧！」三人披上雨衣，走出廟門。胡斐依稀聽到一人說道：「這中間的詭計定然厲害，無論如何不能讓他搶在前頭……」又一人道：「若是截攔不住，不如趕去報信。」先前那人道：「唉，咱們的說話，他怎肯相信？何況……」這時三人走入大雨之中，以後的說話給雨聲掩沒，再也聽不見了。

胡斐心中奇怪：「不知是甚麼厲害的詭計？又要去給誰報信了？」聽得神龕中喀喇幾聲，那少婦扶著劉鶴真爬下神壇。日前見他在楓葉莊與袁紫衣比武，身手何等矯捷，此時便爬下一張矮矮的神壇，也是顫巍巍的唯恐摔跌，胡斐心想：「怪不得他受傷如此沉重。那三個惡鬼聯手進攻，原也難敵。」

劉鶴真下了神壇，向胡斐行下禮去，說道：「多謝小哥救命大恩。」胡斐連忙還禮，他不欲透露身分，仍是裝作鄉農模樣，笑道：「那三個傢伙強橫霸道，兇神惡煞一般，開口便是小子長、小子短的，我才不跟他們說真話呢。」劉鶴真道：「我姓劉，名叫鶴真，她是我老婆。小哥你貴姓啊？」

胡斐心想：「你既跟我說真姓名，我也不能瞞你。但我的名字不像鄉農，須得稍稍變上一變。」於是說道：「我姓胡，叫做胡阿大。」他想爹媽只生我一人，自稱阿大，也非說謊。

劉鶴真道：「小哥心地好，將來定是後福無窮……」說到這裏，眉頭一皺，咬牙忍痛。那少婦急道：「老爺子，你怎麼啦？」劉鶴真搖了搖頭，倚在神壇上只是喘氣。胡斐心想他夫婦二人必有話說，自己在旁不便，於是道：「劉老爺子，我到後邊睡去。」說著點了一根柴火，便到後殿。

他望著鋪在神壇上的那堆稻草，不禁呆呆出神，沒多時之前，袁紫衣還睡在這稻草之上，想不到變故陡起，玉人遠去，只賸下荒山淒淒，古廟寂寂，不知日後是否尚能相見一面？

過了良久，手中柴火爆了個火花，才將思路打斷，猛然想起：「啊喲不好，我那本拳經刀譜已給她盜了去！此刻我尚能與她打成平手。等她瞧了我的拳經刀譜，那時我每一招每一式她均了然於胸，豈非一動手便能制我死命？」滿胸柔情，登時化為懼意，將柴火一拋，頹然倒在地下稻草之中。

一躺下去，剛好壓在自己的包袱之上，只覺包袱有異，似乎大了許多，他本來將包袱當作枕頭，後來聽到鳳天南說話之聲，出去尋仇，那包袱並未移動，現在卻移到了腰下。胡斐大是奇怪，心想：「劉鶴真夫婦與那三兄弟都到後殿來過，難道是他們動了我的包袱。」於是晃火摺再點燃柴火，打開包袱一看，不由得呆了。

只見除了原來的衣物之外，多了一套外衣，一套襯裏衣褲，一雙鞋子，一雙襪子。這些衣褲鞋襪本是他的，那日被袁紫衣推入泥塘，下河洗澡時除了下來，便都給她取了去。想不到此時衣褲鞋襪盡已洗得乾乾淨淨，衣襟上原有的兩個破孔也已縫補整齊。他翻開衣服，那本拳經刀譜正在其下，刀譜旁另有一隻三寸來長的碧玉鳳凰。

這玉鳳凰雕刻得極是精緻，紋路細密，通體晶瑩，觸手生溫。

胡斐呆了半晌，包上包袱，那隻玉鳳凰卻拿在手中，吹滅柴火，躺在稻草堆裏，思潮起伏：「若說她對我好，何以要救鳳天南，竭力和我作對？若道對我不好，這玉鳳凰，這洗乾淨、縫補好的衣服鞋襪又為了甚麼？」

在黑暗中睜大了雙眼，那裏還睡得著？

第八章

江湖風波惡

——

胡斐躺在稻草之中，
隱約聞到一股淡淡的幽香，
也不知是出於自己想像，
還是袁紫衣當真留下了香澤，
不由得心中又喜又愁。

突然殿門口火光閃動，劉鶴真手執柴火，靠在妻子臂上，緩緩走進後殿，說道：「還是在這兒睡一忽罷。」說著逕往神壇走去，瞧模樣便要睡在袁紫衣剛才睡過的稻草之中。

胡斐是少年人心性，一見大急，忙道：「劉老爺子，你爬上爬下不便，在地下睡方便得多，我的鋪位讓你。」說著提起包袱，奔到神壇旁邊，伸腳跨上，搶先在稻草堆中躺下了。劉鶴真謝道：「小哥真是心好。」

胡斐躺在稻草之中，隱約聞到一股淡淡的幽香，也不知是出於自己想像，還是袁紫衣當真留下了香澤，心中又喜又愁，又伸手去摸懷中的那隻玉鳳凰。

睡了一會，忽聽得劉鶴真低聲道：「仲萍，這位小哥為人真好，咱夫婦倆須得好好報答他才是。」那名叫仲萍的少婦道：「是啊，若不是他一力遮掩，這廟中躺著的，那就是咱夫妻的兩具屍首啦。」劉鶴真嘆了口氣，說道：「適才當真險到了極處，鍾氏三兄弟若要為難這位小哥，我便是拚了老命不要，也得救他。」仲萍道：「這個自然，別人以俠義心腸相待，我們便得以俠義心腸報答。這位小哥雖是不會武藝，但為人卻勝過不少江湖豪傑呢。」劉鶴真道：「低聲！莫吵醒了他。」接著低低喚了幾聲：「小哥！小哥！」

胡斐並沒睡著，但聽他們極力誇讚自己，料知他又要開口稱謝，未免不好意思，於是假裝睡熟，並不答應。

仲萍低聲道：「他睡著了。」劉鶴真道：「嗯！」隔了一會，又低聲道：「仲萍，剛才我叫你獨自逃走，你怎麼不走？」語氣之中，大有責備之意。仲萍黯然道：「唉！你傷勢這麼重，我怎能棄你不顧？」劉鶴真道：「自從我那老伴死後，我只道從此是一世孤苦伶仃了。不料會有你跟著我，對我又是這般恩愛。我又怎捨得跟你分開？可是你知道這封書信干係何等重大，若不送到金面佛苗大俠手中，不知有多少仁人義士要死於非命……」

胡斐聽到「金面佛苗大俠」六字，心中一凜，險些兒「啊」的一聲，驚呼出來。他知苗人鳳與自己父親生前有莫大牽連，據江湖傳言，自己父親便死在他手中，但每次詢問撫養自己長大的平四叔，他總說此事截然不確，現下自己年紀尚小，將來定會原原本本的告知。胡斐當年在商家堡中，曾與苗人鳳有過一面之緣，但覺他神威凜凜，當時幼小的心靈之中，對他大為欽服。直到此時，生平遇到的人物之中，真正令他心折的，也只趙半山與苗人鳳兩人而已。趙半山和他拜了把子，苗人鳳卻是沒跟他說過一句話，甚至連眼角也沒瞥過他一下，然而每次想到此人，總覺為人該當如此，才算是英雄豪傑。

只聽仲萍低聲道：「禁聲！此事機密萬分，便在無人之處，也不可再說。」劉鶴真道：「是啦！咱們這番奔走，是為了無數仁人義士，實無半點私心在內。皇天有靈，定須保佑咱們成功。」這幾句話說得正氣凜然。胡斐暗暗佩服，心道：「這是俠義之事，不管苗人鳳於我有恩還是有仇，我定當相助劉鶴真將信送到。」

兩夫妻此後不再開口。過了良久，胡斐矇矇矓矓，微有睡意，合上眼正要入睡，忽聽北面又有馬蹄聲響，鍾氏兄弟三乘去而復回。胡斐微微一驚：「這三人再回廟來，此番劉鶴真定難躲過，不如我到廟外去打發了他們。便算不敵，也好讓劉氏夫婦乘機逃走，去送那封要函。」於是將包袱縛在背上，輕輕溜下神壇，走出廟門，向鍾氏三兄弟的坐騎迎去。

此時大雨已停，路面積水盈尺，胡斐踐水奔行，片刻之間，黑暗中見三騎馬頭尾相接的奔來。他在路中一站，雙手張開，大聲喝道：「此山是我開，此樹是我栽，若要從此過，留下買路錢！」

當頭的鍾老三啞然失笑，喝道：「那裏鑽出來的小毛賊！」一提馬韁，便往胡斐身上衝來。胡斐左手倏地伸出，抓住馬韁一勒，那馬這一衝不下數百斤之力，但被他一勒，登時倒退了幾步。他跟著使出借力之技，順著那馬倒退之勢，一送一掀，一匹高頭大馬竟然站立不定，砰的一聲，翻倒在地。總算鍾老三見機得快，先自躍在路邊。

這一來，鍾氏三兄弟盡皆駭然，鍾老大與鍾老二同時下馬，三人手中已各持了一件奇形兵刃。這時即將黎明，但破曉之前，有一段短短時光天色更暗，兼之大雨雖停，滿天黑雲迄未消散，胡斐雖睜大了眼睛，仍瞧不清三人手中持的是甚麼兵刃。

只聽得一人粗聲粗氣的說道：「鄂北鍾氏兄弟行經貴地，未曾登門拜訪，極是失禮。請教閣下尊姓大名。」他三人聽胡斐口音稚嫩，知他年歲不大，本來絲毫沒放在心上，待見他一勒一推，竟將一匹健馬掀翻在地，這功夫實是非同小可，不由得聳然改容。老大鍾兆英出口叫字號，言語之中頗具禮敬。

胡斐雖然滑稽多智，生性卻非輕浮，聽得對方說話客氣，便道：「在下姓胡，沒請教三位大號。」

鍾兆英心想：「我鍾氏三雄名滿天下，武林中人誰不知聞？你聽了『鄂北鍾氏兄弟』六字，還要詢問名號，見識也忒淺了。」於是答道：「在下草字兆英，這是我二弟兆文，三弟兆能。我三兄弟有急事在身，請胡大哥讓道。胡大哥既在此處開山立櫃，我們兄弟回來，定當專誠道謝。」說著將手一拱。以他一個江湖上的成名人物，對後輩說話如此謙恭，也算是難得之極，只因他見胡斐一出手便顯露了極強的武功，知道此人極是難鬥，又想他未必只是孤身一人，若是另有師友在側，那就更加棘手了。

胡斐抱拳還禮，說道：「鍾老師太過多禮。三位可是去找那劉鶴真夫婦麼？」

這時天色漸明，鍾氏三雄已認出這眼前之人，便是適才在湘妃廟所見的鄉下少年。三兄弟互瞧了一眼，均想：「這次可走了眼啦，原來這小子跟劉鶴真夫婦是一路。」

晨光熹微之中，胡斐也已瞧明白鍾氏三兄弟手中的奇形兵刃。但見鍾兆英手執一塊尺許長的鐵牌，上面隱約刻得有字；鍾兆文拿的是一根哭喪棒；鍾兆能手持之物更是奇怪，竟是一桿插在死人靈座上的招魂幡，在晨風之中一飄一盪，模樣詭奇無比。三人相貌醜陋，衣著怪異，再經這三件凶險的兵刃一襯，不用動手已令人氣為之奪。胡斐只怕他們突然發難，自己可不知這三件奇門兵刃的厲害之處，當下全神戒備，不敢稍有怠忽。

鍾兆英道：「閣下跟劉鶴真老師怎生稱呼？」胡斐道：「在下和劉老師今日是第二次見面，素無淵源。只是見三位相逼過甚，想代他說一個情。常言道得好：能罷手時便罷手，得饒人處且饒人。劉老師夫婦既已受傷，三位便容讓幾分如何？」

鍾兆文心中急躁，暗想在此耗時已久，莫要給劉鶴真乘機走了，當下向大哥使個眼色，慢慢移步，便想從胡斐身旁繞過。

胡斐雙手一伸，說道：「三位跟劉老師有甚過節，在下全不知情。但那劉老師有要事在身，且讓他辦完之後，三位再找他晦氣如何？那時在下事不干己，自然不敢冒昧打擾。」鍾兆文怒道：「我們就是不許他去辦這件事。你到底讓不讓道？」

胡斐想起劉鶴真夫婦對答之言，說那通書信干連著無數仁人義士的性命，眼見這鍾氏三兄弟形貌兇狠，顯然生平作惡多端，料想今日若不動手，此事難以善罷，於是哈哈一笑，說道：「要讓路那也不難，只須買路錢三百兩銀子。」

鍾兆文大怒，一擺哭喪棒，上前便要動手。鍾兆英左手一攔，說道：「二弟且慢！」探手入懷，取出四隻元寶，道：「這裏三百兩銀子足足有餘，便請取去。」鍾兆文叫道：「大哥，你幹甚麼？」他想鍾氏三雄縱橫荊楚，怎能對一個後輩如此示弱？但鍾兆英知道事機急迫，非儘快將劉鶴真截下不可，事有輕重緩急，胡斐這樣一個無名少年，合三兄弟之力勝之不武，但稍有躭擱，那便誤了大事，因此他說要買路錢，便取三百兩銀子給他。

這一著卻也大出胡斐的意料之外，他笑嘻嘻的搖了搖頭，並不伸手去接，說道：「多謝，多謝！鍾老師說這四隻元寶不止三百兩，可是晚輩的定價只是一百兩銀子一位，三位共是三百兩，倘若多取，未免太不公道。這樣吧，咱們同到前面市鎮，找一家銀鋪，請掌櫃的仔細秤過，晚輩只要三百兩，不敢多取一分一毫……」

鍾氏三雄聽到此處，垂下的眉毛都豎了上來。鍾兆英將銀子往懷裏一放，說道：「二弟，三弟，你們先走。」向胡斐叫道：「亮兵刃吧。在下討教老弟的高招。」

胡斐見他神閒氣定，實是個勁敵，自己單刀已給袁紫衣搶走，此時赤手空拳鬥他三人，只怕難以取勝。他一想到袁紫衣，心中微微一甜，但隨即牙齒一咬，心想若非你取去我的兵刃，此時也不致處此險境，眼見鍾兆文、兆能兄弟要從自己身側繞過，卻如何阻擋？心念動處，倏地側身搶上兩步，右拳伸出，砰的一聲，擊在鍾兆英所乘的黃馬鼻上。這一拳他用了重手法，正是胡家拳譜中所傳極厲害的殺著。那黃馬立時腦骨碎裂，委頓在地，一動也不動的死了。

這一下先聲奪人，鍾氏三雄都是一呆。胡斐順手抓起黃馬的馬鞍，微一用力，馬肚帶已然迸斷，他將馬鞍擋在胸前，雙手各持一根鐙帶，說道：「得罪了！只因在下未攜兵刃，只好借這馬鞍一用。」說著左手的鐵鐙揮出，襲向鍾兆文的面門，右手鐵鐙橫擊鍾兆能右脅，雙鐙齊出，已攔住兩人去路。

鍾氏三雄又驚又怒。三兄弟本來都使判官筆，但八年前敗於苗人鳳手下，引為奇恥大辱，從此棄筆不用，三人各自練了一件奇形兵刃，八年苦功，武功大進，滿心要去和苗人鳳再決雌雄，豈知在這窮鄉僻壤之間，竟受這無名少年的折辱？鍾兆英一聲呼嘯，兆文、兆能齊嘯相應，嘯聲中陰風惻惻，寒氣森森。胡斐聽了，不由得心驚，只見三人舉起鐵靈牌、哭喪棒、招魂幡，分自三面攻上，當即將馬鞍護在胸前當作盾牌，雙手舞動鐵鐙，便似使著一對流星鎚，居然有攻有守。

他拳腳和刀法雖精，卻不似袁紫衣般精通多家門派武功，這流星鎚的功夫他從未練過，只是仗著心靈手快，武學根底高人一等，這才用以施展抵擋。雖說一法通，萬法通，武學高強之士即是一竹一木在手，亦能用以克敵護身，但鍾氏三雄究是一流好手，以本身功力而論，每人均較他深厚。幸好他全然不會流星鎚的招數，這才與三人拆了二三十招，尚未落敗。

原來鍾氏三雄見多識廣，見胡斐拿了兩隻馬鐙當作流星鎚使，即便著意辨認他的武功家數。只見他右手馬鐙橫擊而至，心想這是山東青州張家流星鎚法中的一招「白虹貫日」，左手馬鐙也必順勢橫擊。那知胡斐見鍾兆文的哭喪棒正自下向上挑起，頭頂露出空隙，當即抖動馬鐙，當頭壓落。鍾氏三雄心中奇怪：「這是甚麼家數？」

胡斐見鍾兆文舉棒封格，右手馬鐙逕向鍾兆能掃去。三兄弟暗暗點頭，心想：「是了，原來他是陝西延州褚十鎚的門下，這一下『揚眉吐氣』，下半招定是將雙鐙當胸直盪過來了。」三人見過他推馬擊馬，膂力極其沉雄，若是雙鎚當胸直盪，倒是大意不得，當下三人各舉兵刃挺在胸間，齊運真力，要硬接硬架他這一盪。不料胡斐全不知「揚眉吐氣」是甚麼招數，眼見三人舉兵刃護胸，雙鐙驀地下掠，擊向三人下盤。三兄弟嚇了一跳：「怎麼用起『翻天覆地』的招數來？」

鍾兆能一面招架，一面叫道：「喂，太原府『流星趕月』童老師是你甚麼人？莫非大水沖倒龍王廟麼？」原來山西太原府童老師童懷道善使流星雙鎚，外號人稱「流星趕月」，和鍾氏三雄是莫逆之交，那「翻天覆地」的招數，正是他門中的單傳絕技，別家使流星鎚的決不會用。胡斐誤打誤撞，這一招使得依稀彷彿，他聽鍾兆能相詢，笑道：「童老師是我師弟。」一跟著雙鐙直揮過去。鍾兆能「呸」的一聲，罵道：「混小子胡說八道！」

三人見他馬鐙的招數神出鬼沒，沒法摸準他武學師承，均自奇怪：「我們數十年來足跡遍天下，那一家那一派的流星鎚沒見過？這小子卻真是邪門。」

本來動手比武，若能識得對方的武功家數，自能佔敵機先，處處搶得上風，但鍾氏三雄連猜幾次全都猜錯，心神一亂，所使的招數竟然大不管用。這皆因胡斐神拳斃馬，使得三人心有所忌，否則也用不著辨認他家數門派，一上手便各展絕招，胡斐早已糟了。

二十餘招之後，鍾氏三雄見他雙鐙的招數雖然奇特，威力卻也不強，於是各展八年來苦練的絕技，牌、棒、幡三件奇形兵刃的怪招源源而至。鍾兆英的靈牌是鑌鐵鑄成，走的全是剛猛路子，硬打硬砸，胡斐此時看得清楚，牌上寫的是「一見生財」四字。鍾兆能的招魂幡卻全是柔功，那幡子布不像布，革不像革，馬鐙打上去時全不受力，但若給幡子拂中身體，想來滋味定然極不好受。鍾兆文的哭喪棒卻是介乎剛柔之間，大致是桿棒的路子，卻又雜著鞭鐧的家數。三兄弟兵刃不同，但三件兵刃的木柄仍是當判官筆使，剛柔相濟，互輔互成。胡斐暗暗叫苦，知道再鬥片刻，非敗不可，突然雙掌回轉，托在馬鞍之後，向外急推。這一推之力勢道不小，呼的一聲響，馬鞍疾飛而前。

鍾氏三雄急躍閃開，不知他又要出甚麼怪招。

胡斐大聲說道：「在下本是好心勸架，並沒跟三位動手之意，因此赤手空拳，沒帶兵器，用這馬鞍子怎能夠鬥得過三位當世英雄？今日算我認輸便是。」說著閃身讓在道旁。

鍾氏三雄明知他出言相激，但因有要事在身，不願跟他糾纏。鍾兆能便道：「好罷，下次你取得趁手兵刃，我們再領教高招。」說著拔足便走。

胡斐笑道：「下次，下次，好一個下次！原來鍾氏三兄弟是如此這般的人物。」鍾兆文怒道：「甚麼如此這般？你自己沒兵刃，又怪得誰來？」胡斐道：「我倒有個妙法，就只恐你們不敢跟我比試。」鍾氏三雄經他一激再激，再也忍耐不住，齊聲道：「你劃下道兒吧！」鍾兆英跟著說道：「我兩位兄弟在這裏領教，在下卻要少陪。」說著縱身躍起。

胡斐跟著躍起，雙手在空中一攔。鍾兆英沒想到他身法竟是如此迅捷，鐵牌一抖，迎面打去。胡斐拳腳功夫卻勝他甚多，當下不閃不避，身子尚未落地，右手已跟著迴轉，抓住了他右腕，一抖一扭，鍾兆英手中的鐵牌竟險些給他奪去。

兆文、兆能齊吃一驚，分自左右攻到，相助兄長。胡斐一聲長笑，向後躍開丈許，順勢在道旁一株松樹上折了根樹枝，說道：「三位敢不敢試試我的刀法？」

鍾兆英這一下雖沒給他奪去鐵牌，但手腕已給抓得隱隱生疼，心中更是加了三分疑懼，暗想：「這少年實非尋常之輩，我若孤身去追劉鶴真，留下二弟三弟在此，實是放心不下，須得合兄弟三人之力，先料理了他。縱有躭擱，也說不得了。」鍾兆文見胡斐手中拿了一根四尺來長的松枝，不知搗甚麼鬼，眼望大哥，聽他的主意。

鍾兆英沉住了氣，說道：「閣下要比刀法，可惜我們也沒攜得單刀，否則倒也可奉借。」胡斐道：「咱們素不相識，自無深仇大怨，比武只求點到為止，是也不是？」鍾兆英道：「不錯！」胡斐用左手折去松枝上的椏叉細條，只賸下光禿禿的一根枝條，說道：「這松枝便算是一柄刀，三位請一齊上來。咱們話說在先頭，這松枝砍在何處，便算是鋼刀砍中。鍾氏三兄弟說話算不算數？」

鍾兆英見他如此托大，心中更是有氣，大聲道：「鍾氏三雄信義之名早遍江湖，那時你這位小兄弟可還沒出世呢。」

胡斐道：「如此最好，看刀吧！」舉起松枝，刷的一招橫砍。鍾兆文自後搶上，提棒便打。胡斐斜躍避開，松枝已斬向鍾兆能頸中。鍾兆能倒轉幡桿，往他松枝上砸去，同時鍾兆英的鐵牌也已打到。

那胡家刀法真有鬼神莫測之變，鍾氏三雄武功雖強，但胡斐一將那松枝當作刀使，立時著著搶攻，在三人之間穿插來去，砍削斬劈，一根小小的松枝，竟然顯出了無窮威力。鍾氏三雄愈鬥愈奇，只見他這松枝決不與三般兵刃碰撞，但乘瑕抵隙，招招都殺向自己的要害。被松枝擊中雖然無礙，但有約在先，決不能讓它碰到身體。鍾兆文焦躁起來，揮棒橫掃，猛砸胡斐脛骨。他三兄弟每一招都是互有呼應，只待胡斐躍起相避，鍾兆能的招魂幡便從他頭頂蓋落，兆英的鐵牌卻猛擊他的右腰。那知胡斐並不躍起，反而搶前一步，直欺入懷，手起枝落，松枝已擊中鍾兆文的左肩。

這一招凌厲之極，那松枝如換成了鋼刀，鍾兆文的一條左臂已立時被卸了下來。這松枝的一擊自然傷他不著甚麼，但鍾兆文面色大變，叫道：「罷了，罷了！」將哭喪棒往地下一拋，垂手退開。

鍾兆英、兆能兄弟心中一寒，牌幡卻舞得更加緊了，各施殺著，只盼能將胡斐打中，扯個平手。但過不數招，鍾兆英頸中給松枝一拖而過，鍾兆能卻是右腿上被松枝劃了一下。兩人相顧慘然，一齊拋下兵刃。突然間鍾兆英「哇」的一聲，噴出一大口鮮血。

胡斐見他們信守約言，暗想這三兄弟雖然兇惡，說話倒是作得準，他自知並未下手打傷鍾兆英，他口吐鮮血，定是急怒攻心所致，心下頗感歉仄，雙手一拱，待要說幾句來交代。

鍾兆能哼了一聲，說道：「閣下武技驚人，佩服佩服！只是年紀輕輕，不走正途。可惜了一副好身手。」胡斐愕然道：「我怎地不走正途了？」鍾兆文怒道：「三弟，還跟他說些甚麼？」扶起鍾兆英騎上馬背，牽著韁繩便走。

三件奇門兵刃拋在水坑之中，誰都沒再去拾。

胡斐眼見三人掉頭不顧而去，地下賸下一匹死馬，三件兵刃，心中頗有感觸，瞧了好一陣子，這才回向古廟。

走進廟中，前殿後殿都不見劉鶴真夫婦的人影，知他二人已乘機遠去，想起剛才做了一件好事，心中也不禁有得意之感，又想：「那苗人鳳不知住在何處？此人號稱『打遍天下無敵手』，武功不知如何了得？」這人與自己過世了的父親有莫大關連，當日商家堡一見，自己拳經刀譜的頭上兩頁，也是憑著他的威風才從閻基手中取回，此後時時念及，此刻很想跟著劉鶴真夫婦去瞧瞧，但那鳳天南雖然逃去，去必不遠，此仇不報，非丈夫也，到底是追蹤那一個好，一時竟自打不定主意。

他低頭尋思，又從故道而回，走到適才與鍾氏三雄動手之處，只見地下的三件奇門兵刃已然不見，那匹死馬卻兀自橫臥在地。他大是奇怪：「我這一來一去，只是片刻間的事，這時天色尚早，不會有過路之人順手撿了去，難道鍾氏兄弟去而復回麼？」

他在四處巡視，不見有異，一路察看，終於在離相鬥處十餘丈的一株大樹幹上，看到一個污泥的足印。這足印離地約莫一丈三尺高，印在樹幹不向道路的一面，若非細心檢視，決不會看到。足印的汚泥甚濕，當是留下不久，而足印的鞋底纖小，又顯是女子的鞋印。

他心中一動：「難道是她？我和鍾氏三雄相鬥之時，她便躲在樹上旁觀？」想到這裏，一顆心怦怦亂跳，立即縱身而起，攀往一根樹幹翻身上樹，果然在一根橫枝之上，又見到兩個並列的女子濕泥足印，在橫枝之旁，卻有一根粗大的樹枝被踏斷了，斷痕甚新。他反感疑惑：「倘若是袁姑娘，以她的輕身功夫，決不會踏斷這根樹枝。」再攀上一看，只見另一根橫枝上又有兩隻並列的男子腳印。他心中疑竇立時盡去，卻不由得感到一陣失望：「原來是劉鶴真夫婦在這裏偷看。」

然而心中剛明白了一個疑竇，第二個、第三個疑竇跟著而來：「他二人身負重傷，怎能竄高躲在此處，我竟絲毫沒有察覺？鍾氏三雄既去，他們怎又不出聲跟我招呼？」轉念一想：「啊，是了。他們本來只道我不會武藝，但突見我打敗鍾氏三雄，心中起疑，只怕我於他們有所不利，是以不敢露面。江湖間風波險惡，處處小心在意，原是前輩的風範。又何況他們有要事在身，怎能大意？」想到這裏，便即釋然，只見兩排帶泥足印在草叢間向東北而去，他起了好奇之心，便順著足印向前追蹤。

整夜大雨之後遍地泥濘，這一男一女的足印甚是清晰，跟隨時毫不費力，但見兩對足印始終避開道路，在草叢間曲曲折折的穿行。跟了一個多時辰，到了一個小市鎮，鎮外足跡雜沓，再也分不清楚了。

胡斐心想：「他二人餓了一晚，此時必要打尖，就只怕他們只買些饅頭點心，便穿鎮而去，那便不易追尋。」於是在鎮口的山貨店裏買了一件簑衣一頂斗笠，穿戴起來，將大半個臉都遮住了，走到鎮上幾家飯店和騾馬行去探視。

瞧了幾家都不見影蹤，這市鎮不大，轉眼便到了鎮頭，正要回過身來，自行去買飯吃，忽聽一個女子的聲音說道：「大嫂，有針線請相借一使。」正是劉鶴真之妻的聲音。

他低頭從斗笠下斜眼看去，見話聲是從一家民居中發出，心想：「他夫婦怕敵人跟蹤，是以不敢住店。」又想：「瞧他們這等嚴加防備的模樣，只怕除了鍾氏兄弟，尚有極厲害的對頭和他們為難。一不做，二不休，我索性暗中保護，務必讓他們將書信送到苗大俠手中。」回頭不到七八家門面，便是一家小客店，於是找一個房住了，一直注視劉鶴真借住的那家人家。

直到傍晚，劉鶴真夫婦始終沒有露面。胡斐心想：「前輩做事真是仔細，他們定要待天黑透了方才啟程。」果然待到二更天時，望見劉鶴真夫婦從那民居中出來，疾奔出鎮，腳步迅捷，顯然身上並未受傷。

胡斐心想：「原來他們先前的受傷全是假裝，不但瞞過了鍾氏兄弟，連我也給瞞過了。」他不敢怠慢，躍出窗戶，跟隨在後。只見劉鶴真腋下挾著一個長長的包裹，不知包著甚麼東西。他的輕身功夫比劉鶴真高明得多，悄悄跟隨在後，料想劉氏夫婦定然毫不知覺。

跟著二人走了五六里路，來到孤另另的一所小屋之前，只見劉鶴真打個手勢，命妻子伏在草叢之中，走上幾步，朗聲道：「金面佛苗大俠在家麼？有朋友遠道來訪。」

只聽屋中一人說道：「是那一位朋友？恕苗人鳳眼生，素不相識。」這話聲並不十分響亮，胡斐聽在耳中只覺又是蒼涼，又是醇厚。

劉鶴真道：「小人姓鍾，奉鄂北鬼見愁鍾氏兄弟之命，有要函一通送交苗大俠。」胡斐大是驚奇：「怎麼那信是鍾氏兄弟的？他們卻何以又要攔阻？」只聽苗人鳳道：「請進吧！」屋中點起燈火，呀的一聲，木門打開。胡斐伏在一株栗樹之後，但見一個極高極瘦的人影站在門框之間，頭頂幾要碰到門框，右手執著一隻燭台。

劉鶴真拱手行禮，走進屋中。胡斐待兩人進屋，便悄悄繞到左邊窗戶下偷瞧。苗人鳳道：「另外兩位不進來麼？」劉鶴真心道：「那裏還有兩位？」口中含糊答應。

胡斐一聽苗人鳳說到「另外兩位」，心中一驚：「這苗人鳳果然厲害之極，我腳步聲雖輕，他卻早知共有三人同來。」心想在此偷看，他也必定知覺，正想退開，忽聽劉鶴真道：「鍾氏兄弟八年前領教了苗大俠的高招，佩服得五體投地，現下另行練了三件兵刃，特命小人先送給苗大俠瞧瞧，以免動手之際，苗大俠說他們兵刃怪異，佔了便宜。」說著打開包裹，嗆啷啷幾聲響，將三件兵器抖在桌上。

胡斐覺得他的舉動越來越是不可思議，俯眼到窗縫上向內張望，但見桌上三件兵器正是那鐵靈牌、哭喪棒和招魂幡，兵刃上泥污斑斑，兀自未擦乾淨。

苗人鳳哼了一聲，向三件兵刃瞧了一眼，並不答話。劉鶴真從懷裏摸出一封書信，雙手遞了上去，說道：「請苗大俠拆看，小人信已送到，這便告辭。」說著雙手一拱，就要退出。苗人鳳接過信來，說道：「慢著。我瞧信之後，煩你帶一句回話。」他心知這封定是戰書，當下撕開封皮，取出信來。

胡斐乘苗人鳳看信，仔細打量他的形貌，但見他比之數年前在商家堡相見之時，似已老了許多，臉上神色也大是憔悴。苗人鳳看著書信，雙眉登豎，眼中發出憤怒之極的光芒。胡斐瞧得害怕，正想退開，突見他雙手抓住書信，嗤的一下，撕成兩半。

書信一破，忽然間他面前出現一團黃色濃煙，苗人鳳叫聲：「啊喲！」雙手揉眼，臉現痛苦之色。劉鶴真急縱向後，躍出丈餘。

這變故起於俄頃，但便在這一霎之間，胡斐心中已然雪亮：「原來這劉鶴真在信中暗藏毒藥，毒害苗大俠的雙目。」他大叫：「狗賊休走！」飛身向劉鶴真撲去。

劉鶴真挫膝沉肘，從腰間拔出鏈子槍，回手便戳。胡斐心中愧怒交攻，側身閃避，伸手去奪他鏈子槍，猛覺背後風聲勁急，一股剛猛無比的掌力直撲自己背心，只得雙掌反擊，運力相卸。

他知道苗人鳳急怒之下，這掌力定然非同小可，不敢硬接硬架，當下使出趙半山所授的太極拳妙術「陰陽訣」，想卸開對方掌力，豈知雙手與對方手掌甫接，登時眼前一黑，胸口氣塞，騰騰騰連退三步，苗人鳳的掌力只卸去了一半，餘一半還是硬接了過來。胡斐叫道：「苗大俠，我幫你拿賊……」

兩人這一交掌，劉鶴真已乘空溜走。

苗人鳳只覺雙目劇痛，宛似數十枚金針同時攢刺，他與胡斐交了一招，覺得此人武功甚強，實是個勁敵，不由得暗自心驚，胡斐那句「我幫你拿賊」的話竟沒聽見。

胡斐眼見劉鶴真夫婦往西逃去，正要拔步追趕，忽見大路上三人快步奔來。這三人披麻戴孝，不用瞧面目，便知是鍾氏三雄了。

胡斐回過頭來，見苗人鳳雙手按住眼睛，臉上神情痛楚，待要上前救助，又怕他突然發掌，於是朗聲說道：「苗大俠，我雖不是你朋友，可也決計不會加害，你信也不信？」

這幾句話說得極是誠懇。苗人鳳雖未見到他的面目，自己又剛中了奸人暗算，雙目痛如刀剜，但一聽此言，自然而然覺得這少年絕非壞人，真所謂英雄識英雄，片言之間，已是意氣相投，於是說道：「你給我擋住門外的奸人。」他不答胡斐「信也不信？」的問話，但叫他擋住外敵，那便是當他至交好友一般。

胡斐胸口一熱，但覺這話豪氣干雲，若非胸襟寬博的大英雄大豪傑，決不能說得出口，當真是有白頭如新，有傾蓋如故，苗人鳳只一句話，胡斐立時甘願為他赴湯蹈火，眼見鍾氏三兄弟相距屋門尚有二十來丈，當即拿起燭台，奔至後進廚房中，拿水瓢在水缸中舀了一瓢水，遞給苗人鳳，道：「快洗洗眼睛。」

苗人鳳眼睛雖痛，心智仍極清明，聽得正面大路上有三人奔來，另有四個人從屋後竄上了屋頂。他接過水瓢，走進內房，先在床上抱起了小女兒，這才低頭到水瓢中洗眼。這毒藥實是猛惡之極，經水一洗，更是劇痛透骨鑽心。

那小女孩睡得迷迷糊糊，說道：「爹爹，你同蘭兒玩麼？」苗人鳳道：「嗯，乖蘭兒，爹抱著你，別睜開眼睛，好好的睡著。」那女孩道：「那老狼真的沒吃了小白羊嗎？」苗人鳳道：「自然沒有，獵人來了，老狼就逃走啦！」那女孩安心地嘆了口氣，將臉蛋兒靠在父親胸口，又睡著了。

胡斐聽他父女倆對答，微微一怔，隨即明白，女孩在睡覺之前，曾聽父親說過老狼想吃小白羊的故事，在睡夢之中兀自記著。

此時鍾氏兄弟距大門已不到十丈，只聽得噗噗兩聲，兩個人從屋頂躍入了院子。胡斐關上大門，拖過桌子頂住，叫鍾氏兄弟不能立即入屋，以免前後受攻，跟著左手一煽，燭火熄滅。躍入院子的兩人見屋中沒了火光，不敢立時闖進。

苗人鳳低聲道：「讓四個人都進來。」胡斐道：「好！」取出火刀火石，又點燃了蠟燭，將燭台放在桌上。

只聽得大門外鍾兆英叫道：「鄂北鍾兆英、兆文、兆能三兄弟拜見苗大俠，有急事奉告。」苗人鳳「哼」了一聲，並不理睬。

院子中的兩人一人執刀，另一人拿著一條三節棍，眼見苗人鳳雙目緊閉，睜不開來，但震於「打遍天下無敵手」的威名，那敢貿然進屋？那持刀的人向屋上一招手，叫道：「他眼睛瞎了！」屋上兩人大喜，一齊躍下。

胡斐瞧這兩人身手矯捷，比先前兩人強得多，當下身形一閃，搶到了兩人背後，雙掌向前推出，喝道：「進去！」這一推力道剛猛，兩人不敢硬接，向前急衝了幾步，跨過門檻，進了客堂。

胡斐守在邊門之外，輕輕吸一口氣，猛力一吐，波的一聲，一丈多外的燭火登時又滅了。客堂中黑漆一團。

來襲的四人嚇了一跳，一怔之下，各挺兵刃向苗人鳳攻了上去。

那女孩睡在苗人鳳懷中，轉了過身，問道：「爹，甚麼聲音？是老狼來了麼？」苗人鳳道：「不是老狼，只是四隻小耗子。」聽到兵刃劈風之聲襲向頭頂，中間夾著鎖鏈扭動的聲音，知是三節棍、鏈子槍一類武器，右手倏地伸出，抓住三節棍的棍頭一抖，那人「啊」的一聲，手臂酸麻，三節棍已然脫手。苗人鳳順手揮出，拍的一響，擊在他腰眼之上。那人立時閉氣，暈了過去。其餘兩人使刀，一人使一條鐵鞭，默不作聲的分從三面攻上。三人知道苗人鳳視力已失，全憑聽覺辨敵，是以不敢稍有聲響。

那女孩道：「爹，耗子會咬人麼？」苗人鳳道：「耗子想偷偷摸摸的來咬人，不過見到老貓，耗子便只好逃走了。」那女孩道：「甚麼聲音響？是颳大風嗎？爹，是不是要下雨了？」苗人鳳道：「是啊！待會兒還要打雷呢！」那女孩道：「雷公菩薩只打惡人，不打好人，是不是？」苗人鳳道：「是啊！雷公菩薩喜歡乖女孩兒。」苗人鳳單手拆解三般兵刃，口中和女兒一問一答，竟沒將身旁三個敵人放在心上。

那三人連出狠招，都給苗人鳳伸右手搶攻化解。一個使刀的害怕起來，叫道：「風緊，扯呼！」轉身出外，衝到門邊時，胡斐左腿掃出，將他踢倒在地，順手將他的單刀奪了過來。

苗人鳳道：「乖寶貝，你聽，要打雷啦！」一拳擊出，正中那使鐵鞭的下顎，砰的一聲，這人飛了起來，越過胡斐頭頂，摔在院子之中。另一個使刀的武功最強，手腳滑溜，苗人鳳連發兩拳，竟都給他避開。苗人鳳生怕驚嚇了女兒，只是坐在椅上，並不起身追出。

那人這時已明白苗人鳳眼睛雖瞎，自己可奈何他不得，又知守在門口那人也是個極厲害的腳色，自己困在小屋之中，變成了甕中之鱉，難道束手待斃不成？突然向苗人鳳猛砍一刀，乘他側身避讓，一閃身進了臥室，他晃亮火摺，點燃了床上的紗帳，跟著從窗中竄出，上了屋頂。

紗帳著火極快，轉瞬之間，已是濃煙滿屋。

鍾兆英在門外叫道：「苗大俠，我三兄弟是來找你比武較量，但此時決不乘人之危，你放心便是。」鍾兆文見窗中透出火光，叫道：「起火，起火！」鍾兆能叫道：「賊子如此卑鄙。大哥，咱們先救火要緊。」三兄弟躍上屋頂。

胡斐知道鍾氏兄弟武功了得，非適才四人可比，苗人鳳本事再強，總是雙目不能見物，懷中又抱著女兒，定然難以抵敵，須得自己出手助他打發，於是大聲喝道：「無恥奸徒，不許進來！」

那女孩道：「爹，好熱！」苗人鳳推開桌子，一足踢出，門板向外飛出四五丈。他抱著女孩踏出大門，向屋頂上的鍾氏兄弟招招手，說道：「下來動手便是。」他怕驚嚇了女兒，雖對敵人說話，仍是低聲細氣。

心中不自禁想到：八年之前，也是與鍾氏三雄對敵，也是屋中起火，也是自己身上有傷，只是陪著自己的卻不是女兒，而是後來成為自己妻子的姑娘。不，她沒有陪，是在危急之際先逃出去了……

胡斐眼見火勢猛烈，轉眼便要成災，料想苗人鳳必可支持得一時，倒是先救火要緊，拋下單刀奔進廚房，見灶旁並列著三隻七石缸，缸中都貯著清水，於是伸臂抱住了一隻，喝一聲：「起！」一隻裝了五六百斤水的大缸竟給他抱了起來。饒是他此時功力已臻第一流好手之境，也不禁腳步蹣跚。他不敢透氣，奮力將水缸抱到臥室之外，連缸帶水，一併擲了進去。

火頭給這缸水一澆，登時小了，但兀自未熄。胡斐又去抱了一缸水，走到臥室門外，正要奮力擲出，忽聽背後呼的一響，有人偷襲。原來先前被他踢倒的那人拾起地下單刀，向他背心砍落。

胡斐雙手抱著水缸，無法擋格躲閃，急忙反腳向後勾踢。這一踢怪異之極，當年閻基學得這一招，連馬行空這等著名武師都難以拆解，這時胡斐反腳踢出，正中那人小腹。砰的一響，那人連刀帶人飛了起來，掠過胡斐頭頂，跌在他抱著的水缸之中。

他抱著那口七石缸本已十分吃力，手上突然又加了一百五六十斤重量，如何支持得住？順手一推，水缸與人一齊飛入火中。水缸破裂，只割得那人滿身是傷，好在火頭已熄，才不致葬身火窟。

胡斐將火救熄，正要出去相助苗人鳳，忽聽屋後傳來大聲喝罵，又有拳打足踢之聲，有兩人鬥得極是激烈，聽那喝罵的聲音，卻是劉鶴真所發，只聽他喝道：「好奸賊，給我上這個大當！」

胡斐心想：「他與誰動手？此人是罪魁禍首，說甚麼也得將他抓住。」從後門奔將出去，只見劉鶴真正和一人近身糾纏，赤手廝打。瞧這人身形，便是縱火的那人。胡斐大是奇怪，心想今日之事當真難以索解，這兩人明明是一路，怎麼自相火拚起來了？反正兩個都不是好人，當下縱身而前，施展大擒拿手，一抓下去便擒住了兩人後心要穴。兩人正自惡鬥，分不出手相抗，否則二人武功都頗不弱，也不能給他一拿便即得手。

胡斐側耳沒聽到大門外有相鬥的聲音，生怕苗人鳳目光不便，遭了鍾氏兄弟的毒手，眼見身旁有一口井，於是一手一個，將劉鶴真和那人都投入井中，又到廚房中抱出第三口大缸壓在井上，這才繞過屋子，奔到前門。

但見鍾氏兄弟已躍在地下，與苗人鳳相隔七八丈，手中各拿著一對判官筆，卻不欺近動手。胡斐道：「苗大俠，我給你抱孩子。」

苗人鳳正想自己雙目已瞎，縱然退得眼前的鍾氏三兄弟，但由於「打遍天下無敵手」這個外號太惡，生平結下仇家無數，只要江湖上一傳開自己眼睛瞎了，強仇紛至沓來，那時如何抵禦？看來性命難以保全，最放心不下的便是這個女兒。他以耳代目，聽得胡斐卻敵救火，乾淨利落，智勇兼全，這人素不相識，居然如此義氣，女兒實可託付給他，於是問道：「小兄弟，你尊姓大名，與我可有淵源？」

胡斐心想我爹爹不知到底是不是死在他的手下，此刻不便提起，當下說道：「丈夫結交，但重意氣，只須肝膽相照，何必提名道姓？苗大俠若是信託得過，在下便是粉身碎骨，也要保護令愛周全。」

苗人鳳道：「好，苗人鳳獨來獨往，生平只有兩個知交，一個是遼東大俠胡一刀，另一個便是你這位不知姓名、沒見過面的小兄弟。」說著抱起女兒，遞了過去。

胡斐雖與他一見心折，但唯恐他是殺父仇人，恩仇之際，實所難處，待聽他說自己父親是他生平知交，心頭一喜，雙手接過女孩，只見她約莫六七歲年紀，但生得甚是嬌小，抱在手裏，又輕又軟，淡淡星光之下見她合眼睡著，呼吸低微，嘴角邊露著一絲微笑。

鍾氏三雄見胡斐也在此處，又與苗人鳳如此對答，心中都感奇怪。

苗人鳳撕下一塊衣襟，包在眼上，雙手負在背後，低沉著嗓子道：「無恥奸賊，一齊上吧。我女兒睡著了，可莫大聲吵醒了她。」

鍾兆英踏上一步，怒道：「苗大俠，當年我徒兒死在你手下，我兄弟來跟你算帳，後來得知我徒兒覬覦別人利器，行止不端，死有應得，這事還得多謝你助我清理門戶。」苗人鳳「哼」了一聲，道：「說話小聲些，我聽得見。」

鍾兆英怒氣更增，大聲道：「只是那時你腿上受傷，我三兄弟仍非敵手，心中不服，苦練了八年武功之後，今日再要來討教。在途中得悉有奸人要對你暗算，我兄弟兼程趕來，要請你提防。眼下奸人已去，你肯不肯賜教，但憑於你，何以口出惡言？又何以自縛雙眼，難道我鍾氏三雄如此不肖，你連一眼都不屑看麼？還是你自以為武功精絕，閉著眼睛也能打敗我三兄弟？」

苗人鳳聽他語氣，似乎自己雙目中毒之事，他並不知情，沉著嗓子道：「我眼睛瞎了！」

鍾兆英大驚，顫聲道：「啊唷，這可錯怪了你苗大俠，我兄弟苦練八年，武功也沒甚麼長進，跟你討教之事，那不用提了。你可知韋陀門有個名叫劉鶴真之人嗎？適才你打走的人中，並沒他在內。此人一兩日內，定會來訪。苗大俠你眼睛不便，此人來時，務須小心在意。」

胡斐插口說道：「鍾大爺，那劉鶴真下毒之事，你當真不知情麼？」鍾兆英道：「你跟苗大俠到底是友是敵？咱們要阻截那劉鶴真，你何以反而極力助他？」胡斐道：「此事說來慚愧，其中原委曲折，小弟也弄不明白。好在那劉鶴真已給小弟擒住，壓在後面井中。咱們一問便知端的。」轉頭問苗人鳳道：「鍾氏三兄弟到底是好人，還是壞人？」

鍾兆文冷冷的道：「我們既不行俠仗義，又不濟貧助孤，算甚麼好人？」苗人鳳道：「鍾氏三雄並非卑鄙小人。」三兄弟聽了苗人鳳這句品評，心中大喜。當真是一言之褒，榮於華袞。三張醜臉都是顯得又喜歡又感激。

兆文、兆能兄弟倆繞到屋後，抬開井上的水缸，喝道：「跳上來吧！」只聽得井中哼哼唧唧，竟有兩個人的聲音，砰的一響，又是拍的一聲，還夾著稀裏嘩啦的水聲，那兩人似乎正在拚命相鬥。在這井中一個人轉折都是不便，兩人竟擠著互毆，狼狽之情，可想而知。鍾兆文將井邊的吊桶垂了下去，喝道：「抓住吊桶。我吊你們上來。」覺得繩上一緊，下面已經抓住，於是使勁收繩，果然濕淋淋的吊起兩人。

劉鶴真腳未著地，一掌便向另一人拍了過去。那人武功不及他，在井中已吃了不少苦頭，給他按著喝飽了水，已然昏昏沉沉。鍾兆文眼見這一掌能致他死命，忙伸手格開。鍾兆能一對判官筆分點兩人後心，喝道：「要命的便不許動。」兄弟倆將兩人抓到屋中。

這時胡斐已將那女孩交回給苗人鳳，點亮了燭台。臥室中燒得一塌胡塗，滿地是水，竟無立足之處。苗人鳳將女兒放在廂房中自己床上，回身出來時，鍾氏兄弟已將劉鶴真和另一人抓到。

苗人鳳輕輕嘆了口氣，說道：「『韋陀雙鶴』的名頭，我二十多年前便已聽到過。劉師兄和萬師兄兩位，江湖上的聲名並不算壞啊。」劉鶴真道：「苗大俠，我上了奸人的當，追悔莫及。你眼睛的傷重麼？」鍾氏三兄弟一齊「啊」的一聲。他們不知苗人鳳眼睛受傷，原來還只適才之事。

苗人鳳不答，向那使刀之人說道：「你是田歸農的弟子吧？天龍門的武功也學到七成火候了。」那人嚇得魂不附體，突然雙膝跪倒，連連叩頭，說道：「苗大俠，小人是受命差遣，概不由己，請你老人家高抬貴手。」猛地裏「哇、哇」兩聲，吐出幾口水來。

劉鶴真罵道：「奸賊，你騙得我好苦！」撲上去又要動手。鍾兆英伸手一攔，道：「有話好好說．到底是怎地？」

劉鶴真也是武林中的成名人物，只因上了別人的大當，這才氣急敗壞，難以自制，給鍾兆英這麼一攔，想起自己既做了錯事，又給人拋在井裏，弄得如此狼狽，實是生平的奇恥大辱，眼前一黑，頹然坐倒在地，說道：「罷了，罷了！苗大俠，真正對你不住。」

苗人鳳道：「一個人一生之中，不免要受小人的欺騙，那又算得了甚麼？定是這人騙你來送信給我了。」他雙目中毒，顯已瞎了，說話卻仍是如此輕描淡寫，胡斐和鍾氏兄弟等都好生佩服，均想如此定力，人所難及。

劉鶴真道：「這人我是在衡陽楓葉莊上識得的。他自稱名叫張飛雄，說以前受過萬師弟的恩惠，得知萬師弟的死訊後十分難過，趕來弔喪。」苗人鳳道：「萬鶴聲老師死了？」劉鶴真道：「是啊。我見這姓張的說話誠懇，他又著意和我結納，也就沒起疑心，兩人結伴北上。他在途中見到鍾氏三雄，顯得很是害怕，當晚在客店中我和他同室而睡，聽得他說起夢話來，說甚麼這封信若不送到，便害了無數仁人義士的性命。我想此事不能袖手旁觀，便用言語探問。他說：『劉老師，我見你跟朝廷的侍衛為難，大是英雄豪傑，這話也不用瞞你。』於是取出一封信來，說必須送到金面佛苗大俠手中，請他出手相救，否則有幾十位義士要給朝廷害死。」

苗人鳳不置一詞。劉鶴真續道：「這姓張的奸賊又說，鍾氏三雄與苗大俠有仇，定要設法截阻。他不是鍾氏三雄的敵手，請我相助一臂之力。我想這件事義不容辭，當下一力承當。但途中和鍾氏三雄一交手，我這老兒還是栽了觔斗。後來內人王氏趕到相助，仍是不敵。也是事當湊巧，在湘妃廟中遇上了這位小兄弟。我在楓葉莊上曾得他之助，後來又見他連顯身手，武功實在高強，於是我夫婦假裝受傷，安排機關，請他阻擋鍾氏三雄。這位小兄弟果然上了我的當，我卻又上了這奸賊的當。」說著圓睜雙目，鬚鬚翹動，氣憤難平。

胡斐默想經過，心道：「這人的話倒似不假，原來我和袁姑娘一路上之事，有許多都給他瞧見了。」想到此處，臉上微微一熱，瞥眼見到桌上放著的三件兵刃，問道：「那你拿了鍾氏三雄的兵刃，又來幹麼？」

劉鶴真道：「鍾氏三雄前來尋仇，苗大俠未必知道。我先行給他報個訊息，教他好有所防備。送這兵刃前來，是取信的意思。至於我說這信是鍾氏兄弟送來，那是說給你小兄弟聽的。我知你緊緊跟隨在後，怕你不利於我，這麼一說，盼你心中疑惑難明，便不會貿然動手，反正苗大俠一看信便知端的，豈知，豈知……」胸口氣塞，再也說不下去了。

鍾兆英道：「我兄弟無意之中，聽到了這姓張的奸謀，又見劉老師跟他鬼鬼祟祟，定是要來暗算苗大俠，是以全力阻截，想不到中間尚有這許多過節。苗大俠，你眼睛怎麼受的傷？」

苗人鳳不答，將蒲扇般的大手揮了揮，道：「過去之事，那也不用提了。」

胡斐眼光四下掃動，要找他撕破的信箋，果見兩片破紙尚在屋角落中，有一半已被浸濕。他怕紙上尚有劇毒，不敢走近，放眼望去，見紙上只有寥寥三行字，每個字都有核桃大小。他眼光在兩片破紙上掃來掃去，見那信寫道：

「人鳳我兄：令愛資質嬌貴。我兄一介武夫，相處甚不合宜，有誤令愛教養。茲命人相迎，由弟撫養可也。弟田歸農頓首。」

想苗人鳳對這女兒愛逾性命，田歸農拐誘了他妻子私奔，這時竟然連女兒也想要了去，教他如何不怒？自然順手撕信，毒藥暗藏在信箋的夾層之中，信箋一破，立時飛揚，再快的身手也是躲閃不了。田歸農這一條計策，也可算得厲害之極了。胡斐回想昔年在商家堡中所見苗人鳳、苗夫人、苗家小女孩以及田歸農四人之間的情狀，恨不得立時去找到田歸農，將他一刀殺了。

劉鶴真越想越氣，叫道：「姓張的，你便是奉了師命，要暗算苗大俠，自己送信來便是了，何以偏偏瞧上了我姓劉的？」

張飛雄囁嚅道：「我怕……怕苗大俠瞧破我是天龍門弟子，有了提防……又害怕……害怕苗大俠的神威……」劉鶴真恨恨的道：「你怕萬一奸計敗露，逃走不及。好小子，好小子！」他轉頭向苗人鳳道：「苗大俠，我向你討個情，這小子交給我！」

苗人鳳緩緩的道：「劉老師，這種小人，也犯不著跟他計較。張飛雄，這院子中還有你的兩個同伴，受傷都不算輕，你帶了他們走吧。你去跟你師父說……」他尋思要說甚麼話，沉吟半晌，揮手道：「沒甚麼可說的，你走吧！」

張飛雄只道這次弄瞎了苗人鳳雙眼，定是性命難保，豈知他寬宏大量，竟然並不追究，當真是大出意料之外，心中感激，當即跪倒，連連磕頭。

他同來一共四人，原想乘苗人鳳眼瞎後將他害死，再將他女兒劫走，那料到竟有胡斐這樣一個好手橫加干預，使他們的毒計只成功了第一步。給胡斐摔入臥室、遍身鱗傷那人已乘亂逃走，另外給苗人鳳用三節棍及拳力打傷的兩人卻傷勢極重，一個暈著兀自未醒，一個低聲呻吟，有氣無力。

劉鶴真尋思：「苗人鳳假意饒這三人，卻不知要用甚麼毒計來折磨他們？」他久歷江湖，曾見許多人擒住敵人後不即殺死，要作弄個夠，使敵人痛苦難當，求生不得，求死不能，這才慢慢處死。只見張飛雄扶起受傷的兩個師弟，一步步走出門外，逐漸遠去，苗人鳳始終沒有出手，眼見三人已隱沒在黑暗之中，忍不住說道：「苗大俠，可以捉回來啦，那姓張的小子手腳滑溜，再放得遠，只怕當真給他走了！」苗人鳳淡淡的道：「我饒他們去了，又捉回來作甚？」他微微一頓，說道：「他們和我素不相識，是別人差使來的。」

劉鶴真又驚又愧，霍地站起身來，說道：「苗大俠，我劉鶴真素不負人，今日沒生眼珠，累你不淺。」左手一抬，食指中指伸出，戳向自己的眼睛。

胡斐忙搶過去，伸手想格，終究遲了一步，只見他直挺挺的站著，臉上兩行鮮血流下，已然自毀雙目。鍾氏兄弟大驚，一齊站起身來。苗人鳳道：「劉老師何苦如此？在下毫沒見怪之意。」劉鶴真哈哈一笑，手臂一抖，大踏步走出屋門，順手在道旁折了一根樹枝，點著道路，逕自去了。過不多時，只聽一個女子聲音驚呼起來，卻是他的妻子王氏。

屋中五人均覺慘然，萬料不到此人竟然剛烈至此。

苗人鳳只怕胡斐也有自疚之意，說道：「小兄弟，你答應照顧我的女兒，可別忘了。」胡斐知他心意，昂然道：「做錯了事，應當盡力設法補救。劉老師自毀肢體，心中雖安，卻不免無益於事。」鍾兆英嘆道：「不錯！但這位劉老師也算得是一位響噹噹的好漢子！」

五人相對而坐，良久不語。過了好一會，胡斐道：「苗大俠，你眼睛怎樣？再用水洗一洗吧！」苗人鳳道：「不用了，只是痛得厲害。」站起身來，向鍾氏三雄道：「三位遠來，無以待客，當真簡慢得緊。我要進去躺一躺，請勿見怪。」

鍾兆英道：「苗大俠請便，不用客氣。」三人打個手勢，分在前門後門守住，只怕田歸農不肯就此罷手，又再派人來襲。

胡斐手執燭台，跟著苗人鳳走進廂房，見他躺上了床，取被給他蓋上。那小女孩在裏床睡得甚沉，這一晚屋中吵得天翻地覆，她竟始終不知。

胡斐正要退出，忽聽腳步聲響，有人急奔而來。鍾兆能喝道：「好小子，你又來啦！」

接著噹的一聲，兵刃相交。張飛雄的聲音叫道：「我有句話跟苗大俠說，實無歹意。」鍾兆能低聲道：「苗大俠睡了，有話明天再說。」

張飛雄道：「好，那我跟你說。苗大俠大仁大義，饒我性命，這句話不能不說。苗大俠眼中所染的毒藥，乃是斷腸草的粉末，是我師父從毒手藥王那裏得來的。小人一路尋思，若是求毒手藥王救治，或能解得。我本該自己去求，只不過小人是無名之輩，這事決計無力辦到。」鍾兆能「哦」的一聲，接著腳步聲響，張飛雄又轉身去了。

胡斐一聽大喜，從廂房飛步奔出，高聲問道：「這位毒手藥王住在那裏？」鍾兆英道：「他在洞庭湖畔隱居，不過……不過……」胡斐道：「怎麼？」鍾兆英低聲說道：「求這怪人救治，只怕不易。」胡斐道：「咱們好歹也得將他請到，他要甚麼便給他甚麼。」鍾兆英搖頭道：「便難在他甚麼也不要。」胡斐道：「軟求不成，那便蠻來。」鍾兆英沉吟不語。

胡斐道：「事不宜遲，小弟這便動身。三位在這裏守護，以防再有敵人前來。」他奔回廂房，向苗人鳳道：「苗大俠，我給你請醫生去。」苗人鳳搖頭道：「請毒手藥王麼？那是徒勞往返，不用去了。」

胡斐道：「不，天下無難事！」說著轉身出房，道：「三位鍾爺，這位藥王叫甚麼名字？他住的地方怎麼去法？」

鍾兆文道：「好，我陪你走一遭！他的事咱們路上慢慢再說。」對兆英、兆能二人道：「大哥，三弟，你們在這裏瞧著。」

鍾兆英、兆能兩人臉上微微變色，均有恐懼之意，隨即同聲說道：「千萬小心。」

第九章

毒手藥王

——

胡斐伸手接住了兩棵藍花。

那村女道：

「你們要去藥王莊，

還是向東北方去的好。」

兩人都知苗人鳳這次受毒不輕，單單聽了那「斷腸草」三字，便知是厲害之極的毒藥，眼睛又是人身最嬌嫩柔軟的器官，縱然請得名醫，時候一長，也必無救，因此早治得一刻便好一刻。兩人除了讓坐騎喝水吃草之外，不敢有片刻躭擱，沿途買些饅頭點心，便在馬背上胡亂吃了充飢。

如此不眠不休的趕路，鍾胡兩人武功精湛，雖然兩日兩晚沒睡，儘自支持得住，胯下的坐騎在途中已換過兩匹，但這一日趕下來，也已腳步踉蹌，眼見再跑下去，非在道上倒斃不可。鍾兆文道：「小兄弟，咱們只好讓牲口歇一會兒。」胡斐應道：「是！」心想：「倘若我騎的是袁姑娘那匹白馬，此刻早已到了洞庭湖畔了。」一想到袁紫衣，不自禁探手入懷，撫摸她所留下的那隻玉鳳，觸手生溫，心中也是一陣溫暖。

兩人下馬，坐在道旁樹下，讓馬匹吃草休息。鍾兆文默不作聲，呆呆出神，皺起了眉頭。胡斐知道此行殊無把握，問道：「鍾二爺，那毒手藥王到底是怎樣一個人物？」鍾兆文不答，似乎沒聽見他的說話，過了半晌，突然驚覺，道：「你剛才說甚麼？」

胡斐見他心不在焉，知他是掛念苗人鳳的病況，暗想此人雖然奇形怪狀，難為他很夠義氣，本來與苗人鳳結下了樑子，這時竟不辭煩勞的為他奔波，想到此處，不禁脫口而出：「鍾二爺，昨天多有得罪，真是慚愧得緊。晚輩要是早知三位如此仗義，便有天大的膽子，也不敢冒犯。」

鍾兆文裂開闊嘴，哈哈一笑，道：「那算得甚麼？苗大俠是響噹噹的好漢，我三兄弟倘若見危不救，那還是人麼？小兄弟你自己又何嘗不是如此？我兄弟和苗大俠雖沒交情，總還有過一面之緣，你可跟他見都沒見過呢。」

其實數年之前，胡斐在商家堡中曾見過苗人鳳一面，只不過胡斐知道這事，苗人鳳卻在當時就對那個黃黃瘦瘦的小廝視而不見。更早些時候，在十八年之前，胡斐生下還只一天，苗人鳳在河北滄州的小客店中也曾見過他，這件事苗人鳳知道，胡斐可不知道。

但苗人鳳那裏會知道：十八年前那個初生嬰兒，便是今日這個不識面的少年英雄？

鍾兆文又問：「你剛才問我甚麼？」胡斐道：「我問那毒手藥王是怎麼樣的人物？」鍾兆文搖搖頭道：「我不知道。」胡斐奇道：「你不知道？」鍾兆文道：「我江湖上的朋友不算少了，可是誰也不知毒手藥王到底是怎麼樣的人物。」

胡斐好生納悶，心想：「我只道你必定知曉此人的底細，否則也可向那張飛雄打聽個明白。」鍾兆文猜到了他心意，說道：「便是那張飛雄，也未必便知。不，他一定不會知道的。」胡斐「啊」了一聲，不再接口。

鍾兆文道：「大家只知道，這人住在洞庭湖畔的白馬寺。」胡斐道：「白馬寺？他住在廟裏麼？」鍾兆文道：「不，白馬寺是個市鎮。」胡斐道：「想是他隱居不見外人，所以誰都沒見過他。」鍾兆文又搖頭道：「不，有很多人見過他。正因為有人見過，所以誰也不知他是怎麼樣的人物，不知他是胖還是瘦，是俊是醜，是姓張還是姓李。」

胡斐越聽越是胡塗，心想既然有很多人見過他，就算不知他姓名，怎會連胖瘦俊醜也不知道？

鍾兆文道：「有人說毒手藥王是個相貌清雅的書生，高高瘦瘦，像是個秀才相公。有人卻說毒手藥王是個滿臉橫肉的矮胖子，就像是個殺豬的屠夫。又有人說，這藥王是個老和尚，老得快一百歲了。」他頓了一頓，說道：「還有人說，這藥王竟然是個女人，是個跛腳駝背的女人。」

胡斐滿臉迷惘，想笑，卻又笑不出來。

鍾兆文接著道：「這人既然號稱藥王，怎麼會是女人？但說這話的是江湖上的成名人物，德高望重，素來不打謊語，不由得人不信。可是那些說他是書生、是屠夫、是和尚的，也都不是信口雌黃之輩，個個言之鑿鑿。你說奇不奇怪？」

胡斐當離開苗家之時，滿懷信心，料想只要找到那人，好歹也要請了他來治傷，至不濟也能討得解藥，此時聽鍾兆文這麼一說，一顆心不由得沉了下去，是怎麼樣一個人也無法知道，卻又找誰去？轉念一想，說道：「是了！這人一定擅於化裝易容之術，忽男忽女，忽俊忽醜，叫人認不出他的真面目來。」

鍾兆文道：「江湖上的朋友也都這麼說，想來他使毒天下無雙，害得人多，結仇太廣，因此躲躲閃閃，叫人沒法找他報仇。但奇怪的是，他住在洞庭湖畔的白馬寺，卻又不是十分偏僻之處，要尋上門去，也算不得怎麼為難。」

胡斐道：「這人用毒藥害死過不少人麼？」鍾兆文悠然出神，道：「那是沒法計算的了。不過死在他手下的人，大都自有取死之道，不是作惡多端的飛賊大盜，便是仗勢橫行的土豪劣紳，倒沒聽說有那一個俠義道死在他的手下。但因他名聲太響，有人中毒而死，只要毒性猛烈，死得奇怪，這筆帳便都算在他頭上，其實大半未必便是他害的。有時候兩個人一南一北，相隔幾千里，同時中毒暴斃，於是雲南的人說毒手藥王到了雲南，遼東的人卻說藥王在遼東出沒。這麼一宣揚，這個人更是奇上加奇了。近來已好久沒聽人提到『毒手藥王』四字，想不到苗大俠的中毒竟會和他有關。唉，既是此人用的藥，只怕……只怕……」說到這裏，不住搖頭。

胡斐心想此事果然極難，不知如何著手是好。鍾兆文站起身來，道：「咱們走吧！小兄弟，有一件事你千萬記住，一到了白馬寺，在離藥王莊三十里之內，可千萬不能喝一口水，不能吃一口東西，不管飢渴得怎麼厲害，總之不能讓一物進口。」

胡斐見他說得鄭重，當即答應，猛地想起，當他陪著自己離開苗家之時，鍾兆英和鍾兆能臉上都是不但擔憂，簡直還大有懼色，想來那藥王的「毒手」定是非同小可，以致像鍾氏三雄那樣的人物，膽敢向「打遍天下無敵手」苗人鳳挑戰，一聽到「毒手藥王」的名字卻是心驚膽戰。自己不知厲害，真把天下事瞧得太過輕易了。

他過去牽了馬匹，說道：「咱們不過是邀他治病，或是討一份解藥，對他並無惡意。他最多不肯，那也罷了，何必要害咱們性命？」鍾兆文道：「小兄弟，你年紀還輕，不知江湖上人心險詐。你對他雖無惡意，但他跟你素不相識，怎信得你過？眼前便是一個例子，劉鶴真對苗大俠絕無歹意，卻何以弄瞎了他的眼睛？」胡斐默然。鍾兆文又道：「何況這毒手藥王仇家遍天下，許多跟他毫沒干係的毒殺也都算在他的帳上，焉知你不是他仇家的子弟？此人生性多疑，出手狠毒，否則『藥王』之上，何以又加上『毒手』兩字？這個驚心動魄的外號，難道是輕易得來的麼？」

胡斐點頭道：「鍾二爺說的是。」鍾兆文道：「你若看得起我，不嫌我本領低微，那便兄弟相稱，別爺不爺的，叫得這麼客氣。」胡斐道：「你是前輩英雄，晚輩……」鍾兆文攔著他的話頭，大聲道：「呸，呸！小兄弟，不瞞你說，我三兄弟跟你交手之後，佩服你得緊。若你不當我朋友，那便算了。」胡斐也是個性子直爽之人，於是笑著叫了聲：「鍾二哥。」

鍾兆文很是高興，翻身上了馬背，道：「只要這兩頭牲口不出岔子，咱們不用天黑便能趕到白馬寺。你可得記著我話，別說不能吃喝，便是摸一摸筷子，也得提防筷子上下了劇毒，傳到你的手上。小兄弟，你這麼年紀輕輕，一身武功，若是全身發黑，成了一具殭屍，我瞧有點兒可惜呢！」

胡斐知他這話倒不是危言聳聽，瞧苗人鳳只撕破一封信，雙眼便瞎，現下走入毒手藥王的老巢，他那一處不能下毒？心想鍾兆文也是武林中的成名人物，決非膽怯之徒，他說得如此厲害，顯見此行萬分凶險，確是實情。他明知險惡，還是義不容辭的陪自己上白馬寺去，比之自己不知天高地厚的亂闖，更是難得了。

兩匹馬休息多時，精力已復，申牌時分到了臨資口。兩人讓坐騎走一程，跑一程，不多時已到了白馬寺鎮上。鎮上街道狹窄，兩人生怕碰撞行人，多惹事端，於是牽了馬匹步行。

鍾兆文臉色鄭重，目不斜視，胡斐卻放眼瞧著兩旁的店鋪。將到市梢時，胡斐見拐彎角上挑出了藥材鋪的膏藥幌子，招牌寫著「濟世堂老店」，心念一動，解下腰間單刀，連著刀鞘捧在手中，說道：「鍾二……哥，你的判官筆也給我。」

鍾兆文一怔，心想到了白馬寺鎮，該當處處小心才是，怎地動起刀刃來啦？但想鎮上必有藥王的耳目，不便出口詢問，於是從腰間抽出判官筆，交了給他，低聲道：「小心了，別惹事！」

胡斐點了點頭，走到藥材鋪櫃臺前，說道：「勞駕！我們二人到藥王莊去拜訪莊主，不便攜帶兵器，想在寶號寄放一下，回頭來取。」坐在櫃臺後的一個老者聽了，臉露詫異之色，問道：「你們去藥王莊？」胡斐不等他再說甚麼，將兵器在櫃臺上一放，雙手一拱，牽了馬匹便大踏步出鎮。

兩人到了鎮外無人之處，鍾兆文大拇指一翹，說道：「小兄弟，這一手真成。鍾老二服了你啦，真虧你想得出。」胡斐笑道：「硬著頭皮充好漢，這叫做無可奈何。」原來他想這鎮上的藥材鋪跟藥王必有干連，將隨身兵器放在店鋪之中，店中定會有人趕去報訊，那便表明自己此來絕無敵意。雖然空手去見這麼一個厲害角色，那是凶險之上又加凶險，但權衡輕重，這個險還是大可一冒。

兩人順著大路向北走去，正想找人詢問去藥王莊的路徑，忽見西首一座小山之上，有個老者手持藥鋤，似在採藥。胡斐見這人形貌俊雅，高高瘦瘦，是個中年書生，心念一動：「難道他便是毒手藥王？」於是上前恭恭敬敬的一揖，朗聲說道：「請問相公，上藥王莊怎生走法？晚輩二人要拜見莊主，有事相求。」

那人對胡鍾二人一眼也不瞧，自行聚精會神的鋤土掘草。胡斐連問幾聲，那人始終毫不理會，竟似聾了一般。

胡斐不敢再問，鍾兆文向他使個眼色，兩人又向北行。悶聲不響的走出一里有餘，胡斐悄聲道：「鍾二哥，只怕這人便是藥王，你瞧怎麼辦？」鍾兆文道：「我也有幾分疑心，可萬萬點破不得。他自己若不承認，而咱們認出他來，正是犯了他的大忌。眼前只有先找到藥王莊，咱們認地不認人，那便無礙。」

說話之時，曲曲折折又轉了幾個彎，只見離大路數十丈處有個大花圃，一個身穿青布衫子的村女彎著腰在整理花草。

胡斐見花圃之後有三間茅舍，放眼遠望，四下別無人煙，於是上前幾步，向那村女作了一揖，問道：「請問姑娘，上藥王莊走那一條路？」

那村女抬起頭來，向著胡斐一瞧，一雙眼睛明亮之極，眼珠黑得像漆，這麼一抬頭，登時精光四射。胡斐心中一怔：「這個鄉下姑娘的眼睛，怎麼亮得如此異乎尋常？」見她除了一雙眼睛外，容貌卻是平平，肌膚枯黃，臉有菜色，似乎終年吃不飽飯似的，頭髮也是又黃又稀，雙肩如削，身材瘦小，顯是窮村貧女，自幼便少了滋養。她相貌似乎已有十六七歲，身形卻如是個十四五歲的幼女。

胡斐又問一句：「上藥王莊不知是向東北還是向西北？」那村女突然低下了頭，冷冷的道：「不知道。」語音卻甚是清亮。

鍾兆文見她如此無禮，臉一沉，便要發作，但隨即想起此處距藥王莊不遠，甚麼人都得罪不得，哼了一聲，道：「兄弟，咱們去吧，那藥王莊是白馬寺大大有名之處，總不能找不到。」

胡斐心想天色已經不早，若是走錯了路，黑夜之中在這險地到處瞎闖，大是不妙，左近再無人家可以問路，於是又問那村女道：「姑娘，你父母在家麼？他們定會知道去藥王莊的路徑。」那村女不再理睬，自管自的拔草。

鍾兆文雙腿一夾，縱馬便向前奔，道路狹窄，那馬右邊前後雙蹄踏在路上，左側的兩蹄卻踏入了花圃。鍾兆文雖無歹意，但生性粗豪，又惱那村女無禮，急於趕路，也不理會。胡斐眼見近路邊的一排花草便要給馬踏壞，忙縱身上前，拉住轡繩往右一帶，說道：「小心踏壞了花草。」那馬給他這麼一引，右蹄踏到了道路右側，左蹄回上路面。鍾兆文道：「快走吧，在這兒別躭擱啦！」說著一提轡繩，向前馳去。

胡斐自幼孤苦，見那村女貧弱，心中並不氣她不肯指引，反生憐憫之意，心想她種這些花草，定是賣了賴以為活，生怕給自己坐騎踏壞了，於是牽著馬步行過了花地，這才上馬。

那村女瞧在眼裏，突然抬頭問道：「你到藥王莊去幹麼？」胡斐勒馬答道：「有一位朋友給毒藥傷了眼睛，我們特地來求藥王賜些解藥。」那村女道：「你認得藥王麼？」胡斐搖頭說道：「我們只聞其名，從來沒見過他老人家。」那村女慢慢站直了身子，向胡斐打量了幾眼，問道：「你怎知他肯給解藥？」

胡斐臉有為難之色，答道：「這事原本難說。」心中忽然一動：「這位姑娘住在此處，或者知道藥王的性情行事。」於是翻身下馬，深深一揖，說道：「便是要請姑娘指點途徑。」

這「指點途徑」四字，卻是意帶雙關，可以說是請她指點去藥王莊的道路，也可說是請教求藥的方法。

那村女自頭至腳的向他打量一遍，並不答話，指著花圃中的一對糞桶，道：「你到那邊糞池去裝小半桶糞，到溪裏加滿清水，給我把這塊花澆一澆。」

這三句話大出胡斐意料之外，心想我只是向你問路，怎麼竟叫我澆起花來？而且出言頤指氣使，竟將我當作你家雇工一般？他雖幼時貧苦，卻也從未做過挑糞澆糞這種穢臭之事，只見那村女說了這幾句話後，又俯身拔草，一眼也不再瞧他。胡斐一怔之下，向茅舍裏一望，不見有人，心想：「這姑娘生得瘦弱，要挑這兩大桶糞當真不易。我是一身力氣的男子漢，便幫她挑一擔糞又有何妨？」於是將馬繫在一株柳樹上，挑起糞桶，便往糞池去擔糞。

鍾兆文行了一程，不見胡斐跟來，回頭一看，遠遠望見他肩上挑了一副糞桶，走向溪邊，不禁大奇，叫道：「喂，你幹甚麼？」胡斐叫道：「我幫這位姑娘做一點工夫。鍾二哥先走一步，我馬上就趕來。」鍾兆文搖了搖頭，心想年輕人當真是不分輕重，在這當口居然還這般多管閒事，於是縱馬緩緩而行。

胡斐挑了一擔糞水，回到花地之旁，用木瓢舀了，便要往花旁澆去。那村女忽道：「不成，糞水太濃，一澆下去花都枯死啦。」胡斐一呆，不知所措。那村女道：「你倒回糞池去，只留一半，再去加半桶水，那便成了。」胡斐微感不耐，但想好人做到底，於是依言倒糞加水，回來澆花。

那村女道：「小心些，糞水不可碰到花瓣葉子。」胡斐應道：「是！」見那些花朵色作深藍，形狀奇特，每朵花便像是一隻鞋子，幽香淡淡，不知其名，當下一瓢一瓢的小心澆了，直把兩桶糞水盡數澆完。

那村女道：「嗯，再去挑了澆一擔。」胡斐站直身子，溫言道：「我朋友等得心焦了，等我從藥王莊回來，再幫你澆花如何？」那村女道：「你還是在這兒澆花的好。我見你人不錯，才要你挑糞呢。」

胡斐聽她言語奇怪，心想反正已經躭擱了，也不爭在這一刻時光，於是加快手腳，急急忙忙的又去挑了一擔糞水，將地裏的藍花盡數澆了。這時夕陽已落到山坳，金光反照，射在一大片藍花之上，輝煌燦爛，甚是華美。胡斐忍不住讚道：「這些花真是好看！」他澆了兩擔糞，對這些花已略生感情，讚美的語氣頗為真誠。

那村女正待說話，只見鍾兆文騎了馬奔回，大聲叫道：「兄弟，這時候還不走嗎？」胡斐道：「是了，來啦，來啦！」轉眼望著村女，目光中含有祈求之意。

那村女臉一沉，說道：「你幫我澆花，原來是為了要我指點途徑，是不是？」胡斐心想：「我確是盼你指點道路，但幫你澆花，卻純是為了憐你瘦弱，這時再開口相求，反而變成有意的施恩市惠了。」忽然想起那日捉了鐵蠍子和小祝融二人去交給袁紫衣，她曾說：「這叫做市恩，最壞的傢伙才是如此。」心中禁不住微感甜意，當即一笑，說道：「這些花真好看！」走到柳樹旁解韁牽馬，上了馬背。

那村女道：「且慢。」胡斐回過頭來，只怕她還要囉唆甚麼，心中大是不耐。那村女拔起兩棵藍花，向他擲去，說道：「你說這花好看，就送你兩棵。」胡斐伸手接住，說道：「多謝！」順手放在懷內。那村女道：「他姓鍾，你姓甚麼？」胡斐道：「我姓胡。」那村女點頭道：「你們要去藥王莊，還是向東北方去的好。」

鍾兆文本是向西北而行，久等胡斐不來，心中煩躁，這才回頭尋來，聽那村女如此說，不耐之心立時盡去，低聲笑道：「小兄弟，真有你的，又免得做哥哥的多走冤枉路。」胡斐卻頗為懷疑，暗想：「倘若藥王莊是在東北方，那麼直截了當的指點便是，為甚麼說『還是向東北方去的好』？」但不願再向村女詢問，於是引馬向東北而去。

兩人一陣急馳，奔出八九里，前面一片湖水，已無去路，只有一條小路通向西方。

鍾兆文罵道：「這丫頭當真可惡，不肯指路那也罷了，卻教咱們大走錯路。回去時得好好教訓她一頓。」胡斐也是好生奇怪，自思並未得罪了她，何以要作弄自己，說道：「鍾二哥，這鄉下姑娘定和藥王莊有甚麼干連。」鍾兆文道：「嗯，你瞧出甚麼端倪沒有？」胡斐道：「她一雙眼珠子炯炯有神，說話的神態，也不像是沒見過世面的鄉下女子。」鍾兆文一驚，道：「不錯！她給你的那兩棵花，還是快些拋了。」

胡斐從懷中取出藍花，只見花光嬌艷，倒是不忍便此丟棄，說道：「小小兩棵花兒，想來也無大礙！」於是仍舊放回懷中，縱馬向西馳去。鍾兆文在後叫道：「喂，還是小心些好。」胡斐含糊答應，一鞭向馬臀抽去，向西飛奔。暮靄蒼茫中，陣陣歸鴉從頭頂越過。

突然之間，只見右手側兩個人俯身湖邊，似在喝水。胡斐一勒馬，待要詢問，卻見兩人始終不動，心知有異，跳下馬去，叫道：「勞駕！」兩人仍是不動。鍾兆文伸手一扳一人肩頭，那人仰天翻倒，但見他雙眼翻白，早已死去多時，臉上滿是黑點，肌肉扭曲，甚是可怖，再瞧另一人時也是如此。鍾兆文道：「中毒死的。」胡斐點點頭，見兩名死者身上都帶著兵刃，說道：「毒手藥王的對頭？」鍾兆文也點了點頭。

兩人上馬又行，這時天色漸黑，更覺前途凶險重重。又行一程，只見路旁草木稀疏，越是前行，草木越少，到後來地下光溜溜的一片，竟是寸草不生，大樹小樹更沒一棵。胡斐心中起疑，勒馬說道：「鍾二哥，你瞧這裏大是古怪。」鍾兆文也已瞧出不對，道：「若是有人剷淨刨絕，也必留下草根痕跡，我看……」他沉吟片刻，低聲道：「那藥王莊定在左近，想是他在土中下了劇毒，以致連草也沒一根。」

胡斐點了點頭，心中驚懼，從包袱上撕下幾根布條，將鍾兆文所乘坐騎的馬口縛住，然後縛上自己坐騎的馬口。鍾兆文知他生怕再向前行時遇到有毒草木，牲口嚼到便不免遇害，點了點頭，暗讚他心思細密。

行不多時，遠遠望見一座房屋。走到近處，只見屋子的模樣極是古怪，便似是一座大墳模樣，無門無窗，黑黝黝的甚是陰森可怖。兩人均想：「瞧這屋子的模樣，那自然是藥王莊了。」離屋數丈，有一排矮矮的小樹環屋而生，樹葉便似秋日楓葉一般，殷紅如血，在暮色之中，令人瞧著不寒而慄。

鍾兆文平生浪蕩江湖，甚麼凶險之事沒有見過？他自己三兄弟便打扮成凶門喪主一般，令人見之生畏，但這時看到這般情景，心中也不禁突突亂跳，低聲道：「怎麼辦？」胡斐道：「咱們以禮相求，隨機應變。」於是縱馬向前，行到離矮樹叢數丈之處，下馬牽了韁繩，朗聲道：「鄂北鍾兆文，晚輩遼東胡斐，特來向藥王前輩請安。」這三句話每一字都從丹田送出，雖然並不如何響亮，但聲聞里許，屋中人自必聽得清清楚楚。

過了半晌，屋中竟無半點動靜。胡斐又說了一遍，圓屋之中仍是絕無應聲，便似無人居住一般。胡斐又朗聲道：「金面佛苗大俠中毒受傷，所用毒藥，是奸人自前輩處盜來。敬請前輩慈悲，賜以解藥。」

但不論他說甚麼，圓屋之中始終寂無聲息。

過了良久，天色更加黑了。胡斐低聲道：「鍾二哥，怎麼辦？」鍾兆文道：「總不成眼看苗大俠瞎了雙目，咱們便此空手而返。」胡斐道：「不錯，便是龍潭虎穴，也得闖上一闖。」

兩人這時均已起了動武用強之意，心想那毒手藥王雖然擅於使毒，武功卻未必了得，軟硬兼施，非得將解藥取了到手不可。兩人放下馬匹，走向矮樹。只見那一叢樹生得枝葉緊密，不能穿過，鍾兆文縱身一躍，便從樹叢上飛越過去。

他身在半空，鼻中猛然聞到一陣濃香，眼前一黑，登時暈眩，摔跌在樹叢之內。胡斐一見大驚，跟著躍進，越過樹叢頂上時，但覺奇香刺鼻，中人欲嘔，胸口甚是煩惡。他一落地，忙伸手扶起鍾兆文，探他鼻間尚有呼吸，只是雙目緊閉，手指和顏面卻是冰冷。

胡斐暗暗叫苦：「苗大俠的解藥尚未求得，鍾二哥卻又中毒，瞧來我自己也已沾上毒氣，只是還沒發作而已。」當下身形一矮，直縱向圓屋之前，叫道：「藥王前輩，晚輩空手前來拜莊，實無歹意，再不賜見，晚輩迫得無禮了。」

他說了這話後，打量那圓屋的牆垣，只見自屋頂以至牆腳通體黑色，顯然並非土木所構。他不敢伸手去推，但四下地裏打掃得乾淨無比，連一塊極細小的磚石也無法找到，於是從懷中摸出一錠銀兩，在牆上輕敲三下，果然錚錚錚的發出金屬之聲。

他將銀兩放回懷中，一低頭，鼻中忽然聞到一陣淡淡清香，精神為之一振，頭腦本來昏昏沉沉，一聞到這香氣，立時清明，他略略彎腰，香氣更濃，原來這香氣是從那村女所贈的藍花上發出。胡斐心中一動：「看來這香氣有解毒之功，她果然是一番好意。」

他加快腳步，環繞圓屋奔了一周，非但找不到門窗，連小孔和細縫也沒發見，心想難道屋中當真並無人居？否則毫無通風之處，怎能不給悶死？他手中沒有兵刃，對這通體鐵鑄的圓屋實在無法可施。凝思片刻，從懷中取出藍花，放在鍾兆文鼻下，過不多時，果然他打了個噴嚏，悠悠醒轉。

胡斐大喜，心想：「那姑娘既有解毒之法，不如回去求她指點。」於是將一枝藍花插在鍾兆文襟上，自己手中拿了一枝，扶著鍾兆文躍過矮樹。他雙足落地，忽聽得圓屋中有人大聲「咦！」的一下驚呼。聲音隔著鐵壁傳來，頗為鬱悶，但仍可聽得出又是驚奇又是憤怒之意。

胡斐回頭叫道：「藥王前輩，可肯賜見一面麼？」圓屋中寂然無聲。他接連問了兩聲，對方再無聲息。

忽聽得砰砰兩響，重物倒地。胡斐回過頭來，只見兩匹坐騎同時摔倒，縱身過去一瞧，兩匹馬眼目緊閉，口吐黑沫，已然中毒斷氣，身上卻沒半點傷痕。

到此地步，兩人不敢再在這險地多逗留，低聲商量了幾句，決意回去向村女求教，於是從原路趕回。

鍾兆文中毒後腳力疲踣，行一程歇一程，直到二更時分，才回到那村女的茅屋之前。黑夜之中，花圃中的藍花香氣馥郁，鍾胡二人一聞之下，困累盡去，大感愉適。

只見茅舍的窗中突然透出燈光，呀的一聲，柴扉打開，那村女開門出來，說道：「請進來吧！只是鄉下沒甚麼款待，粗茶淡飯，怠慢了貴客。」胡斐聽她出言不俗，忙抱拳道：「深夜叨擾，很是過意不去。」那村女微微一笑，閃身門旁，讓兩人進屋。

胡斐踏進茅屋，見屋中木桌木凳，陳設也跟尋常農家無異，只是纖塵不染，乾淨得過了份，甚至連牆腳之下，板壁縫中，也沖洗得沒留下半點灰土。這般清潔的模樣，便似圓屋周遭一般，令人心中隱隱不安。

那村女道：「鍾爺、胡爺請坐。」說著到廚下拿出兩副碗筷，跟著托出三菜一湯，兩大碗熱氣騰騰的白米飯。三碗菜是煎豆腐、鮮筍炒豆芽、草菇煮白菜，那湯則是鹹菜豆瓣湯。雖是素菜，卻也香氣撲鼻。

兩人奔馳了大半日，早就餓了。胡斐笑道：「多謝！」端起飯碗，提筷便吃。鍾兆文心下大疑，尋思：「這飯菜她早就預備好了，顯是料到我們去後必回。寧可餓死了，這飯卻千萬吃不得。」一見那村女轉身回入廚下，向胡斐使個眼色，低聲道：「兄弟，我跟你說過，在藥王莊三十里地之內，決不能飲食。你怎地忘了？」

胡斐卻想：「這位姑娘對我若有歹心，決不能送花給我。雖然防人之心不可無，但若是不吃此餐，那定是將她得罪了。」他正要回答，那村女又從廚下托出一隻木盤，盤中一隻小小木桶，裝滿了白飯。

胡斐站起身來，說道：「多謝姑娘厚待，我們要請拜見令尊令堂。」那村女道：「我爹媽都過世了，這裏便只我一人。」胡斐「啊」了一聲，坐下來舉筷便吃，三碗菜肴做得本自鮮美，胡斐為討她喜歡，更是讚不絕口。

鍾兆文心道：「你既不聽我勸，那也無法，總不成兩個一齊著了人家道兒。」向那村女道：「我適才暈去多時，肚子裏很不舒服，不想吃飯。」那村女斟了一杯茶來，道：「那麼請用一杯清茶。」鍾兆文見茶水碧綠，清澈可愛，雖然口中大感乾渴，仍然謝了一聲，接過茶杯放在桌上，卻不飲用。

村女也不為意，見胡斐狼吞虎嚥，吃了一碗又一碗，不由得眉梢眼角之間頗露喜色。胡斐瞧在眼裏，心想我反正吃了，少吃若是中毒，多吃也是中毒，索性放開肚子，吃了四大碗白米飯，將三菜一湯吃得盡是碗底朝天。村女過來收拾，胡斐搶著把碗筷放在盤中，托到廚下，隨手便在水缸中舀了水，將碗筷洗乾淨了，抹乾放入櫥中。

那村女洗鑊掃地，兩人一齊動手收拾。胡斐也不提起適才之事，見水缸中只賸下了小半缸水，拿了水桶，到門外小溪中挑了兩擔，將水缸裝得滿滿。

挑完了水回到堂上，見鍾兆文已伏在桌上睡了。那村女道：「鄉下人家，沒待客的地方，只好委屈胡爺，胡亂在長凳上睡一晚吧！」胡斐道：「姑娘不用客氣！」只見她走進內室，輕輕將房門關上，卻沒聽見落門之聲，心想這個姑娘孤另另的獨居於此，竟敢讓兩個男子漢在屋中留宿，膽子卻是不小，伸手輕推鍾兆文的肩膀，低聲道：「鍾二哥，在長凳上睡得舒服些！」

那知這麼輕輕一推，鍾兆文竟應手而倒，砰的一聲，跌在地下。胡斐大吃一驚，急忙抱著他腰扶起，在他臉上一摸，著手火滾，竟是發著高燒。胡斐忙道：「鍾二哥，你怎麼啦？」舉油燈湊近瞧時，只見他滿臉通紅，宛似酒醉，口中鼻中更噴出陣陣極濃的酒氣。胡斐大奇：「他連茶也不敢喝一口，怎麼這一霎時之間，竟會醉倒？」又聽他迷迷糊糊道：「我沒醉，沒有醉！來來來，跟你再喝三大碗！」跟著「五經魁首！」「四季發財！」的豁起拳來。

胡斐一轉念，知他定是著了那村女的手腳，他不肯吃飯飲茶，那村女卻用甚麼奇妙法門，弄得他便似大醉一般，心中驚奇交集，不知是去求那村女救治呢，還是讓他順其自然，慢慢轉醒，轉念又想：「這是中毒，並非真的酒醉，未必便能自行清醒。」

正在此時，忽聽遠處傳來一陣陣慘厲的野獸嘷叫之聲，深夜聽來，不由得令人寒毛直豎，聽聲音似是狼嘷，但洞庭湖畔多是平原，縱有一二野狼，也不致如這般成羣結隊。

那聲音漸叫漸近，胡斐站起身來，側耳凝聽，只聽得狼嘷之中，還夾著一二聲山羊的咩咩之聲，顯然是狼羣追羊而噬。當下也不以為意，正想再去察看鍾兆文的情狀，呀的一聲，房門推開，那村女手持燭台，走了出來，臉上略現驚惶，說道：「這是狼叫啊。」胡斐點了點頭，道：「姑娘……」向鍾兆文一指。

只聽得馬蹄聲、羊咩聲、狼嗥聲吵成一片，竟是直奔這茅屋而來。胡斐臉上變色，心想若是敵人大舉來襲，這茅屋不經一衝，何況鍾二哥中毒後人事不知，這村女處在肘腋之旁，是敵是友，身分不明，這便如何是好？轉念未畢，只聽得一騎快馬急馳而至。胡斐手無寸鐵，彎腰抱起鍾兆文，衝進廚房，想要找柄菜刀，黑暗中卻又摸索不到，只聽那村女大聲叫道：「是孟家的人麼？半夜三更到這裏幹甚麼？」

胡斐聽她口氣嚴厲，不似作偽，看來她與來襲之人並非一路，心中稍慰，當下搶出後院，在地抓起一把磚石，縱身上了一株柳樹，將鍾兆文擱在兩個大椏枝之間，凝目望去。

星光下只見一個灰衣漢子騎在馬上，已衝到了茅屋之前，馬後塵土飛揚，叫聲大作，跟著十幾頭餓狼。瞧這情勢，似乎那人途中遇到餓狼襲擊，縱馬奔逃，但再一看，只見馬後拖著白白的一團東西，原來是隻活羊，胡斐心想，這多半是個獵人，以羊為餌，設計誘捕狼羣。卻見那人縱馬馳入花圃，直奔到東首，圈轉馬頭，又向西馳來，一羣餓狼在後追叫，這麼一來一去，登時將花圃踐踏得不成模樣。這漢子的坐騎甚是駿良，他騎術又精，來回衝了幾次，餓狼始終咬不到活羊。

胡斐一轉念間，已然省悟：「啊，這傢伙是來踩壞藍花！我如何能袖手不理？」當下雙足一點，躍到了茅屋頂上，忽聽那人「哎喲！」一聲叫，縱馬向北疾馳而去，那活羊卻留在花圃之中。羣狼撲上去搶咬撕奪，更將花圃蹂躪得狼藉不堪。

胡斐心道：「那人用心好不歹毒！」兩塊石子飛出，噗噗兩聲，打在兩頭惡狼腦門正中，登時腦漿迸裂，屍橫就地。他跟著又打出兩塊石子，這一次石子較小，準頭也略偏了些，一中狼腹，一中狼肩，但饒是如此，兩頭惡狼也已痛得噭噭大叫。羣狼連吃苦頭，知道屋頂有人，仰起了頭望著胡斐，張牙舞爪，聲勢洶洶。胡斐見了羣狼這副兇惡神情，心中大是發毛，自己赤手空拳，實不易和這十幾頭惡狼的毒牙利爪相抗，當下瞧準了一頭最大的雄狼，一塊瓦片斜削而下，正中咽喉。那狼在地下一個打滾，吃痛不過，轉身便逃，另有一頭大狼咬了白羊，跟著逃走。片刻之間，叫聲越去越遠，花圃中的藍花卻已被踐踏得七零八落。

胡斐躍下屋來，連稱：「可惜，可惜！」心想那村女辛勤鋤花拔草，將這片藍花培植得大是可觀，現下頃刻之間盡歸毀敗，一定惱怒異常。那知村女對藍花被毀之事一句不提，只笑吟吟的道：「多謝胡爺援手了。」胡斐道：「說來慚愧！都怪我見機不早，出手太遲，倘若早將那惡漢在花圃外打下馬來，這片花卉還能保全。」

那村女微微一笑，道：「藍花就算不給惡狼踏壞，過幾天也會自行萎謝。只不過遲早之間，那也算不了甚麼。」胡斐一怔，心想：「這位姑娘吐屬不凡，言語之間似含玄機。」說道：「在府上吵擾，卻還沒請教姑娘尊姓。」那村女微一沉吟，道：「我姓程，但在旁人跟前，你別提起我的姓氏。」這三句話說得甚是親切，似乎已將胡斐當作是自己人看待。胡斐很是高與，道：「那我叫你甚麼？」

那村女道：「你這人很好，我便索性連名字也都跟你說了。我叫程靈素，『靈樞』的『靈』，『素問』的『素』。」胡斐不知「靈樞」和「素問」乃是中國兩大醫經，只覺得這兩個字很是雅致，不像農村女子的名字，這時已知她決不是尋常鄉下姑娘，也不以為異，笑道：「那我便叫你『靈姑娘』，別人聽來，只當我叫你『林姑娘』呢。」程靈素嫣然一笑，道：「你總有法兒討我歡喜。」胡斐心中微微一動，覺得她相貌雖然並不甚美，但這麼一言一笑，卻自有一股嫵媚的風致。

他正想詢問鍾兆文酒醉之事，程靈素道：「你的鍾二哥喝醉了酒，不礙事，到天明便醒了。現下我要去瞧幾個人，你同不同我去？」

胡斐覺得這個小姑娘行事處處十分奇怪，這半夜三更去探訪別人，必有深意，便道：「我自然去。」程靈素道：「你陪我去，咱們可得約法三章。第一，你今晚不許跟人說話……」胡斐道：「好，我扮啞子便是。」程靈素笑道：「那倒不用，跟我說話當然可以。第二，不能跟人動武，放暗器點穴，一概禁止。第三，不能離開我三步之外。」

胡斐點頭答應，心想：「原來她帶我去見毒手藥王。她叫我不能離開她身邊三步，自是怕我中毒受害了。」當下甚是振奮，道：「咱們這便去麼？」程靈素道：「得帶些東西。」走進自己房內，約過了一盞茶時分，挑了兩隻竹籮出來，籮上用蓋蓋著，不知裏面放著些甚麼，看她的模樣，挑得頗為吃力。

胡斐道：「我來挑！」將扁擔接了過來，一放上肩頭，幾有一百二三十斤。兩隻竹籮輕重懸殊，一隻甚重，一隻卻是極輕，挑來頗不方便，只見鍾兆文兀自伏在桌上，呼呼大睡，經過他身旁便聞到一股濃烈的酒氣。

兩人出了茅舍，程靈素將門帶上，在前引路。胡斐道：「靈姑娘，我問你一件事，成不成？」程靈素道：「成啊，就怕我答不上來。」胡斐道：「你若答不出，天下就沒第二個人答得出了。我那鍾二哥滴水沒有入口，怎地會醉成這個模樣？」程靈素輕輕一笑，道：「就因他滴水不肯入口，這才吃了虧。」胡斐道：「這個我就不懂了。鍾二哥是老江湖，鄂北鬼見愁鍾氏三雄，在武林中也算頗有名聲。我卻是個見識淺陋之人，那知道他處處小心，反而……」說到這裏，住口不說了。

程靈素道：「你說好了！他處處小心，反而著了我的道兒，是不是？處處小心提防便有用了嗎？只有像你這般，才會太平無事。」胡斐道：「我怎麼啊？」程靈素笑道：「叫你挑糞便挑糞，叫你吃飯便吃飯。這般聽話，人家怎能忍心害你？」胡斐笑道：「原來做人要聽話。可是你整人的法兒也太巧妙了些，我到現在還是摸不著頭腦。」

程靈素道：「好，我教你一個乖。廳上有一盆小小的白花，你瞧見了麼？」胡斐當時沒留意，這時一加回想，果然記得窗口一張半桌上放著一盆小朵兒的白花。程靈素道：「這盆花叫做醍醐香，花香醉人，極是厲害，聞得稍久，便和飲了烈酒一般無異。我在湯裏、茶裏都放了解藥。誰教他不喝啊？」

胡斐恍然大悟，不禁對這位姑娘大起敬畏之心，暗想自來只聽說有人在飲食之中下毒，那知她下毒的方法卻高明得多，對方不吃不喝反而會中毒。程靈素道：「待會回去我便給他解藥，你不用擔心。」胡斐心中一動：「這位姑娘既然擅用藥物，說不定能治苗大俠的傷目，那便不須去求甚麼毒手藥王了。」於是問道：「靈姑娘，你知道解治斷腸草毒性的法子嗎？」程靈素道：「難說。」

胡斐聽她說了這兩個字，便沒下文，不便就提醫治之請，只見她腳步輕盈，在前不疾不徐的走著，雖不是施展輕功，但沒過多少時光已走了六七里路，瞧方向是走向正東，不是去藥王莊的道路，忽然又想到一事，說道：「我還想問你一件事，適才我和鍾二哥去藥王莊，你說還是向東北方去的好，故意叫我們繞道多走了二十幾里路。這其中的用意，我一直沒能明白。」

程靈素道：「你真正想問我的，還不是這件事。我猜你是想問：藥王莊明明是在西北，咱們怎麼向東走？」胡斐笑道：「你既猜到了，那我一併請問便是。」程靈素道：「咱們所以不朝藥王莊走，因為並不是去藥王莊。」這一下，胡斐又是出於意料之外，「啊」了一聲。

程靈素又道：「白天我要你澆花，一來是試試你，二來是要你躭擱些時光，後來再叫你繞道多走二十幾里，也是為了要你多耗時刻，這樣便能在天黑之後再到藥王莊外。只因藥王莊外所種的血矮栗，一到天黑，毒性便小，我給你的藍花才剋得它住。」

胡斐聽了，心中欽服無已，萬想不到用毒使藥，竟有這許多學問，這個貌不驚人的小姑娘用心深至，更非常人所及，當下說到在洞庭湖見到的兩名死者。程靈素聽說兩名死者臉上滿是黑點，肌肉扭曲，哼了一聲，道：「這種鬼蝙蝠的毒無藥可治。他們甚麼也不顧了。」胡斐心想：「『鬼蝙蝠』是甚麼毒，她說了我也不懂。反正一意聽她吩咐行事便了，多說多問，徒然顯得自己一無是處。」於是不再詢問，跟在她身後一路向東。

又走了五六里路，進了一座黑黝黝的樹林。程靈素低聲道：「到了。他們還沒來，咱們在這樹林子中等候，你把這隻竹籮放在那株樹下。」說著向一株大樹一指。胡斐依言提了那隻份量甚重的竹籮過去放好。程靈素走到離大樹八九丈處的一叢長草之旁，道：「這一隻竹籮給我提過來。」隨即撥開長草，鑽進了草叢之中。

胡斐也不問誰還沒來，等候甚麼，記著不離開她三步的約言，便提了另一隻竹籮，也鑽進草叢，挨在她的身旁。仰頭向天，只見月輪西斜，已過夜半。樹林中蟲聲此起彼伏，偶然也聽到一二聲梟鳴。程靈素遞給他一粒藥丸，低聲道：「含在口裏，別吞下！」胡斐看也不看便放入嘴中，但覺味道極苦。

兩人靜靜的坐著，過了小半個時辰，胡斐東想西想，只覺這一日一晚的經歷，實在大是詭異，可說是生平從所未遇之奇。突然之間，想到了袁紫衣：「不知她這時身在何處？如果這時在我身畔的，不是這個瘦瘦小小的姑娘而是袁姑娘，不知她要跟我說甚麼？」一想到她，便伸手入懷，去摸玉鳳。

忽然程靈素伸手拉了他的衣角，向前一指。胡斐順著她手指瞧去，只見遠處一盞燈籠，正在漸漸移近。本來燈籠的火光必是暗紅之色，但這盞燈籠發出的卻是碧油油的綠光。燈籠來得甚快，不多時已到身前十餘丈外，燈光下瞧得明白，提燈的是個駝背女子，走起路來左高右低，看來右腳是跛的。她身後緊隨著一個漢子，身材魁梧，腰間插著明晃晃的一把尖刀。

胡斐想起鍾兆文的說話，身子不由得微微一震：「鍾二哥說，有人說毒手藥王是個屠夫模樣的大漢，又有人說藥王是個又駝又跛的女子。那麼這兩人之中，必有一個是藥王。」斜眼向程靈素一看，黑暗之中，瞧不見她的臉色，但見她一對清澈晶瑩的大眼，目不轉睛的望著兩人，神情顯甚緊張。胡斐登時起了俠義之心：「這毒手藥王如要不利於她，我便是拚著性命，也要護她周全。」

那一男一女越走越近。只見那女子容貌甚是文秀，雖然身有殘疾，仍可說得上是個美女，那大漢卻是滿臉橫肉，形相兇狠。兩人都是四十來歲年紀。胡斐一身武功，便是遇到江湖上最厲害的巨寇大賊環攻，也是無所懼畏，但這時卻不由自主的心中怦怦亂跳，自覺武功有時而窮，對付這種人，武功未必便能管用。

那兩人走到胡斐身前七八丈處，忽然折而向左，又走了十餘丈，站定身子。那大漢朗聲叫道：「慕容師兄，我夫婦依約前來，便請露面相見吧！」

他站立之處距胡斐並不甚遠，突然開口說話，聲音又大，只把他嚇了一跳。那大漢說了兩遍，無人答話，胡斐心道：「這裏除了咱們四人，再沒旁人，那裏還有甚麼慕容師兄？這兩人原來是一對夫妻。」

那駝背女子細聲細氣的道：「慕容師兄既然不肯現身，我夫婦迫得無禮了。」

胡斐暗暗好笑：「這叫做一報還一報。適才我到藥王莊來拜訪，說甚麼你們也不理睬，這時候別人也給一個軟釘子你們碰碰。」只見那女子從懷中取出一束草來，伸到燈籠中去點燃了，立時發出一股濃煙，過不多時，林中便白霧瀰漫，煙霧之中微有檀香氣息，倒也並不難聞。

胡斐聽她說「迫得無禮」四字，知道這股煙霧定然厲害，但自己卻也不感到有何不適，想必是口中含了藥丸之功，轉頭向程靈素望了一眼。這時她也正回眸瞧他，目光中充滿了關注之色。胡斐心中感激，微微點了點頭。

那煙霧越來越濃，突然大樹下的竹籮中有人大聲打了個噴嚏。

胡斐大吃一驚：「怎麼竹籮中有人？我挑了半天一點也沒知情。那麼我跟程姑娘的說話，都讓他聽去了？」自忖對毒物醫藥之道雖然一竅不通，但練了這許多年武功，決不能挑著一個人走這許多路而茫然不覺，除非這是個死人，那又作別論。他心中大是驚奇，只聽竹籮中那人又連打幾個噴嚏，籮蓋掀開，躍了出來。但見他長袍儒巾，正是日間所見在小山上採藥的那個老者。

這時他衣衫凌亂，頭巾歪斜，神情甚是狼狽，已沒半點日間所見的儒雅神態，一見到那男女二人，怒聲喝道：「好啊，姜師弟、薛師妹，你們下手越來越陰毒了。」

那夫婦倆見他這般模樣，也似頗出意料之外。那大漢冷笑說道：「還說我們下手陰毒？你躲在竹籮之中，誰又料得到了？慕容師兄……」他話未說完，那老者嗅了幾下，神色大變，急從懷中摸出一枚藥丸，放入口中。

那駝背女子將散發濃煙的草藥一足踏滅，放回懷中，說道：「大師兄，來不及啦，來不及啦！」

那老者臉如土色，頹然坐在地下，過了半晌，說道：「好，算我栽了。」

那大漢從懷中摸出一個青色瓷瓶，舉在手裏，道：「解藥便在這裏。你師姪中了你的毒手，得拿解藥來換啊。」那老者道：「胡說八道！你們說是小鐵哥麼？我幾年沒見他了，下甚麼毒手？」那駝背女子道：「你約我們到這裏，只是要說這句話麼？」轉頭向那大漢說道：「鐵山，咱們走吧。」說著掉頭便走。那大漢尚有猶豫，道：「小鐵……」那女子道：「他恨咱們入骨，寧可自己送了性命，也決不肯饒過小鐵。這些年來，難道你還想不通？」那大漢想走又不肯走，說道：「大師兄，咱們多年以前的怨恨，到這時何必再放在心上？小弟奉勸一句，還是交換解藥，把這個結子也同時解開了吧！」這幾句話說得甚是誠懇。

那老者問道：「薛師妹，小鐵中了甚麼毒？」那女子冷笑一聲，並不回答。那大漢道：「大師兄，到這地步，也不用假惺惺了。小弟恭賀你種成了七心海棠……」那老者大聲道：「誰種成了七心海棠？難道小鐵中的是七心海棠之毒？我沒有啊，我沒有啊。」他說這幾句話時神情惶急，恐懼之意見於顏色。

兩夫婦對望了一眼，心中均想：「難道他假裝得這般像？」那女子道：「好，慕容師兄，廢話少說。你約我們到這裏來相會，有甚麼吩咐？」那老者搔頭道：「我沒有約啊。是你們把我搬到這裏來，怎麼反說是我相約？」說到這裏，又氣又愧，突然飛起一腿，將竹籮踢出了六七丈外。

那女子冷冷的道：「難道這封信也不是你寫的？師兄的字跡，我生平瞧得也不算少了。」說著從懷中取出一張紙箋，左手一揚，那紙箋便向老者飛了過去。那老者伸手欲接，突然縮手，跟著一掌發出，掌風將那紙箋在空中擋了一擋，左手中指一彈，發出了一枚暗器。這暗器是一枚長約三寸的透骨釘，射向紙箋，拍的一聲，將紙箋釘在樹上。

胡斐暗自寒心：「跟這些人打交道，對方說一句話，噴一口氣，都要提防他下毒。這老者不敢用手去接箋，自是怕箋上有毒了。」只見駝背女子提高燈籠。火光照耀紙箋，白紙上兩行大字，胡斐雖在遠處，也看得清楚，見紙上寫著道：

「姜薛兩位：三更後請赴黑虎林，有事奉商，知名不具。」

那兩行字筆致枯瘦，卻頗挺拔，字如其人，和那老者的身形隱隱然有相類之處。

那老者「咦」的一聲，似乎甚是詫異。

那大漢問道：「大師兄，有甚麼不對了？」那老者冷冷的道：「這信不是我寫的。」此言一出，夫婦兩人對望了一眼。那駝背女子冷笑了一聲，顯是不相信他的說話。那老者道：「信上的筆跡，倒真和我的書法甚是相像，這可奇了。」他伸左手摸了摸頦下鬍鬚，勃然怒道：「你們把我裝在竹籮之中，抬到這裏，到底幹甚麼來啦？」那女子道：「小鐵中了七心海棠之毒，你到底給治呢，還是不給治？」那老者道：「你拿得穩麼？當真是七心……七心海棠麼？」說到「七心海棠」四字時聲音微顫，語音中流露了強烈的恐懼之意。

胡斐聽到這裏，心中漸漸明白，定是另外有一個高手從中播弄，以致這三人說來說去，言語總是不能接筍。那麼這高手是誰呢？

他不自禁的轉頭向身旁程靈素望了一眼，但見她一雙朗若明星的大眼在黑暗中炯炯發光。難道這個面黃肌瘦的小姑娘竟有這般能耐？這可太也令人難以相信！

他正自凝思，猛聽得一聲大喝，聲音嗚嗚，極是怪異，忙回過頭來，只見那老者和那對夫婦已欺近在一起，各自蹲著身子，雙手向前平推，六掌相接，口中齊聲「嗚嗚」而呼。老者喝聲峻厲，大漢喝聲粗猛，那駝背女子的喝聲卻高而尖銳。三人的喝聲都是一般曼長，連續不斷。突然之間，喝聲齊止，只見那老者縱身後躍，寒光一閃，發出一枚透骨釘，將燈籠打滅，跟著那大漢大叫一聲：「啊喲！」顯是中了老者的暗算，身上受傷。

這時林中黑漆一團，只覺四下裏處處都是危機，胡斐順手拉著程靈素的手向後一扯，自己已擋在她的身前。這一擋他實是未經思索，只覺凶險迫近，非盡力保護這個弱女子不可，至於憑他之力是否保護得了，卻絕未想到。

那大漢叫了這一下之後，立即寂然無聲，樹林中雖然共有五人，竟是沒半點聲息。

胡斐又聽到了草間的蟲聲，聽到遠處貓頭鷹的咕咕而鳴。忽然之間，一隻軟軟的小手伸了過來，握住了他粗大的手掌。胡斐身子一顫，隨即知道這是程靈素的手，只覺柔嫩纖細，倒像十一二歲女童的手掌一般。

在一片寂靜之中，眼前忽地昇起兩股嬝嬝的煙霧，一白一灰，兩股煙像兩條活蛇一般，自兩旁向中央遊去，互相撞擊。同時嗤嗤的輕響不絕，胡斐在黑暗中睜大了眼睛觀看，隱約見到左右各有一點火星。一點火星之後是那個老者，另一點火星之後是那駝背女子。兩人各自蹲著身子，用力鼓氣將煙霧向對方吹去，自是點燃了藥草，發出毒煙，要令對方中毒。

兩人吹了好一會，林中煙霧瀰漫，愈來愈濃。突然之間，那老者「咦」的一聲，抬頭瞧著先前釘在大樹上的那張紙箋。胡斐見那紙箋微微搖晃，上面發出閃閃光芒，竟是寫著發光的幾行字。那夫婦二人也大是驚奇，轉頭瞧去，只見那幾行字寫道：

「字諭慕容景岳、姜鐵山、薛鵲三徒知悉：爾等互施殘害，不念師門之誼，余甚厭之，宜即盡釋前愆，繼余遺志，是所至囑。余臨終之情，素徒當為詳告也。僧無嗔絕筆。」

那老者和女子齊聲驚呼：「師父死了麼？程師妹，你在那裏？」

程靈素輕輕掙脫了胡斐的手，從懷裏取出一根蠟燭，晃火摺點燃了，緩步走出。

老者慕容景岳、駝背女子薛鵲都是臉色大變，厲聲道：「師父的『藥王神篇』呢？是你收著麼？」程靈素冷笑道：「慕容師兄，薛師姊，師父教養你們一生，恩德如山，你們不關懷他老人家生死，卻只問他的遺物，未免太過不情。姜師兄，你怎麼說？」

那大漢姜鐵山受傷後倒在地下，聽程靈素問及，抬起頭來，怒道：「小鐵之傷，定是你下的毒手，這裏一切，也必是你這丫頭從中搗鬼！快將『藥王神篇』交出來！」程靈素凝目不語。慕容景岳喝道：「師父偏心，定是交了給你！」薛鵲道：「小師妹，你將神篇取出來，大夥兒一同觀看吧。」口吻中誘騙之意再也明白不過。

程靈素說道：「不錯，師父的『藥王神篇』確是傳了給我。」她頓了一頓，從懷中又取出一張紙箋來，說道：「這是師父寫給我的諭字，三位請看。」說著交給薛鵲。薛鵲伸手待接，姜鐵山喝道：「師妹，小心！」薛鵲猛地省悟，退後了一步，向身前的一棵大樹一指。

程靈素嘆了口氣，在頭髮上拔下一枚銀簪，插在箋上，手一揚，連簪帶箋飛射出去，釘在樹上。

胡斐見她這一下出手，功夫甚是不弱，心想：「真想不到這麼一個瘦弱幼女，竟會跟這三人是同門的師兄妹。」眼望紙箋，藉著她手中蠟燭的亮光，見箋上寫道：

「字諭靈素知悉：余死之後，爾即傳告師兄師姊。三人中若有念及老僧者，爾以藥王神篇示之。無悲慟思念之情者，恩義已絕，非我徒矣。切切此囑。僧無嗔絕筆。」

慕容景岳、姜鐵山、薛鵲三人看了這張諭字，面面相覷，均思自己只關念著師父的遺物，對師父因何去世固然不問一句，更無半分哀痛悲傷之意。三人只呆了一瞬之間，突然大叫一聲，同時發難，齊向程靈素撲來。

胡斐叫道：「靈姑娘小心！」飛縱而出，眼見薛鵲的雙掌已拍到程靈素面前，忙運掌力向前擊出，單掌對雙掌，騰的一聲，將薛鵲震出二丈以外，右掌隨即回轉，一勾一帶，刁住姜鐵山的手腕，運起太極拳的「亂環訣」，借勢一拋，姜鐵山一個肥大的身軀直飛了出去，擲得比薛鵲更遠，結結實實的摔在地下。

原來這兩人雖然擅於下毒，武功卻非一流高手！

他回過身來，待要對付慕容景岳，只見他晃了兩晃，忽地一交跌倒，俯在地下，再也站不起來。

薛鵲氣喘吁吁的道：「小師妹，你伏下好厲害的幫手啊，這小夥子是誰？」

胡斐接口道：「我姓胡名斐，賢夫婦有事儘管找我便是……」程靈素頓足道：「你還說些甚麼？」

胡斐一怔，只見姜鐵山慢慢站起身來，夫婦倆向胡斐狠狠望了一眼，相互扶持，跌跌撞撞的出了樹林。

第十章
七心海棠

大鐵鑊盛滿了熱水，

鑊中坐著一個赤裸著上身的男子，

鑊中水氣不斷噴冒。

程靈素道：「你到灶下加些柴火！」

程靈素吹滅了蠟燭，放入懷中，一聲不響。胡斐道：「靈姑娘，你這慕容師兄怎麼了？」程靈素「嘿」的一聲，並不回答。過了半晌，胡斐又問一句，程靈素又是「哼」的一下。胡斐低聲道：「怎麼？你心裏不痛快麼？」程靈素幽幽的道：「我說的話，你沒一句放在心上？」

胡斐一怔，這才想起，她和自己約法三章，自己可一條也沒遵守：「她要我不跟旁人說話，我不但說話，還自報姓名。她要我不許動武，我卻連打兩人。她叫我不得離開她身子三步，咳，我離開她十步也不止了……」越想越是歉然，道：「真對不起，只因為我見這三人很是兇狠，只怕傷到了你，心中著急，所以甚麼都忘了。」

程靈素「嗤」的一笑，語音突轉柔和，道：「那你全是為了我啦！自己忘得乾乾淨淨，卻把錯處都推在旁人身上，好不害臊！胡大哥，你為甚麼要自報姓名？這對夫妻最會記恨，一找上了你，陰魂不散，難纏得緊。他們明打不過你，暗中下起毒來，千方百計，神出鬼沒，你這可是防不勝防。」

胡斐只聽得心中發毛，心想她的話倒非張大其辭，但事已如此，怕也枉然。程靈素又問：「你幹麼把姓名說給他夫婦知道？」胡斐輕輕一笑，並不回答。程靈素道：「你打了他們二人，只怕他們找上我，是不是？你要把一切都攬在自己身上。胡大哥，你為甚麼一直待我這樣好？」最後這兩句話說得甚是溫柔，胡斐在黑暗中雖瞧不見她的面容，但想來也必是神色柔和，當下也很誠懇的道：「你一直照顧我，使我避卻危難。將心比心，我自然當你是好朋友啦。」

程靈素很是高興，笑道：「你真的把我當作好朋友麼？那麼我先救你一命再說。」胡斐吃了一驚，道：「甚麼？」程靈素道：「得點個火，那燈籠呢？」俯身去摸薛鵲丟下的那隻燈籠，但黑暗之中一時摸不到，不知她是丟在那一處草叢之中。胡斐道：「你懷裏不是還有半截蠟燭麼？」程靈素笑道：「你要小命兒不要？這是用七心海棠做的蠟燭啊……嗯，嗯，在這兒了。」她在草叢中摸到了燈籠，晃光摺點燃了，黑黝黝的森林之中，登時生起一團淡黃的光亮，將兩人罩在燈籠光下。

胡斐聽到姜鐵山夫婦和慕容景岳接連幾次說起「七心海棠」四字，似乎那是一件極厲害的毒物，燈籠光下見慕容景岳俯伏在地，一動也不動，似乎已然殭斃，心下登時省悟，「啊」的一聲叫了出來，說道：「若非我魯莽出手，那姜鐵山夫婦也給你制服了。」程靈素微微一笑，道：「你是為我的一份好心，胡大哥，我還是領你的情。」

胡斐望著她似乎弱不禁風的身子，心下好生慚愧：「她年紀還小我幾歲，但這般智計百出，我枉然自負聰明，那裏及得上她半分。」這時已明白其中道理，程靈素的蠟燭乃是用劇毒的藥物製成，點燃之後，發出的毒氣既無臭味，又無煙霧，因此連慕容景岳等三個使毒的大行家也墮其術中而不自覺。自己若不貿然出手，那麼姜鐵山夫婦多聞了一會蠟燭的毒氣，必定暈倒。但那時兩人正夾攻程靈素，出手凌厲，只怕尚未暈倒，她已先受其害。

程靈素猜到他的心思，說道：「你用手指碰一下我肩頭的衣服。」胡斐不明她的用意，但依言伸出食指，輕輕在她肩上撫了一下，突然食指有如火炙，不禁全身都跳了起來。程靈素見他這一跳情形極是狼狽，格格一陣笑，說道：「他夫婦若是抓住我的衣服，那滋味便是這般了。」

胡斐將食指在空中搖了幾搖，只覺炙痛未已，說道：「好傢伙！你衣衫上放了甚麼毒藥？這麼厲害？」程靈素道：「這是赤蠍粉，也沒甚麼了不起。」胡斐伸食指在燈籠的火光下一看，只見手指上已起了一個個細泡，心想：「黑暗之中，幸虧我沒碰到她的衣衫，否則那還了得。」

程靈素道：「胡大哥，你別怪我叫你上當。我是要你知道，下次碰到我這三個師兄師姊，當真要處處提防。你武功自然比他們高明得太多，但你瞧瞧你的手掌。」

胡斐伸掌一看，不見有何異狀。程靈素道：「你在燈籠前照照。」胡斐伸掌到燈籠之前，只見掌心隱隱似有一層黑氣，心中一驚，道：「他……他們兩人練過毒砂掌麼？」程靈素淡淡的道：「毒手藥王的弟子，豈有不練毒砂掌之理？」

胡斐「啊」的一聲，道：「原來尊師無嗔大師，才是真正的毒手藥王。他老人家去世了麼？怎麼你這幾位師兄師姊如此無情無義？」

程靈素輕輕嘆了口氣，到大樹上拔下銀簪和透骨釘，將師父的兩張字諭摺好，放回懷中。這時第一張字諭上發光的字跡已隱沒不見，只露出「知名不具」所寫的那兩行黑字。

胡斐道：「這字條是你寫的？」程靈素道：「是啊，師父那裏有我大師兄手抄的藥經。他的字我看得熟了。只是這幾行字學得不好，得其形而不能得其神。他的書法還要峻峭得多。」胡斐武功雖強，但自幼無人教他讀書，因此說到書法甚麼，那是一竅不通，聽她這麼說，一句話也接不上去。

程靈素道：「師父的手諭向來是用三煉礬水所寫，要在火上一烘，方始顯現，我又用虎骨的骨髓描了一遍，黑暗之中便發閃光了。你瞧！」說著熄了燈火，紙箋上果然現出她師父手諭閃光字跡，待得點亮燈籠，閃光之字隱沒，看到的只是程靈素所寫的短簡。這短簡自是寫在手諭的兩行之間。因此同是一張紙箋，光亮時現短簡，黑暗中見手諭，說穿了毫不希奇。但慕容景岳等正自全神貫注，互相激鬥，突見師父的手諭在樹上顯現，自不免要大吃一驚，而程靈素再手持蠟燭走出，一時之間，他們只想著師父所遺的那部「藥王神篇」，縱然細心，也不會再防到她手中蠟燭會散發毒氣了。

這些詭異之事一件件的揭開，胡斐恍然大悟，臉上流露出又明白了一件事的喜色。

程靈素笑道：「你中了毒砂掌，怎麼反而高興了？」胡斐笑道：「你答允救我一命的，有藥王的高足在此，我還擔心些甚麼？」程靈素嫣然一笑，忽然鼓氣一吹，又將燈籠吹滅了，只聽她走到竹籬之旁，瑟瑟索索的發出一些輕微的響聲，不知她在竹籬中拿些甚麼，過了一會，回來點燃了燈籠。

胡斐眼前斗然一亮，見她已換上了一套白衫藍褲。程靈素笑道：「這衣衫上沒有毒粉了，免得你提心吊膽，唯恐一個不小心，碰到了我的衣服。」胡斐嘆了口氣，道：「你甚麼都想到了。我年紀是活在狗身上的，有你十成中一成聰明，那便好了。」

程靈素道：「我學了使用毒藥，整日便在思量打算，要怎麼下毒，旁人才不知覺，又要防人反來下毒，挖空心思，便想這種事兒。咳，那及得上你心中海闊天空，自由自在？」說著輕輕嘆了口氣，拉過胡斐的右手，用銀簪在他每根手指上刺了一個小孔，然後雙手兩根大拇指自他掌心向手指擠迫，小孔中流出的血液，帶有紫黑之色。她針刺的部位恰到好處，竟是不感痛楚，推擠黑血，手勢又極是靈巧，過不多時，出來的血液漸變鮮紅。

這時伏在地下的慕容景岳突然身子一動。胡斐道：「醒啦！」程靈素道：「不會醒的，至少還有三個時辰。」胡斐道：「剛才我把他挑了來，這人就像死了一般，我一點也不知道。他僵是僵得到了家，我的傻可也傻得到了家。」程靈素微笑道：「你口口聲聲說自己傻，那才教不傻呢。」

隔了一會，胡斐道：「他們老是問甚麼『藥王神篇』，那是一部藥書，是不是？」程靈素道：「是啊，這是我師父花了畢生心血所著的一部書。給你瞧瞧吧！」伸手入懷，取出一個小小包袱，打開外面的布包，裏面是一層油紙，油紙之內，才是一部六寸長、四寸寬的黃紙書。程靈素用銀簪挑開書頁，只見每一頁上都密密麻麻的寫滿了蠅頭小楷，不言可知，這書每一頁上都染滿劇毒，無知之人隨手一翻，非倒大霉不可。

胡斐見她對自己推心置腹，甚麼重大的秘密也不隱瞞，心中自是喜歡，只是見了這部毒經心中發毛，似覺多瞧得幾眼，連眼睛也會中毒，不自禁的露出畏縮之意。程靈素將藥書包好，放回懷中，然後取出一個黃色小瓶，倒出一些紫色粉末，敷在胡斐手指的針孔上，在他手臂關節上推拿幾下，那些粉末竟從針孔中吸了進去。

胡斐喜道：「大國手，這般的神乎其技，我從未見過。」程靈素笑道：「那算甚麼？你若見我師父給人開膛剖腹、接骨續肢的本事，那才叫神技呢。」胡斐悠然神往，道：「是啊，尊師雖然擅於使毒，但想來也必擅於治病救人，否則怎能稱得『藥王』二字？」

程靈素臉上現出喜容，道：「我師父若是聽到你這幾句話，他一定會喜歡你得緊，要說你是他的少年知己呢。咳，只可惜他老人家已不在了。」說著眼眶不自禁的紅了。

胡斐道：「你那駝背師姊說你師父偏心，只管疼愛小徒弟，這話多半不假，我看也只你一人，才記著師父。」程靈素道：「我師父生平收了四個徒兒，這四人給你一晚上都見到了。慕容景岳是我大師兄，姜鐵山是二師兄，薛鵲是三師姊。師父本來不想再收徒兒了，但見我三位師兄師姊鬧得太不像話，只怕他百年之後無人制得他們，三人為非作歹，更要肆無忌憚，害人不淺，因此到得晚年，又收了我這個幼徒。」她頓了一頓，又道：「我這三個師兄師姊本性原來也不壞，只為三師姊嫁了二師兄，大師兄和他倆結下深仇，三個人誰也不肯干休，弄到後來竟然難以收拾。」

胡斐點頭道：「你大師兄也想要娶你三師姊，是不是？」程靈素道：「這些事過去很久了，我也不大明白。只知道大師哥本來是有師嫂的，三師姊喜歡大師哥，便把師嫂毒死了。」胡斐「啊」的一聲，只覺學會了下毒的功夫，實是害多利少，自然而然的會殘忍起來。

程靈素又道：「大師哥一氣之下，給三師姊服了一種毒藥，害得她駝了背，跛了腳。二師哥暗中一直喜歡著三師姊，她雖然殘廢，卻並不嫌棄，便和她成了婚。也不知怎麼，他們成婚之後，大師哥卻又想念起三師姊的諸般好處來，竟然又去纏著她。我師父給他們三人弄得十分心煩，不管怎麼開導教訓，這三人反反覆覆，總是糾纏不清。倒是我二師哥為人比較正派，對妻子始終沒有貳心。他們在這洞庭湖邊用生鐵鑄了這座藥王莊，莊外又種了血矮栗，原先本是為了防備大師哥糾纏，後來他夫婦倆在江湖上多結仇家，這藥王莊又成了他們避仇之處了。」

胡斐點頭道：「原來如此。怪不得江湖上說到毒手藥王時說法不同，有的說是個秀才相公，有的說是個粗豪大漢，有的說是個駝背女子，更有人說是個老和尚。」程靈素道：「真正的毒手藥王，其實也說不上是誰。我師父挺不喜歡這個名頭。他說：『我使用毒物，是為了治病救人，稱我「藥王」，那是愧不敢當，上面再加「毒手」二字，難道無嗔老和尚是隨便殺人的麼？』只因我師父使用毒物出了名，我三位師兄師姊又使得太濫，有時不免誤傷好人，因此『毒手藥王』這四個字，在江湖上名頭弄得十分響亮。師父不許師兄師姊洩露各人身分姓名，這麼一來，只要甚麼地方有了離奇的下毒案件，一切帳便都算在『毒手藥王』四字頭上，你瞧冤是不冤？」

胡斐道：「那你師父該當出頭辯個明白啊。」程靈素嘆道：「這種事也是辯不勝辯……」說到這裏，已將胡斐的五隻手指推拿敷藥完畢，站起身來，道：「咱們今晚還有兩件事要辦，若不是……」說到這裏突然住口，微微一笑。

胡斐接口道：「若不是我不聽話，這兩件事就易辦得很，現下不免要大費手腳。」

程靈素笑道：「你知道就好啦，走吧！」胡斐指著躺在地下的慕容景岳道：「又要請君入籮？」程靈素笑道：「勞您的大駕。」胡斐抓起慕容景岳背上衣服，將他放入竹籮，放在肩上挑起。

程靈素在前領路，卻是向西南方而行，走了三里模樣，來到一座小屋之前，叫道：「王大叔，去吧！」屋門打開，出來一個漢子，全身黑漆漆的，挑著一副擔子。胡斐心想：「又有奇事出來啦！」有了前車之鑒，那裏還敢多問，當下緊緊跟在程靈素身後，當真不離開她身邊三步。程靈素回眸一笑，意示嘉許。

那漢子跟隨在二人之後，一言不發。程靈素折而向北，四更過後，到了藥王莊外。

她從竹籮中取出三大叢藍花，分給胡斐和那漢子每人一叢，於是逕越血矮栗而過，到了鐵鑄的圓屋外面，叫道：「三師哥，三師姊，開不開門？」連問三聲，圓屋中寂無聲息。

程靈素向那漢子點點頭。那漢子放下擔子，擔子的一端是個風箱。他拉動風箱，燒紅炭火，鎔起鐵來，敢情是個鐵匠。胡斐看得大奇。又過片刻，只見那漢子將燒紅的鐵汁澆在圓屋之上，摸著屋上的縫隙，一條條的澆去，原來竟是將鐵屋上啟閉門窗的通路一一封住。姜鐵山和薛鵲雖在屋中，想是忌憚程靈素厲害，竟然不敢出來阻擋。

程靈素見鐵屋的縫隙已封了十之八九，這時屋中人已無法突圍而出，於是向胡斐招招手。兩人向東越過血矮栗，向西北走了數十丈，只見遍地都是大岩石。程靈素口中數著腳步，北行幾步，又向西幾步，輕聲道：「是了！」點了燈籠一照，只見兩塊大岩石之間有個碗口大小的洞穴，洞上又用一塊岩石凌空擱著。程靈素低聲道：「這是他們的通氣孔。」取出那半截蠟燭點燃了，放在洞口，與胡斐站得遠遠地瞧著。

蠟燭點著後，散出極淡的輕煙，隨著微風，嫋嫋從洞中鑽了進去。

瞧了這般情景，胡斐對程靈素的手段更是敬畏，但想到鐵屋中人給毒煙這麼一燻，那裏還有生路？不自禁的起了憐憫之念，心想：「這淡淡輕煙，本已極難知覺，便算及時發見，堵上氣孔，最後還是要窒息而死，只差在死得遲早而已。難道我眼看著她幹這種絕戶滅門的毒辣行徑，竟不加阻止麼？」

只見程靈素取出一把小小團扇，輕煽燭火，蠟燭上冒出的輕煙盡數從岩孔中鑽了進去，胡斐再也忍耐不住，霍地站起，說道：「靈姑娘，你那師兄師弟，與你當真有不可解的怨仇麼？」程靈素道：「沒有呀。」胡斐道：「你師父傳下遺命，要你清理門戶，是不是？」程靈素道：「眼下還沒到這個地步。」胡斐道：「那……那……」心中激動，不知如何措辭，一時說不下去了。

程靈素抬起頭來，淡淡的道：「甚麼啊？瞧你急成這副樣子！」胡斐定了定神道：「倘若你師哥師姊……並無非殺不可的過惡，還是給他們留一條改過自新的道路。」程靈素道：「是啊，我師父也這麼說。」頓了一頓，說道：「可惜你沒見到我師父，否則你們一老一少，一定挺說得來。」口中說話，手上團扇仍是不住撥動。

胡斐搔了搔頭，指著蠟燭道：「這毒煙……這毒煙不會致人死命麼？」程靈素道：「啊，原來咱們胡大哥在大發慈悲啦。我是要救人性命，不是在傷天害理。」說著轉過頭來，微微一笑，神色頗是嫵媚。胡斐滿臉通紅，心想自己又做了一次傻瓜，雖不懂噴放毒煙為何反是救人，心中卻甚感舒暢。

程靈素伸出左手小指，用指甲在蠟燭上刻了一條淺印，道：「請你給我瞧著，別讓風吹熄了，點到這條線上就熄了蠟燭。」將團扇交給胡斐，站直身子，四下察看，傾聽聲息。胡斐學著她樣，將輕煙煽入岩孔。

程靈素在十餘丈外兜了個圈子，沒見甚麼異狀，坐在一塊圓岩之上，說道：「今晚引狼來踏我花圃的，是二師哥的兒子，叫做小鐵。」胡斐「啊」了一聲。道：「他也在這下面麼？」說著向岩孔中指了指。程靈素笑道：「是啊！咱們費這麼大勁，便是去救他。先熏暈了師哥師姊，做起事來不會礙手礙腳。」胡斐心道：「原來如此。」

程靈素道：「二師哥和三師姊有一家姓孟的對頭，到了洞庭湖邊已有半年，使盡心機，總是解不了鐵屋外的血矮栗之毒，攻不進去。死在洞庭湖畔的那兩個人，十九便是孟家的。我種的藍花，卻是血矮栗的剋星，二師哥他們一直不知，直到你和鍾爺身上帶了藍花，不怕毒侵，他們這才驚覺。」胡斐道：「是了，我和鍾二哥來的時候，聽到鐵屋中有人驚叫，必是為此。」程靈素點點頭，說道：「這血矮栗的毒性，本是無藥可解，須得經常服食樹上所結的栗子，才不受那樹氣息的侵害。幸好血矮栗毒性雖然厲害，倒也不易為害人畜，因為只要有這麼一棵樹長著，周圍數十步內寸草不生，蟲蟻絕跡，一看便知。」胡斐道：「怪不得這鐵屋周圍連草根也沒半條。我把兩匹馬的口都紮住了，還是避不了毒質，若不是你相贈藍花……」說到這裏，想起今晚的莽撞，不自禁暗暗驚心，心道：「無怪江湖上一提到『毒手藥王』便談虎色變，鍾二哥極力戒備，確非無因。」

程靈素道：「我這藍花是新試出來的品種，總算承蒙不棄，沒在半路上丟掉。」胡斐微笑道：「這花顏色嬌艷，很是好看。」程靈素道：「幸虧這藍花好看，倘若不美，你便把它拋了，是不是？」胡斐一時不知所對，只說：「唔……唔……」心中在想：「倘若這藍花果真十分醜陋，我會不會仍然藏在身邊？是否幸虧花美，這才救了我和鍾二哥的性命？」

正在此時，一陣風吹了過來，胡斐正自尋思，沒舉扇擋住蠟燭，燭火一閃，登時熄了。胡斐輕輕叫聲：「啊喲！」忙取出火摺，待要再點蠟燭，只聽程靈素在黑暗中道：「算啦，也差不多夠了。」胡斐聽她語氣中頗有不悅之意，心想她叫我做甚麼事，我總是沒做得妥貼，似乎一切全都漫不經心，歉然道：「真對不起，今晚不知怎的，我總是失魂落魄的。」程靈素默然不語。

胡斐道：「我正在想你這句話，沒料到剛好有一陣風來。靈姑娘，我想過了，你送我這藍花之時，我全沒知這是救命之物，但既是人家一番好意給的東西，我自會好好收著。」程靈素聽他這幾句話說得懇切，「嗯」了一聲。

在黑暗之中，兩人相對坐著，過了一會，胡斐道：「我從小沒爹沒娘，難得有誰給我甚麼東西。」程靈素道：「是啦，我也從小沒爹沒娘，還不是活得這麼大了？」說著點燃了燈籠，說道：「走吧！」

胡斐偷眼瞧她臉色，似乎並沒生氣，當下不敢多問，跟隨在後。

兩人回到鐵屋之前，見那鐵匠坐在地下吸煙。程靈素道：「王大叔，勞您駕鑿開這條縫！」所指之處，正是適才她要鐵匠釺上了的。那鐵匠也沒問甚麼原由，拿出鐵錘鐵鑿，叮叮噹噹的鑿了起來，不到一頓飯時分，已將釺上的縫鑿開。程靈素說道：「開門吧！」

那鐵匠用鐵錘東打打，西敲敲，倒轉鐵錘，用錘柄一撬，噹的一聲，一塊大鐵板落了下來，露出一個六尺高、三尺寬的門來。這鐵匠對鐵屋的構造似乎瞭如指掌，伸手在門邊一拉，便有一座小小的鐵梯伸出，從門上通向內進。

程靈素道：「咱們把藍花留在外面。」三人將身上插的一束藍花都抛在地下。程靈素正要跨步從小鐵梯走進屋去，輕輕嗅了一下，道：「胡大哥，怎麼你身上還有藍花？別帶進去。」胡斐應道：「噢！」從懷中摸出一個布包，打了開來，說道：「你鼻子真靈，我包在包裹你也知道。」

那布包中包著他的家傳拳經刀譜，還有一些雜物，日間程靈素給他的那棵藍花也在其內，只是包了大半日，早已枯萎了。胡斐撿了出來，放在鐵門板上。程靈素見他珍而重之的收藏著這棵藍花，知他剛才果然沒說假話，很是喜歡，向他嫣然一笑，道：「你沒騙人！」胡斐一楞，心道：「我何必騙你？」程靈素指著鐵屋的門道：「裏面的人平時服食血栗慣了，這藍花正是剋星，他們抵受不住。」提起燈籠，踏步進內。胡斐和王鐵匠跟著進去。

走完鐵梯，是一條狹窄的甬道，轉了兩個彎，來到一個小小廳堂。只見牆上掛著書畫對聯，湘妃竹的桌椅，陳設甚是雅致。胡斐暗暗納罕：「那姜鐵山形貌粗魯，居處卻是這等的所在，倒像是到了秀才書生的家裏。」程靈素毫不停留，一直走向後進。胡斐跟著她走進一間廚房模樣的屋子，眼前所見，不由得大吃一驚。

只見姜鐵山和薛鵲倒在地下，不知是死是活。當七心海棠所製蠟燭的輕煙從岩孔中透入之時，胡斐已料到定然有此情景，倒也不以為異，奇怪的是一隻大鐵鑊盛滿了熱水，鑊中竟坐著一個青年男子。這人赤裸著上身，鑊中水氣不斷噴冒，看來這水雖非沸騰，卻已甚熱，說不定這人已活活煮死。

胡斐一個箭步搶上前去，待要將那人從鑊中拉起，程靈素道：「別動！你瞧他……瞧他身上還有沒有衣服。」胡斐探首到鑊中一看，道：「他穿著褲子。」程靈素臉上微微一紅，點了點頭，走近鑊邊，探了探那人鼻息，道：「你到灶下加些柴火！」

胡斐嚇了一跳，向那人再望一眼，認出他便是引了狼羣來踐踏花圃之人，只見他雙目緊閉，張大了口，壯健的胸脯微微起伏，果然未死，但顯已暈去，失了知覺，問道：「他是小鐵？他們的兒子？」程靈素道：「不錯，我師哥師姊想熬出他身上的毒質，但沒有七心海棠的花粉，總是治不好。」胡斐這才放心，見灶中火勢微弱，於是加了一根硬柴，生怕水煮得太熱，小鐵抵受不住，不敢多加。程靈素笑道：「多加幾根，煮不熟，煨不爛的。」胡斐依言，又拿兩條硬柴塞入灶中。

程靈素伸手入鑊，探了探水的冷熱，從懷中摸出一個小小藥瓶，倒出些黃色粉末，塞在姜鐵山和薛鵲鼻中。

稍待片刻，兩人先後打了幾個噴嚏，睜眼醒轉，只見程靈素手中拿著一隻水瓢，從鑊中挹了一瓢熱水倒去，再從水缸中挹了一瓢冷水加在鑊中。夫婦倆對望了一眼，初醒時那又驚又怒的神色立時轉為喜色，知道她既肯出手相救，獨生愛子便是死裏逃生。兩人站起身來，默然不語，心中各是一股說不出的滋味：愛子明明是中了她的毒手，此刻她卻又來相救，向她道謝是犯不著，但是她如不救，兒子又活不成；再說，她不過是小師妹，自己兒子的年紀還大過她，那知師父偏心，傳給她的本領遠勝過自己夫婦，接連受她剋制，竟是縛手縛腳，沒半點還手的餘地。

程靈素一見水汽略盛，便揭去一瓢熱水，加添一瓢冷水，使姜小鐵身上的毒質逐步熬出。熬了一會，她忽向王鐵匠道：「再不動手，便報不了仇啦！」王鐵匠道：「是！」在灶邊拾起一段硬柴，夾頭夾腦便向姜鐵山打去。

姜鐵山大怒，喝道：「你幹甚麼？」一把抓住硬柴，待要還手。薛鵲道：「鐵山，咱們今日有求於師妹，這幾下也挨不起麼？」姜鐵山一呆，怒道：「好！」鬆手放開了硬柴。王鐵匠一柴打了下去，姜鐵山既不閃避，也不招架，挺著頭讓他猛擊一記。王鐵匠罵道：「你搶老子田地，逼老子給你鑄造鐵屋，還打得老子斷了三根肋骨，在床上躺了半年，狗娘養的，想不到也有今日。」罵一句，便用硬柴猛擊一下。他打了幾十年鐵，雖然不會武功，但右臂的打擊之力何等剛猛，打得幾下，硬柴便斷了。

姜鐵山始終不還手，咬著牙任他毆擊。

胡斐從那王鐵匠的罵聲聽來，知他曾受姜鐵山夫婦極大的欺壓，今日程靈素伸張公道，讓他出了這口惡氣，倒也是大快人心之舉。王鐵匠打斷了三根硬柴，見姜鐵山滿臉是血，卻咬著牙齒一聲不哼，他是個良善之人，覺得氣也出了，雖然當年自己受他父子毆打遠慘於此，但也不為己甚，將硬柴往地下一拋，向程靈素抱拳道：「程姑娘，今日你替我出了這口氣，小人難以報答。」程靈素道：「王大叔不必多禮。」轉頭向薛鵲道：「三師姊，你們把田地還了王大叔，衝著小妹的面子，以後也別找他報仇，好不好？」薛鵲低沉著嗓子道：「我們這輩子永不踏進湖南省境了。再說，這種人也不會教我們念念不忘。」程靈素道：「好，就是這樣。王大叔，你先回去吧，這裏沒你的事了。」

王鐵匠滿臉喜色，拾起折在地下的半截硬柴，心道：「你這惡霸當年打得老子多慘！這半截帶血硬柴，老子是要當寶貝一般的藏起來了。」又向程靈素和胡斐行了一禮，轉身出去。

胡斐見到這張樸實淳厚的臉上充滿著小孩子一般的喜色，心中一動，忽地記起佛山鎮北帝廟中的慘劇。那日惡霸鳳天南被自己制住，對鍾阿四的責罵無辭可對，但自己只離開片刻，鍾阿四全家登時屍橫殿堂。這姜鐵山夫婦的奸詐兇殘不在鳳天南之下，未必會信守諾言，只怕程靈素一去，立時會對王鐵匠痛下毒手。他想到此處，追到門口，叫道：「王大叔，我有句話跟你說。」王鐵匠站定腳步，回頭瞧著他。胡斐道：「王大叔，這姓姜的夫妻不是好人。你趕緊賣了田地，走得遠遠的，別在這裏多躭。他們的手段毒辣得緊。」

王鐵匠一怔，很捨不得這住了幾十年的家鄉，道：「他們答應了永不踏進湖南省境。」胡斐道：「這種人的說話，也信得過麼？」王鐵匠恍然大悟，連說：「對，對！我明兒便走！」他跨出鐵門，轉頭又問：「你貴姓？」胡斐道：「我姓胡。」王鐵匠道：「好，胡爺，咱們再見了，你這一輩子可得好好待程姑娘啊。」

這次輪到胡斐一怔，問道：「你說甚麼？」王鐵匠哈哈一笑，道：「胡爺，王鐵匠又不是傻子，難道我還瞧不出麼？程姑娘人既聰明，心眼兒又好，這份本事更加不用提啦。人家對你一片真心，這一輩子你可得多聽她話。」說著哈哈大笑。胡斐聽他話中有因，卻不便多說，只得含糊答應，說道：「再見啦。」王鐵匠道：「胡爺，再見，再見！」收拾了風箱家生，挑在肩頭便走。他走出幾步，突然放開嗓子，唱起洞庭湖邊的情歌來。

只聽他唱道：

「小妹子待情郎——恩情深，

你莫負了妹子——一段情，

你見了她面時——要待她好，

你不見她面時——天天要十七八遍掛在心！」

他的嗓子有些嘶啞，但靜夜中聽著這曲情歌，自有一股蕩人心魄的纏綿味道。胡斐站在門口，聽得歌聲漸漸遠去，隱沒不聞，這才回到廚房。

只見姜小鐵已然醒轉，站在地下，全身濕淋淋的，上身已披了衣衫。姜家三人對程靈素又是忌憚，又是懷恨，但對她用藥使藥的神技，不自禁的也有一股艷羨之意。三人冷冷的站著，並不道謝，卻也不示敵意。

程靈素從懷中取出三束白色的乾草藥，放在桌上，道：「你們離開此間之時，那孟家一干人定會追蹤攔截。這三束醍醐香用七心海棠煉製過，足以退敵，但不致殺人再增新仇。」

姜鐵山聽到這裏，臉現喜色，說道：「小師妹，多謝你幫我想得周到。」胡斐心想：「她救活你兒子性命，你不說一個謝字，直到助你退敵，這才稱謝，想來這敵人定然甚強。卻不知孟家的人是那一路英雄好漢，連這對用毒的高手也一籌莫展，只有困守在鐵屋之中。」

程靈素說道：「小鐵，中了鬼蝙蝠劇毒那兩人，都是孟家的吧？你下手好狠啊！」她說這話之時，向小鐵一眼也沒瞧。

姜小鐵嚇了一跳，心想：「你怎知道？」囁嚅著道：「我……我……」姜鐵山道：「小師妹，小鐵此事大錯，愚兄已責打他過了。」說著走過去拉起小鐵的衣衫，推著他身子轉過背後來，露出滿背鞭痕，血色殷然，都是新結的疤。

程靈素給他療毒之時，早已瞧見，但想到使用無藥可解的劇毒，實是本門大忌，不得不再提及。她所以知道那兩人是小鐵所毒死，也是因見到他背上鞭痕，這才推想而知。她想起先師無嗔大師的諄諄告誡：「本門擅於使毒，旁人深痛絕惡，其實下毒傷人，比之兵刃拳腳卻多了一層慈悲心腸。下毒之後，如果對方悔悟求饒，立誓改過，又或是發覺傷錯了人，都可解救。但若一刀將人殺了，卻是人死不能復生。因此凡是無藥可解的劇毒，本門弟子決計不可用以傷人，對方就是大奸大惡，總也要給他留一條回頭自新之路。」心想這條本門的大戒，二師哥三師姊對小鐵也一定常自言及，不知他何以竟敢大膽犯規？見他背上鞭痕累累，縱橫交叉，想來父母責打不輕，這次又受沸水熬身之苦，也是一番重懲，於是躬身施禮，說道：「師哥師姊，小妹多有得罪，咱們後會有期。」

姜鐵山還了一揖，薛鵲只哼了一聲，卻不理會。程靈素也不以為意，向胡斐作個眼色，相偕出門。

兩人跨出大門，姜鐵山自後趕上，叫道：「小師妹！」程靈素回過頭來，見他臉上有為難之色，欲言又止，已知其意，問道：「二師哥有何吩咐？」姜鐵山道：「那三束醍醐香，須得有三個功力相若之人運氣施為，方能拒敵。小鐵功力尚淺，愚兄想請師妹……」說到這裏，雖極盼她留下相助，總覺說不出口，「想請師妹……」幾個字連說了幾遍，接不下下話。

程靈素指著門外的竹籬道：「大師哥便在這竹籬之中。小妹留下的海棠花粉，足夠替他解毒。二師哥何不乘機跟他修好言和，也可得一強助？」姜鐵山大喜，他一直為大師哥的糾纏不休而煩惱，想不到小師妹竟已安排了這個一舉兩得的妙計，既退強敵，又解了師兄弟間多年的嫌隙，忙連聲道謝，將竹籬提進門去。

胡斐從鐵門板上拾起那束枯了的藍花，放入懷中。程靈素晃了他一眼，向姜鐵山揮手道別，說道：「二師哥，你頭臉出血，身上毒氣已然散去，可別怪小妹無禮啊。」姜鐵山一愣，登時醒悟，心道：「她叫王鐵匠打我，固是懲我昔日的兇横，但也未始不無善意。鵲妹毒氣未散，還得給她放血呢！」想起事事早在這個小師妹的算中，自己遠非其敵，終於死心塌地，息了搶奪師父遺著「藥王神篇」的念頭。

程靈素和胡斐回到茅舍，鍾兆文兀自沉醉未醒。這一晚整整忙了一夜，此時天已大明。程靈素取出解藥，要胡斐餵給鍾兆文服下，然後兩人各拿了一把鋤頭，將花圃中踐踏未盡的藍花細細連根鋤去，不留半棵，盡數深埋入土。

程靈素道：「我先見狼羣來襲，還道是孟家的人來搶藍花，後來見小鐵項頸中掛了一大束藥草，才猜到他的用意。」胡斐道：「他怎麼中了你七心海棠之毒？黑暗中我沒瞧得清楚。」程靈素道：「我用透骨釘打了他一釘，釘上有七心海棠的毒質，還帶著那封假冒大師哥的信，約他們在樹林中相會。那透骨釘是大師哥自鑄的獨門暗器，二師哥三師姊向來認得，自是沒有懷疑。」胡斐道：「你大師哥的暗器，你卻從何處得來？」程靈素笑道：「你倒猜猜。」胡斐微一沉吟，道：「啊！是了，那時你大師哥已給你擒住，昏暈在竹籮之中，暗器是從他身上搜出來的。」程靈素笑道：「不錯。大師哥見了我的藍花後早已起疑，你們向他問路，他便跟蹤而來，正好自投竹籮。」

兩人說得高興，一齊倚鋤大笑，忽聽得身後一個聲音說道：「甚麼好笑啊？」兩人回過頭來，只見鍾兆文迷迷糊糊的站在屋簷下，臉上紅紅的尚帶酒意。胡斐一凜，道：「靈姑娘，苗大俠傷勢不輕，我們須得便去。這解藥如何用法，請你指點。」程靈素道：「苗大俠傷在眼目，那是人身最柔嫩之處，用藥輕重，大有斟酌。不知他傷得怎樣？」這一句話可問倒了胡斐。他一意想請她去施救，只是素無淵源，人家又是個年輕女子，便像姜鐵山那樣，那一句相求的話竟然說不出口來。

程靈素微笑道：「你若求我，我便去。只是你也須答應我一件事。」胡斐大喜，忙道：「答應得，答應得，甚麼事啊？」程靈素笑道：「這時還不知道，將來我想到了便跟你說，就怕你日後要賴。」胡斐道：「我賴了便是個賊王八！」程靈素一笑，道：「我收拾些替換衣服，咱們便走。」胡斐見她身子瘦瘦怯怯，低聲道：「你一夜沒睡，只怕太累了。」程靈素輕輕搖頭，翩然進房。

鍾兆文那知自己沉睡半夜，已起了不少變故，一時之間胡斐也來不及向他細說，只說解藥已經求到，這位程姑娘是治傷療毒的好手，答應同去給苗人鳳醫眼。鍾兆文還待要問，程靈素已從房中出來，背上負了一個小包，手中捧著一小盆花。

這盆花的葉子也和尋常海棠無異，花瓣緊貼枝幹而生，花枝如鐵，花瓣上有七個小小的黃點。胡斐道：「這便是大名鼎鼎的七心海棠了？」程靈素捧著送到他面前，胡斐嚇了一跳，不自禁的向後退了一步。程靈素噗哧一笑，道：「這花的根莖花葉，均是奇毒無比，但不加製煉，不會傷人。你只要不去吃它，便死不了。」胡斐笑道：「你當我是牛羊麼，吃生草生花？」將那盆花接了過來。程靈素扣上板門。

三人來到白馬寺鎮上，向藥材鋪取回寄存的兵刃。鍾兆文取出銀兩，買了三匹坐騎，不敢躭擱，就原路趕回。

那白馬寺是個小鎮，買到三匹坐騎已經很不容易，自不是甚麼駿馬良駒，行到天黑也不過趕了兩百來里。三人貪趕路程，錯過了宿頭，眼見三匹馬困乏不堪，已經不能再走，只得在一座小樹林中就地野宿。

程靈素實在支持不住了，倒在胡斐找來的一堆枯草上，不久便即睡去。鍾兆文叫胡斐也睡，說自己昨晚已經睡過。今晚可以守夜。

胡斐睡到半夜，忽聽得東邊隱隱有虎嘯之聲，一驚而醒。那虎嘯聲不久便即遠去，胡斐卻再也難以入睡，說道：「鍾二哥你睡吧，反正我睡不著，後半夜我來守。」

他打坐片刻，聽程靈素和鍾兆文呼吸沉穩，睡得甚酣，心想：「這一次多管閒事，躭擱了好幾天，追尋鳳天南便更為不易了，卻不知他去不去北京參與掌門人大會？」東思西想，不能寧定，從懷中取出布包，打了開來，又將那束藍花包在包裏，忽然想起王鐵匠所唱的那首情歌，心中一動：「難道她當真對我很好，我卻沒瞧出來麼？」

正自出神，忽聽得程靈素笑道：「你這包兒中藏著些甚麼寶貝？給我瞧瞧成不成？」胡斐回過頭來，淡淡月光之下，只見她不知何時已然醒來，坐在枯草之上。

胡斐道：「我當是寶貝，你瞧來或許不值一笑。」將布包攤開了送到她面前，說道：「這是我小時候平四叔給我削的一柄小竹刀，這是我結義兄長趙三哥給的一朵紅絨花；這是我祖傳的拳經刀譜……」指到袁紫衣所贈的那隻玉鳳，頓了一頓，說道：「這是朋友送的一件玩意兒。」

那玉鳳在月下發出柔和的瑩光，程靈素聽他語音有異，抬起頭來，說道：「是一個姑娘朋友吧？」胡斐臉上一紅，道：「是！」程靈素笑道：「這還不是價值連城的寶貝嗎？」說著微微一笑，將布包還給胡斐，逕自睡了。

胡斐呆了半晌，也不知是喜是愁，耳邊似乎隱隱響起了王鐵匠的歌聲：

「你不見她面時——天天要十七八遍掛在心！」

金庸作品集 14

飛狐外傳

1 毒手藥王

The Young Flying Fox, Vol. 1

作者／金庸

副總編輯／鄭祥琳
特約編輯／李麗玲、沈維君、江雯婷
封面與內頁設計／林秦華
內頁插畫／王司馬
排版／連紫吟、曹任華
行銷企劃／廖宏霖

發行人／王榮文
出版發行／遠流出版事業股份有限公司
地址／臺北市中山北路一段 11 號 13 樓
電話／（02）2571-0297 傳真／（02）2571-0197 郵撥／0189456-1
著作權顧問／蕭雄淋律師

1987 年 2 月 1 日 初版一刷
2023 年 11 月 1 日 五版一刷
平裝版 每冊 380 元（本作品全二冊，共 760 元）

ISBN 978-626-361-321-8（套：平裝）
ISBN 978-626-361-319-5（第 1 冊：平裝）
Printed in Taiwan

YLib 遠流博識網 http://www.ylib.com E-mail: ylib@ylib.com
金庸茶館粉絲團 https://www.facebook.com/jinyongteahouse

飛狐外傳 . 1, 毒手藥王 = The Young Flying Fox. vol.1 ／金庸著 . – 五版 . -- 臺北市：遠流 , 2023.11
面； 公分 --（金庸作品集；14）
ISBN 978-626-361-319-5（平裝）

857.9 112016232